Molly McAdams

To the Stars – Wenn du die Sterne berührst

Roman

Aus dem Amerikanischen von
Justine Kapeller

mtb

MIRA® TASCHENBUCH
Band 26002

1. Auflage: März 2017

Deutsche Erstveröffentlichung

Titel der amerikanischen Originalausgabe:
To the Stars

erschienen bei: William Morrow, New York

Published by arrangement with
William Morrow, an imprint of HarperCollins Publishers LLC.

Umschlaggestaltung: büropecher, Köln
Umschlagabbildung: Trevillion
Redaktion: Mareike Müller
Satz: GGP Media GmbH, Pößneck
Printed in Germany
Dieses Buch wurde auf FSC®-zertifiziertem Papier gedruckt.
ISBN 978-3-95649-641-7

www.mira-taschenbuch.de

Für Cory …
Mein Leben und mein Herz wären so leer ohne dich.

Prolog

HARLOW

Herbst 2010 – Walla Walla

„Happy Birthday, Low. Ich habe auf dich gewartet."

Sobald seine Stimme aus dem Hörer drang, erstarrte ich, und mir wurde heiß. Leise schnaufend atmete ich aus und schloss die Augen, während Hunderte von angenehmen Erinnerungen auf mich einströmten.

Ich brauchte nicht auf den Bildschirm zu schauen, um zu wissen, wer anrief. Diese Stimme hätte ich überall erkannt, und ich hätte mit seinem Anruf rechnen müssen. Nicht nur mit seinem Anruf, mit *diesem* Anruf. Seit zweieinhalb Jahren sprachen wir darüber und bereiteten uns darauf vor.

Meine Lippen und Finger zitterten, und fast ließ ich das Telefon fallen, als ich versuchte, einen Ton herauszubekommen.

„Ich habe auf dich gewartet." Wieder und wieder erklang dieser Satz in meinem Kopf, wie eine Schallplatte, die einen Sprung hatte. Eine Schallplatte, die noch immer die schönste Musik wiedergab.

Ich drehte den Kopf so weit herum, dass ich über die Schulter sehen konnte, und betrachtete den Mann, der sich dort gerade sein Hemd anzog. Als ich den Blick wieder nach vorne richtete, tat mir die Brust weh.

Das Zimmer in dem Wohnheim, in dem ich stand, nahm ich nicht länger wahr. Stattdessen ließ ich mich von den

Erinnerungen überwältigen, allen guten – und es waren so viele gute – gefolgt von den neuesten schlechten. „Ich …“ Zitternd atmete ich ein, und meine Stimme klang wie ein angestrengtes Flüstern. „Ich habe nicht auf dich gewartet.“

Keine Reaktion. Kein Geräusch, keine Antwort – nur die herzzerreißendste Stille, die ich je ertragen musste.

Und dieses zerrissene Herz würde ich für alle Zeiten in mir tragen.

1. Kapitel

HARLOW

Gegenwart – Richland, Washington

Als der Traum langsam verblasste, öffnete ich die Augen. Für ein paar Sekunden verschwamm mein dunkles Schlafzimmer hinter den Tränen, die mir gleichmäßig über das Gesicht liefen und auf das Kissen tropften. Ich biss die Zähne zusammen, damit mein Kiefer nicht zitterte, und holte ein paarmal tief Luft, um mich zu beruhigen – um nicht dem Schluchzen nachzugeben, das meine Brust zusammenschnürte.

Noch heute spürte ich den Riss im Herzen, der sich während jenes Telefonanrufs über die Stille gelegt hatte – als wäre es gerade erst passiert, und nicht vor viereinhalb Jahren.

In diesen Sekunden hätte mir klar sein müssen, dass ich das Falsche gesagt hatte. Mir hätte klar sein müssen, dass ich mich für den falschen Mann entschieden hatte. Er hätte mir meinen Fehler verziehen. Er hätte weiter auf mich gewartet, wie er es schon zweieinhalb Jahre lang getan hatte.

Mein Knox.

Doch ich hatte die Zeichen ignoriert. Ich war dem gefolgt, was mein damals achtzehnjähriges Herz gebrüllt hatte – und seitdem hatte ich von Knox Alexander nichts mehr gehört.

Noch lange, nachdem die Tränen versiegt und meine Wangen getrocknet waren, lag ich auf der Seite und klammerte mich an Erinnerungen, von denen ich wusste, dass ich sie loslassen sollte, aber nicht konnte. Ich hätte bemerken müssen, wie der

Himmel vor dem Fenster heller wurde. Ich hätte auf die Uhr schauen sollen, um aufzustehen, ehe der Wecker klingelte. Doch ich verharrte immer noch tagträumend im Bett, als das schrille Geräusch den Raum erfüllte, und erstarrte am ganzen Körper in Erwartung dessen, was dieser Morgen für mich bereithielt.

Ich klammerte mich an den Rand meines Kissens, denn plötzlich wurde der Wecker ausgeschaltet, und mir wurde übel, als ich hörte, wie er sich hinter mir umdrehte. Fast schon gewaltsam fing mein Kiefer an zu beben, während er langsam den Arm um meine Taille schlang und mich enger an sich heranzog.

Ich schloss die Augen fest zu, sowie mein Mann seine Lippen auf meine Schulter drückte, und ignorierte ihn so lange wie möglich.

„Du bist noch immer im Bett", bemerkte Collin.

Träge nickte ich.

„Was bedeutet, dass mich noch kein Frühstück erwartet, habe ich recht?"

Ich schluckte schwer und nickte wieder – abwartend, immer abwartend.

Mit den Fingern fuhr er langsam meinen Arm hinauf, der an meiner Seite ruhte, bis er den Punkt direkt über der Innenseite meines Ellbogens erreicht hatte. Mein Körper krümmte sich, als er zwei Finger in dem Druckpunkt dort vergrub.

„Warum zum Teufel bist du dann noch im Bett?", frage er barsch, den Mund auf Höhe meiner Schulter, ehe er meinen Arm grob wieder freiließ.

Ich stand schnell auf, um ihm nicht die Gelegenheit zu geben, noch etwas anderes zu tun, und atmete erleichtert auf, sobald ich in der Küche war. Sollte das alles gewesen sein, was ich dafür bekam, noch im Bett gewesen zu sein, würde ich das dankbar hinnehmen.

Nachdem ich sein Brot in den Toaster gesteckt hatte, verquirlte ich Eier mit Milch, goss sie in die Pfanne und lief durch die Küche, damit ich die Kaffeemaschine einschalten konnte. Ich hatte gerade alles auf den Tisch gestellt und mit dem Abwasch begonnen, da betrat Collin die Küche und stellte sich dicht hinter mich, statt sich an den Tisch zu setzen.

Er hatte sich nur ein Handtuch um die Hüften gewickelt, und als er den Arm um mich legte, sah ich, dass noch Wassertropfen an seiner Haut hinunterliefen.

Ich umklammerte den Pfannengriff und die Spülbürste, denn mir wurde klar, dass er mich auf die Probe stellte, er schwieg allerdings. Collin kam nie in diesem Aufzug hierher. Entweder aß er, sobald er aufwachte, oder kurz bevor er sich auf den Weg zur Arbeit machte … Wenn er noch sein Handtuch umhatte, hieß das, er suchte nach mehr Gründen, unzufrieden mit mir sein zu können.

„Braves Mädchen“, flüsterte er mir an meinem Nacken zu und hinterließ dort einen zarten Kuss.

Meine Nasenflügel blähten sich mit jedem angestrengten, nervösen Atemzug, während er sich von mir löste. Kurz darauf fing ich zur Beruhigung an, langsam die Pfanne zu schrubben.

„Jetzt fang noch einmal von vorne an, du warst ja zu spät dran.“

Ich sah zu, wie er Essen und Kaffee in die Spüle kippte, bevor er den Teller und den Becher mit einem lauten Knall auf der Anrichte neben mir absetzte. Ich wollte weinen, ich wollte ihn anschreien, weil er so ein Ekel war, doch ich wusste, beides würde nicht gut für mich ausgehen. Also seufzte ich ergeben. Mit einem hohlen Gefühl in der Brust spülte und trocknete ich die Pfanne schnell ab und begann von Neuem, ihm sein Frühstück zuzubereiten.

Das Geschirr war sauber, sein Frühstück und Kaffee standen auf dem Tisch, und ich saß auf einem der Stühle am Küchentisch, als er wieder zurückkehrte – dieses Mal fertig angezogen für die Arbeit.

Während er aß, hielt er die ganze Zeit auf dem Tisch meine Hand, und nachdem er fertig war, stellte er das Geschirr in die Spülmaschine. Dann schritt er wieder zu mir herüber. Er beugte sich herunter, bis er mit mir auf Augenhöhe war, und starrte mich bestimmt eine ganze Minute lang entschuldigend an.

„Ich liebe dich, Harlow", meinte er, als wollte er herausfinden, ob mir das bewusst war oder nicht.

„Ich weiß", antwortete ich leise. „Ich liebe dich auch."

Kurz senkte er seine Lippen auf meine, dann richtete er sich wieder auf. Er holte sein Portemonnaie aus der Tasche, nahm eine Kreditkarte heraus und ließ sie auf den Tisch fallen. „Hol deine Schwester ab, lad sie zum Mittagessen ein, und dann lass dir die Nägel machen, oder so etwas. Wenn noch Zeit ist, kauf dir was Schönes."

„Danke, Collin."

„Alles für mein Mädchen. Wir sehen uns, wenn ich nach Hause komme."

Ich nickte nur und schaute ihm nach, wie er die Küche verließ. Erst nachdem die Eingangstür ins Schloss gefallen war und ich hörte, wie er den Motor seines Wagens anließ, erlaubte ich es mir, mich zu entspannen.

Es nützte nichts, ihm zu sagen, dass ich sein Geld nicht wollte. Er wusste, dass er mich verletzt hatte, und mir aufzutragen, mir etwas zu kaufen, war seine Art, sich zu entschuldigen. *Geld* war seine Art, sich zu entschuldigen, doch kein Geld der Welt hätte mich dazu bringen können, in diesem Haus und mit diesem Mann verheiratet zu bleiben.

Die Drohung, meiner Familie etwas anzutun, hingegen schon.

In besseren Zeiten, wie gerade eben, reichte er mir seine Kreditkarte und wollte, dass ich mir etwas gönnte. So konnte er vor seiner und meiner Familie damit angeben, wie gut er sich um mich kümmerte. Er scherzte dann mit ihnen, dass ich ihn nur seines Geldes wegen liebte, doch er und ich wussten es besser. Und mir war klar, wenn er mir seine Kreditkarte gab, ich am Ende des Tages jedoch nichts vorzuweisen hatte, würde ich auf andere Weise dafür bezahlen.

In schlechten Zeiten sehnte ich mich nach den Scherzen über Kreditkarten und seine Versuche, mich zu bestechen, denn dann bekam ich mein Monster zu spüren. Dann erzählte mein Mann mir bis ins kleinste Detail, wie er meine Familie vor meinen Augen umbringen würde, sollte ich ihn je verlassen oder jemandem erzählen, was bei uns zu Hause vor sich ging. Anfangs hatte ich ihm nicht geglaubt. Ich hatte zwar schreckliche Angst vor ihm gehabt – nein, mehr als das. Angst beschrieb nicht ansatzweise dieses Gefühl, das sich in meinem Körper ausbreitete, als ich meinem Monster zum ersten Mal gegenüberstand. Ich hatte jedoch gedacht, dass er hinter *mir* her wäre, wenn ich ihn verlassen würde … nicht hinter ihnen.

Zwei Monate lang hatte ich einen Plan ausgearbeitet, wie ich gehen, wie ich alles hinter mir lassen würde. Doch erst, als er eines Abends von der Arbeit nach Hause kam und meine kleine Schwester noch immer hier war – ein Umstand, der, wie ich wusste, nicht erlaubt war –, begriff ich, dass seine Drohungen überaus ernst gemeint waren. Denn er kehrte mit einer Waffe in der Hand ins Wohnzimmer zurück, den teilnahmslosen Blick fest auf sie gerichtet.

Meine Schwester kriegte die Waffe nie zu Gesicht. Ich war geistesgegenwärtig genug, mir etwas einfallen zu lassen, warum sie sofort aufbrechen musste, ehe sie die unterschwellige Panik in meinen Worten oder den abwesenden Blick in Collins Augen bemerken konnte. Doch Collin meinte, ich müsse dennoch bezahlen. Die ganze Nacht über hatte ich im Schlafzimmer auf ihn gewartet, am ganzen Körper zitternd, allerdings hatte er es nicht auf mich abgesehen. Erst am nächsten Morgen erhielt ich meine Strafe. Als ich die Küche betrat, saß er, noch immer in der Kleidung vom Vortag, am Küchentisch, aß sein Frühstück und trank seinen Kaffee wie an jedem beliebigen Morgen ... Nur dass unsere Hündin tot vor ihm auf dem Tisch lag.

Er erzählte allen, sie wäre von einem Auto überfahren worden, und ein paar Tage später *erlaubte* er mir als Entschuldigung, einen neuen Küchentisch zu kaufen. Zum Glück quälte er mich nie damit, auch ein neues Haustier anschaffen zu müssen.

Also wartete ich bis zu jenem Sommer, in dem meine Familie nach Kalifornien verreist war, bevor ich schließlich den Versuch wagte, ihn zu verlassen. Ich dachte, wenn sie außer Landes wären, würde ich gehen und sie rechtzeitig warnen können, zumal ich Collin gegenüber nie erwähnt hatte, wo sie hinfahren oder dass sie überhaupt Urlaub machen wollten. Was ich nicht wusste, war, dass meine Eltern ihm bereits alles erzählt hatten in der Hoffnung, Collin würde sich freinehmen können, damit wir beide zusammen zu ihnen fliegen konnten.

Ich schaffte es kaum bis nach Portland, Oregon, als man mich schon anhielt und wegen vermeintlicher „Trunkenheit am Steuer" verhaftete. Es spielte keine Rolle, dass es später Vormittag war, dass man mich keinerlei Alkoholtests unterzog oder dass der Polizist sich nicht einmal die Mühe machte, mich in die Zelle zu sperren, nachdem wir auf der Wache eingetroffen waren. Es spielte keine Rolle, dass man mir das Recht verweigerte, das Telefon zu benutzen – nicht, dass ich Collin je angerufen hätte. Dennoch tauchte er weniger als drei Stunden später auf der Wache in Portland auf, um mich abzuholen; alle Anschuldigungen waren wie durch ein Wunder fallen gelassen worden.

An jenem Abend zwang mich Collin, auf der Couch sitzen

zu bleiben, mit meinem Handy vor mir auf dem Tisch, und mich nicht zu rühren, bis ich „den Anruf" erhielt. Ich verstand nicht, von welchem Anruf er sprach, da er selbst den ganzen Abend über von mir aus gesehen am anderen Ende des Raumes saß.

Dann klingelte mein Telefon.

Es war meine jüngere Schwester, die mir unter Tränen erzählte, dass das Strandhaus, in dem sie gewohnt hatten, Feuer gefangen hatte. Sie waren alle rechtzeitig hinausgelangt, doch das halbe Haus war zerstört worden, und später hatte man Brandstiftung als Ursache ausgemacht. Der Täter wurde nie gefasst, doch damit hatte ich auch nicht gerechnet. Collin war es gelungen, einen Polizisten aus Oregon dazu zu bringen, mir Trunkenheit anzuhängen; warum sollte er in Kalifornien jemanden anheuern, der so nachlässig war, sich erwischen zu lassen?

Nie wieder hatte ich versucht, Collin zu verlassen.

Ich erhob mich vom Küchentisch, schritt langsam durch das ganze Haus und stellte sicher, dass alles vom Tag zuvor noch sauber war. Nachdem ich im Schlafzimmer die Kleidung aufgesammelt und das Bett gemacht hatte, schickte ich meiner jüngeren Schwester Hadley eine Nachricht und ging ins Badezimmer, um zu duschen.

Ich hasste unsere Dusche. Sie war groß, viel zu groß. Zehn Leute würden bequem hier drunter passen. Collin hatte eines dieser Regenduschsysteme installieren lassen, sodass die gesamte Fläche erwärmt wurde und genutzt werden konnte. Das Einzige, was ich davon hatte, war, dass es mir noch schwerer fiel, die Erinnerungen an Knox zu vertreiben, besonders, wenn ich von ihm geträumt hatte – was ich fast jede Nacht tat.

Bei unserem ersten Kuss hatte es geregnet. Wir hatten im Regen getanzt. Und es hatte geregnet, als ich zum letzten Mal mit ihm gesprochen hatte. Alles am Regen erinnerte mich an ihn, erinnerte mich an das, was ich verloren hatte.

Sommer 2008 – Seattle

„Aber sehe ich gut genug *für das Konzert* aus?“, fragte ich meine ältere Schwester Hayley. „Diesen letzten Teil lässt du immer aus!“

Sie verdrehte die Augen, nachdem sie in eine Parklücke gebogen war. „Ich finde, du siehst heiß aus. Nur das sollte zählen.“

„Ich war noch nie auf einem Konzert. Es könnte durchaus wichtig sein!“

„Eigentlich kann man das gar kein richtiges Konzert nennen. Ich meine, es ist eins, aber irgendwie auch nicht. Ständig werden Leute kommen und gehen und einfach da abhängen ... ganz locker. Du siehst gut aus, ich schwöre es.“

Ich klappte die Sonnenblende herunter und überprüfte ein letztes Mal im Spiegel mein Make-up, ehe ich mit ihr aus dem Wagen stieg.

Als ich vorne um ihren Wagen herum zu ihr lief, schenkte sie mir ein anerkennendes Lächeln. „Bist du so weit?“

„Scheint so“, antwortete ich und streckte die Arme von mir.

„Du bist so eine freche Göre“, meinte sie lachend. „Na komm.“

Sie legte einen Arm um meine Schultern und zog mich quer über den Parkplatz und einen großen Rasen bis zu einem Gebäude, von dem ich hätte schwören können, dass es leerstand, so wie es aussah. Allerdings war es ein beliebter Treffpunkt und der beste Ort für Indie-Konzerte. Mom wollte nie, dass ich mit hierherkam, aber irgendwie war es Hayley doch gelungen, ihr für heute Abend eine Erlaubnis abzuringen. Normalerweise war ich immer irgendwo in Hayleys Nähe zu finden, egal, wo sie sich gerade aufhielt.

Sie war nicht nur meine Schwester, sie war meine beste Freundin. Ihre Freunde waren auch meine Freunde. Wir durften gleich lange ausbleiben, und dies war unser letzter gemeinsamer Sommer, bevor sie am anderen Ende des Landes aufs College gehen würde. Ich hatte keine Ahnung, was ich ohne sie tun sollte. Unsere andere Schwester war zu jung, als dass ich viel mit ihr hätte unternehmen können – und Freunde in meinem Alter hatte ich nie gehabt. Meine Eltern nannten mich immer eine „alte Seele", was auch immer das zu bedeuten hatte. Ich wusste nur, dass ich nirgends dazugehörte, wenn ich nicht mit Hayley zusammen war, und jetzt ließ sie mich allein.

„Schau mal einer an, wer doch noch auftaucht", rief Hayleys Freund Neil, nachdem wir das Gebäude erreicht hatten. „Die klitzekleine Low Low."

„Sehr witzig", murmelte ich, während er mich fest in seine riesigen Arme schloss.

„Du siehst gar nicht mehr so winzig aus, kleine Low."

„Und du bist ein Widerling", erwiderte ich im selben Moment, als Hayley das Gesicht verzog und ihn in den Bauch boxte. „Sei nicht so ein Ekel!"

„Bin ich gar nicht!" Er streckte die Arme von sich und legte dann einen um Hayley. „Ich meine ja nur, wir sollten sie heute Abend vielleicht lieber an die Leine nehmen oder so. Babe, du weißt genau, dass deine Schwester nicht aussieht wie fünfzehn, und dann lässt du sie so etwas tragen? Niemand hier wird glauben, dass sie noch minderjährig ist. Ich sollte ihr ein Schild umhängen, auf dem ‚Zu jung! Nicht anfassen!' steht."

„Sie kommt schon klar." Hayley lächelte und zwinkerte mir zu. „Sie sieht toll aus und ist hier, um Spaß zu haben. Sie wird schon nichts Dummes anstellen."

Neil stöhnte. „Ich werde Leute vermöbeln müssen, oder?"

„Wahrscheinlich", antwortete Hayley und lehnte sich an ihn, um ihn zu küssen. Bald hatten die beiden vergessen, dass wir in der Öffentlichkeit waren.

„Sind wir hier, um uns ein Konzert anzuhören, oder damit ihr übereinander herfallt?"

Grinsend drehte sich Hayley zu mir um. „Beides?" Sie lachte, da ich eine Grimasse schnitt. „Komm, wir gehen rein."

Ich fand sehr schnell heraus, dass Konzerte nicht mein Ding waren. Wären nicht fast alle unsere Freunde da gewesen, hätte ich die schlechte Musik und den schweren Geruch nach etwas, von dem ich mir nicht sicher war, ob es legal war, unerträglich gefunden.

Ich trommelte mit den Fingern auf den Tisch, atmete tief aus und blickte mich um. „Ich gehe mal an die frische Luft", sagte ich laut, an niemanden Spezielles gerichtet.

„Auf keinen Fall alleine", brüllte Hayley über die Musik hinweg.

„Ich komme schon zurecht", erwiderte ich beim Aufstehen. Während ich schnell von dem niedrigen Hocker zurücktrat, auf dem ich gesessen hatte, hörte ich hinter mir ein unmissverständliches Grunzen.

Ich erstarrte am ganzen Körper und mein Gesicht brannte vor Scham.

Ein vielstimmiges „Hey!" ertönte von unserem Tisch, und ich wandte mich um, damit ich sehen konnte, welchen unserer Freunde ich angerempelt hatte.

„Es tut mir so l…" Ich brach ab, als ich zu ihm hochsah.

Kein Freund von mir. Ich hätte mich daran erinnert, mit jemandem wie ihm befreundet zu sein.

„Es tut mir leid", flüsterte ich, doch meine Worte gingen in der Musik unter.

Seine Lippen bogen sich zu einem schiefen Lächeln, das viel zu perfekt war, um echt zu sein. „Nichts passiert", sagte er mit einer tiefen Stimme.

Ich bin mir sicher, dass mein Mund offen stand, während ich ihn reglos einfach weiter anstarrte. Sein Blick wanderte rasch über meinen Körper, und aus dem Lächeln wurde ein Grinsen, ehe einer unserer Freunde etwas sagte und er den Kopf hob, um die anderen anzusehen.

Ich blinzelte schnell und wich einen Schritt von ihm zurück. Den Blick starr auf den dunklen Fußboden gerichtet, versuchte ich, mich daran zu erinnern, was ich gewollt hatte, bevor er hinter mich getreten war. Nach draußen. Ich brauchte frische Luft. Ich wollte ihn wieder anschauen. *Nein, geh nach draußen, Harlow. Geh nach draußen.*

Ich hatte mich gerade zwei Schritte weit entfernt, da hörte ich die Stimme meiner Schwester über die Musik hinweg. „Jemand muss mit Harlow rausgehen."

Wütend wirbelte ich zu ihr herum. „Ich bin kein Hund."

Ich verließ die Tische, schob mich durch die Menge, die in der Nähe des Eingangs herumstand, und atmete tief ein, um meine Lungen mit frischer, sauberer Luft zu füllen.

„Sie wollen nur auf dich aufpassen."

Ich drehte mich um und blickte zu dem Jungen hoch, den ich vorhin angerempelt hatte.

„Ein Mädchen, das so aussieht wie du, sollte nicht allein hier draußen sein."

„Wegen Jungs wie dir?", forderte ich ihn heraus und hob eine Augenbraue, doch mein Tonfall war neckend.

Da war wieder dieses schiefe Lächeln, und er lachte leise, während er sich neben mich an die Mauer lehnte, nahe genug, dass unsere Arme sich berührten. „Wenn man bedenkt, dass die anderen mich gebeten haben, hier zu dir rauszukommen, will ich doch hoffen, dass nicht."

Ich machte ein langes Gesicht. „Ich brauche dich nicht als meinen Aufpasser. Ich will nur ein bisschen frische Luft schnappen."

Er beugte sich vor, sodass seine dunklen Augen direkt vor meinen waren, und die Intensität des Blicks reichte aus, mich an die Mauer zu drücken. „Und ich habe nie behauptet, dass ich nicht auch derjenige sein wollte, der zu dir rauskommt."

Mein Puls beschleunigte sich bei diesem Eingeständnis, und die Art, wie er mich anstarrte, jagte mir Hitzeschauer durch den Körper. Ich spürte, wie ich mich ihm langsam näherte, und seine Nähe ließ mich tiefer ein- und ausatmen. Mein Blick wanderte unruhig über sein Gesicht und seinen Körper. Ich nahm ihn genauer unter die Lupe, jetzt, wo wir draußen im Schein der untergehenden Sonne waren. Das enge graue Shirt endete genau dort, wo der Saum seiner niedrig sitzenden Jeans begann, und zeigte, dass er muskulös gebaut und schlank war. Ich schaute über seine makellose braune Haut hinauf bis in seine dunklen Augen, von denen ich irgendwie wusste, sie würden mir alles verraten, ohne dass er auch nur ein Wort sagen musste.

Ich sah hinunter auf seine Lippen und ertappte mich dabei, mich zu fragen, wie sie sich wohl auf meiner Haut anfühlen würden. *Lass sie zu dir kommen.* Das sagte Hayley immer. Ihre Worte gingen mir nicht aus dem Kopf. Ich räusperte mich und wendete den Blick ab, bevor ich etwas Dummes tun konnte, zum Beispiel ihn zu fragen, ob ich mal probieren durfte, wie sich seine Lippen auf meinen anfühlen würden.

Ich musste einen Makel an ihm finden, ich musste mich darauf konzentrieren, damit ich nicht anfing zu glauben, die Götter hätten diesen Jungen nur geschaffen, um Mädchen wie mich zum Sabbern zu bringen und uns vergessen zu lassen, wie man normale Gespräche führte. Alberne Hormone: 1, Harlow: 0.

„Also, äh, du bist offensichtlich nicht von hier."

„Offensichtlich?", fragte er. In dem einen Wort war die Belustigung deutlich zu hören.

Na ja, du bist unfassbar heiß, und ich habe dich noch nie gesehen. Also ja, offensichtlich. Ich unterdrückte ein Augenrollen und stöhnte innerlich darüber, wie sehr ich die Sache schon vermasselt hatte. „Ähm, ich meinte nur, dass ich dich noch nie gesehen habe. Andererseits scheinen dich alle anderen zu kennen, also irre ich mich vielleicht."

„Knox Alexander", stellte er sich vor und streckte mir die Hand entgegen. „Und du hast dich nicht geirrt. Ich komme eigentlich aus Thatch, ein paar Stunden von hier."

„Und du bist irgendwie schon mit allen befreundet, obwohl wir uns gerade erst kennengelernt haben."

Er deutete mit dem Kopf in Richtung Gebäude. „Sara ist meine Schwester. Seit ungefähr einem Jahr ist sie jetzt hier in Seattle und kennt ein paar von denen aus der Schule. Ich habe mit allen schon ein paarmal diesen Sommer abgehangen. Und jetzt erzähl mir, warum ich dir vor heute Abend noch nicht begegnet bin ... und warum ich deinen Namen noch immer nicht weiß."

Ich unterdrückte ein Lächeln. „Ich heiße Harlow. Ich bin Hayleys Schwester."

Er zog die Augenbrauen zusammen. „Zwillinge?", fragte er, und ich lachte über seine ernst gemeinte Frage. Die bekamen wir oft zu hören.

„Äh, nein. Nicht annähernd, ich fasse das mal als Kompliment auf. Jedenfalls hatte ich Hausarrest, seit vor einem Monat die Sommerferien angefangen haben, doch der ist endlich vorbei."

Knox entglitten die Gesichtszüge, und ich konnte erkennen, dass er meine Worte im Kopf wiederholte. „Warte mal, wie alt bist du?"

„Fünfzehn."

Er starrte mich nur an und sagte nichts. An seiner Miene konnte ich jedoch erkennen, wie sehr er mit sich kämpfte.

„Warum?", fragte ich und zog das Wort in die Länge. „Was dachtest du denn, wie alt ich bin?"

Er wartete lange, bevor er murmelte: „Nicht fünfzehn."

„Wie alt bist du?"

„In etwas mehr als einer Woche werde ich achtzehn."

Ich verstand das Problem nicht. Jeder, mit dem ich etwas unternahm, war mindestens achtzehn. Aber Knox' Miene nach zu urteilen, war es auf jeden Fall ein Problem. „Und?"

Er rang sich ein Lächeln ab und räusperte sich. „Nichts *und*. Ich schätze, das hatte ich einfach nicht erwartet."

Mir entging nicht, dass er mir danach nicht mehr in die Augen schaute, oder wie er sich von mir abwendete.

Moment mal, was ist gerade passiert? Warum hat er nach diesem intensiven Blickkontakt einfach dichtgemacht, und warum breitet sich auf einmal diese Kälte zwischen uns aus? Das habe ich davon, wenn ich auf Hayley höre!

Niedergeschlagen ließ ich meine Schultern sinken. Ich stieß mich von der Wand ab und schritt auf eine niedrigere Mauer zu, die am Rasen entlangführte.

„Gehst du nicht wieder rein?", fragte Knox, der mir gefolgt war.

„Nein, aber du kannst gerne. Ich rufe meine Mom an, damit sie mich abholt."

„Warum willst du weg?", fragte er und griff sanft nach meinem Unterarm, damit ich stehen blieb.

Ich blickte auf die Stelle, an der er seine langen Finger um meinen Arm gelegt hatte, und die Hitze unter seiner Hand war nicht nur seiner Körpertemperatur zuzuschreiben, da war so viel mehr. Mein Atem wurde hörbar, sowie ich über die Schulter schaute und entdeckte, dass er auf unsere Arme hinuntersah.

Als sich unsere Blicke trafen, war die Intensität zurück. „Warum gehst du?", fragte er wieder; die Heiserkeit in seiner Stimme ließ mich auf ihn zuwanken – doch er ließ mich nicht zu nahe an sich herankommen.

„Äh, Konzerte sind wohl nicht so mein Ding", murmelte

ich und löste meinen Arm aus seinem Griff. „Ich bin vorher noch nie auf einem gewesen, und jetzt merke ich, dass ich nichts verpasst habe."

„Dann bleibe ich hier draußen bei dir."

„Ich habe doch gesagt, ich brauche keinen Aufpasser", stieß ich hervor.

„Glaub mir, Harlow, das ist das Letzte, was ich sein will."

Meine Augen weiteten sich bei diesem vielsagenden Tonfall, und ich überlegte fieberhaft, was ich darauf antworten konnte, damit er mir gegenüber nicht wieder dichtmachte. Mir fiel nichts ein. „Wirklich, du musst nicht meinetwegen hier draußen bleiben. Ich rufe jemanden an."

„Ich bin nicht wegen der Shows hergekommen. Ich bin nur hier, um Sara nachher wieder nach Hause zu fahren." In seinem Blick blitzte derselbe Konflikt auf wie vorhin, als er mich lange angestarrt hatte. „Außerdem, wenn ich mich entscheiden müsste, ob ich da drinnen sein wollte oder hier draußen bei dir, würde ich mich für dich entscheiden."

„Weil ich einen Beschützer brauche." Das war keine Frage gewesen. Ich war enttäuscht, dass er das Gefühl zu haben schien, mich wie ein kleines Kind behandeln zu müssen.

Er schüttelte kaum merklich den Kopf, wendete den Blic[k] ab und sprach noch leiser. „Ich wünschte, das wäre mei[n] Grund."

Gegenwart – Richland

Ich behielt ein Lächeln im Gesicht und stocherte in mei[nem] Salat herum, während ich Hadley dabei zuhörte, wie si[e] über diesen Mann ausließ, mit dem sie eine On-off-Bezi[ehung] führte. Nachdem wir ein paar Stunden shoppen gewese[n wa]ren und uns die Nägel hatten machen lassen, waren einem unserer Lieblingsrestaurants in Richland gefahren, um uns noch ein wenig zu unterhalten, bevor ich nach Hause zurückkehren und das Abendessen vorbereiten musste.

Hadley besuchte die Washington State University Tri-Cities, um in meiner Nähe zu sein. Ich liebte es, Zeit mit ihr zu verbringen; danach sehnte ich mich an jenen Tagen, an denen ich das Gefühl hatte unterzugehen. Gleichzeitig strengte es mich auch an. Unsere Schwester Hayley hatte bei unseren wenigen Treffen, seit Collin und ich verheiratet waren, zu viel mit ihren kleinen Kindern zu tun gehabt – was ein Segen für mich war, denn sie war immer die Scharfsinnige gewesen. Doch sie lebte jetzt in Connecticut, und wir sahen uns nur noch ein Mal m Jahr; zwei Mal, wenn wir Glück hatten.

Hadley war anders. Hadley bemerkte nichts außer der perfek- Welt um sie herum. Sie betrachtete das Leben durch eine rosa- Brille, das hatte sie schon immer getan. Also brauchte ich nur cheln, wenn ich in ihrer Nähe war, und sie würde nie bemer- ass etwas nicht stimmte. Das Lächeln fiel mir nicht schwer. r gut darin, zum Wohl meiner Familie Glück vorzutäu- Das Problem war nur, dass ich nie etwas aus meinem Le- len konnte, und sobald ich es doch tat, waren es Lügen. rmüdend. Mein Körper war immerzu angespannt, Zeit miteinander verbrachten; ich hatte Angst, sie irgendwie mitkriegen, dass etwas nicht in Ordnung nte etwas auffallen, das sie nicht sehen sollte.

ar nichts essen?“, fragte sie plötzlich.

h“, erwiderte ich, lachte leise, und um meine streichen, steckte ich mir eine volle Gabel in

einen Happen von meinem Salat und ge- en mit der Gabel. „Also, jedenfalls weiß ich mit ihm machen soll.“

nem
sich
ung
n wa-
ir zu

„Na ja, es ist Sommer. Es ist der perfekte Zeitpunkt für euch beide, eine Pause einzulegen, zumal er für ein paar Monate nach Hause fährt. Vielleicht triffst du dich mal mit anderen Leuten. Du bist erst neunzehn, Hadley. Konzentriere dich nicht nur auf den einen Mann. Du bist noch drei Jahre auf dem College. Genieße sie, und genieße die vielen verschiedenen Männer."

Skeptisch blickte sie mich an. „Du hast mit neunzehn geheiratet."

„Einen Monat später bin ich zwanzig geworden."

„Als würde das einen Unterschied machen." Sie lächelte, denn sie wusste, dass sie recht hatte. „Du kannst mir nicht davon abraten, in jungen Jahren sesshaft zu werden, wenn du es selbst so gemacht hast." Sie seufzte und schürzte die Lippen. „Ich will auch einen Collin finden."

Mein Körper verkrampfte sich, und mir gefror das Lächeln im Gesicht.

„Ich will jemanden, der sich so um mich kümmert, wie er sich um dich kümmert. Gib's zu, Schwesterherz, dein Leben ist ziemlich perfekt. Du musst nicht arbeiten gehen, dein Mann bezahlt dafür, dass wir Tage wie diesen zusammen verbringen. Er ist heiß, er ist reich … Er ist heiß."

Er ist ein Monster.

„Weißt du, was ich mir für dich wünsche?", fragte ich schnell und beugte mich vor, sodass meine Frage ein bisschen zu dringlich wirkte. „Dass du jemanden findest, der dich immer liebt. Nach Jahren noch. Aus der Ferne. Wenn ihr getrennt seid. Einfach immer. Das wünsche ich mir für dich."

Sie lächelte und verdrehte die Augen. „Okay, Mom."

Ich räusperte mich und versuchte zu lächeln, dankbar, dass ihr mein Tonfall nicht aufgefallen war. „Apropos Mom … Fährst du diesen Sommer nach Hause?"

Ich lehnte mich zurück und stocherte weiter in meinem Salat

herum, während sie ausgiebig ihre Pläne für den Sommer vor mir ausbreitete. Eine Stunde später setzte ich sie bei der Wohnung ab, die sie zusammen mit ein paar Freunden angemietet hatte, und weinte vor Erleichterung, als die Anspannung aus meinen Muskeln wich.

Zu Hause beeilte ich mich, das Abendessen herzurichten, und lief dann noch einmal durch das ganze Haus, um zu überprüfen, ob ich nichts vergessen hatte. Ich hatte das Badezimmer geputzt. Der Rest des Hauses sah noch immer makellos aus. Die neue Handtasche und die Schuhe, die ich am Nachmittag gekauft hatte, standen auf dem Tisch im Eingangsbereich, damit Collin sie sofort bemerkte, sobald er nach Hause kam. Ich hatte gerade das letzte Geschirr weggeräumt, bevor ich meinen Rundgang begonnen hatte. Meine Hände zitterten, als ich die Teller auf dem Tisch anstarrte. Irgendetwas fehlte. Und mir fiel nicht ein, was es war.

Hähnchen, Kartoffeln, grüne Bohnen. Gabeln, Messer, Löffel, Servietten. Salz. Pfeffer. Ich sah auf die Uhr und schluckte schwer. *Oh Gott, oh Gott! Was zum Teufel fehlt hier?*

Mir blieben noch zwei Minuten, bis Collin die Auffahrt hinaufkommen würde; er verspätete sich nie auch nur um eine Minute. Ich war mir nicht sicher, aber ich hatte den Verdacht, dass er weiter unten an der Straße parkte und jeden Tag eine bestimmte Uhrzeit abwartete, nur damit er diese Angst vor seiner Ankunft in mir hervorrufen konnte.

Getränke!

Ich eilte durch die Küche und holte vier Gläser aus dem Schrank. Nachdem ich zwei mit Eiswasser und die anderen beiden mit Wein gefüllt hatte, stellte ich sie alle auf den Tisch, nur Sekunden, bevor ich den Schlüssel im Schloss hörte und mein Zittern noch stärker wurde.

Die Haustür öffnete und schloss sich, und kurz darauf hallten Collins Schritte auf dem Parkett, als er durch den Flur in die Küche kam und mich anschaute. Er hielt einen wunderschönen Strauß aus rosafarbenen Rosen in der Hand – genau wie jeden Abend, an dem er meinte, sich entschuldigen zu müssen – und ich versuchte, mir bei ihrem Anblick nichts anmerken zu lassen. Rosen hatte ich schon immer gehasst, und Collin wusste das.

„Riecht fantastisch." Er lächelte schnell, warf die Rosen lieblos auf den Küchentisch und machte dann kehrt, um das Haus zu begehen. Er inspizierte alles auf der Suche nach etwas, das nicht an seinem richtigen Ort war. Irgendwas. Zwei Minuten später tauchte er aufrichtig lächelnd wieder in der Küche auf. Er näherte sich der Anrichte, wo ich stand, die Rosen beschnitt und sie in die Vase stellte, und schlang die Arme um mich. „Gefallen dir deine Geschenke?"

„Das tun sie, danke."

„Und war es schön, deine Schwester zu sehen?", fragte er, während er mich zu sich umdrehte. Er gab mir einen zärtlichen Kuss auf die Lippen und löste sich dann ein wenig von mir, um zu fragen: „Hattet ihr zwei eine schöne Zeit?"

„Ja", flüsterte ich, bevor er mich erneut küsste.

Mit einem Arm wanderte er langsam meinen Rücken hinauf, während er den Kuss vertiefte, und ich versuchte, mir nicht anmerken zu lassen, dass mir bei seinen Berührungen schlecht wurde.

Ich schrie auf, da sich ein Schmerz auf meiner Kopfhaut ausbreitete, bis hinunter zu meinem Nacken. Er hatte seine Hand in meinen langen Haaren vergraben und sie grob zur Seite gerissen. Mit einem weiteren festen Ruck positionierte er sich so, dass ich gegen die Anrichte prallte und die Vase auf den Boden stieß, wo sie zerbrach. Dann ging er mit großen Schritten in den Flur, mich im Schlepptau, tief vornübergebeugt. Vor dem Tisch, auf dem die Dinge ausgebreitet waren, die ich zuvor gekauft hatte, zog er mich hoch, nur um mein Gesicht gleich darauf so schnell auf den Tisch zu drücken, dass mir ein Schrei entfuhr. Er hielt inne, als meine Nase knapp über der Tischplatte war. Mein Kiefer zitterte, und Tränen tropften auf das dunkel gebeizte Holz.

„Willst du jemanden umbringen?“, brüllte er mich an.

„N-n-n-n“, stammelte ich, brach dann aber schluchzend ab.

„Was fehlt hier, Harlow? Sag es mir!“ Er drückte meinen Kopf noch ein Stück weiter hinunter in Richtung Tisch.

Bebend starrte ich auf den Tisch und wusste nicht, wovon er sprach.

„Wen möchtest du loswerden, hm?“, fragte er dicht an mein Ohr gepresst. Dieses Mal war seine Stimme leise und dunkel. „Deine Schwester? Du willst, dass sie verschwindet, nicht wahr?“

„Nein!“, stieß ich hervor.

„Wo ist sie dann?“, brüllte er neben mir.

Die Karte! Die Kreditkarte! „Gel-Geldbörse! Es tut mir l-l-leid!“

Er hielt meine Haare in seiner Faust, warf mich zu Boden und trat über mich hinweg, um meine Handtasche zu suchen. Augenblicklich legte ich die Hände an den Kopf, um die empfindlichen Stellen zu schützen, während ich hörte, wie seine Schritte sich entfernten.

„Lass dir den Schmerz nicht anmerken.“ Die Worte blieben hinter ihm in der Luft hängen. Noch eine Erinnerung. Noch eine Warnung.

Mit zitternden Armen und Beinen drehte ich mich auf die Knie und erhob mich langsam. Nachdem ich mich aufgerichtet hatte, kam er schon wieder auf mich zu, mit meiner Tasche in der Hand. Er zog die Schlüssel aus seiner Hosentasche, lief durch die Vordertür hinaus, nur um eine Minute später wieder hereinzukommen.

„In zwei Tagen gebe ich dir alles zurück", sagte er summend und küsste mich mit täuschend echter Zärtlichkeit auf die Wange. „Komm, lass uns essen. Das Abendessen sieht fantastisch aus."

Er legte mir die Hand ins Kreuz und führte mich in die Küche. Dort rückte er mir den Stuhl zurecht und hielt meine Hand auf der Tischplatte, während wir aßen. *Er* aß – *ich* saß da, starrte auf die Glasscherben und die vergessenen Rosen auf den Fliesen und fragte mich wie so oft, wie der Junge, in den ich mich verliebt hatte, zu meinem Monster geworden war.

2. Kapitel

HARLOW

Sommer 2008 – Seattle

Ich war kurz davor, Knox nach unserem Kennenlernen vor eineinhalb Wochen zum ersten Mal wiederzusehen, und ich konnte kaum still sitzen, so aufgeregt war ich. Wir waren den Rest des Konzerts über draußen geblieben, hatten auf der Mauer gesessen und uns über alles Mögliche unterhalten: Thatch, seinen Umzug nach Seattle und seinen Plan, hier im Herbst auf die University of Washington zu gehen. Ich hatte ihm von meiner Familie erzählt und von meinem Leben als Highschool-Schülerin, die sich nirgends zugehörig fühlte – was wohl auf die meisten Schüler zutraf.

Je weiter die Nacht des Konzerts voranschritt, desto mehr spürte ich, wie ich in einen Gemütszustand abglitt, in dem außer Knox nichts mehr eine Rolle spielte, und ich wollte, dass es ihm mit mir genauso erging. Als alle Shows beendet waren, hätte ich schwören können, dass er mir einen Gutenachtkuss geben würde.

Doch es gab keinen Kuss, nicht einmal Worte. Sein Körper war eng an meinen geschmiegt, und er legte mir eine seiner großen Hände an die Wange. Minutenlang standen wir so da, in denen ich ihn innerlich anflehte, mich zu küssen. Als hätte man einen Schalter umgelegt, war der anfängliche Konflikt wieder in seinen Augen zu erkennen, und er wich einen Schritt von mir zurück.

Die Verbindung zwischen uns war unterbrochen, und ich war mir sicher, ich würde nie wieder etwas von ihm hören, obwohl ich ihm meine Nummer gegeben hatte. Doch am nächsten Tag rief er an, und auch an dem darauffolgenden, und es war jedes Mal wieder so wie auf der Mauer. Selbst durch das Telefon spürte ich, wie sehr ich mich zu ihm hingezogen fühlte, und ich wollte seinem heiseren Tonfall ewig lauschen.

Gestern hatte Knox Geburtstag gehabt, und heute wollten wir uns alle bei Neil zu Hause treffen, um ihn zu feiern. Hayleys Auto fuhr einfach nicht schnell genug! Zu Fuß wäre ich schneller gewesen. Gut, das war gelogen, aber konnte sie nicht ein *bisschen* schneller fahren?

Fast seufzte ich vor Erleichterung, sowie wir endlich bei Neils Haus vorfuhren. Ohne auf Hayley zu warten, stieß ich die Tür auf und rannte auf den Jungen zu, der mit ein paar anderen, die ich noch nie gesehen hatte, am anderen Ende der Wiese stand.

Sobald Knox mich auf sich zulaufen sah, lächelte er übers ganze Gesicht. Er löste sich rechtzeitig von den anderen und breitete die Arme aus, als ich mich auf ihn stürzte. Ich hatte vorgehabt, einen auf cool zu machen, während ich auf ihn zuging – doch sobald ich ihn gesehen hatte, war dafür keine Zeit mehr gewesen.

Er gab ein leises Schnauben von sich, lachte schließlich und schlang die Arme fester um mich. „Hey, Low."

Ich konnte die Jungen reden hören, mit denen Knox zusammengestanden hatte. Sie versuchten herauszufinden, ob ich „das Mädchen" war, und irgendetwas daran brachte mich dazu, noch breiter zu lächeln.

„Herzlichen Glückwunsch", murmelte ich an Knox' Brust.

Er legte zwei Finger unter mein Kinn und neigte meinen Kopf nach hinten, damit er mir in die Augen schauen konnte. „Danke." Einen Moment lang betrachtete er mein Gesicht, dann fragte er: „Ist es komisch, dass ich dich vermisst habe?"

Ich errötete. „Du hast mich vermisst?"

Er sah mich an, als hätte ich es wissen müssen. „Klar, Low."

„Gut", neckte ich ihn.

Leise lachte Knox. Als ich gegen die Tropfen anblinzelte, die vom Himmel herabfielen, schlang er schnell seinen Arm um mich und führte mich ins Haus, ohne seine Freunde weiter zu beachten. Und wie jeden Tag am Telefon nahmen wir unser Gespräch vom Vortag wieder auf. Nur dass er jetzt wieder direkt vor mir stand. Dieses Mal ruhte meine Hand in seiner, und ab und zu berührte er einfach meine Wange und blickte mich an – als stünden in meinen Augen alle Antworten, die er suchte.

„Wir haben eine Minderjährige im Haus!", sagte jemand fast eine Stunde später laut.

Ich hätte das nicht weiter beachtet. Doch Knox' Miene hatte sich auf einmal verhärtet, während er zu den Jungs herübersah, mit denen er am Anfang des Abends zusammengehockt hatte, und dann zu dem, der gebrüllt hatte.

„Hoffentlich steht dir Orange, Knox!"

Dieses Mal wirbelte ich mit dem Kopf herum. *Wovon redeten die?*

Von den zwei Dutzend Leuten, die im Keller von Neils Haus dicht aneinandergedrängt herumstanden, fingen fast alle an zu lachen, als das Wort „Minderjährige" durch den Raum flog, als wäre es ein Buhruf, oder so etwas.

Knox schloss seine Hand fester um meine, und ich sah, dass er blass geworden war.

„Wovon sprechen die?", fragte ich so leise, dass nur er mich hören konnte. Als er nicht antwortete, schaute ich mich nach Hayley und Neil um – zwei der wenigen Leute außer uns, die nicht lachten. Sie sah traurig aus, er furchtbar wütend. Ich war mir nur nicht sicher, gegen wen seine Wut gerichtet war.

„Keine Pussy ist es wert, für sie ins Gefängnis zu gehen, Bro. Tu das nicht!"

Daraufhin fingen alle so laut an zu lachen, dass ich bei dem Lärm zusammenzuckte, und Knox schnaubte. Seine Freunde von draußen flüsterten eindringlich auf ihn ein, aber Knox schien ihnen nicht zuzuhören.

„Der Junge geht bald aufs College, Harlow! Willst du ihn wirklich ins Gefängnis bringen, bevor er überhaupt dazu kommt?"

Ich atmete schnell – zu schnell. Scham durchflutete mich, obwohl ich keine Ahnung hatte, was eigentlich los war. Ich sah in Knox' leeres Gesicht und flehte ihn an, mir zu helfen, das zu verstehen. „Wovon reden die?"

Er drehte langsam den Kopf zu mir und lächelte mich schwach an. „Ist doch egal. Ignorier sie einfach."

Plötzlich war Hayley hinter uns auf der Couch, und ihre Lippen waren an meinem Ohr. „Lass uns abhauen."

„Ich verstehe das ni..."

„Knox ist achtzehn", unterbrach sie mich.

„Und?"

„Du bist jetzt eine Minderjährige für ihn. Jede Art von sexueller Beziehung ist für euch tabu, das ist illegal."

„Haben wir doch gar nicht!", zischte ich.

„Ich würde nie ...", fing Knox an und schob seine Freunde zur Seite, als sie ihn drängten zu verschwinden, doch Hayleys nächste Worte waren alles, was ich hörte.

„*Ich* weiß, dass du jetzt noch nichts mit ihm anfangen würdest, Harlow. Da er sich jedoch nicht einmal die Mühe macht zu verbergen, dass er dich mag, könnte er schon ins Gefängnis kommen, wenn jemand *behaupten würde*, ihr hättet etwas miteinander. Selbst wenn ihr zwei nur so wie jetzt zusammen seid, geht er ein Risiko ein."

Mir wich alles Blut aus dem Gesicht, und ich konnte das Lachen und die Witze nicht länger hören, auch Hayley nicht, obwohl ich wusste, dass sie immer noch mit mir redete. Erneut wandte ich mich zu Knox um; die Enttäuschung und die Niederlage waren ihm deutlich anzusehen.

Ich versuchte, ihm meine Hand zu entziehen, doch er hielt sie umso fester. „Harlow, mir ist das egal."

„Mir aber nicht! Ich kann dir das nicht antun."

Als ich meine Hand wieder zurückzog, hielt er mich nicht davon ab. Ich hatte mich von der Couch erhoben, drängte mich nun an jedem vorbei in Richtung Treppe – und ignorierte ihren Spott und meine Tränen, die mir über die Wangen liefen. Ich hörte Hayley und Neil hinter mir herkommen, als ich hinaufging, doch kurz darauf folgte mir nur eine Person. Ich hatte den Rasen schon halb überquert und blinzelte heftig gegen den strömenden Regen an, als mich jemand umdrehte.

Ich zuckte vor Knox zurück. „Nicht!", fuhr ich ihn an. „Warum hast du mir das nicht erzählt?"

„Weil ich beschlossen habe, dass es egal ist."

„Wie könnte das egal sein?"

„Weil *ich* weiß, dass ich nichts Illegales mit dir anstellen würde."

Ich gestikulierte wild in Richtung des Hauses und entdeckte dabei die zwei Freunde von Knox, die mit verschränkten Armen neben der Tür standen und uns beobachteten. Ich drehte mich wieder zu Knox und zischte: „Hayley hat gesagt, es kommt nicht darauf an, ob wir tatsächlich etwas Illegales tun oder nicht. Wenn jemand so etwas sagen würde – mein Gott! Das kann ich dir nicht antun, Knox." Er schlang die Arme um mich und hielt mich auch dann noch fest, als ich versuchte, mich von ihm zu befreien. „Lass das, wir dürfen nichts riskieren."

„Dann warte ich auf dich, Harlow", versprach er mir, und die Ehrlichkeit in seinen Worten machte mich einen Moment lang fassungslos. „Ich warte, bis du achtzehn bist."

Ich stieß ihn gegen die Brust und schüttelte den Kopf.

„Zweieinhalb Jahre lang, Knox? Auf ein Mädchen, das du kaum kennst? Wer kann so etwas nach nur eineinhalb Wochen versprechen?“

„Ich …“

„Nein, das kann ich weder dir noch mir antun. Jetzt verstehe ich es – was neulich Nacht bei dem Konzert nicht gestimmt hat, als du herausgefunden hast, wie alt ich bin. Ich verstehe es. Du hättest mir sagen sollen, dass es *das* war, was dir Sorgen bereitete.“

„Ja, hätte ich tun sollen. Ich hätte auch nicht bei dir draußen bleiben oder dich anrufen sollen, aber ich konnte nun einmal nicht anders. Ich habe doch gesagt, es ist mir egal. Glaubst du, ich spreche normalerweise Mädels in deinem Alter an?“ Prüfend sah er mich mit seinen dunklen Augen an und redete weiter, ohne mir Zeit zu geben, darauf zu antworten. „Nein, das tue ich nicht, aber etwas an dir spricht mich einfach an. Ich wusste, dass es gefährlich war, mich auch nur weiter mit dir zu unterhalten, weil ich mich dann nur noch schneller in dich verknallen würde. Ich habe es trotzdem getan, obwohl ich wusste, dass ich bald achtzehn werde, und obwohl ich wusste, dass so etwas wie jetzt passieren könnte.“

„Ich wusste es aber nicht!“, sagte ich zu laut, die Hand fest auf meine Brust gepresst. „Ich kann nicht zulassen, dass du dich auf etwas einlässt, was dich irgendwie in Schwierigkeiten bringen kann. Oder das so unangenehm werden könnte wie *das* eben.“ Ich zeigte auf das Haus. „Das werde ich dir nicht antun.“ Er fing an zu reden, doch ich unterbrach ihn. „Und ich kann mir nichts von dir versprechen lassen, was ich dir nicht einmal selbst versprechen kann. Zweieinhalb Jahre? Du bist achtzehn und gehst bald aufs College. Du solltest mir überhaupt nichts versprechen müssen. Ich weiß, dass ich mich nicht immer altersgemäß verhalte, aber ich *bin* immer noch erst fünfzehn. Und so blöd es auch klingen mag, bei Jungs denke ich nicht an gemeinsame Jahre und an eine gemeinsame Zukunft. Ich sehe sie im Jetzt, und was sie in dieser Sekunde in mir auslösen. Ich kann dir nicht einmal den Sommer versprechen – und schon gar nicht zweieinhalb Jahre."

„Und trotzdem weinst du", sagte er sanft.

„Weil du in diesem Augenblick der bist, den ich will und nicht haben kann!"

Er legte mir eine Hand um die Taille; die andere vergrub er in meinen langen, feuchten Haaren. Ehe ich darüber nachdenken konnte, was gerade passierte, waren seine Lippen auf meinen. Ich klammerte mich an seine Arme, als unsere Lippen sich einige kurze, herrliche Sekunden lang synchron bewegten. Dann löste er sich von mir und ich presste meine Stirn an seine Brust, damit ich ihm nicht in die dunklen Augen sehen musste. Ich hätte alles zurückgenommen, was ich gerade gesagt hatte, wenn ich ihn in diesem Moment angesehen hätte.

„Eines Tages, Harlow Evans, wirst du mir gehören. Ich *werde* auf dich warten."

„Du verschwendest deine Zeit", stieß ich hervor. Ich klammerte mich noch fester an seine Arme und versuchte, weitere Tränen zu unterdrücken.

Ein leises, amüsiertes Lachen erklang dicht an meinem Ohr. „Niemals."

Gegenwart – Richland

Zwei Tage später bekam ich wie versprochen meine Handtasche und meine Schlüssel zurück und dazu eine von Collins Kreditkarten. Dieses Mal wollte er, dass ich mir neue Ohrringe kaufte, weil ich in den letzten paar Tagen keine Fehler gemacht hatte.

Ich wollte die Karte in der Mitte durchschneiden.

Doch das hatte ich nicht getan. Ich war zu einem Juwelier in der Innenstadt gefahren und hatte mir ein Paar Diamant-Stecker ausgesucht. Der Verkäufer war, glaube ich, ziemlich verwirrt, weil ich mich so wenig für dieses Geschenk an mich selbst begeistern konnte. Es war jedoch nicht seine Aufgabe zu wissen, warum ich sie kaufte – er wurde nur dafür bezahlt, mir zu helfen.

Am Abend trug ich meine Ohrringe, hatte Collins Kreditkarte in der Hand und das Abendessen auf dem Tisch, als er nach Hause kam. Nachdem er das Haus inspiziert hatte, wie er es jeden Abend tat, kam er lächelnd auf mich zu und presste seine Lippen auf meine. Er nahm mir die Karte aus den Fingern, sah sich meine Ohren kaum eine Sekunde lang an und drehte sich zum Tisch, auf den er einen weiteren Strauß Rosen warf. Kein einziges Mal hatte er mir die mitgebrachten Blumen *überreicht*, sondern sie immer nur irgendwo hingeworfen, wo ich sie später aufsammeln konnte.

„Gefallen sie dir?"

„Ja, sehr", antwortete ich automatisch. „Danke, Collin."

„Für mein Mädchen tue ich doch alles."

Wir aßen zu Abend, und er sprach von der Arbeit. Ein paar Minuten verbrachte er damit, sich darüber zu ärgern, dass Alfred McKenzie – der Leiter der Finanzbehörde von Benton County und der Mann, dessen Posten Collin übernehmen wollte – immer noch nicht vorhatte, sich zur Ruhe zu setzen. Dann erzählte er mir den jüngsten Regierungstratsch. Während er immer weiter redete, schweiften meine Gedanken ab; es war das gleiche Gespräch wie immer. Alles kam vor, von den Affären einiger Männer, über Fälle, mit denen sein Vater zu tun hatte, bis zum neuen Polizeipräsidenten, über den sich alle aufregten. Collins Vater, Flynn Doherty, war der Staatsanwalt unseres Bezirks und ein großartiger Mann.

Leider liebte er seinen Sohn und war blind für alles Schlechte, das von ihm ausgehen könnte, und er hatte seine Beziehungen spielen lassen, um Collin direkt nach seinem College-Abschluss zu einer Stelle in der Finanzbehörde zu verhelfen. Alfred war wegen seines hohen Alters nicht mehr oft vor Ort, sodass Collin die meisten seiner Pflichten übernommen hatte. Ich machte mir Sorgen darüber, wie viel schlimmer es noch werden mochte, wenn Collin tatsächlich *selbst* Leiter der Finanzabteilung wurde – denn es war allgemein bekannt, dass Collin, wenn er sich zur Wahl aufstellen ließe, keine Konkurrenz zu erwarten hätte. Auch wenn Collin mit einem Treuhandfonds aufgewachsen war und mehr Geld zur Verfügung hatte, als er je würde ausgeben können, wusste ich doch, dass er schon jetzt Geld aus der Staatskasse dafür nutzte, Polizisten zum Schweigen zu bringen. Ich bezweifelte auch nicht, dass es bei der Brandstiftung in Kalifornien eingesetzt worden war.

„Hast du mir zugehört?“, fragte er plötzlich, und ich sah zu ihm hoch.

Meine Gabel hing in der Luft, und ich fragte mich, wie lange ich sie schon so in der Hand gehalten hatte. Ich schüttelte kurz den Kopf, um meine Gedanken zu ordnen, und räusperte mich. „Ähm, der neue Polizeipräsident“, murmelte ich und verstummte, als Collin die Augenbrauen eng zusammenzog. Ich war nur erleichtert darüber, dass seine blauen Augen noch immer seine waren – nicht leblos, nicht die meines Monsters.

Collin ballte die freie Hand Mal um Mal zur Faust, während er mich ansah, und fing nach einer Weile wieder an zu essen. „Wie ich gerade sagte, wir haben in zwei Wochen eine Benefizveranstaltung, bei der wir erwartet werden.“

Ich schluckte schwer, als er das erwähnte. Den Rest des Abendessens über konnte ich nur noch auf meinem Teller herumstochern, während ich krampfhaft versuchte, das, was ich bereits verzehrt hatte, bei mir zu behalten.

Benefizveranstaltungen und Dinnerpartys bedeuteten, dass wir Leute beeindrucken mussten, mit denen Collin oder sein Dad zusammenarbeiteten. Sie bedeuteten, dass Collin von mir Perfektion erwartete, auch wenn er kein Problem damit hatte, mir zu zeigen, wie *un*perfekt ich war, während wir dort waren, und dann noch einmal, wenn wir wieder zu Hause waren.

Wir waren bei einer Dinnerparty gewesen, als ich das erste Mal einen Blick auf mein Monster erhascht hatte – und es hätte auch der letzte Abend sein sollen, an dem ich Collin sehen würde. Doch ich war verliebt gewesen, wir hatten uns gerade verlobt, und in Gedanken hatte ich sein Verhalten wieder und wieder entschuldigt.

Frühling 2012 – Richland

„Ich weiß nicht, ob ich heute Abend meinen Ring tragen soll", sagte ich und biss mir auf die Unterlippe, während ich überlegte, was ich tun sollte. Ich streckte meine linke Hand nach vorne aus, mein Herz fing an zu rasen, und ein strahlendes Lächeln machte sich auf meinem Gesicht breit.

So ist es richtig. Das ist es, was ich will, dachte ich, und zwang mich dazu, weiter zu lächeln, auch noch, als ich mich fragte, warum ich mir Knox Alexander vorgestellt hatte, als ich vor drei Stunden Collins Antrag angenommen hatte.

Collin, der seine Krawatte vor dem Spiegel zurechtgezogen hatte, drehte sich zu mir um und hob eine aschblonde Augenbraue. „Du willst deinen Ring nicht tragen?", fragte er leise, ruhig.

Ich riss die Augen auf und stammelte bei dem Versuch, es ihm zu erklären. „Doch, natürlich will ich das! Ich wusste nur nicht, ob ich es sollte, wenn wir bei deinen Eltern zum Essen eingeladen sind. Ich meine, es findet zu Ehren des Gouverneurs statt, und ich wusste nicht, wann und wie du ihnen erzählen willst, dass wir uns verlobt haben. Und jetzt mache ich mir Sorgen, dass wir uns zu sehr in den Mittelpunkt drängen, wenn jemand den Ring sieht, denn er ist *wirklich* schwer zu übersehen … Deswegen weiß ich nicht, was ich machen soll."

Collin lächelte und drückte seine Lippen auf meine. „Meine Eltern wissen es schon. Es wird alles gut, versprochen."

Ich blinzelte ihn überrascht an. „Sie wissen es?" Nicht, dass ich die gleichen Jubelschreie erwartet hätte, die meine Familie am Telefon von sich gegeben hatte. Allerdings hätte ich schon gedacht, dass die Dohertys *irgendetwas* sagen würden, als wir vor ein paar Stunden zu ihnen nach Hause gekommen waren, um uns auf die Party vorzubereiten.

„Natürlich wissen sie es. Sie freuen sich." Collin studierte mein Gesicht eindringlich, betrachtete dann meine Ohren, meinen Hals und schließlich meine linke Hand. Jeden Teil meines Körpers, an dem ich Schmuck von ihm trug. Sein Blick blieb auf meine Hand gerichtet, als er fragte: „Gefällt er dir?"

„Mein Ring?", stammelte ich. *War das sein Ernst?* Ich sah auf den Classic Winston, einen Verlobungsring mit einem 5-Karat-Diamanten im Smaragdschliff, und kicherte. „Collin, ich *liebe* meinen Ring. Wie immer ist er viel zu viel, aber ich liebe ihn."

„Mehr muss ich nicht wissen. Und nein, du wirst ihn für die Party nicht abnehmen." Nach einem Blick auf sein Telefon sagte er: „Wir müssen jetzt los, sonst fragen meine Eltern sich, warum wir noch nicht unten sind."

„Okay." Ich atmete tief aus und warf noch einen letzten Blick in den Spiegel, dann folgte ich Collin aus seinem Zimmer im Haus seiner Eltern und ging mit ihm die Treppe hinunter.

Dutzende von Paaren wurden mir vorgestellt. An einige von ihnen würde ich mich niemals erinnern, bei anderen musste ich mich zwingen, sie nicht anzugaffen, denn man stellte mir Prominente vor, als würde man ihnen tagtäglich begegnen.

„Weißt du, wer das war?", zischte ich Collin ins Ohr, als wir uns von einem Schauspieler und seiner Ehefrau, einem Supermodel, abwendeten.

Collin runzelte die Stirn, als verstünde er nicht, wieso ich fast hyperventilierte. „Natürlich? Ah! Da sind meine Eltern."

Nichts. Keine Reaktion. Das ist sein Leben – jetzt auch mein Leben … Und es ist so was von *fantastisch! Wie kann er das nicht fantastisch finden?* Das fragte ich mich, verdrängte diese Gedanken jedoch, als ich mich im Haus seiner Eltern umsah. Ich hatte gewusst, dass seine Familie Geld hatte, doch jetzt war offensichtlich, dass ein Teil dieses Geldes schon lange vor dem Job seines Vaters in der Familie gewesen war, denn ein Staatsanwalt könnte sich unmöglich so ein Haus leisten. Genau wie sein Sohn sich die Dinge, die er mir schenkte, normalerweise nicht würde leisten können.

„Collin, Harlow, wie schön, dass ihr gekommen seid", sagte Mrs. Doherty und küsste mich auf die Wange. „Das hier sind einige Kollegen von Flynn", flüsterte sie und richtete sich dann lächelnd auf. „Gentlemen, Sie erinnern sich sicher an unseren Sohn. Das ist seine Verlobte, Harlow."

Ein paarmal wurde uns zugenickt, und das eine oder andere „Freut mich" erreichte uns. Ansonsten war es, als wären wir nicht gerade erst zu ihrem Gespräch dazugestoßen. Als hätte Mrs. Doherty nicht gerade wie nebenbei erwähnt, dass wir verlobt waren.

Einfach so war ich Teil der Familie geworden. Ich hatte befürchtet, es würde schwerer werden – als würde ich mich beweisen müssen. Stattdessen war es völlig uninteressant – fast enttäuschend. Das Gespräch wurde einfach wieder aufgenommen. Collin legte mir den Arm um die Schultern und stieg direkt mit ein. Ich versuchte, es ihm gleichzutun.

Fünf Minuten später versuchte ich immer noch zu verstehen, was hier geschah – oder *geschehen* war. Bisher verstand ich nur, dass die Männer sich über einen alten Fall unterhielten.

„Ich fasse es immer noch nicht, dass dieser Bastard mit Totschlag davongekommen ist“, sagte einer der Männer. Alle anderen schüttelten die Köpfe und äußerten ihren Unmut.

„Es hätte Mord sein müssen“, fügte Flynn Doherty hinzu.

„Was ist denn der Unterschied?“, fragte ich leise und bereute es, als einige der Männer lachten und alle Blicke in der kleinen Gruppe sich auf mich richteten.

Collin lachte leise und murmelte: „Entschuldigen Sie uns bitte einen Augenblick. Ich hatte noch keine Gelegenheit, viel Zeit allein mit meiner neuen Verlobten zu verbringen.“ Er griff nach meiner Hand und zerrte mich praktisch quer durch den Raum in eine Ecke, in der wir ungestört waren.

„Ich kann nicht so schnell in diesen ...“

Er drehte sich um, sodass sein Gesicht dicht vor meinem war, und auch wenn er seinen Mund zu einem Lächeln hochzog, war es irgendwie anders als sonst. Er war anders als sonst. „Soll das ein verdammter Witz sein, Harlow?“, zischte er.

Ich hob verwirrt die Augenbrauen. „Moment mal, wa...“ Meine Frage wurde unterbrochen, als Collin meine Hand losließ, nur um zwei Finger in einen Punkt über meinem Handgelenk zu vergraben. Der Schmerz kam augenblicklich und überraschend. Wieder öffnete ich den Mund, ob um vor Schmerz zu schreien oder zu fragen, warum er das tat, wusste ich nicht – aber es war auch egal, denn er sprach, noch bevor ich dazu kam.

„Lass dir deinen Schmerz nicht anmerken, Harlow.“

„Was?“, fragte ich außer Atem und sah ihn panisch an. „Co...“

„Lass dir deinen Schmerz *nicht* anmerken“, wiederholte er. Er sprach leise, und seiner Miene war nichts anzusehen. Wenn ich nicht diejenige gewesen wäre, die den Schmerz ertragen musste, wäre ich mir sicher gewesen, dass wir stattdessen flirteten, so wie er mich ansah. „Du weißt doch, wie dumm du bist, oder nicht?"

Dumm? Ich konnte gar nicht richtig denken. Die Frage hätte mich getroffen, hätte ich nicht versucht, keine Miene zu verziehen, während ich mich gleichzeitig fragte, wie zwei Finger solche Schmerzen verursachen konnten. „Wa…"

„Du wirst mich *nie* wieder vor irgendjemandem so blamieren, besonders nicht vor meinem Vater und seinen Kollegen. Hast du verstanden?" Collin beugte sich dicht zu mir vor und strich mit den Lippen über meinen Hals, um zu flüstern: „Sag den Rest des Abends kein Wort mehr." Die Worte kamen mit so großer Erleichterung, dass es sich für den Bruchteil einer Sekunde so anfühlte, als wäre der Schmerz noch schlimmer geworden, nachdem er mein Handgelenk losgelassen hatte. Es war klar, dass seine Worte nicht bloß ein Befehl waren – sie waren auch eine Warnung.

Ich hätte mich vorher nie als dumm bezeichnet … Jetzt war ich mir nicht mehr sicher, ob ich es nicht doch war, weil ich den Rest der Nacht seinem Befehl gehorcht hatte.

Ich lächelte freundlich – jedenfalls hoffte ich, dass es freundlich wirkte – und blieb an Collins Seite, während wir von Gruppe zu Gruppe wanderten. Ich ließ ihn nie aus den Augen, während er alle, mit denen er sprach, mit seinem Charme einwickelte.

Ich wollte wissen, was passiert war. Ich wollte wissen, wer dieser Mann war, der mich beleidigt und mir Schmerzen zugefügt hatte, denn es war nicht der Mann, in den ich mich verliebt hatte. Und ich wollte wissen, wie sich jede Berührung und jede Zärtlichkeit im Laufe des Abends so vertraut anfühlen konnte – und gleichzeitig auf einmal so fremd.

„Komm her, Harlow", murmelte Collin leise, als wir Stunden später endlich zurück in sein Zimmer gehen konnten.

Ich stand ein paar Schritte von ihm entfernt und starrte auf den Boden, während mir Tränen in die Augen stiegen.

„Du hast heute Abend so fantastisch ausgesehen", sagte er, als er hinter mir stand. Er fuhr mit seinen Fingern über meine nackten Arme, dann legte er mir einen Arm um den Bauch und zog mich dicht zu sich heran.

„Ich verstehe das nicht", stieß ich hervor und fragte mich sofort, ob es mir jetzt wieder erlaubt war zu sprechen.

Collin drehte mich um, sodass ich ihn ansehen musste, und nahm die Daumen, um sanft die Tränen wegzustreichen, die mir über die Wangen gelaufen waren. „Du musst nur verstehen, dass ich dich liebe."

Ich schüttelte den Kopf. „Nein, das ... Du hast mir *wehgetan.*"

In seinen blauen Augen blitzte etwas auf, das ich vorher noch nie gesehen hatte, doch es war ebenso schnell wieder verschwunden. Sanft nahm er meine Hand, hielt sie sich nahe ans Gesicht und flüsterte: „Es tut mir leid", bevor er zärtlich meine Handfläche und dann die empfindlich gewordene Stelle an meinem Handgelenk küsste. „Ich habe für eine Sekunde die Beherrschung verloren, Harlow, das ist alles", meinte Collin, während er mir den Verlobungsring zurechtrückte.

„Collin", begann ich zögernd, sprach allerdings nicht weiter. Ich dachte darüber nach, was gerade in unserem Leben passierte, und wusste, dass er unter großem Druck stand. Es war sein letztes Jahr am College, in einem Monat würde er seinen Abschluss machen. Ich wusste, dass er sich Gedanken darüber machte, ob er hinterher einen anständigen Job ergattern würde, und dachte mir, er könnte recht haben. Vielleicht hatte ich ihn wirklich vor diesen Männern bloßgestellt – denselben Männern, mit denen er nach seinem Abschluss vielleicht zusammenarbeiten würde.

Weil ich vorhin so sehr damit beschäftigt gewesen war, das Gespräch zu verstehen, hatte ich vielleicht wirklich etwas gesagt, das ich nicht hätte sagen sollen. Oder vielleicht sollte ich lieber gar nichts sagen – ich hatte nicht mitbekommen, dass Collins Mutter irgendetwas anderes zum Gespräch beigetragen hätte, als uns vorzustellen. Waren diese Gespräche vielleicht nur den Männern vorbehalten? Und die Frauen taten so, als hörten sie nichts? Und jetzt, mehrere Stunden später, konnte ich mich nicht mehr daran erinnern, ob ich wirklich etwas Peinliches gesagt hatte.

So wie Collin mit den Lippen über mein Schlüsselbein strich und am Reißverschluss meines Kleides herumspielte, war ich mir auch nicht sicher, ob ich das, was vorher zwischen uns vorgefallen war, nicht zu sehr dramatisierte. *Hat es wirklich wehgetan? Hat er gewollt, dass es wehtut?* Er hatte mich noch nie anders berührt als so, wie er es jetzt tat. Als wäre ich kostbar … Als wäre ich alles für ihn.

„Morgen gehen wir dir etwas Schönes kaufen", versprach er mir, kurz bevor er mit den Lippen meine berührte. „Was du willst."

Ich schnaubte kopfschüttelnd und nahm sein Gesicht zwischen die Hände. Das war wieder der Collin, den ich kannte und liebte, der Collin, der ein absurdes Bedürfnis verspürte, mir Dinge zu schenken. Der Collin, der wusste, wie er mich das Schlechte vergessen lassen konnte. „Du bist so albern. Du schenkst mir viel zu viel … Ich möchte nichts haben."

„Wir gehen trotzdem", versicherte er mir, während er meinen Reißverschluss öffnete und mein Kleid zu Boden fiel.

„Gib mir einfach nur dich."

Mit einem Blick, den ich gut kannte, führte er mich zu seinem Bett und tat genau das.

Gegenwart – Richland

Collin hatte meinen Körper angebetet und mich in jener Nacht stundenlang geliebt, und ich hatte den bizarren Zwischenfall einfach verdrängt. In den folgenden sechs Monaten lernte ich langsam, dass er ungefähr ein Dutzend Druckpunkte auf beiden Seiten meines Körpers sehr genau kannte, und jedes Mal, wenn wir in der Öffentlichkeit waren und ich etwas tat, das er für dumm hielt, ließ er mich das sehr schnell wissen und verlangte gleichzeitig, dass ich mir den Schmerz nicht anmerken ließ. Wenn wir allein waren, vergrub er seine Finger in diesen Stellen, bis ich zu Boden ging und ihn anflehte aufzuhören. Doch erst wenige Stunden nach unserem Jawort hatte ich begriffen, dass ich Collin nie richtig gekannt hatte und dass Druckpunkte die geringste meiner Sorgen sein würden. Der Mann, den ich entschuldigt hatte, der Mann, den ich liebte, existierte nicht mehr.

Er war noch immer groß und gut aussehend, mit sandblonden Haaren und dunkelblauen Augen. Er wusste immer noch, wie er jeden in seinen Bann ziehen konnte, bis man ihm alles glaubte, was ihm über die Lippen kam, und meine Familie hatte ihn immer noch in ihr Herz geschlossen. Aber alles, was ich an ihm geliebt hatte, war jetzt verschwunden. Meine Liebe für ihn war gestorben, als es ihm schließlich gelungen war, mich zu brechen, und seither tat ich nur noch so, als ob, und betete für *bessere* Zeiten, jeden Tag in den letzten zweieinhalb Jahren.

Meine Hände erstarrten, als Collin mir am Abend langsam die Arme um die Taille legte, ehe ich mich genug beruhigen konnte, um weiter das Geschirr vom Abendessen abzuwaschen.

„Bist du bald fertig?“, fragte er leise, so nah, dass dabei seine Lippen meinen Nacken berührten.

„Ja.“

Mit den Händen glitt er unter den Saum meiner Bluse, und ich sehnte mich plötzlich nach mehr dreckigen Tellern.

„Dann beeil dich."

Das tat ich nicht.

Sobald der letzte Teller in der Spülmaschine stand, zog Collin mich hinter sich her ins Schlafzimmer. Ich erinnere mich nicht daran, wie er mir meine Kleidung abgestreift hat, und ich war mir nicht sicher, wann seine Klamotten zu meiner auf den Fußboden wanderten. Ich weiß nur, dass er mich zurück aufs Bett legte und ich mich nicht auf meinen sicheren Ort konzentrieren konnte, um auszublenden, was geschah. Ich musste meinen sicheren Ort in meinem Kopf wiederfinden; ich wollte an dieser Sache nicht teilhaben.

Er griff mein Kinn mit einer Hand und zwang mich, ihn anzuschauen, während er sich in mir bewegte. Mit jedem Stoß zuckte ich am ganzen Körper zusammen, und ich spürte, wie mein Hass auf ihn wuchs. Meine Arme lagen reglos an meinen Seiten. Mein ganzer Körper versteifte sich, und ich musste mich innerlich zwingen, ihn nicht von mir zu stoßen.

Er hätte genauso gut mit einer Leiche schlafen können, es hätte kaum einen Unterschied gemacht.

Er ließ meinen Kiefer los, setzte sich ein Stück zurück und griff zwischen uns. Als seine Fingerspitzen mich berührten, schien es jeden Nerv in mir unter Strom zu setzen. Ich ließ den Kopf zur Seite fallen und starrte zum Fenster, als mein Körper anfing, auf ihn zu reagieren. Ich biss die Zähne zusammen, um das Zittern zu unterdrücken, und begann, mich dafür zu hassen, dass er in mir überhaupt so etwas wie Lust hervorrufen konnte. Meine Kehle schnürte sich zu, während ich die Tränen zurückhielt, und mein Körper bebte mit stummen Schluchzern, als er mich zum Orgasmus zwang.

Er beugte sich wieder über mich, wurde schneller, bis er selbst zum Höhepunkt kam, und Sekunden später drehte er meinen Kopf, sodass ich ihn wieder ansehen musste. Falls er die Feuchtigkeit in meinen Augen bemerkte, sagte er nichts dazu.

Er presste seine Lippen fest auf meine. „Ich liebe dich."

„Ich liebe dich auch", brachte ich heraus, trotz zugeschnürter Kehle.

„Mach dich sauber."

Sobald er mein Kinn losgelassen hatte, krabbelte ich unter ihm hervor und aus dem Bett und lief ins Badezimmer. Nachdem ich mich gewaschen hatte, stand ich einfach vor dem Spiegel und starrte das Wesen an, das aus mir geworden war.

Mein braunes Haar war stumpf und leblos, und vielleicht ging es mir auch langsam aus, doch es war noch zu voll, um sicher zu sein. In meinen blauen Augen war kein Leben mehr, und ich fragte mich, was die Leute in ihnen sahen, auch wenn ich so tat, als wäre alles in Ordnung. Ich hatte achtzehn Kilogramm abgenommen, obwohl ich keine drei zu viel hatte, als ich Collin kennenlernte. An mir stachen Knochen hervor, die nicht sichtbar sein sollten, und die Blutergüsse auf meinem Bauch und meinen Oberschenkeln waren dadurch noch viel besser zu erkennen.

Es war nicht so, dass ich nicht essen wollte – ich konnte nicht. Ich hatte immer zu viel Angst vor dem, was als Nächstes geschehen würde, oder ich erholte mich von dem, was gerade geschehen *war*. Wenn es mir doch gelang, etwas zu essen, dann wurde es wegen der Belastung, die mein Leben mit Collin für mich darstellte, kurz darauf im Magen sauer. Und was die blauen Flecken betraf – die alten hatten nie genug Zeit abzuheilen, da kamen schon neue dazu. Aber Collin war schlau: Er verpasste sie mir nie dort, wo man sie entdecken konnte. Deswegen waren das Wissen um die Druckpunkte und darum, wie er mir Angst einflößen konnte, seine größten Verbündeten.

Ich betrachtete noch einmal mein gesamtes Spiegelbild und verzog das Gesicht. Zweiundzwanzig, und ich sah aus, als würde ich bald sterben. Vielleicht wäre ja der Herr eines Tages so gnädig, mich zu sich zu nehmen, denn Gott wusste, dass es keine andere Möglichkeit gab, Collin zu entkommen.

3. Kapitel

KNOX

Gegenwart – Thatch, Washington

„Oh, wow. Fester. Fester. Oh, mein Gott, ja! Oh, das fühlt sich so gut an. Ja! Ja, ich bin fast …“

Ich drückte meine Lippen fest auf die des Mädchens, um sie für wenigstens einen Moment zum Schweigen zu bringen. Seit wir uns kennengelernt hatten, war sie unentwegt am Plappern, und nachdem wir die Kleidung ausgezogen hatten, war es nur noch schlimmer geworden. Je nach Mädchen und der Art ihres Geredes mochte ich es, wenn sie mir genau sagten, was sie im Bett wollten. Doch so, wie diese hier klang, fiel es mir schwer, hart zu bleiben.

Sobald sie schrill in den Kuss hineinstöhnte, verlangsamte ich meine Bewegungen in der Hoffnung, sie glaubte, ich wäre auch gekommen.

Himmel … Ich verwandelte mich in ein Mädchen. Ich täuschte einen verdammten Orgasmus vor, nur damit der Sex endlich vorbei war. Graham und Deacon würden mich das nie vergessen lassen. Und dann wurde mir klar, dass ich beim Sex an meine besten Freunde dachte, und ich fragte mich, was genau mir dieses Mädchen eigentlich angetan hatte. Der schlimmste Fehler, den ich je begangen hatte. Wie sie ihre Stimme verstellte, um zu klingen wie ein kleines Kind, hätte mir schon ein Warnhinweis sein sollen.

Als ich es für sicher hielt, glitt ich aus ihr heraus, stieg sofort aus dem Bett und marschierte ins Badezimmer.

„Oh, mein Gott, das war fantastisch! Echt, so fantastisch! Vielen Dank! Oh, ich weiß auch nicht. Ich weiß nicht. Oh, mein Gott."

Nachdem ich das Kondom entsorgt hatte, klammerte ich mich ans Waschbecken und verkniff mir ein Stöhnen, da sie immer weiter redete.

„Komm zurück ins Bett. Ich brauche das Kuscheln nach dem Sex."

„Kuscheln?", flüsterte ich und blickte über die Schulter.

„Wenn du noch länger da drinnen brauchst, bin ich bereit für die nächste Runde, wenn du wieder hier bist!"

Ich verdrehte die Augen und stieß mich vom Waschbecken ab. Doch sobald ich wieder in meinem Zimmer war, suchte ich nach etwas zum Anziehen.

Sie setzte sich auf und schaute mich mit großen Augen an. „Was machst du da? Kuscheln wir nicht mehr?"

„Äh, kuscheln? Nein, heute nicht. Ich muss zur Arbeit in …" Ich sah auf mein leeres Handgelenk herunter und verzog das Gesicht. „Eigentlich jetzt sofort. Du musst also los."

„Ach wirklich? Bist du sicher? Ich meine, ich könnte doch hierbleiben. Ich kann dir was kochen, für nachher, wenn du wiederkommst, oder so. Oder ich bin einfach hier in deinem Bett, bereit für die nächste Runde, das wird super. Ich warte auf dich."

Ich hielt inne, als ich mir ein frisches Hemd nahm – eines, das sie nicht angefasst hatte – und sah sie an, als hätte sie den Verstand verloren. „Entschuldige, was hast du gerade als Letztes gesagt?"

Sie blickte sich um, als müsste sie darüber nachdenken, und sagte dann unsicher: „Ich warte auf dich?"

Ich schnaubte und zog mich weiter an, würdigte sie jedoch keines Blickes mehr. „Ja, nee, ich brauche niemanden, der auf mich wartet. Aber wie gesagt, ich komme zu spät zur Arbeit, ich möchte also, dass du gehst."

Ich hörte sie einen verächtlichen Laut von sich geben, als sie aus dem Bett stieg, und in weniger als einer Minute hatte sie mein Zimmer verlassen. Das laute „Oh!" meiner Mitbewohner kurz darauf ließ vermuten, dass sie mit ihren Sachen unter dem Arm hinausgestürmt war.

„Verdammt, Alter, was hast du angestellt? Die sah aus, als wäre sie total leicht glücklich zu machen, Knox. Und beim Hinausgehen hat sie sich hundert Arten überlegt, wie sie dich umbringen kann."

Ich drehte mich zu Deacon um, einem meiner Mitbewohner, der seit vielen Jahren auch mein bester Freund war, und zuckte mit den Schultern. „War sie auch. Es wurde nur Zeit für sie zu gehen." Ich ging an ihm vorbei ins Wohnzimmer und musste lächeln, als ich sah, wie sich mein Lieblingsmädchen unserer Küche näherte.

„Mein Gott, Grey, die Schwangerschaft steht dir verdammt gut!" Ich legte ihr den Arm um die Schultern, zog sie an mich, um sie auf den Kopf zu küssen, und ließ sie wieder los. Mit Blick auf ihren Bruder Graham – meinen anderen Mitbewohner und besten Freund – sagte ich laut: „Wann erzählst du deinem Mann endlich, dass es in Wahrheit mein Kind ist und du mich wie verrückt liebst?"

Graham funkelte mich wütend an, doch ehe er etwas sagen konnte, mischte sich Deacon ein: „Alter, du weißt genau, das ist mein Baby. Versuch nicht immer wieder, mir mein Mädchen wegzunehmen."

„Ihr könnt beide zur Hölle fahren", brummte Graham. „Als wäre es nicht schlimm genug zu wissen, dass meine Schwester Sex hatte."

Jagger, Greys Ehemann, lachte nur und nickte mir zu, ehe er das Gespräch mit Graham wieder aufnahm. Seit wir sechzehn waren, haben Deacon und ich Grahams Schwester immer wieder unsere „Liebe" gestanden, nur um ihn zu ärgern. Keiner von uns sah in ihr etwas anderes als Familie; er war der Einzige, der das nie begriffen hatte.

„Willst du mir nicht erzählen, was passiert ist?", fragte Grey, und ich sah mit gerunzelter Stirn zu ihr herunter.

„Was?"

Sie wies mit dem Kopf in Richtung Eingangstür. „Mein Mann und ich mussten gerade dabei zusehen, wie eine deiner Schlampen hier nackt durchs Zimmer stolziert ist. Wenigstens dafür schuldest du mir eine Entschuldigung, Knox Alexander. Aber sie sah echt angefressen aus, und so reagieren Frauen bei dir normalerweise nur, wenn sie merken, dass du sie nicht wieder anrufen wirst. Also, was ist passiert?"

Mir verging das Lächeln. Schulterzuckend betrachtete ich die Wand hinter Grey. „Nichts. Wie ich Deacon schon gesagt habe, es war einfach Zeit für sie zu gehen."

„Und ich glaube, du lügst mich an", flüsterte sie.

Ich richtete den Blick wieder auf Greys prüfende Miene und senkte die Stimme auf die gleiche Lautstärke. „Lass es, Grey."

Sie öffnete den Mund, doch bevor sie noch etwas sagen konnte, stellte Jagger sich hinter sie. „Das Mädchen sah echt angepisst aus, Knox. Ich meine, nicht, dass es bei den anderen anders wäre. Normalerweise kommt das aber erst viel später."

Grey hob eine Augenbraue, und ich schüttelte den Kopf. „Ihr tut ja gerade so, als gäbe es viele von denen oder so was."

Beide lachten, und Grey sagte: „Machst du Witze? Knox, ich habe noch nie erlebt, dass du weniger als vier Mädchen die Woche hattest."

Ich musste schlucken und fragte mich, wann ich dieser Typ Mann geworden war. Doch ich brauchte nicht lange, um mich daran zu erinnern, dass das ohnehin keine Rolle mehr spielte. Es hatte vor viereinhalb Jahren aufgehört, eine Rolle zu spielen, ungefähr um die Zeit, als ich so wurde wie Deacon und Graham.

Grey hörte abrupt auf zu lachen. „Außer …“ Sie verstummte und kniff die Augen zusammen, als versuchte sie, das Durcheinander in meinem Kopf zu ordnen. „Außer damals, als du noch auf dem College warst“, murmelte sie.

Langsam schüttelte ich den Kopf. „Nicht“, warnte ich sie, aber gemessen daran, wie weit Grey die Augen aufriss, hatte ich den Worten nicht genug Nachdruck verliehen.

Sie sah schnell dorthin, wo Deacon und Graham im Wohnzimmer standen und sich ein Baseballspiel ansahen, und flüsterte dann: „Liegt es daran, Knox?“

„Grey“, fing ich wieder an, doch ihre nächsten Worte ließen mich stutzen.

„Immer noch?“

„Immer noch?“, murmelte ich und stieß ein schnaubendes Lachen aus. „Wow. Wer hätte gedacht, dass ich mir wegen zweier Worte so armselig vorkommen könnte?“

Winter 2009 – Seattle

Unruhig stand ich vor der Tür und wartete darauf, dass sie sich öffnete. Ich hätte anrufen sollen. Ich hätte sie Anfang der Woche fragen sollen, ob sie heute tagsüber oder abends Pläne hatte, weil sie angenommen hatte, dass ich welche haben würde – was nicht der Fall war. Jetzt stand ich da wie ein Blödmann mit zwei Blumensträußen und hoffte, dass man mich nicht wegschickte, damit Harlow und ich heute Abend ausgehen konnten.

Endlich ging die Tür auf, und Mrs. Evans Gesicht leuchtete auf. „Knox Alexander, warum überrascht es mich nicht, dass du heute Nachmittag bei mir an der Tür klopfst?“

Ich konnte mir das Grinsen nicht verkneifen und reichte ihr den ersten Strauß. „Die sind erst einmal für Sie.“

„Warum? Vielen Dank!"

„Ehrlich gesagt, Mrs. Evans, habe ich nur Angst, dass ich nicht der Einzige bin, der heute hier auftaucht." Ich spähte ins Haus und fragte: „Hat mein Mädchen für heute eine Verabredung?"

Sie hob eine Augenbraue, eine Geste, die sie jünger wirken ließ und so sehr wie Harlow. „Ich bin mir nicht sicher", zog sie mich auf. „Sollte ich das nicht dich fragen?"

Für einen Augenblick entglitten mir die Gesichtszüge, ehe ich mich wieder fassen konnte. Alles, was ich wollte, war, Harlow ausführen zu dürfen – aber ich hatte zu viel Angst, auch nur das zu riskieren. Ich räusperte mich und sagte: „Na ja, ich hoffe, sie lässt mich den Tag mit ihr verbringen. Wenn das für Sie in Ordnung ist", setzte ich rasch nach.

Mrs. Evans verdrehte die Augen und trat zurück, um mich ins Haus zu lassen. „Ich bezweifle, dass meiner Tochter je etwas lieber wäre als ein Tag mit dir, und du bist in unserem Zuhause immer herzlich willkommen."

„Danke, Mrs. Evans."

„Harlow ist in ihrem Zimmer. Denk dran: Die Tür bleibt offen", sagte sie streng und ging dann mit den Blumen in die Küche. Gerade als ich die Treppe hinaufging, rief sie: „Ich decke den Tisch zum Abendessen für dich mit ein, Knox."

Ich blieb stehen, sah sie an und sagte ernsthaft: „Danke." Sie und ihr Mann würden nie wissen, wie dankbar ich ihnen war, dass sie mich nicht von dem Mädchen im oberen Stock fernzuhalten versuchten.

Ich eilte die Treppe hinauf und drosselte mein Tempo kaum, um an Harlows Tür zu klopfen. Sobald ich sie „Ja?" murmeln hörte, ging ich in ihr Zimmer, ließ die Tür auf, so weit es ging, und versuchte nicht einmal mehr, mir das Lächeln zu verkneifen, als ich sie endlich ansah.

Sie lag von mir abgewendet auf dem Bauch auf dem Bett.

Die Füße hingen in der Luft, an den Knöcheln überkreuzt, und ihre Augen klebten an dem Buch, das vor ihr lag. Ihre Haare waren zu einem unordentlichen Knoten auf dem Kopf zusammengebunden, eine Seite ihres zu großen T-Shirts war ihr von der Schulter gerutscht, und die enge schwarze Pyjamahose, die sie trug, schmiegte sich perfekt an jede Kurve ihres Körpers.

Es war nicht Morgen, doch als ich sie so ansah, wusste ich, dass ich für den Rest meines Lebens neben *dieser* Harlow aufwachen wollte.

Sie hatte den Blick noch immer nicht gehoben, daher ging ich noch ein paar Schritte weiter ins Zimmer und hielt den Strauß aus Mohnblumen vor mich hin. „Für das Mädchen, das Rosen hasst."

Harlow keuchte und wirbelte auf ihrem Bett herum, sobald sie meine Stimme hörte. Als ich fertig war mit Reden, hatte sie sich mir schon in die Arme geworfen.

Ich warf die Blumen gerade noch rechtzeitig aufs Bett, um sie aufzufangen, und schloss die Arme fest um sie. Sie tat es mir gleich.

„Schönen Valentinstag, Low", flüsterte ich an ihrer Schulter und zog sie noch einmal fest an mich, ehe ich sie wieder absetzte. Etwas in meiner Brust stockte, als sie mir in die Augen sah, und ich wollte, dass dieser Moment ewig dauerte.

Hast du schon einmal jemanden angeschaut … nur ein Blick, und du wusstest, das ist es? Als würde es nie mehr jemanden geben, mit dem sich das vergleichen ließe? So war es für mich mit Harlow. Jedes Mal.

Sie ließ die Hände zu meinen Schultern gleiten, dann wieder zu meinem Gesicht, als wollte sie sichergehen, dass ich echt war. „Was machst du hier?"

Amüsiert sah ich sie an, als wäre die Antwort auf ihre Frage nun wirklich offensichtlich. „Dich besuchen."

„Aber es ist Valentinstag. Solltest du nicht etwas mit deiner Freundin unternehmen?"

Freundin war ein sehr weiter Begriff, doch jedes Mal, wenn ich versuchte, Harlow das zu erklären, dachte sie, ich würde das nur ihr zuliebe sagen. „Nein, ich bin genau da, wo ich hingehöre."

Sie wendete das Gesicht ab, aber nicht, bevor ich sah, wie ihr die Hitze in die Wangen stieg und ihre Mundwinkel sich zu einem schwachen Lächeln hoben. Als sie mich wieder ansah, wirkte sie streng. „Es ist nicht sehr nett, das mit ihr zu machen", informierte sie mich.

„Harlow, vertrau mir. Ich muss nirgends dringender sein als dort, wo ich gerade bin."

Sie biss sich auf die Unterlippe und sah aus, als wollte sie noch etwas einwenden, als sie mich mit ihren blauen Augen scannte. Gerade als ich mich wiederholen wollte, schnaubte sie und verzog die Mundwinkel zu einem schiefen Lächeln. „Wenn du irgendein anderer wärest, würde ich wegen deiner Freundin ein echt schlechtes Gewissen haben ... Aber das bist du nicht, und du weißt, ich bin selbstsüchtig genug, um dich hier haben zu wollen."

„Dann sieht es wohl so aus, als würde ich bleiben." Als ob ich gegangen wäre. Ich beugte mich an ihr vorbei, nahm die Mohnblumen vom Bett und hielt sie ihr hin. „Für dich."

Übermütig lächelte Harlow mich an und nahm dann den Strauß, als wäre er etwas Wertvolles und Zerbrechliches. Sie hob den Blick von den Blumen, um mir in die Augen zu sehen, und sagte: „Danke, und perfektes Timing. Mein Monatsvorrat hat gerade sein unvermeidbares Ende im Müll gefunden."

Ich folgte ihrem Blick und musste leise lachen, als ich einen Stapel mit einem halben Dutzend kleiner Karten auf ihrer Kommode sah. Ich hatte ihr, seit wir uns kennengelernt hatten, jeden Monat Mohnblumen geschickt, und bei jedem Strauß war eine Karte dabei gewesen, auf der stand, dass ich immer noch auf sie wartete.

Ich wirbelte mit dem Kopf herum und riss die Augen auf, als ich spürte, wie Harlows Körper sich dicht an meinen presste. Sie hatte den Kopf zurückgelegt, während sie mit ihren funkelnden Augen mein Gesicht betrachtete, und mit jedem Atemzug strich ihre Brust gegen meine. Automatisch legte ich ihr die Hand auf die Taille, und ich versuchte, mir einzureden, dass ich mich nur festhalten musste, weil ihre plötzliche Nähe mich aus dem Gleichgewicht brachte. Ich wusste, das war eine Lüge, selbst als ich es immer wieder in meinem Kopf wiederholte. Mein Blick fiel auf ihre Lippen. Es wäre so einfach, sich vorzubeugen und sie mit meinen einzufangen. So einfach und so ersehnt.

„Harlow“, warnte ich sie mit heiserer Stimme.

„Eines Tages …“ Sie verstummte und hob den Blumenstrauß in die Luft, von wo aus sie ihn an ihrer Seite gehalten hatte. „Eines Tages werde ich dich küssen können, um dir zu zeigen, wie dankbar ich bin.“

Ich nickte langsam, abwesend, und nahm ihr Gesicht in beide Hände. „Eines Tages“, versprach ich, „und bis dahin warte ich jeden Tag.“ Ich drückte ihr zärtlich den Mund auf die Nasenspitze und dann auf die Stirn. „Wir müssen raus aus diesem Zimmer.“

Sie lachte leise und löste sich nur zögernd von mir. Nachdem sie sich geräuspert hatte, schaute sie sich in ihrem Zimmer um und dann zur Tür. „Äh, ja. Wollen wir uns unten einen Film angucken?“

„Film ist gut“, stimmte ich zu.

„Das soll wohl ein Witz sein“, sagte Graham, als ich spät am Abend in mein Zimmer im Haus der Studentenverbindung zurückkehrte. „Weißt du was? Nein, ich gebe dir die Chance, mir eine andere Geschichte aufzutischen.“

Ich betrachtete Graham und Deacon, die in dem Zimmer saßen, das ich mir mit Deacon teilte, und schloss die Tür hinter mir, um zu verbergen, was auch immer gleich geschehen würde. Spannung breitete sich immer weiter im Raum aus, während sie mich anstarrten, doch ich weigerte mich, etwas zu sagen.

„Na schön", sagte Deacon, „willst du wissen, wer heute Abend hier aufgetaucht ist, um zu sehen, ob ihr am Valentinstag etwas miteinander unternehmt? Wer könnte es gewesen sein, Graham?"

„Madison."

„Ach ja, genau!", sagte Deacon laut. „Madison. Deine Freundin. Na ja, ich gehe davon aus, sie ist jetzt deine Ex. Jedenfalls hatte sie eine Menge zu erzählen. Eine Menge *interessanter* Dinge. Zum Beispiel, dass du auf eine andere wartest und deswegen nichts Ernsthaftes mit irgendwem anfangen willst. Was sie übrigens für Quatsch hielt, vielleicht tut sie das immer noch, und worüber sie Gott sei Dank noch immer nicht alles weiß."

„Sagst du auch mal was?", fragte Graham, aber ich zuckte nur mit den Schultern. Es gab nicht viel zu sagen. „Wo warst du heute Abend?"

„Du weißt genau, wo ich war."

„Sie ist verdammt noch mal fünfzehn, Knox!"

Ich knirschte mit den Zähnen und schaute zur Tür – nicht dass ich es hätte sehen können, wenn jemand uns belauscht hätte. Als ich mich wieder umdrehte, warf ich Graham einen wütenden Blick zu. „Sechzehn", korrigierte ich ihn.

„Als würde es das besser machen", brüllten sie gleichzeitig.

„Und ich habe sie nicht angefasst. Ihr wisst, dass ich sie nicht anfassen würde", fuhr ich fort. „Ich musste sie nur einfach sehen."

Beide saßen da und starrten mich an, als wüssten sie nicht mehr, was sie noch mit mir anstellen sollten. „Warum?", fragte

Graham schließlich. „Warum, Knox? Das kann nur schlecht für dich ausgehen. Das musst du doch einsehen. Du bist doch nicht blind, Mann."

„Ich liebe …"

„Nicht!", unterbrach er mich. „Hör einfach auf. So wie du mit ihr redest, so oft, wie du mit ihr redest, dass du heute bei ihr gewesen bist … Das alles sind Punkte gegen dich. Knox, du könntest ins Gefängnis kommen. Das können wir nicht zulassen, nicht wegen irgendeines Mädchens."

Deacon sagte nichts weiter, nickte aber.

„Alter", fuhr Graham fort, „du musst aufhören, mit ihr zu reden, und du musst eine Neue finden, die mindestens achtzehn ist."

Ich schnaubte. „Wen zum Beispiel? Eine wie Madison? Eine, die ich nicht ausstehen kann, die mir aber *mitteilt*, dass wir jetzt zusammen sind, weil sie meint, wir würden perfekt zueinanderpassen? Ich habe das nur mitgemacht, damit ihr beide endlich wegen Harlow die Klappe haltet!" Ich fuhr mir mit den Händen über das Gesicht und stöhnte. „Hört zu, ich weiß, ihr beide hasst den Gedanken an Harlow, aber ich liebe sie. So ist es einfach. Ich liebe sie."

„Das darfst du nicht", rief Deacon mir in Erinnerung.

Ich sprach weiter, als hätte er nichts gesagt. „Seit der Mittelstufe waren wir füreinander da, und es ist so ein Mist, dass sich meine besten Freunde jetzt auf einmal gegen mich stellen. Okay, ja, ich dachte, wir gehen nach Seattle und feiern die ganze Zeit und machen mit so vielen Mädchen wie möglich rum. Ich *weiß*, dass wir das geplant hatten. Ich *weiß*, der Plan war, frühestens nach dem College etwas Ernstes anzufangen, aber scheiß doch auf die verdammten Pläne! Ich bin Harlow begegnet, und ich wusste sofort, dass sie die Richtige ist. Ich wollte sie nicht nur, ich *brauchte* sie. Ich sehe ein, dass die Situation suboptimal ist – das könnt ihr mir glauben, keiner versteht das besser als ich. Was ich allerdings nicht gebrauchen kann, ist, dass ihr beide es für uns so viel schwerer macht als nötig! Harlow weiß, dass ihr beide sie hasst. Was glaubt ihr, wie sie sich dabei fühlt? Was glaubt ihr, wie *ich* mich dabei fühle? Wie wäre es für dich, Graham, wenn Deacon und ich das Mädchen hassen würden, das du liebst?"

Graham sah aus, als wollte er losbrüllen, atmete dann aber beruhigend durch und sagte: „Du begreifst einfach nicht, dass du sie nicht lieben darfst. Lieber Gott, Knox, Harlow ist noch ein Kind!"

Ich kniff die Augen zusammen. „Das ist widerlich, sag das nicht."

„Ist sie aber! Grey ist für dich auch noch ein kleines Kind, und die beiden sind im gleichen Alter."

„Grey ist nicht so reif wie Harlow. Harlow hat ihr ganzes Leben mit Menschen in unserem Alter verbracht. Sie kann mit Leuten in ihrem Alter nichts anfangen. Sie denkt und handelt nicht wie eine Sechzehnjährige. Und Grey hält niemand mehr für ein kleines Kind, seit ihr mit zwölf Brüste gewachsen sind, Graham, finde dich damit ab."

„Das stimmt", murmelte Deacon.

Graham verzog angeekelt das Gesicht. „Okay, hier wird nicht über die Brust meiner Schwester gesprochen! Knox. Dir muss doch klar sein, dass das Ganze für Harlow nur ein Spiel ist. Es gefällt ihr, dass ein älterer Junge sich für sie interessiert, und sie macht mit. Sie ist noch nicht alt genug, um zu wissen, was Liebe ist. Verdammt, *wir* sind ja nicht einmal alt genug, um zu wissen, was Liebe wirklich ist! Und sobald sie achtzehn ist, wird es ihr herzlich egal sein, dass du diese ganze Zeit damit verschwendet hast, auf sie zu warten. Und das auch nur, falls du nicht vorher ihretwegen ins Gefängnis kommst."

„Dito", sagte Deacon. „Wir lieben dich, Mann. Wie du gesagt hast, wir haben bisher alles zusammen durchgemacht.

Und auch wenn du meinst, wir sind jetzt gegen dich, versuchen wir nur, dich zu beschützen. Wir hassen nicht sie, wir hassen es, dass sie dich blind gemacht hat für alles, was dir ihretwegen passieren kann und wird."

Abwesend schüttelte ich den Kopf. „Das ändert nichts. Ich werde dennoch auf sie warten."

Gegenwart – Thatch

„Knox, warte!", rief Grey hinter mir her.

Ich drehte mich um und versuchte, mir nicht anmerken zu lassen, wie sehr unser kurzes Gespräch in der Küche mich berührt hatte, als sie zu mir aufschloss. „Grey, du solltest dich auf dem Sofa ausruhen oder so was."

„*So* schwanger bin ich nun auch wieder nicht." Sie winkte ab. „Hör zu, es tut mir leid. Ich wollte nicht, dass du dir meinetwegen armselig vorkommst."

„Schon gut", sagte ich unwillkürlich und wendete mich wieder meinem Wagen zu.

„Warum gehst du?"

Ich wusste, dass ich dieses Mal nicht die Arbeit vorschieben konnte, wie bei dem namenlosen Mädchen von vorhin, und in Thatch gab es nicht viele Orte, die man als Ausrede nutzen konnte. „Ich muss einfach weg."

„Dann hatte ich recht."

Seufzend rieb ich mir den Kiefer, sah sie aber noch nicht an. „Womit?"

„Dieses Mädchen vom College. Sie macht dir immer noch zu schaffen."

Ich musste lächeln, als ich mich zu Grey umdrehte. „Na ja, genau genommen war sie nicht auf dem College."

Grey verdrehte die Augen. „Als du auf dem College warst.

Du weißt genau, was ich meine. Das ist … Das ist Jahre her, Knox. Du hast seitdem nicht mehr von ihr gesprochen, und da waren …“ Sie verstummte und dachte kurz nach. „Zahllose Mädchen. Und du wirkst immer glücklich. Warum hast du nie etwas gesagt?“

„Ich bin glücklich, Grey“, sagte ich ihr ehrlich. „Ich habe dich und meine besten Freunde, ich habe meinen Traumjob, und ich habe mehr Mädchen, als ich vertragen kann. Ich *bin* glücklich. Das ist das Leben, das ich immer haben wollte. So war der Plan mit Deacon und Graham. Na ja, vielleicht hatte es nicht so lange andauern sollen, aber so sollte es sein. Ich habe einfach lange gebraucht, bis ich gelernt habe, ohne sie glücklich zu sein, und manchmal fällt es mir immer noch schwer, mir ins Gedächtnis zu rufen, wie es geht, wenn mich etwas an sie erinnert.“

Grey nickte und schürzte die Lippen. „Das Mädchen heute, hat sie dich an sie erinnert?“

„Nein“, sagte ich lachend. „Nein, Gott, das Mädchen war ein Albtraum. Sie hat nur etwas gesagt, das ich Harlow lange Zeit versprochen hatte. Und zu hören, wie jemand das Gleiche zu mir sagt … Das hat mich einfach auf dem falschen Fuß erwischt.“

Grey schlang die Arme um mich, soweit ihr sechsmonatiger Schwangerschaftsbauch es ihr erlaubte. „Es tut mir leid. Ich weiß, sie hat dir viel bedeutet, Knox, aber du findest eine andere. Irgendwann.“

Ich schenkte Grey ein schmallippiges Lächeln, als ich mich von ihr löste, antwortete aber nicht. Das tat ich nie, wenn jemand aus meiner Familie oder von meinen Freunden etwas Ähnliches sagte, denn alles, woran ich denken konnte, war ein Mädchen, das mir bei einem Konzert in einer Sommernacht das Herz geraubt hatte, nur um es Jahre später zu zerschmettern.

4. Kapitel

HARLOW

Frühling 2009 – Seattle

„Du kannst so nicht weitermachen, Knox. Wenn du eine Beziehung haben willst, dann musst du sie auch wirklich *führen*. Du kannst nicht zulassen, dass ich dir in die Quere komme", schimpfte ich, aber noch während ich die Worte aussprach, musste ich einfach lächeln.

Knox und ich hatten uns von Anfang an darauf geeinigt, dass der jeweils andere noch sein eigenes Leben haben sollte. Ich glaube, so habe ich versucht, mein Pseudo-Argument zu stärken, dass auf mich zu warten Zeitverschwendung war; er dagegen wollte nicht, dass ich irgendetwas verpasste. Wir hatten gewusst, dass es zu schwer werden würde, uns voneinander fernzuhalten, und hatten beschlossen, dass er mich einmal im Monat besuchen konnte, sofern sein Stundenplan es zuließ.

Er verdoppelte das, und ich beschwerte mich nicht darüber.

Wäre es nach mir gegangen, hätte er jeden Tag mit mir verbracht, doch ich wusste, das konnte ich ihm nicht antun. Ich *wollte*, dass er ein Leben hatte. So gern ich ihn auch bei mir gehabt hätte, ich hatte Angst, er würde mir das entweder übel nehmen oder es bereuen, auf mich gewartet zu haben, wenn er deswegen das College verpasste und alles, was es zu bieten hatte. Somit war zweimal im Monat unsere Höchstgrenze. Wir hatten nicht gesagt, warum, aber ich war mir sicher, er hatte die gleichen Gründe wie ich.

Das hielt uns jedoch nicht davon ab, jeden zweiten Tag miteinander zu sprechen. Wir unterhielten uns immer stundenlang, und doch schien es nie genug zu sein. Jedes Mal fühlte ich wieder diese Verbindung zwischen uns wie in der ersten Nacht, in der ich ihm begegnet war, und jedes Mal musste ich mir wieder in Erinnerung rufen, warum wir nicht zusammen sein durften. Es dauerte nicht lange, bis mir das Wort *minderjährig* wieder einfiel, und ich wusste wieder, warum wir einander fernblieben, obwohl wir es beide nicht wollten, obwohl die Spannung zwischen uns sogar durch das Telefon hindurch spürbar war.

Bedauerlicherweise waren diese Telefonate etwas, das seine Freundin gerade mitbekommen hatte … genau wie den Valentinstag.

Wem machte ich etwas vor? Daran war nichts zu *bedauern*. Mir war es egal, dass sie es herausgefunden hatte. Wir hatten das schon vor ihr getan, und ich war froh, dass sich daran während ihrer Zeit mit ihm nichts geändert hatte. Ich war auch nicht traurig, dass sie fort war – im Grunde überraschte es mich, dass sie noch zwei Monate gewartet hatte, ehe sie Knox den Laufpass gab, nachdem er sie am Valentinstag hatte sitzen lassen, um bei mir zu sein.

So sehr wir einander auch versichert hatten, dass Beziehungen dazugehörten, wenn wir ein eigenes Leben haben wollten, war ich doch am Boden zerstört gewesen, als ich von ihr erfahren hatte. Andererseits war ich auch zu Beginn des Schuljahres mit einem Jungen aus der Abschlussklasse zusammen gewesen. Oder besser gesagt, ich hatte es versucht. Es dauerte ein paar Wochen, bis ich merkte, was ich da tat, aber immer, wenn ich ihn sah, verglich ich ihn in jeder Hinsicht mit Knox. Nach einem Monat beschloss ich schließlich, dass es sinnlos war, so zu tun, als könnte dieser Junge mir je etwas bedeuten. Ich bezweifelte, dass ein anderer es je könnte, denn Knox Alexander zu begegnen hatte mich für alle anderen Jungen verdorben.

Knox hatte an jenem Abend nicht einmal versucht, seine Freude zu verbergen, und ich wusste, nun versagte auch ich dabei. Die Freundin von Knox – ihren Namen hatte ich nie wissen wollen – hatte gerade meinetwegen mit ihm Schluss gemacht.

„Beziehung", schnaubte Knox. „Low, ich habe dir doch gesagt, so konnte man es kaum nennen. Außerdem habe ich ihr schon von dir erzählt, bevor das, was auch immer zwischen ihr und mir gewesen sein mag, überhaupt angefangen hat", sagte er. „Es ist doch nicht meine Schuld, wenn sie dachte, das wäre nur ein Scherz gewesen."

„Na ja, irgendwie merkwürdig ist das schon, findest du nicht? Ihr zu sagen ‚Hey, sicher begleite ich dich zu dieser Gruppensache als dein Date, aber es gibt da dieses Mädchen, auf das ich warte, und die hat für mich oberste Priorität' klingt, als würdest du dich am Anfang nicht allzu sehr festlegen wollen."

„Aber ich habe es ihr gesagt", wendete er ein.

„Du bist furchtbar."

„Nicht furchtbar. Nur verliebt in dich, und ich muss noch eineinhalb Jahre warten, bis ich dich haben kann."

Ich griff mir an die Brust, die ganz warm wurde, versuchte, das Gefühl zu ignorieren, und seufzte. „Ich gehe einfach nicht mehr ans Telefon, sobald du eine neue Freundin hast."

„Es wird keine Neue geben, und ich weiß, das würdest du nicht tun."

Ich hob die Augenbrauen, auch wenn er mich nicht sehen konnte. „Und woher willst du das wissen?"

„Weil du mich auch liebst. Trotz des ganzen Blödsinns liebst du mich, und du brauchst diese Anrufe ebenso sehr wie ich."

„Ich liebe dich tatsächlich, Knox", flüsterte ich ins Telefon. Ich sagte es ihm nicht zum ersten Mal, und ich wusste, es würde auch nicht das letzte Mal sein. „Ich liebe dich bis zum Mond und zurück." Mein Blick fiel auf die Kommode, auf der mein monatlicher Strauß aus roten Mohnblumen stand. Dieser war erst vor ein paar Tagen angekommen. Auf der Karte hatte wie immer gestanden: *Ich warte noch immer auf dich.*

„Bis zum Mond?" Ein tiefes, heiseres Lachen erklang am anderen Ende der Leitung. „Der Mond ist nicht sehr weit weg, Harlow."

„Ist er nicht?"

„Nein. Nicht weit genug." Ein kurzes Schweigen folgte, dann gestand er: „Ich will dich bis zu den Sternen lieben."

Ich öffnete den Mund. Ein leises Schnaufen kam mir über die Lippen. Ich schloss die Augen, wiederholte seine Worte in Gedanken und ließ sie durch meinen ganzen Körper laufen, als ich ihm zustimmte. „Dann also bis zu den Sternen."

Minutenlang sagte keiner von uns beiden etwas, während wir das zwischen uns stehen ließen, und die vertraute Verbindung zog an meiner Brust, obwohl er weit, weit entfernt war. Ich liebte ihn. Ich liebte ihn, und das alles war nicht fair. Doch ich blieb dabei; wir konnten das einander nicht antun. Er musste leben, und ich auch.

„Harlow, Süße, sag Knox gute Nacht", sagte meine Mom von der anderen Seite der Tür aus.

„Okay", rief ich. „Hast du gehört?", fragte ich ins Telefon.

„Ja. Schlaf schön."

„Du auch."

Er zögerte, und ich wusste, was kommen würde – weil es immer kam. „Ich warte noch immer auf dich, Low." Die Worte klangen genauso ernsthaft wie damals, als er sie zum ersten Mal ausgesprochen hatte.

Ich lächelte traurig. „Und du verschwendest immer noch deine Zeit."

„Niemals."

Ich beendete den Anruf und ließ das Telefon aufs Bett fallen. Auch wenn ich ihn nie darum gebeten hatte, weiter zu warten, und das auch nie tun würde, konnte ich nicht anders, als daran zu denken, dass er schon fast ein ganzes Jahr gewartet hatte. Eineinhalb weitere Jahre würden schnell vergehen ... und bei Gott, ich wollte, dass er da sein und immer noch warten würde, wenn das alles vorbei war.

Mein Telefon gab zwei kurze Töne von sich, und nach einem Blick auf den Bildschirm sah ich, dass es Nachrichten von ihm waren. Ich stieß ein Lachen aus, als ich sie öffnete, und tippte meine Antwort ein.

Knox Alexander: Mond = 384.400 Kilometer entfernt. Nächster Stern (Sonne) = 149.600.000 Kilometer entfernt.

Knox Alexander: Ich liebe dich bis zu den Sternen.

Harlow: Bis zu den Sternen. <3

Gegenwart – Richland

Ich wurde davon wach, dass Collin mir mit der Hand über den Bauch strich. Eine Woche war es her, seit er mir meine Handtasche und den Schlüssel zurückgegeben hatte, und ich erstarrte sofort am ganzen Körper, während ich mich auf zwei mögliche Folgen einstellte: Entweder wollte er Sex, oder er war wütend, weil ich nicht schon wach war und ihm Frühstück machte, ehe sein Wecker klingelte.

„Guten Morgen“, murmelte er an meiner Schulter.

„Morgen“, sagte ich vorsichtig.

„Weißt du, welcher Tag heute ist?“

Fünf Sekunden lang dachte ich nach, dann fiel es mir ein, und die Angst packte mich. Es war Samstag. Kein Wunder, dass der Wecker nicht geklingelt hatte; kein Wunder, dass er nicht wütend war, weil ich noch nicht wach war. Das Wochenende waren die einzigen Tage, an denen ich morgens nicht schon mit dem Frühstück auf ihn warten musste. Doch ich fürchtete mich vor jedem zweiten Samstag, und wenn der Tag vorbei war, ging der zweiwöchentliche Zyklus noch einmal von vorne los.

„Test-Tag, Baby."

„Stimmt, ja", quiekte ich und versuchte, eine Tonlage zu finden, die eher begeistert klang als verängstigt.

„Bist du aufgeregt?"

Ich nickte, drehte mich um und sah ihn an. In seinem Blick lag Erwartung, und seine Miene zeigte eine Aufregung, von der ich wusste, dass sie nicht lange anhalten würde. Diese Aufregung verwandelte sich nie in Freude, und obwohl ich diese Tage so sehr hasste, betete ich darum, dass es auch nie geschah.

„Na dann, auf geht's." Schnell stieg er aus dem Bett, griff nach meinen Händen und zog mich hinter sich her.

Eine nervöse Energie ging von ihm aus und übertrug sich auf mich, was meine Angst nur verstärkte.

„Du zitterst, Baby", sagte er, als wir ins Badezimmer kamen. Collin drehte sich zu mir um und nahm mich in die Arme. „Was ist los?"

„Ich will es einfach so sehr", stieß ich hervor in einem vergeblichen Versuch, ihn zu beruhigen, damit er mich später verschonte. Doch es war gelogen. Ich wollte es nicht. Nicht mit ihm. Und ich wusste, egal, was ich ihm jetzt sagte, an seiner Reaktion würde es nichts ändern – alle zwei Wochen war es das Gleiche.

„Ich doch auch", sagte er leise. Nach einem zarten Kuss ließ er mich los und bückte sich, um einen Schwangerschaftstest aus einer der Schubladen unter unserem Waschbecken zu nehmen.

Nachdem er mir das in Folie verpackte Stäbchen gereicht hatte, stellte er sich mit verschränkten Armen vor mich hin und wartete. Er ging nicht, er ließ mich nicht einmal aus den

Augen, das tat er nie. Ich riss die Verpackung auf und ging zur Toilette, um auf das Stäbchen zu pinkeln. Nachdem ich fertig war, nahm er es mir weg und legte es auf den Waschtisch. Dann starrte er nur darauf.

Langsam ging ich zu ihm hinüber. Als ich seinen hoffnungsvollen Gesichtsausdruck sah, zitterte und verknotete sich alles in mir. Er schloss mich in die Arme, sodass mein Rücken an seiner Brust ruhte, und die Hände legte er mir auf den Bauch, während wir drei qualvolle Minuten lang warteten.

„Dieses Mal klappt es, ich weiß es einfach."

„Das hoffe ich auch", antwortete ich, den Blick neben dem Stäbchen auf den Waschtisch gerichtet.

Der Test würde negativ ausfallen, wie es bisher bei jedem Test gewesen war und hoffentlich auch weiterhin sein würde. Nicht lange, nachdem wir geheiratet hatten und ich begriffen hatte, wer Collin wirklich war, hatte ich mir ein Verhütungsstäbchen in den Arm einsetzen lassen. Ich wusste, dass Collin früh Kinder haben wollte. Er benutzte nie ein Kondom und hatte mir verboten, die Pille zu nehmen, aber ich konnte kein Kind in dieses Leben setzen. Also hatte ich mich für die einzige Option entschieden, von der ich glaubte, dass er nicht dahinterkommen würde.

Mir blieben noch etwa sechs Monate, ehe ich mir ein neues besorgen musste, und ich wusste, wenn es so weit war, würde ich genau das machen. Ich würde alles, was noch auf mich zukam, für den Rest meines Lebens ertragen, wenn es bedeutete, ein unschuldiges Kind vor meinem Monster zu beschützen. Ich musste nur beten, dass es weiterhin wirksam war.

Dass das Ergebnis zu sehen war, erkannte ich an der Art, wie Collin den Atem anhielt, und weil er seine Finger nicht mehr träge über meinen Bauch kreisen ließ, sondern sie darin vergrub. Ich schloss die Augen, atmete tief durch und betete, dass es bald vorbei sein würde.

„Was … verdammt noch mal … nimmst du?"
„Nichts", flüsterte ich.
„Lüg mich nicht an, Harlow", fuhr Collin mich an. Er betonte jedes Wort so, als wäre es ein eigener Satz. „Was nimmst du?"
„Nichts. Ich versichere es dir."
„Lüg mich nicht an!", brüllte er.
Ehe ich begreifen konnte, dass sein Körper nicht mehr hinter meinem war, packte er mich an den Oberarmen und warf mich zu Boden. Mir entfuhr ein schriller Schrei, als mein Kopf auf die Fliesen aufschlug, und ich bedeckte sofort das Gesicht mit den Händen – obwohl ich wusste, dass er mir nie etwas antun würde, was leicht zu sehen war.
„Lass dir den Schmerz nicht anmerken, Harlow!"
„Bitte! Ich nehme wirklich …" Er schnitt mir das Wort ab, indem er mir dreimal hintereinander mit dem Fuß in den Bauch trat.
Ich löste die Hände von meinem Gesicht und umklammerte damit meinen Bauch, während ich mich in Embryonalstellung zusammenkrümmte. Sein Fuß traf auf meine Seite, ich bog den Rücken durch und stieß einen Schrei aus. Sobald mein Bauch ungeschützt war, rammte er die Fußspitze wieder und wieder hinein.
Ich versuchte, ihn anzuflehen, damit aufzuhören, doch alles, was ich über die Lippen brachte, war ein Ächzen und Schreien. Stumm flehend streckte ich meine blutigen Hände nach ihm aus, doch er schlug sie von sich.
„Was nimmst du?", brüllte Collin wieder.
Ich schluchzte heftig und schüttelte den Kopf, während ich dalag, nicht einmal mehr in der Lage, mich zusammenzukrümmen. Dort, wo ich mit dem Kopf aufgeschlagen war, war Blut, und mit jeder Bewegung verwischte es auf der Fliese und schmierte sich mir auf die Wange. Jeder Schluchzer, der mich

schüttelte, fühlte sich an, als würde mir jemand ein glühendes Eisen in den Bauch stechen. Ich konnte nur noch flach atmen; auszuatmen erschien mir unmöglich.

„Ich finde es“, versicherte er mir düster. „Und wenn ich das tue, wirst du mich um das hier noch anflehen.“

Er trat mir noch einmal in den Bauch, und als ich anfing, mich umzudrehen, um meinen Bauch zu schützen, drückte er mich mit dem Fuß auf den Boden. Meine Tränen vermischten sich mit dem Blut auf dem Boden, aber ich konnte den Kopf nicht bewegen, egal, wie sehr ich es auch versuchte. Der Schmerz war unerträglich, und so, wie er mich auf die Erde presste, war es mir unmöglich zu atmen. Und das war das Einzige, was ich machen konnte, um nicht ohnmächtig zu werden – dass ohnmächtig zu werden keine Option war, hatte ich schon ganz am Anfang herausgefunden. Er würde dann bloß wieder anfangen, sobald ich aufgewacht war.

„Beweg dich nicht, bis ich zurückkomme. Sollte ich Verhütungsmittel finden, Harlow, werde ich deiner Mutter mitteilen, dass *du* der Grund bist, warum sie sterben muss.“

Mein Gesicht verzog sich vor Schmerz und Angst, während ich weiter von stummen Schluchzern gequält wurde. Ich wusste, dass er nichts finden würde, nur machte das die Zeit, in der er nach etwas suchte, niemals erträglicher. Jedes Mal fragte ich mich, ob ich die richtige Wahl traf. Er bedrohte meine Familie – aber ich rettete ein Kind. Ich musste mir nur immer wieder in Erinnerung rufen, dass in den zweieinhalb Jahren, die ich das jetzt jede zweite Woche durchstand, die Drohungen genau das geblieben waren: Drohungen.

Denn wenn er zurückkehrte und nichts gefunden hatte, würde alles anders werden. So war es immer.

Ich hatte keine Ahnung, wie lange er mich dort liegen ließ, doch als ich seine nackten Füße beim Betreten des Badezimmers auf den Fliesen hörte, hatte ich aufgehört zu weinen und zu schluchzen und lag einfach nur hilflos da.

Collin drehte mich um und beschwichtigte mich, als mir ein Wimmern aus der Kehle drang. Einige Sekunden lang betrachtete er traurig mein Gesicht, ehe er sagte: „Da war nichts, wie du gesagt hast." Er strich mir die Haare dort, wo sie festklebten, aus dem Gesicht und strich mit seinen Fingern behutsam über meine Wange und den Hals hinab. Gerade als er mit den Fingerspitzen mein Schlüsselbein erreicht hatte, vergrub er sie dort und flüsterte: „Lass dir den Schmerz nicht anmerken, Baby."

Mir stiegen noch mehr Tränen in die Augen, und ich drückte die Lippen fest zu einer schmalen Linie zusammen, damit kein Laut nach außen drang.

„Lass dir den Schmerz nicht anmerken", wiederholte er, doch ich konnte nicht aufhören zu weinen. „Warum wirst du nicht schwanger?"

Ich schüttelte den Kopf hin und her, und er nickte ein paarmal, ehe er schwer ausatmete.

„Was nützt du mir, wenn du das nicht für uns schaffst? Willst du keine Familie? Willst du mich nicht glücklich machen, Harlow?", fragte er trügerisch ruhig und besänftigend. Da ich nicht antwortete, bohrte er seine Finger fester hinein. „Antworte mir."

„Doch", schrie ich, ehe ich die bebenden Lippen wieder fest zusammenpresste.

Er schien meine Antwort zu akzeptieren, und der Druck verringerte sich. Dann schob er mir die Arme unter den Körper, hob mich hoch und zog mich an seine Brust.

Ein weiterer Schmerzensschrei erfüllte das Badezimmer, und er küsste mich auf die Stirn. „Lass dir den Schmerz nicht anmerken", sagte er, ohne die Lippen von mir zu lösen.

Collin führte mich in die große Dusche, setzte mich auf

den eingebauten Vorsprung und zog mir das Shirt aus. Im Weggehen drehte er das Wasser auf, und ich beobachtete abwesend, wie er das Blut von den Fliesen wusch. Als er fertig war, zog er sich aus und trat wieder zu mir in die Dusche. Er setzte sich neben mich auf die Bank, nahm mich in die Arme und sah sich eine Weile meinen Hinterkopf an.

„Ganz kleiner Schnitt, ich konnte ihn kaum finden. Das wird schon wieder."

Ich nickte und verkniff mir ein Aufstöhnen, als er mit mir zusammen aufstand. Er wusch mir den Körper und das Blut aus den Haaren, trocknete mich ab und zog mir eines seiner Shirts an. Nachdem er mich ins Bett gelegt und mit ein paar zusätzlichen Kissen abgestützt hatte, verschwand er eine Weile in der Küche und tauchte dann mit Frühstück für uns beide wieder auf.

Er schlüpfte zwischen meinen Rücken und die Kissen und zog mich sanft in seine Arme, damit er mich füttern konnte.

„Tut dir etwas weh?"

Mir wurde fast schwarz vor Augen vor Schmerz, und mein Körper reagierte zu langsam, sodass ich ewig brauchte, um zu essen, was er mir reichte. „Es geht mir gut", flüsterte ich, nachdem ich einen Bissen heruntergeschluckt hatte.

„Braves Mädchen. Wie ist das Frühstück?"

Ich konnte es nicht schmecken. „Sehr lecker", antwortete ich monoton. „Danke, Collin."

Er küsste mich auf die Schulter und gab mir noch einen Happen. „Alles für mein Mädchen."

Eine einzelne Träne lief mir über die Wange, als ich versuchte, dankbar dafür zu sein, dass ich es für dieses Mal geschafft hatte und der Countdown von Neuem begann.

Noch einmal vierzehn Tage.

5. Kapitel

HARLOW

Gegenwart – Richland

Ich hatte gerade dem Barista für den Kaffee gedankt und war dabei, den Coffeeshop wieder zu verlassen, als ich innehielt. Ich wollte noch nicht nach Hause gehen. Mit dem Abendessen für Collin musste ich in frühestens vier Stunden anfangen, und im Haus herumzusitzen würde mich nur die ganze Zeit lang angespannt und paranoid werden lassen.

Ich drehte mich wieder um, ging zu einem der großen Sessel und setzte mich hin. Den dumpfen Schmerz in meinem Oberkörper ignorierte ich. Drei Tage waren seit dem gar-nicht-so-überraschend negativen Schwangerschaftstest vergangen, und während die blauen Flecke immer schlimmer aussahen, wurde der Schmerz insgesamt etwas erträglicher.

Ich stellte meinen Becher auf dem Tisch vor mir ab, zog mein Tablet aus der Tasche und lächelte, als ich sah, dass mein Akku noch voll war. Dann stellte ich den Wecker, damit ich wusste, wann es Zeit war zu gehen, falls es mir gelingen sollte, meiner Realität für eine Weile zu entfliehen. Ich griff nach meinem Kaffee und lehnte mich vorsichtig in den Sessel zurück, während ich versuchte, mich in das Buch zu vertiefen, das ich in der Woche zuvor angefangen hatte zu lesen. Tagsüber hatte ich mehr als genug Zeit zu lesen, das war nicht das Problem. Fraglich war eher, ob ich mein wahres Leben weit genug verdrängen konnte, um ein Märchen zu genießen.

Oft genug starrte ich einfach ausdruckslos auf mein Tablet, das sich längst in den Ruhemodus geschaltet hatte, während ich daran dachte, was ich mit Collin erlebte, und an mein eigenes Märchen, das ich aufgegeben hatte.

Wie jetzt, dachte ich, als mir auffiel, dass der Bildschirm wieder schwarz geworden war. Ich wusste nicht einmal, wie lange ich dagesessen und ihn angestarrt hatte. Ich atmete tief ein und wollte still seufzen.

Mir stockte der Atem, als mir ein großer Körper das Licht verstellte und eine tiefe Stimme fragte: „Warum sollte man seine Zeit damit verschwenden, jemanden nur bis zum Mond zu lieben …"

… wenn man ihn auch bis zu den Sternen lieben kann?

Er beendete den Satz nicht, und ich sprach die Worte nicht laut aus. Einige schwere Augenblicke lang blieb alles um mich herum stehen. Meine Brust hörte auf, sich zu heben und zu senken; die Geräusche im Hintergrund, die Musik und die Stimmen im Coffeeshop hörte ich nicht mehr … Die Zeit schien stillzustehen, während ich dasaß und herauszufinden versuchte, ob ich träumte oder nicht.

„Harlow Evans", sagte er leise, und ich stieß bebend die Luft aus, als alles wieder auf mich einströmte. „Die letzte Person, mit der ich heute Morgen gerechnet hätte, ist das Mädchen, auf das ich sieben Jahre gewartet habe."

Ich drehte den Kopf nach links, und meine Seele schmerzte, als ich zum ersten Mal seit viereinhalb Jahren Knox Alexander erblickte. Die Zeit hatte ihn auf erstaunliche Weise verändert – und gleichzeitig sah er überhaupt nicht anders aus. Diese dunklen Augen richteten sich auf mich, und ich sah schnell weg. Ich wollte nicht sehen, was sie mir erzählen würden; ich wollte nicht wissen, was sie vorfinden würden.

Ich wusste, dass ich noch immer nichts gesagt hatte, aber in dem Augenblick konnte ich mich nicht einmal dazu zwingen, den Mund zu öffnen. Alles verschwamm vor meinen Augen, als mir die Tränen kamen. Ich hatte so oft davon geträumt, Knox wiederzusehen, und jedes Mal war ich sehr viel gefasster gewesen, als ich es jetzt war. Ihn hier zu haben – wirklich hier – direkt vor mir, ließ die letzten viereinhalb Jahre im Schnelldurchlauf vor meinen Augen ablaufen, und ich wünschte mir, ich hätte alles anders machen können.

„Nein, *nicht* mehr Harlow Evans …", sagte er leise, und der Schmerz in seiner Stimme war deutlich zu hören, als er mit den Fingerspitzen kaum spürbar über meinen Ehering strich.

Ich senkte den Kopf und schüttelte ihn hin und her. Verzweifelt versuchte ich, die Tränen zurückzuhalten, doch es gelang mir nicht.

„Hey", sagte er sanft, und plötzlich hockte er sich neben mich. Er legte mir die Finger unters Kinn und hob meinen Kopf. „Warum weinst du? Was ist los?"

„Ich dachte, ich sehe dich nie wieder", brachte ich schluchzend hervor.

Der Hauch eines Lächelns zeigte sich auf seinem Gesicht, doch in seinen Augen konnte ich sehen, dass er nichts an der Situation belustigend fand. „*Du* dachtest, du siehst mich nie wieder? Ich dachte, du gehst nach dem Abschluss von Whitman wieder zurück nach Seattle. Und jetzt sitzt *du* in einem Coffeeshop in Richland, zwanzig Minuten entfernt von dort, wo ich lebe, und nur wenige von meiner Arbeit. Ich kann dir mit Sicherheit sagen, Low, dass *ich* es bin, der nie erwartet hat, dich wiederzusehen."

„Ich bin schon seit Jahren in Richland", gab ich zu.

Knox hob schockiert die Augenbrauen, und eine Mischung aus Enttäuschung und Schmerz blitzte kurz auf seinem Gesicht auf, ehe es sämtlichen Ausdruck verlor. „Jahre", sagte er matt. „Du bist seit Jahren hier? Warum? Und warum wusste ich nichts davon?"

Mein Kiefer bebte, als ich langsam die linke Hand hob. Knox sah nicht hin, aber sein dunkler Blick wurde härter. „Ich habe den Abschluss nie gemacht."

„Seit Jahren", sagte er wieder. Seine Stimme war emotionslos, und auch wenn es sich nicht wie eine Frage angehört hatte, nickte ich trotzdem. „Dann kann man also davon ausgehen, dass *er* …" Knox verstummte.

Ich antwortete nicht, es ging nicht. Denn hätte ich es versucht, hätte ich Dinge gesagt, die ich nicht sagen sollte. Dass ich einen Fehler gemacht hatte, dass ich ein Monster geheiratet hatte, dass ich fast jede Nacht von Knox träumte, dass ich genau von *dem hier* geträumt hatte. Er musste die Antwort in meinen Augen gesehen haben – gewusst haben, dass Collin jener Mann war, den ich Knox vorgezogen hatte – denn er lächelte mich traurig an.

„Verstehe." Seine Erkenntnis ließ mich noch stärker weinen, und Knox legte mir eine Hand an die Wange. „Low … Warum weinst du?"

Sosehr ich mich auch nach diesem Augenblick gesehnt hatte, ich durfte nicht zulassen, dass er andauerte. Sosehr ich Knox in die Arme fallen und nie wieder loslassen wollte, ich musste fort von ihm. Das hier war gefährlich.

„Es tut mir leid, ich muss los." Ich schlüpfte seitlich aus dem großen Sessel, und er wich zurück vor Schreck über meinen plötzlichen Positionswechsel.

„Harlow, warte!"

Ich war kaum draußen angekommen, als er meinen Arm packte; seine Handlung ließ mich automatisch zusammenzucken in Erwartung dessen, was folgen würde – doch er fing nicht an, mich zu schütteln. Bis auf die unbeabsichtigte Reaktion darauf, gepackt zu werden, wusste mein Körper, dass er mir nicht wehtun würde; mein Herz kannte die Hand, die mich festhielt.

Nachdem nichts als Stille hinter mir war, drehte ich mich langsam zu ihm um. An seinen weit aufgerissenen Augen und seinem geöffneten Kiefer erkannte ich, dass ihm meine Reaktion nicht entgangen war, aber er sagte glücklicherweise nichts dazu.

„Bitte geh nicht", flüsterte er schließlich, „nicht, nachdem ich dich endlich wiedergefunden habe."

„Mich wiedergefunden?", flüsterte ich verwirrt. Sosehr diese Worte etwas in mir wärmten, wusste ich, dass er sie nicht ernst gemeint haben konnte. Nicht nach dem, was ich ihm angetan hatte. „Ich bin verheiratet, Knox", wiederholte ich unnötigerweise, was er bereits wusste.

„Ich weiß." Der Ausdruck auf seinem Gesicht war etwas, von dem ich wünschte, ich könnte es auslöschen. „Rede einfach mit mir. Erzähl mir von all den Jahren, die ich verpasst habe. Lass mich dich füttern", sagte er und lachte unbehaglich, während er den Blick rasch über meinen viel zu dünnen Körper wandern ließ.

„Das geht nicht."

„Low", flehte er, und ich schloss die Lider, um nicht den Blick in seinen dunklen Augen sehen zu müssen. Der Blick, für den ich, wie ich wusste, alles geben würde. „Ich habe dich seit Jahren nicht gesehen oder von dir gehört", fügte er leise hinzu. „Bitte."

Als ich die Augen wieder öffnete, hielt ich den Blick angestrengt auf seine Brust gerichtet, um ihm nicht ins Gesicht sehen zu müssen. In mir tobte ein Krieg, denn Teile von mir brüllten Verschiedenes. Ein Teil brüllte, was Collin wohl täte, wenn er von dieser Begegnung erfuhr, ein anderer wollte Knox alles erzählen. Doch am lautesten war der Wunsch in mir, einfach zu verschwinden.

Ich sprang aus dem Wagen und rannte über den Parkplatz auf das Café zu, um dem Regen zu entkommen. Doch es war zwecklos. Als ich den Eingang erreicht hatte, war ich völlig durchnässt. Ich genoss die Wärme und die köstlichen Düfte, die mich einhüllten, sobald ich drinnen war, und versuchte, mir mein wildes Haar, das mir am Gesicht klebte, zurückzustreichen, während ich an den Tresen ging.

„Low?"

Mitten im Gang hielt ich inne und strich mir hektisch die nassen Strähnen aus dem Gesicht, die immer noch hartnäckig an meinen Wangen klebten, bevor ich mich zu dem Mann umdrehte, dem die Stimme gehörte. Ich hätte sie überall erkannt. Diese Stimme fuhr mir durch den Körper wie ein angenehmes Schaudern.

Knox.

Ein breites Lächeln erschien auf meinem Gesicht, als ich sah, wie er sich in einer Ecke des Cafés von seinem Stuhl erhob. Schnell schlängelte er sich durch die Stühle der anderen Leute, mit denen er zusammengesessen hatte, und kam zu mir, um mich eine gefühlte Ewigkeit lang zu umarmen – und doch nicht lange genug. Seit fast drei Wochen hatte ich ihn nicht gesehen, und während sich dieses Gefühl der Richtigkeit in mir ausbreitete, das ich nur in Knox' Nähe erlebte, und es sich anfühlte, als wäre ich endlich wieder vollständig, liebte ich es auch, dass es sich irgendwie so anfühlte, als wären wir nie voneinander getrennt gewesen.

Er ließ mich gerade weit genug los, um mir seine große Hand an die Wange zu legen, und starrte mich einfach ein paar Sekunden lang an, bevor er etwas sagte. „Lieber Gott, sieh dich an."

Ich war mir sicher, ich sah aus wie eine ertrinkende Ratte. Doch die Ehrfurcht in seiner Stimme und die Art, wie er mit seinen dunklen Augen mein Gesicht absuchte, sorgten dafür, dass ich mich nie schöner gefühlt hatte.

„Na ja, so kann man die Abmachung, einander nur ein- oder zweimal im Monat zu sehen, auch umgehen."

Knox grinste. „Nicht einmal mehr ein Jahr, und nichts kann mich mehr von dir fernhalten."

„Wir werden ja sehen, ob du das immer noch findest, wenn es so weit ist", zog ich ihn auf und schmiegte mich enger an ihn.

Er fand das nicht lustig. Ihm verging das Grinsen, und er sah mir tief in die Augen. „Ich warte noch immer auf dich, daran wird nichts etwas ändern."

„Und du verschwendest noch immer deine Zeit."

Meine Worte brachten seine Augen zum Tanzen. Wir wussten beide, dass sie keine Bedeutung mehr hatten; die hatten sie schon seit einer geraumen Zeit nicht mehr. „Niemals."

Ich lächelte und blickte dorthin, wo er gesessen hatte; meine Mundwinkel sanken. Kaum merklich nickte ich in Richtung des Mädchens, das uns wütend anfunkelte. „Bist du dir da sicher?"

Knox runzelte die Stirn und sah zu der Gruppe hinüber, bei der er gesessen hatte. Er verdrehte die Augen, als er sich wieder mir zuwendete. „Nicht, was du denkst, jedenfalls nicht von mir aus. Sie gehört zu unserer Schwestern-Verbindung."

Ich versuchte, mich von ihm zu lösen, doch er hielt mich fest. „Du musst nicht lügen."

„Tue ich nicht. Du weißt, ich hätte dir davon erzählt. Hast du etwas vor?"

Ich zuckte bei dem plötzlichen Themenwechsel mit dem Kopf zurück. „Nein … Ich sollte mit einer Freundin lernen, aber sie ist krank geworden und früher nach Hause gegangen. Ich wollte mir nur eben auf dem Heimweg einen Kaffee holen."

„Kannst du noch etwas länger wegbleiben?" Als ich nur misstrauisch die Augen zusammenkniff, beugte er den Kopf tiefer herunter, bis unsere Gesichter nur noch ein kurzes Stück voneinander entfernt waren. „Wenn ich dich schon sehe, bin ich noch nicht bereit, dich wieder gehen zu lassen. Wir könnten nach nebenan gehen und etwas zu Mittag essen."

„Du willst mit mir Mittag essen?" Ich sagte jedes Wort ganz langsam, um sicherzugehen, dass ich ihn richtig verstanden hatte. Es kam selten vor, dass wir etwas außerhalb meines Hauses unternahmen, und selbst dann war es nie etwas Datemäßiges. Das hier würde sich wie ein Date anfühlen.

Er zuckte mit den Schultern. „Ich habe dich zufällig hier getroffen. Das ist doch nichts Schlimmes, oder?"

Ich verkniff mir ein Lächeln. Ich wollte mich ihm in die Arme werfen und ihm sagen, dass ein Mittagessen selbstverständlich nichts Schlimmes war, doch ich spürte auch den stechenden Blick von dem Tisch, an dem er gesessen hatte. Ich atmete scharf durch die Zähne ein und schaute kurz zu dem Mädchen hinüber. „Bist du sicher?"

„Ja, ich bin mir sicher", antwortete er und lachte leise. „Ich habe doch gesagt, da drüben ist nichts für mich. Und wenn ich mich zwischen Leuten entscheiden soll, die ich ständig sehe, und dem Mädchen, das ich liebe ... Low, du weißt genau, dass ich mich für dich entscheide. Außerdem habe ich ihnen überhaupt nicht zugehört. Ich habe an dich gedacht."

„Sicher hast du das, du Charmeur", zog ich ihn auf.

Knox sah überrascht aus, dass ich ihm nicht glaubte, setzte dann aber schnell eine entschlossene Miene auf und holte sein Telefon aus der Tasche. „Ich zeige dir mal, was ich gemacht habe, bevor du hereingekommen bist." Er hielt das Telefon so, dass ich sehen konnte, was er auf dem Bildschirm aufgerufen hatte, und schaltete es ein.

Ich neigte den Kopf zur Seite und wartete darauf, dass er mir erklärte, was ich da sah, während ich etwas überflog, das wie die Eingangsbestätigung einer Bestellung aussah. Kaum eine Sekunde vor seiner Antwort keuchte ich auf.

„Habe gerade eine Lieferung veranlasst."

Ich hatte keinen Zweifel daran, dass mein Lächeln schon peinlich breit war, als wir uns wieder ansahen. „Meine Blumen kommen bald an?"

Knox zuckte mit den Schultern. „Ich weiß nicht. Tun sie das?"

Ich verdrehte die Augen, strahlte aber weiter. „Okay, ich bleibe, wenn du mir eines beantwortest." Er hob wartend eine dunkle Augenbraue. „Wie sehr liebst du mich?"

Dieses perfekte, schiefe Lächeln blitzte auf, bevor er die Stirn an meine legte und flüsterte: „Bis zu den Sternen, Harlow. Immer bis zu den Sternen."

Gegenwart – Richland

„Okay", hörte ich mich sagen, „aber ich kann nicht lange bleiben."

„In Ordnung, ich nehme jede Zeit, die du erübrigen kannst." Die Hand auf meinem Arm glitt zu meinem Kreuz, und Knox wendete sich dem kleinen Sandwich-Laden neben dem Café zu.

„Ich weiß, dass du geheiratet hast, aber warum hast du den Abschluss nicht gemacht?", fragte Knox, nachdem wir unser Essen bekommen und uns an einen Tisch in der Ecke der kleinen Bäckerei gesetzt hatten. „Ich hatte den Eindruck, es wäre deinen Eltern so wichtig gewesen, dass du einen Abschluss hast."

Ich schlang die Arme um meine Taille und starrte ein paar Minuten lang die Tischplatte an, während ich überlegte, was ich sagen sollte. Ich wusste, was er mit seinen Worten andeuten wollte … Ich wusste es nur, weil mir mein Vater vor Jahren davon erzählt hatte. Aber zuzugeben, dass ich es wusste, würde das Gespräch in eine Richtung lenken, in die ich zu gehen nicht bereit war. Wie konnte ich ihm also erklären, warum ich die Schule nicht beendet hatte? *Collin hat den Abschluss gemacht, als ich im zweiten Jahr war, und mir danach verboten, weiter aufs College zu gehen* war nicht gerade etwas, das ich den Leuten einfach so erzählen konnte.

„Hast du ein Kind bekommen?“, fragte Knox, nachdem ich mir mit der Antwort zu viel Zeit gelassen hatte.

„Nein!“ Ich riss die Augen auf und sah entsetzt zu ihm hoch, ehe ich es verbergen konnte. „Ich habe nur – es gab einfach keinen Grund. E-er war zwei Jahre über mir, und als er den Abschluss gemacht und hier eine Stelle bekommen hat, gab es keinen Grund mehr für ihn, dort zu bleiben, und auch nicht für uns, getrennt zu sein, denn ein paar Monate später haben wir geheiratet.“

Knox betrachtete mich, die Augen besorgt zusammengekniffen.

Das war keine gute Idee, das war überhaupt *keine gute Idee.*

Endlich grinste er. „Du hast schon immer ältere Männer bevorzugt.“ Sein Blick fiel kurz auf das Essen. „Warum isst du nicht?“ Es klang nicht nach einem Vorschlag.

Ich zupfte eine Ecke von meinem Sandwich und spielte damit, während ich ihn animierte, weiterzureden. „Erzähl mir von dir. Keinen Abschluss zu machen und zu heiraten ist im Grunde das Einzige, was bei mir passiert ist, seit wir uns das letzte Mal unterhalten haben.“

Mir entging nicht, dass er keine Sekunde aus den Augen ließ, wie ich mit meinem Brot spielte, oder wie seine Miene sich verhärtete, als ich das Gespräch auf ihn lenkte. „Äh, ich habe den Abschluss gemacht. War auf der Feuerwehr-Akademie und arbeite jetzt für den Standort Richland.“

„Wirklich?", fragte ich, und zum ersten Mal seit Jahren musste ich ehrlich lächeln.

„Ja. Das habe ich schon im letzten College-Jahr gemacht, ich bin also schon eine Weile dabei. Genau genommen bin ich gerade mit einer Schicht fertig und wollte nur schnell einen Kaffee trinken, bevor ich zurück nach Thatch fahre."

„Das ist großartig, Knox!"

Er ließ ein Lächeln aufblitzen und wies mit dem Kopf auf mein Sandwich. „Iss es richtig, Harlow."

Ich biss um seinetwillen einmal ab und kaute langsam. „Was noch?"

„Iss weiter", sagte er sanft. Die Worte klangen nach einer Mischung aus Flehen und Befehl. „Ich rede, wenn du isst."

Panik stieg in mir hoch, als ich Sorge in seinem Blick wahrnahm. Ihm war der Gewichtsunterschied aufgefallen. Bei meiner Familie war es anders; sie hatten die Pfunde nach und nach schwinden sehen. Knox sah es auf einmal, und danach zu urteilen, wie beunruhigt er meinen Körper betrachtete, war es offensichtlich, dass mein Aussehen sich drastisch verändert hatte. Ich versuchte, so zu tun, als wüsste ich nicht, was er sah oder was er tat, verdrehte die Augen und nahm einen großen Bissen.

„Viel mehr gibt es nicht. Ich arbeite viel; dafür geht der Großteil meiner Zeit drauf. Ich lebe mit Graham und Deacon zusammen. Die haben sich auch nicht sehr verändert."

Ich lachte unsicher bei der Bemerkung über seine besten Freunde. „Ah. Ich bin mir sicher, die beiden haben sich gefreut, als ich aus deinem Leben verschwunden bin."

Knox' Blick huschte zu meinen Augen, dann wieder hinunter auf den Tisch. Einige Momente unangenehmen Schweigens entstanden zwischen uns, dann sagte er: „Sie wissen, dass sie dich besser nicht erwähnen."

Ich wusste nicht, was ich darauf antworten sollte. Also sagte ich einfach: „Oh“, und versuchte, das Thema zu wechseln. Ich nahm an, dass er nicht verheiratet war, da er noch mit den beiden Jungs zusammenwohnte, also fragte ich: „Freundin? Verlobte?“

Er lachte leise. „Nein, ich bin jetzt nicht mehr der Typ, der die Dinge zu ernst werden lässt. Ich kann es kaum ertragen, ein Mädchen auch nur mehr als ein Mal zu sehen. Jahrelang wusste ich nicht warum, bis ich gerade in das Café gekommen bin und dich dort habe sitzen sehen – und alles ergab auf einmal einen Sinn.“

Ich wollte nicht an die anderen Frauen denken. Daher konzentrierte ich mich auf seine letzten Worte und sagte: „Knox … Wir haben seit Jahren nicht miteinander gesprochen.“

„Ich weiß, Low, glaub mir, das weiß ich. Aber ich hatte fest vor, den Rest meines Lebens mit dir zu verbringen. Nur weil du am Ende nicht auf mich gewartet hast, heißt das nicht, dass alles, worauf ich gewartet und was ich für dich empfunden habe, einfach aufhören konnte.“

Bauch und Brust zogen sich mir zusammen, und ich wollte ihm erzählen, dass sich für mich *alles* verändert hatte. Meine Gefühle für Knox waren mit den Jahren nur noch gewachsen. Ich presste die Lippen zu einer festen Linie zusammen, um ihm nicht Dinge zu sagen, die Knox und mir Kummer bereiten und meine Familie vielleicht das Leben kosten würden.

Langsam schüttelte ich den Kopf. „Das war ein Fehler“, sagte ich und begann aufzustehen, doch er hielt mich am Handgelenk fest.

„Es tut mir leid. Es tut mir leid. Ich höre auf. Bitte geh noch nicht.“

Ich zog, bis er mein Handgelenk losließ. „Es tut mir leid, Knox. Ich kann nicht bleiben …“

„Bist du krank?“, fragte er plötzlich ernst.

Ich fuhr mit dem Kopf herum, um ihn anzusehen, und stand da, mit offenem Mund und verwirrt. „Krank? Nein, ich muss einfach gehen."

Knox blickte in der Bäckerei umher und flehte mich an: „Setz dich."

Bebend nahm ich wieder Platz an dem Tisch, während ich versuchte, mir einen Reim darauf zu machen, was dieser schmerzverzerrte Ausdruck auf seinem Gesicht und seine Frage zu bedeuten hatten.

„Bist du krank?", wiederholte er, seine Stimme kaum lauter als ein Flüstern. „Sieh mich nicht so an, als wüsstest du nicht, warum ich das frage."

„Aber ich ..."

„Dein Ehering bleibt kaum an deinem Finger. Du versinkst in einem Oberteil, das aussieht, als sollte es eigentlich am Körper anliegen."

Mein Herz setzte einen schmerzhaften Schlag lang aus. Ich ließ mich gegen die Stuhllehne zurückfallen und zuckte zusammen, als ich gegen eine wunde Stelle kam.

Knox' hörte nicht auf mit seinen Beobachtungen. „Ich hatte Angst, dein Handgelenk zu brechen, wenn ich es nur anfasste. Dein Schlüsselbein und deine Wangenknochen stehen viel zu stark hervor. Du bist blass, Low, und die Ringe unter deinen Augen sind so dunkel." Er beugte sich vor, um die Hand auf meine zu legen. „Low, bist du krank?"

„Nein", antwortete ich ehrlich, doch das Wort klang wie ein entsetztes Geständnis, weil ich mich fragte, wozu das noch führen würde.

Die Erleichterung in seinen dunklen Augen war von kurzer Dauer, dann erstarrte er am ganzen Körper. „Bist du ... Hast du eine Essstörung?"

Ich musste seine Fragen aufhalten, ehe es so weiterging. Den Blick fest auf den Mann gerichtet, den ich vermisst und geliebt, nach dem ich mich gesehnt und verzehrt hatte, stand ich auf und presste heraus: „Habe ich nicht, aber nachdem wir uns fast fünf Jahre nicht gesehen haben, Knox, freue ich mich zu erfahren, dass du mich jetzt abstoßend findest."

„Harlow!", rief er, während ich mich umdrehte und rasch zum Ausgang ging. „Harlow, bleib stehen!", bat er, als wir draußen waren.

Ich hielt erst an, als ich meinen Wagen erreichte, und dann auch nur, um die Tür zu öffnen – doch diese Pause genügte. Knox legte mir einen Arm um die Taille, und ich verkniff mir einen Schmerzensschrei, als er mich umdrehte und mir die Hand an die Wange legte. Eine Geste von ihm, die mir so vertraut war, dass mir wieder Tränen in den Augen brannten, denn mir wurde klar, dass ich mich zum ersten Mal seit langer Zeit wieder vollständig fühlte. Ich konnte jedoch nicht so mit ihm dastehen. Jemand könnte uns sehen, Collin könnte davon erfahren. Ich wich zurück, blieb aber stehen, als er wieder etwas sagte.

„Wenn du glaubst, irgendetwas an dir könnte mich je abstoßen, irrst du dich", erklärte er. „Ich bin *entsetzt* von dem, was ich gerade vor mir sehe. Wenn ich dich anschaue, kann ich das quirlige Mädchen nicht mehr finden, in deren blauen Augen so viel Feuer, so viel Lebenslust gesteckt hatte. Ich will wissen, warum du so aussiehst, und ich will es wiedergutmachen – nicht ein einziges Mal ist mir in den Sinn gekommen, dass ich mich ansatzweise abgestoßen fühlen könnte." Er strich mir mit dem Daumen über die Wange, als eine einzelne Träne herunterlief, und seine Stimme war sanft, als er wieder sprach. „Du bist noch immer schön, Harlow. Und dich heute zu sehen, in diesem Augenblick, macht mir klar, dass ich dich noch genauso sehr liebe wie vor viereinhalb Jahren."

„So etwas darfst du nicht zu mir sagen, Knox", flüsterte ich und schaute mich auf dem Parkplatz um, damit ich sicher sein konnte, dass niemand uns beobachtete. „Ich bin verheiratet. Solche Dinge, wie du sie mir heute gesagt hast, kannst du mir nicht einfach sagen. Und du darfst mich nicht mehr anfassen."

Einsicht und Schmerz legten sich auf seine Miene, und er nickte ein Mal, bewegte seine Hände aber nicht. „Warum hast du angefangen zu weinen, als du mich gesehen hast?"

„Ich habe doch gesagt, ich dachte, ich sehe dich nie wieder."

„Das …" Er hielt inne und atmete schwer aus. „Das ist keine normale Reaktion darauf, wenn du mich danach gleich wieder von dir stößt, so wie jetzt. Meine Telefonnummer ist immer noch die gleiche. Du hättest anrufen können, wenn du mich so sehr vermisst hättest."

Ich ließ den Kopf hängen und biss mir zum x-ten Mal, seit ich ihn im Coffeeshop gesehen hatte, auf die Zunge. Es wäre so einfach. So einfach, ihm alles zu erzählen – und es wäre gefährlich auf Ebenen, die ich nicht einmal anfangen konnte zu begreifen.

Er neigte den Kopf nach unten und sprach mir leise direkt ins Ohr. „Es tut mir leid, aber du hast immer zu mir gehören sollen. Nach all der Zeit fiel es mir schwer, den Mund zu halten." Er ließ mich los und trat einen Schritt zurück, dann blieb er noch einen Moment lang stehen, bevor er sich umdrehte und sich von mir entfernte.

Ich hob nicht den Kopf, um ihm nachzusehen. Ich konnte nicht. So war es richtig, so musste es sein – doch ich wusste, wenn ich ihm hinterhersah, wie er von mir wegging, würde ich brechen. Und um die Sicherheit meiner Familie zu gewährleisten, konnte ich es mir nicht erlauben zu brechen.

6. Kapitel

KNOX

Gegenwart – Thatch

Unruhig ging ich im Wohnzimmer auf und ab, während sich das gesamte Gespräch mit Harlow in meinem Kopf Mal um Mal wiederholte. Ein Teil von mir glaubte, ich sei so müde von der letzten Schicht gewesen, dass ich mir alles nur eingebildet hatte; der Rest wusste, dass das auf keinen Fall unwirklich gewesen war. Sie hatte dagestanden, direkt vor mir … *mein* Mädchen, *meine* Welt. Sie sah noch genauso schön aus, wie ich sie in Erinnerung hatte, und gleichzeitig wirkte sie zu dünn und krank. Sie war verheiratet, und um dem Ganzen die Krone aufzusetzen, wohnte sie seit Jahren nur zwanzig Minuten von mir entfernt, und ich war verdammt noch mal ahnungslos gewesen.

Ich hatte die Fäuste in die Hüften gestemmt und beschritt immer kleinere Kreise, während meine Atmung immer schwerer wurde, bis ich schließlich vor lauter Frust brüllte.

Natürlich hatte ich erwartet, dass sie heiraten würde. Es waren mehr als viereinhalb Jahre vergangen, und sie hatte klargestellt, dass sie sich nicht für mich entschieden hatte. Ich hatte nur nie erwartet, davon erfahren zu müssen, oder den Ring eines anderen Mannes an ihrem Finger zu sehen. Diesen verdammt lächerlichen, riesigen Ring.

Ich ging noch immer auf und ab und wurde mit jeder Minute rastloser, als Deacon eine Weile später nach Hause kam und sofort in sein Zimmer ging, und auch noch später, als Graham nach Hause kam. Ich brauchte mindestens eine Minute, bis ich merkte, dass er dastand und mich beobachtete. Schließlich blieb ich lange genug stehen, um zurückzustarren.

„Ja?", fragte ich, als er nichts sagte.

Sein Blick richtete sich auf den Boden, dann sah er mit zusammengekniffenen Augen wieder zu mir hoch. „Gibt es einen Grund, warum du versuchst, den Teppich zu ermorden?"

Ja! Der Gedanke ließ mich wieder losstapfen, während ich mich zusammenreißen musste, um nur ein schlichtes „Nee" herauszupressen.

Eine weitere Minute später hörte ich Grey fragen: „Was ist passiert? Warum geht er ständig auf und ab?"

Ich wollte ihre Fragen ausblenden, doch noch bevor ich begreifen konnte, was ich tat, hatte ich mich schon umgedreht und sie am Arm gepackt. Ich nickte Jagger nur knapp zu und zog sie hinter mir her in mein Zimmer.

„Dir auch Hallo", murmelte sie.

„Was, zur Hölle?", fragte Graham vom Eingang her und wandte sich dann an Jagger: „Du lässt einfach zu, dass er sie in sein Zimmer schleppt?"

Ich hörte nicht, was Jagger antwortete, hatte Grey aber lediglich zu meiner Bettkante geführt, wo sie Platz nahm, und war keine zwanzig Sekunden wieder auf und ab gegangen, als Jagger langsam hereinkam.

„Graham will, dass ich hier drinnen bin und dafür sorge, dass du nicht versuchst, mir die Frau auszuspannen."

Grey verdrehte die Augen, sobald ich stehen geblieben war und mich wieder zu ihr umgedreht hatte, und ergriff Jaggers Hand, als er sich neben sie setzte. „Erzählst du mir, warum du so seltsam drauf bist, oder muss ich raten?", fragte Grey mich. „Und übrigens, das war total unhöflich. Du hättest mich bitten können mitzukommen. Du hättest mich nicht zu zerren brauchen."

„Ich habe dich nicht gezerrt“, murmelte ich und fuhr mir dabei mit der Hand übers Gesicht. Ich seufzte tief und versuchte, mich davon abzuhalten, ihr alles zu erzählen, und stattdessen so zu tun, als wollte ich nur Graham wieder einmal auf die Palme bringen. Aber irgendjemandem musste ich es erzählen. „Sie ist in Richland, Grey. Ich habe sie gesehen.“

Sie blinzelte langsam und fragte dann: „Wen?“

„Sie!“

„Ach ja, natürlich, *sie*“, schnaubte Grey, und Jagger wendete sich ab, um das Lächeln auf seinem Gesicht zu verbergen. „Und ich kann nur raten, dass mit *ihr* eines der vielen Mädchen gemeint ist, mit denen du geschlafen hast, seit ihr euch alle schließlich auch Mädchen außerhalb von Thatch zugewendet habt“, sagte sie gleichgültig. „Komm schon, Knox, woher um alles in der Welt soll ich wissen, wen du meinst? Ist es eine von den Durchgeknallten? Du weißt, dass ich mir die nicht alle merken kann.“

Ich sah zu meiner Tür und ging schnell hinüber, um sie zu schließen. Als ich wieder vor den beiden stand, sagte ich leise: „Harlow. *Harlow* ist in Richland. Sie lebt dort – seit Jahren schon.“

„Ist nicht wahr“, flüsterte sie, die Augen weit aufgerissen. „Hey, warte mal. Wir haben *gerade erst* über sie gesprochen! Wusstest du da schon, dass sie hier ist, und hast es mir nicht erzählt?“

„Nein. Machst du Witze? Meinst du, du hättest mich jetzt so vorgefunden, wenn ich es die ganze Zeit über gewusst hätte?“

Grey schüttelte den Kopf, lächelte breit, und ihre Augen leuchteten vor Aufregung. „Aber das ist doch toll, Knox! Ich meine, sie ist in Richland, das ist nicht weit weg – du arbeitest dort! Wie hast du sie überhaupt gefunden?“

„Ich habe sie gesehen, als ich mir auf dem Nachhauseweg

noch einen Kaffee geholt habe. Wir haben uns kurz unterhalten."

„Sie ist verheiratet", meldete Jagger sich zum ersten Mal zu Wort. Es war keine Frage gewesen, und ich konnte das Mitgefühl in seiner Stimme hören.

„Was? Nein, sie ist … Moment, woher weißt du das?", fragte Grey und sah dann wieder mich an.

Ich knirschte mit den Zähnen und wendete mich einen Moment von ihnen ab, und Jagger nutzte die Gelegenheit zum Weiterreden.

„Knox sieht so aus, wie ich mich in den sieben Jahren, die du mit Ben zusammen warst, jeden Tag gefühlt habe."

Als der Name von Greys verstorbenem Verlobten fiel, sah ich automatisch in ihre Richtung, um sicherzugehen, dass es ihr gut ging. Er war nur wenige Tage vor ihrer Hochzeit plötzlich gestorben. Drei Jahre war das jetzt her. Doch statt sie zusammenbrechen zu sehen, wie ich es so oft erlebt hatte, sah sie mich nur an, als würde sie mich verstehen und hätte Mitgefühl … Und ich wusste: Das war ihrem Mann zu verdanken.

Jagger, Grey und Ben waren als Kinder die besten Freunde gewesen, und Jagger war schon seit Ewigkeiten in Grey verliebt gewesen. Nach Bens Tod war Jagger ihr bester Freund geblieben und hatte ihr durch zwei Jahre der Trauer geholfen, bis Grey schließlich gemerkt hatte, dass sie ihn auch liebte. Offensichtlich war es für Grey so am besten gewesen. Ich würde Jagger dafür ewig dankbar sein – und ich wusste, für Graham und Deacon galt das auch.

Wenn jemand wusste, wie es mir ging, dann war es Jagger. Er hatte neun Jahre auf das Mädchen, das er liebte, gewartet, und ich wartete jetzt schon seit sieben Jahren. Der einzige Unterschied war, dass Grey nie gewusst hatte, wie sehr Jagger sie liebte. Harlow hingegen hatte immer gewusst, was ich für sie empfand … und sich trotzdem für einen anderen entschieden.

„Ist sie das, Knox?“, fragte Grey mit zusammengezogenen Augenbrauen, als machte sie sich Sorgen darüber, wie die Antwort ausfallen würde. „Ist sie verheiratet?“

„Natürlich ist sie es …“

„Knox“, flüsterte sie und stand auf, um einen Schritt auf mich zuzukommen, doch ich wich zurück.

„*Er* ist der Grund, warum sie sich gegen mich entschieden hat.“ Grey versuchte, noch einen Schritt auf mich zuzugehen, dieses Mal mit ausgestreckten Armen, und wieder wich ich einen Schritt zurück. „Nicht.“

„Warum?“

„Wenn du das tust, weiß ich, dass es wirklich vorbei ist.“

Greys Miene verwandelte sich von mitfühlend zu besorgt. Im Zimmer war es eine Minute lang still, bevor sie sagte: „Sie ist verheiratet. Es ist vorbei.“

Ich schüttelte schon den Kopf, ehe sie zu Ende gesprochen hatte. „Du hast sie nicht gesehen. Du verstehst das nicht.“

„Knox.“ Jetzt war ihre Stimme streng. „Du darfst nicht versuchen, ihre Ehe zu zerstören.“

„Tue ich nicht, aber du verstehst das nicht. Sie hat angefangen zu weinen, sobald sie mich gesehen hat, Grey. Ich weiß, sie …“

„Ich habe dich immer unterstützt, als du noch darauf gewartet hast, dass sie alt genug wurde, doch das ist etwas anderes. Das darfst du nicht tun. Wenn sie angefangen hat zu weinen, als sie dich gesehen hat, dann hat sie ihre eigenen Probleme, um die sie sich kümmern muss. Und solange sie das tut, musst du dich von ihr fernhalten.“ Ich wollte etwas sagen, doch sie unterbrach mich. „Was hast du vor? Willst du eine Affäre mit ihr anfangen und dich damit zufriedengeben?“

„Grey“, fuhr ich sie an, aber um ehrlich zu sein, wusste ich nicht, wie meine Antwort gelautet hätte. Ich wusste nur, dass ich Harlow noch immer wollte, und sie war so nah.

„Wenn sie die Art Mädchen ist, die so etwas machen würde, dann hatten Graham und Deacon vielleicht doch die ganze Zeit über recht, was sie anging. Vielleicht warst du wirklich nur ein Spiel für sie, vielleicht bist du es noch immer."

„Nein ...", fing ich an.

„Doch."

„Nein, Grey, das kann kein Spiel sein. *Ich* kann es nicht sein."

Grey atmete tief durch die Nase aus und kniff kurz ihre goldenen Augen zusammen, bevor sie sich wieder beruhigen konnte. „Du hast ihnen sogar zugestimmt, als sie Schluss gemacht hat", erinnerte sie mich flüsternd.

Ich starrte auf den Boden und schüttelte langsam den Kopf, aber nicht, weil ich es nicht wahrhaben wollte. „Sie heute zu sehen ... Da ist alles wieder hochgekommen. Ich weiß wieder, wie es sich anfühlt, in ihrer Nähe zu sein, mit ihr zu reden, sie einfach zu *haben* – sie bei mir zu haben. Ich kann nicht mehr glauben, dass alles nur ein Spiel war, nachdem ich wieder weiß, wie es sich angefühlt hat."

Einige angespannte Augenblicke lang sagte keiner von uns etwas, während Grey und ich uns anstarrten. Als Grey klar wurde, dass ich nichts weiter sagen würde, legte sich ein Hauch von Trauer auf ihre Miene, und sie sagte: „Das ist gefährlich, Knox. Sie ist *verheiratet*." Das letzte Wort betonte sie, als würde sie versuchen, mir diese Tatsache begreiflich zu machen. Als hätte ich an diesem Tag nicht schon hundert Mal daran gedacht, was der Ring an Harlows Finger bedeutete.

„Sie ist gebrochen, Grey. Ich konnte es sehen. Ich konnte sehen, wie unglücklich sie ist, egal, wie sehr sie versucht hat, es zu verbergen." Grey öffnete den Mund, den Blick voller Ärger und Zweifel, doch ich redete einfach weiter. „Nein, bevor du etwas sagst, das habe ich mir nicht eingeredet. Ich habe sie gesehen, sobald ich den Coffeeshop betreten hatte, und konnte nicht aufhören, dieses Mädchen anzustarren, das gleichermaßen wunderschön und tot aussah."

„Knox", flüsterte Grey.

„Sie ist so gebrochen, dass ich nicht einmal gemerkt habe, dass es Harlow ist, bis ich an ihr vorbeigegangen bin."

„Knox", sagte sie etwas fester und griff nach meinem Arm. „Selbst wenn sie das ist, musst du begreifen, dass es nicht mehr deine Aufgabe ist, sie wieder aufzurichten."

Ich sah zu Jagger, der immer noch auf dem Bett saß, stumm wie immer, während er nur beobachtete und sich seinen Teil dachte, und zeigte auf ihn. „Ihr beide müsst das doch verstehen. Ich weiß, ihr versteht es."

„Nein, tun wir nicht. Was du begreifen musst, ist, dass sie verheiratet ist und du dich von ihr fernhalten musst", presste Grey heraus und verließ ohne ein weiteres Wort mein Zimmer.

Jagger schaute in die Richtung, in die Grey verschwunden war, doch er sah nicht zur Tür; sein Blick war in weite Ferne gerichtet. Ich wollte ihn gerade anflehen, mir eine andere Antwort zu geben, als ich sie von seiner Frau erhalten hatte, nur damit ich mir nicht wie das letzte Schwein vorkommen musste, weil ich wieder jemanden wollte, den ich nicht haben konnte. Doch sein langsames Kopfschütteln brachte mich dazu, mir auf die Zunge zu beißen. „Es war anders ... bei Grey und mir", sagte er. „Wir haben beide einen Toten betrauert, und ich habe Grey nie gesagt, was ich für sie empfinde, oder ihr eine Beziehung aufgezwungen. Als ich ihr geholfen habe, als ich jeden Tag für sie da war, war ich das als ihr bester Freund – nicht als jemand, der sie seit Jahren liebte."

„Du kannst mir nicht erzählen, dass kein Teil von dir es getan hat, weil du sie geliebt hast."

„Das habe ich nicht gesagt. Ich liebe Grey, das habe ich immer getan, und alles, was ich getan habe, tat ich aus Liebe zu ihr. Doch die ersten neun Jahre, in denen ich sie geliebt habe, dachte sie, wir wären *nichts anderes* als beste Freunde. Was ich sagen will, ist: Sie hat diese andere Seite von mir erst gesehen, als Ben schon zwei Jahre tot war, und wie du weißt, hätte sie es selbst dann nicht herausfinden sollen. Hätte sie vorher gewusst, dass ich sie liebe, dann hätte ich ihr nicht so helfen können, wie ich es getan habe. Ich hätte nicht so für sie da sein können. Harlow weiß, was du empfindest, oder empfunden hast. Du kannst nicht zu ihr gehen und so tun, als würdest du ihr aus einem anderen Grund helfen wollen als aus Liebe. Alles, was du für Harlow getan hast, seit du achtzehn Jahre alt gewesen bist, geschah aus Liebe zu ihr, und das wusste sie auch. Siehst du den Unterschied?"

Ich knirschte mit den Zähnen und atmete tief ein, antwortete aber nicht. Ich erkannte den Unterschied, und ich wusste auch, dass er und Grey recht hatten. Das bedeutete aber nicht, dass ich ihnen auch zustimmen wollte.

„Außerdem behauptest du, dass Harlow in ihrer Ehe unglücklich ist. Wie Grey gesagt hat, das ist ihr Problem, um das sie sich kümmern muss. Und bei eurer Geschichte kann sie das nicht, wenn du dich einmischst. Ich weiß, was sie dir bedeutet hat – glaub mir, das weiß ich – und ich weiß, du hast sie gerade erst wiedergefunden. Doch Grey hat recht … Du musst dich zurückhalten."

Ich nickte, antwortete aber wieder nicht. Sie konnten auf keinen Fall verstehen, was ich heute in Harlow gesehen hatte. Sie war mehr als bloß unglücklich. Ich wollte Jagger erzählen, wie Harlow zusammengezuckt war, als ich sie davon abhalten wollte zu gehen, und dass ich, wenn ich sagte, sie sehe tot aus, *wirklich* meinte, sie sehe aus, als liege sie im Sterben, und dass sie schreckliche Angst davor zu haben schien, jemand könnte sehen, wie wir uns unterhielten. Aber ich wusste, er würde glauben, dass ich übertrieb, und ich erkannte an der Enttäuschung in Greys Blick, bevor sie gegangen war, dass sie sich in dieser Sache bereits entschieden hatte.

„Klopf-klopf", rief eine vertraute Stimme, als sich die Tür zu Deacons und meinem Zimmer öffnete.

„Hey!", riefen wir, als Grey hereinkam, dicht gefolgt von Graham. „Herzlichen Glückwunsch zum Geburtstag", riefen Deacon und ich Grey zu.

„Noch ein Jahr, bis du legal bist", merkte Deacon an, und Grey lachte. „Apropos Leute, die auf Volljährigkeit warten", fuhr er fort und nickte in meine Richtung.

Grey warf Deacon einen seltsamen Blick zu, während sie mich umarmte, kommentierte seine Äußerung aber nicht weiter. „Kann ich nur kurz sagen, dass euer Verbindungshaus echt merkwürdig riecht?"

„Alles Lüge."

„Sie hat die Leiche gefunden."

„Das ist der Duft des Erfolgs", sagten wir alle drei durcheinander.

Grey seufzte und verdrehte die Augen. „Jungs sind so eklig. Egal, was machen wir heute Abend?"

„Was möchtest du machen?", fragte Graham. „Es ist dein Geburtstag, und ich habe fast eine Stunde gebraucht, bis Mom und Dad erlaubt haben, dass du mit mir kommen darfst."

„Können wir in einen Club gehen?", fragte sie erwartungsvoll.

„Nein", antworteten wir alle drei gleichzeitig.

„Wir sind nicht genug, um dich zu beschützen", sagte ich, während Deacon im selben Moment anmerkte: „Irgendein Typ wird dich entführen."

„Oder weil sie erst siebzehn ist", mischte Graham sich ein. „Sonst noch was?"

„Ähm …" Sie sah in die Runde, als würde sie auf Vorschläge

hoffen. Offensichtlich hatte sie darauf gebaut, dass wir sie in einen Club schmuggelten.

Mein Telefon klingelte, und ich musste lächeln, als ich hinabsah und Harlows Namen auf meinem Bildschirm entdeckte. Es war erst ein paar Tage her, seit ich sie im Coffeeshop gesehen hatte, aber es zehrte geradezu körperlich an mir, nicht sofort zu ihr zu gehen. Wir hatten geplant, dass ich mich heute Abend irgendwie von Deacon losmachte, damit wir uns sehen konnten, doch dann hatte ich herausgefunden, dass Graham an diesem Abend Grey mitbringen wollte. Ich hatte Harlow angerufen, um es ihr zu erzählen, aber sie war nicht ans Telefon gegangen. Ich wollte gerade auf den Bildschirm tippen, als mir plötzlich das Telefon aus der Hand gerissen wurde.

„Lass mich raten …", fing Graham an. „Jawohl! Die kleine Miss Minderjährig persönlich."

„Was zum … Gib mir das Telefon." Ich langte danach, doch er warf es über mich hinweg.

Ich drehte mich gerade rechtzeitig um, um zu sehen, wie Deacon sich das Telefon ans Ohr hielt. „Hallo, Kindchen … Nö, der andere Freund … Ja, er wird heute Abend beschäftigt sein, wenn du verstehst, was ich meine. Du wirst wohl etwas mit Leuten in deinem Alter unternehmen müssen … Oooh, frech." Er sah auf den Bildschirm und zuckte mit den Schultern. „Sie hat aufgelegt."

Ich hatte nicht versucht, ihn aufzuhalten, weil ich wusste, dass es keinen Sinn hatte; ich wusste auch, Harlow würde nichts von dem glauben, was Deacon und Graham ihr erzählten. Aber mit jedem Wort, das er an sie gerichtet hatte, war die Faust, die ich ballte, fester geworden, und mein Atem ging schneller.

„Äh, was ist gerade passiert?", fragte Grey, doch niemand antwortete ihr oder sah sie auch nur an.

„Gib mir mein Telefon", verlangte ich leise, und Deacon reichte es mir unverschämt grinsend zurück.

„Irgendwer?", versuchte Grey es noch einmal.

„Willst du es ihr sagen? Es wäre doch gut, ihre Meinung zu hören, da die beiden im gleichen Alter sind", provozierte mich Deacon.

Langsam nickend nahm ich das Telefon in die andere Hand, damit ich die stärkere frei hatte. Und ohne Deacon auch nur eine Sekunde Zeit zu geben, um zu merken, was geschah, schlug ich ihn, so fest ich konnte.

„Oh, mein Gott!", rief Grey entsetzt, während Graham mich zurückstieß und brüllte: „Was soll der Scheiß, Knox?"

Ich sagte nichts zu niemandem. Ich ging einfach auf den Flur und rief Harlow zurück.

„Wie es mir immer das Herz wärmt, mit einem von den beiden zu reden", meldete sie sich seufzend.

Ich ließ den Kopf hängen und rieb mir den Nacken. „Macht es überhaupt einen Unterschied, wenn ich mich schon wieder entschuldige?"

Harlow lachte leise. „Natürlich tut es das, aber das musst du nicht. Ich weiß doch, dass sie sich nur Sorgen um dich machen und dich beschützen wollen. Noch ein Jahr, und sie haben keinen Grund mehr dazu."

Ich verkniff mir ein Seufzen. Noch ein Jahr, dann hätten wir das alles hinter uns gebracht.

„Hey, meinst du, du kannst immer noch heute Abend vorbeikommen?"

„Nein, tut mir leid." Ich beeilte mich, ihr zu erklären warum, als ihre Enttäuschung durch das Telefon spürbar wurde. „Graham hat vorhin angerufen, um uns zu erzählen, dass er Grey mitbringt, um ihren Geburtstag zu feiern. Sie sind gerade aufgetaucht, ehe du angerufen hast. Ich weiß noch nicht, was wir machen, aber sie ist wie eine Schwester für mich, und wir sehen uns kaum noch."

„Ach so, toll! Ich hoffe, ihr habt Spaß!"

Ich wusste, dass Harlow sich wirklich für mich freute. So war sie einfach, und es war unmöglich, das Lächeln in ihrer Stimme nicht zu hören. Doch das schmälerte keineswegs, wie sehr ich mich körperlich nach ihr sehnte. „Wenn sie nicht hier wäre, würde ich heute Abend zu dir kommen", versicherte ich ihr.

„Ich weiß, Knox", sagte sie. „Ich sollte dich jetzt wieder zu ihnen gehen lassen. Sag Grey herzlichen Glückwunsch von mir."

„Ich habe noch ein paar Minuten. Erzähl mir von deinem Tag."

„Bist du sicher?"

Wenn man berücksichtigte, dass ich gerade einen meiner besten Freunde geschlagen hatte und mir ein Abend entging, den ich eigentlich mit Harlow verbringen wollte? Ja … Ich hatte ein paar Minuten. „Natürlich, Low."

„Es gibt nicht viel zu erzählen. War vorhin mit ein paar Freundinnen im Kino, ganz okay. Da war ich übrigens, als du angerufen hast. Und dann hat mich zu Hause ein herrlicher Blumenstrauß erwartet."

„Ach wirklich?", fragte ich, und meine Mundwinkel zuckten. Ich lächelte.

„Mm-hm. Irgendjemand hat mir einen Strauß Mohnblumen geschickt."

„Irgendjemand, hm? Muss ich mir Sorgen machen?"

Ich konnte durch das Telefon Papier rascheln hören, und sie seufzte scherzhaft. „Ich meine, ich glaube eher nicht. Auf der Karte stand ‚Bis zu den Sternen'. Ich wüsste nicht, warum dir das Sorgen bereiten sollte."

„Okay. Davon fühle ich mich nicht bedroht." Ich lächelte breiter. Jeden Monat erinnerte diese Karte Harlow daran, dass ich immer noch wartete. Seit jener Nacht früher im Jahr, als ich versucht hatte, Harlow deutlich zu machen, wie sehr ich sie liebte, hatten sich die Karten zu Harlows monatlichem Strauß verändert. Jetzt wollte ich nie wieder etwas anderes schreiben.

„Danke für meine wunderschönen Blumen“, sagte sie so leise, dass ihre Worte sich fast in den Hintergrundgeräuschen des Hauses verloren. „Und danke, dass du mich so liebst, wie du es tust.“

„Immer, Low.“ Meine Stimme wurde immer tiefer, als ich ihr jedes Wort schwor.

„Dir gehört mein Herz, Knox Alexander“, versprach sie mir. „Dir gehört mein Herz, und in einem Jahr wirst du endlich mir gehören.“

„Das tue ich bereits.“

Eine kurze Pause trat ein, dann strömten die Worte nur so aus ihr hinaus. „Ich bin kurz davor, dich anzuflehen, doch zu mir zu kommen, wenn du weiter so mit mir redest, aber ich weiß, dass du heute Abend etwas anderes brauchst. Also geh zu ihnen, ehe ich es mir anders überlege.“

Ich schnaubte, nickte jedoch, obwohl sie mich nicht sehen konnte. „In Ordnung. Ich rufe morgen wieder an.“

Sie wartete – sie wartete immer, und dafür liebte ich sie umso mehr. Fast konnte ich den erwartungsvollen Ausdruck auf ihrem Gesicht und die Hoffnung in ihren blauen Augen sehen.

„Ich warte noch immer auf dich, Low.“

Ein leises Lachen, gefolgt von einem Seufzen, kam aus dem Telefon. „Und du verschwendest deine Zeit.“

„Niemals.“ Als ich auflegte und mich umdrehte, um in mein Zimmer zurückzugehen, hatte ich ein unglaublich breites Lächeln im Gesicht. Allerdings verging es mir, sobald ich sah, wie Grey mich beobachtete. Ich blieb stehen.

„Sie ist siebzehn?“, fragte sie, aber ich antwortete nicht. Grey zeigte mit dem Kopf in Richtung meines Zimmers. „Sie haben mir eine Zusammenfassung gegeben. Und ich habe gelauscht“, sagte sie schamlos.

Ich nickte zerstreut und deutete auf das Zimmer. „Ich würde lieber nicht hier draußen darüber reden."

„Ich finde, was du da machst, ist das Romantischste, das ich je gehört habe."

Ihr Bekenntnis ließ mich wieder innehalten, und ich sah sie an, als hätte ich mich verhört. „Romantisch", sagte ich matt. „Ich bin kein Romantiker, Grey."

„Oh, das weiß ich. Aber was du für sie tust … Das ist romantisch. Es ist außerdem das Anständigste, was je einer von euch dreien für ein Mädchen getan hat."

Ich knurrte und wendete den Blick ab.

„Nein, im Ernst. Die meisten Jungs würden gar nicht erst warten, oder sie würden dem Mädchen ein schlechtes Gewissen machen, weil sie noch minderjährig ist. Und du wartest ab, bis sie volljährig ist, zwingst sie zu nichts und bist bis dahin einfach nur für sie da? Das ist toll, Knox. Ich habe mitbekommen, wie du ihr gesagt hast, dass du sie liebst … Aber ich konnte auch *hören*, wie sehr du sie liebst. Nur weil Graham und Deacon das nicht begreifen, bedeutet das nicht, dass du etwas Falsches tust."

Ich nahm Grey in die Arme und umarmte sie fest. „Danke."

7. Kapitel

HARLOW

Gegenwart – Richland

„Sieh mich an, Harlow."

Zerstreut drehte ich mich zu Collin um und wartete ab, worum es in der Ansprache gehen würde, die er für mich vorbereitet hatte.

Sein Blick wanderte über mein Haar und meinen Körper, dann direkt auf mein Gesicht, und beim Betrachten zog er die Augenbrauen frustriert zusammen. „Wie fühlst du dich?"

„Mir geht es gut."

„Warum siehst du dann so elend aus?", fragte er, während er wieder losfuhr. Die Warnung in seiner Frage war unüberhörbar. Wenn es mir nicht bald gelang zu beheben, was er sah, würde es kein guter Abend für mich werden.

Aber es war vier Tage her, seit ich Knox gesehen hatte, und die Erinnerungen an ihn und Träume von ihm plagten mich mehr als sonst. Auch wenn ich versucht hatte, vor ihm wegzulaufen, hatte ich mehr Schwierigkeiten als ohnehin schon. Es fühlte sich nicht länger so an, als würde ich wegen Collin und diesem Leben ertrinken. Ich war bereits ertrunken; ich wartete nur darauf, dass jemand mich fand und wieder zum Leben erweckte.

Das und die Tatsache, dass Collin und ich auf dem Weg zu dieser Wohltätigkeitsveranstaltung waren, machten es mir wirklich schwer, mich daran zu erinnern, wie ich mich normalerweise zum Lächeln zwang. Ich saß da und versuchte zu lächeln, und ich versuchte auch, mich nicht so zu fühlen, als würde ich tief unter Wasser erdrückt werden.

„Du musst für mich lächeln, dich unter die Leute mischen und dafür sorgen, dass wir vor meinem Dad gut dastehen. Unter anderem wird der Bürgermeister dort sein, und noch andere Menschen, bei denen wir uns einschleimen müssen. Ich bin mir sicher, ich muss dich nicht erst daran erinnern, dass etwas Dummes zu tun oder zu sagen vollkommen inakzeptabel wäre?"

„Natürlich nicht, Collin."

Er sah mich an und ließ ein kurzes Lächeln aufblitzen, ehe er mir die Hand auf den Oberschenkel legte und kurz liebevoll zudrückte. „Das ist mein Mädchen."

Wir betraten das Haus gemeinsam, sein Arm um meine Taille gelegt, und versuchten, das perfekte, glückliche Paar zu spielen. Mir wurden ein paar neue Leute vorgestellt, die meiste Zeit verbrachte ich aber mit Paaren, die ich nach mehreren Jahren auf solchen Veranstaltungen bereits gut kannte. Es hätte mir so leicht fallen müssen, meine Rolle zu spielen, doch etwas nagte an mir. Minuten nachdem wir die Wohltätigkeitsveranstaltung betreten hatten, wurde mein Körper lebendig. In der Luft veränderte sich etwas, und mein ganzer Körper fing an zu kribbeln. Ich kannte das, und ich hatte es schon gespürt, ich wusste nur nicht mehr, wann und wo.

Dann geschah alles auf einmal und ging genauso schnell den Bach runter.

Ich war so darauf konzentriert, mich an dieses unbeschreibliche Gefühl zu erinnern, dass ich den Vornamen der Frau des Bürgermeisters vergaß, und hatte deswegen zwei Finger in die Beuge des Ellbogens bekommen. Collin vergrub seine Finger noch tiefer, und er beugte sich gerade zu mir herunter und flüsterte, ich solle mir den Schmerz nicht anmerken lassen, während sein Dad und der Bürgermeister sich weiter unterhielten, als sich eine unerwünschte Hand auf meinen anderen Arm legte.

Ich öffnete die Lippen ein Stück, als ich versuchte, durch den Schmerz zu atmen, den Collins Finger mir verursachten, und kniff die Augen zu Schlitzen zusammen, sobald ich bemerkte, dass die fleischige Hand auf meinem anderen Arm zu einem Mitarbeiter meines Schwiegervaters namens Ren gehörte. Das alles wurde mir zu viel, und vor meinen Augen drehte sich alles, während die Eindrücke wieder und wieder auf mich einschlugen.

Schmerz, Schmerz, Schmerz. Atme, befahl ich mir stumm. Lass dir nichts anmerken. Hör auf, in Collins Gegenwart Fehler zu machen. *Schmerz. Weg von Ekel-Rens grapschenden Händen! Schmerz. Wie konnte mir bei etwas so Einfachem ein Fehler unterlaufen?* So *viel Schmerz! Hört bitte beide auf, mich anzufassen!* Innerlich schrie ich, während um uns herum die Feier und die Gespräche einfach weitergingen und niemand ahnte, dass etwas nicht stimmte.

„Heute sind viele Leute mit prall gefüllten Brieftaschen hier", sagte Collins Dad gerade zum Bürgermeister. „Das wird ein toller Erfolg für die Feuerwache und ihre Stiftung."

Bei dem Wort *Feuerwache* riss ich den Kopf hoch und die Augen auf, und augenblicklich *erkannte* ich diese vertraute Energie im Gebäude wieder – diese Energie, die ich für immer verloren geglaubt hatte. Ich saugte hörbar die Luft ein, als mein Blick sich in dunklen, mordlüsternen Augen verfing. Aber Knox hatte seinen Blick nicht auf mich gerichtet; er sah auf Collins Hand, die sich noch immer in meinen Arm grub.

Collin agierte schnell. Plötzlich lag ich in seinen Armen, und sein Mund war auf meinem. In seinen blauen Augen stand alles, was er nicht laut sagen konnte, weil wir Zuschauer hatten.

Seine Mom und die Frau des Bürgermeisters gaben anerkennende Geräusche von sich, und sein Dad lachte laut. „Diese beiden kann man nirgendwo mit hinnehmen. Nach zweieinhalb Jahren sind sie immer noch in den Flitterwochen."

Collin löste sich von mir und zwinkerte der Gruppe zu. „Kann man es mir vorwerfen, dass ich die Hände nicht von ihr lassen kann?"

Dieses Mal lachten der Bürgermeister, Ren und Collins Vater gemeinsam, und die Frauen flüsterten untereinander und warfen mir ein wissendes Lächeln zu.

„Wo wir von Flitterwochen reden", sagte die Frau des Bürgermeisters mit glänzenden Augen und lehnte sich dabei zu meinen Schwiegereltern hinüber, „ein kleines Vögelchen hat mir gezwitschert, dass Sie sich nach Ihrer Party anlässlich Ihres Hochzeitstags in ein paar Wochen auf eine zweite Hochzeitsreise aufmachen wollen."

Meine Schwiegermutter errötete lächelnd. „Können Sie fassen, dass wir dann dreißig Jahre verheiratet sind?"

Als Collin mich wieder ansah, traten die anderen Stimmen in den Hintergrund. Einige Sekunden lang hielt er meinen Blick mit warnendem Ausdruck. Sein gut aussehendes Gesicht hatte noch immer eine Miene für die Öffentlichkeit aufgesetzt, als er mir einige Haare aus dem Gesicht strich und seine Nase an meinem Ohr vergrub. „Stell mich heute Abend nicht auf die Probe, Harlow."

Mein Blick richtete sich über seine Schulter dorthin, wo Knox uns anstarrte. Selbst von der anderen Seite des Raumes aus konnte ich erkennen, wie schwer er atmete, und der mordlüsterne Blick von vorhin hatte sich verstärkt. Seine Hände waren zu Fäusten geballt, und er kam auf uns zu.

Als Collin die richtige Stelle an meinem Handgelenk fand und mir befahl, mir den Schmerz nicht anmerken zu lassen, flehte ich Knox nur mit meinem Blick an fortzubleiben. Sich nicht einzumischen. Doch er blieb nicht stehen, und ich hielt den Atem an, als er direkt an uns vorbeiging, den Kopf so weit gedreht, dass ich sehen konnte, wie er Collin einen letzten Blick zuwarf.

Ich atmete erleichtert aus und ließ mich gegen Collin fallen.

Collin küsste mich auf den Hals und murmelte: „Braves Mädchen.“ Er ließ mich los und zog mich an seine Seite, während er versuchte, in das Gespräch zurückzufinden, das sich mittlerweile fast schon hitzig um den neuen Polizeipräsidenten in Richland drehte. Es überraschte mich nicht zu hören, dass auch der Bürgermeister wenig begeistert darüber war, jemanden von außerhalb auf dem Posten zu sehen – Leute wie er wollten alle Positionen, die mit irgendeiner Form von Macht ausgestattet waren, mit ihren eigenen Leuten besetzen.

„Sie sehen heute Abend aber schön aus“, sagte Ren einige Minuten später leise.

Ich murmelte ein hoffentlich höflich klingendes „Danke“, erstarrte aber, als er dieses Mal meine nackte Schulter berührte.

Ren ließ seinen Daumen träge auf meiner Haut kreisen, doch sein Blick war nicht auf mich gerichtet; er konzentrierte sich auf die miteinander sprechenden Männer. Ich hatte ihn schon unzählige Male bei dieser Art von Veranstaltung getroffen, und ich kannte seinen Ruf, die Finger nicht von jungen Frauen lassen zu können. Normalerweise war ich jedoch nicht in einer Position, in der er mich lange anfassen konnte. Und jetzt wusste ich nicht, wie ich dafür sorgen konnte, dass er aufhörte, ohne Collin und seinen Dad vor dem Bürgermeister bloßzustellen. Ich sah mich um und entdeckte, dass Knox mich mit einer Mischung aus Ekel und Wut anstarrte, und fing an, panisch zu werden, als Ren mit der Hand tiefer wanderte, meinen Bizeps drückte, um dann wieder kleine Kreise mit seinen fleischigen Fingern zu beschreiben. Ich versuchte, mich dicht an Collins Ohr zu räuspern und ihn mit den Fingerknöcheln in die Seite zu tippen, doch seiner Atmung nach zu urteilen, die langsam immer deutlicher zu hören war, ärgerte ich ihn nur.

Collin drehte schließlich den Kopf, um mich anzusehen, und ich erkannte an seinen Augen, dass sich seine Finger innerhalb von Sekunden wieder in mir vergraben hätten, wenn er nicht Rens Hand bemerkt hätte. Seine Augen richteten sich auf Rens Gesicht, dann wieder auf seine Hand, aber seinem ruhigen Äußeren war nichts anzumerken. Mit wenigen Worten entschuldigte Collin uns von der Gruppe und drehte mich aus Rens Griff.

Sobald wir davongingen, sprach er gegen meine Schläfe. „*Niemand* fasst an, was mir gehört", fauchte er. Glücklicherweise spürte ich, dass seine Wut nicht mehr gegen mich gerichtet war. „Rens Arbeitsbeziehung zu meinem Dad und seine Position in der Stadt sind mir egal – das musst du dir nicht bieten lassen, verstanden? Wenn er dich wieder anfasst, überleg dir etwas Besseres, mich auf dich aufmerksam zu machen." Nach ein paar weiteren Schritten knurrte er: „Sag, dass du verstehst."

„Ja. Danke", antwortete ich.

Trotz des kurzen Aufblitzens des Collins, in den ich mich verliebt hatte, blieb es doch genau dabei – einem kurzen Aufblitzen. In den nächsten vierzig Minuten machte ich zu viele Fehler, und Collin wurde immer wütender auf mich. Ich wusste, dass ich besser darin sein könnte, die Frau zu sein, die Collin von mir erwartete; ich konnte mich einfach nicht konzentrieren.

Immer spürte ich Knox' Blicke auf mir, und es wäre zu einfach gewesen, sich umzudrehen und ihn zu finden. Doch ich hatte schreckliche Angst, dass Collin es merken würde, wenn ich ihn ansah. Mich zu zwingen, das auszublenden, wonach meine Seele sich verzehrte, laugte mich aus und brauchte alle Konzentration, die ich aufbringen konnte. Mir war klar, dass ich mich zusammenreißen musste, ich musste sogar anfangen, Collin zu beeindrucken; aber Knox war hier. *Hier.* Genau wie Collin. Und beide waren unglaublich sauer. Das einzig Gute des Abends war, dass Ren bereits mit einem Mädchen meines Alters verschwunden war.

„Weißt du, was ich zum Schreien komisch finde?", fragte Collin, während er mich von dem Paar wegzerrte, mit dem wir zuletzt gesprochen hatten, und strich dabei mit den Lippen über mein Ohr. „Es kommt mir vor, als hätte ich in der letzten Stunde die Leute davon überzeugen müssen, dass du mich liebst. Du hältst dich steif und von mir abgewendet, du wirkst abgelenkt und deine Antworten kommen zu spät, und du hast mir den ganzen Abend kaum in die Augen gesehen. Sag es mir, Harlow, warum sollte ich all diese Menschen davon überzeugen müssen, dass meine Frau mich liebt? Noch wichtiger, warum muss ich *mich selbst* überzeugen, dass sie es noch tut?"

Ich erstarrte. In all den Jahren, die ich mit ihm durchgemacht hatte, all den Jahren, in denen er Sex mit jemandem hatte, der es nicht ertragen konnte, ihn dabei anzusehen, geschweige denn mitzumachen, hatte Collin meine Liebe zu ihm nie infrage gestellt. Kalte Angst machte sich in mir breit. Es fühlte sich an, als würden Hände nach meinem Magen greifen und ihn auswringen. Wenn er diese Sache anzweifelte, würde es schrecklich enden. „Collin, sei nicht alb…"

„Sag kein Wort." Er vergrub die Finger an der Innenseite meines Unterarms. Mein Mund öffnete sich augenblicklich, und ich atmete schwer aus. „Lass dir den Schmerz nicht anmerken, Harlow", warnte er mich.

Ich schloss den Mund und versuchte, meinen Gesichtsausdruck unter Kontrolle zu bringen, doch ich wusste, dass es mir nicht gelang, als er noch fester zudrückte.

„Lass dir den Schmerz nicht anmerken", stieß er hervor. Das Lächeln blieb unverändert.

Ich biss die Zähne zusammen, und irgendwie gelang es mir, ein dünnes Lächeln aufzusetzen.

Collins Lippen strichen mir kaum merklich über den Hals. „Liebst du mich, Harlow?“ Er lockerte den Griff nur so weit, dass ich antworten konnte.

Ich hasse dich mit jeder Faser meines Daseins. Ich drehte mich zu ihm, sodass sich unsere Wangen berührten, und wusste, ich musste jetzt mitspielen und richtig antworten. Etwas Simples wie „natürlich liebe ich dich“ zu sagen, würde ihn austicken lassen.

Ich schluckte meinen Hass hinunter, sah über Collins Schulter hinweg zu dem Mann, zu dem ich wirklich gehörte, und schloss die Augen. Mit Knox' Gesicht vor Augen sagte ich: „Es verletzt mich, dass du so etwas überhaupt fragst.“ Ich hob die Hand, die nicht durch einen Druckpunkt kontrolliert wurde, fuhr Collin durch die blonden Haare und sah ihm endlich in die Augen, nachdem ich eine Entscheidung getroffen hatte, die mich für den Augenblick verschonen, für die ich später aber einen hohen Preis zahlen würde. „Ich habe dich vorhin angelogen, und das tut mir so leid. Ich wollte dir den Abend nicht ruinieren“, sagte ich sanft lächelnd. „Ich fühle mich nicht gut. Die ganzen letzten Tage war mir unwohl. Ich bin müde, und mir ist schlecht. Ich glaube wirklich, wenn wir nächste Woche den Test machen, wird es endlich so weit sein für uns.“

Collin entglitt die Miene, und er ließ mich sofort los, ehe seine blauen Augen anfingen zu leuchten und ein Lächeln, das ich kaum noch zu sehen bekam, sein Gesicht erhellte. „Harlow“, hauchte er.

„Ich wollte dir nur keine Hoffnungen machen, weil wir solche Probleme hatten, schwanger zu werden, und wie gesagt, ich wollte dir den Abend nicht verderben. Aber dir vorzumachen, dich zu lieben? Collin …“ Ich ließ den verbliebenen

Schmerz in meinem Arm in meiner Stimme hörbar werden, um meinen Worten Nachdruck zu verleihen.

Er schlang die Arme um mich und presste kurz die Lippen auf meine, ehe er die Stirn an meine legte. „Es tut mir leid, das wusste ich nicht. Mein Gott, Baby, ich will das so sehr für uns."

Ich hob die Mundwinkel zu einem Lächeln. „Ich doch auch."

„Du meinst wirklich, dieses Mal ist es so weit?"

„Ja", sagte ich. „Das hoffe ich jedenfalls. Es ist nur – ich versuche, deswegen noch nicht allzu aufgeregt zu sein, verstehst du?"

„Natürlich. Natürlich tue ich das. Mein Gott, Harlow, ich liebe dich."

Ich richtete den Blick zur Seite und auf den Mann auf der anderen Seite des Raumes, während ich leidenschaftlicher, als ich es Collin gegenüber je gewesen war, sagte: „Ich liebe dich auch."

Ich versuchte zu ignorieren, dass die falschen Lippen auf meinen lagen, als mein Mann mich küsste. Ich wusste, was ich gerade getan hatte. Ich wusste auch, wenn ich eine zweite Chance bekäme, würde ich es noch einmal tun.

Zum ersten Mal in unserer Ehe hatte ich die eine Sache, die Collin wollte, gegen ihn verwendet. Ich hatte mir eine Woche der Druckpunkte und Schläge erspart. Ich hatte mir eine Nacht ungeahnter Qualen erspart. Aber ich wusste auch, dass ich das Gleiche in den kommenden Jahren nicht noch einmal würde einsetzen können. Und ich wusste, wenn wir nächste Woche den Test machten, würde das die größte Enttäuschung für ihn werden und für mich der schlimmste Samstag seit unserer Hochzeit.

Gewinnen konnte ich bei ihm nicht. Und obwohl mir der gefürchtete Tag bevorstand, ließ ich mir nicht anmerken, dass es zwischen uns irgendetwas anderes als perfekt war.

„Vielleicht sollte ich nachsehen, ob es im Waschraum eine Bank gibt, auf die ich mich ein paar Minuten setzen kann. Mir ist irgendwie schwindelig, und ich will dich nicht andauernd vor all diesen Menschen in Verlegenheit bringen."

„So ein Unsinn, Harlow. Du bringst mich nicht in Verlegenheit. Soll ich dich nach Hause fahren?", fragte Collin, die Stimme voller Sorge.

Wie er seinen eigenen Worten widersprechen und sich im Handumdrehen von meinem Monster in einen beschützenden, liebenden Ehemann verwandeln konnte, verstand ich nicht. Aber ich kaufte es ihm nicht ab. Nur weil ich ihm etwas vorgemacht hatte, bedeutete das nicht, dass ich vergessen konnte, was nur Minuten zuvor geschehen war. Ich lächelte ihn an und fuhr ihm mit den Fingern über den Arm. „Nein. Ich weiß, wie wichtig es für dich und deinen Vater ist, dass du heute Abend hier bist."

„Du bist wichtig."

„Wenn es nicht bald vorbeigeht, schreibe ich dir eine Textnachricht, dann kannst du mich holen, und wir fahren nach Hause. Wenn du nichts von mir hörst, finde ich dich, sobald es mir besser geht."

Er küsste mich auf die Wange und strich mit den Knöcheln über meinen flachen Bauch. „Wenn es länger als zehn Minuten dauert, komme ich dich trotzdem holen. Das werden sie schon verstehen."

Ich drehte mich um und bahnte mir mit gesenktem Kopf den Weg durch die Menge, damit niemand sah, wie mir die Tränen in die Augen stiegen. Tränen, die dieses eine Mal auf einer Party nichts mit den Schmerzen und der Aussicht auf weitere Schmerzen durch Collin zu tun hatten. Tränen, die alles damit zu tun hatten, dass Knox unseren Kuss gesehen hatte … mich in Collins Armen gesehen hatte.

Im Aufenthaltsraum der Damen schaffte ich es gerade bis zur ersten Couch, als ich heftig aufschluchzen musste. Ich drückte mir die Faust an den Mund und versuchte, tief ein- und auszuatmen, während ich die Tränen zurückdrängte, bevor sie fallen konnten.

Ich richtete mich auf und schluckte schwer, als sich die Tür hinter mir öffnete, und ich betete, dass es nicht meine Schwiegermutter war oder eine der anderen Frauen, die ich kannte.

„Du hast mir nicht gesagt, dass dein Nachname Doherty ist."

Ich wirbelte herum, als Knox die Tür hinter sich abschloss, und schüttelte den Kopf. „Nein, nein! Du darfst nicht hier sein, bitte", flehte ich ihn an.

„Ist jemand drinnen?", fragte er, in Richtung des Waschraums nickend.

„Ich weiß es nicht, aber, Knox ..."

„Low, sieh nach."

Ich drehte mich um und ging schnell in den Waschraum. Alle Kabinentüren standen offen, und auch vor den Waschbecken stand niemand. Kopfschüttelnd kam ich zurück in den Aufenthaltsraum und trat dichter an ihn heran. „Es ist niemand da, aber du verstehst das nicht. Es geht nicht nur darum, dass hier der Damen-Waschraum ist. Knox, wenn uns jemand sieht ... Du verstehst das nicht ..."

„Nein. Ich bin mir verdammt sicher, das verstehe ich sehr wohl", erwiderte er, und ich hob mit einem Ruck den Kopf. Er fing an, den Abstand zwischen uns zu verringern, und ich wich zurück an die Wand. „Was zum Teufel habe ich da gerade gesehen, Harlow?"

„Er ist mein Mann, Knox!", zischte ich. „Du wusstest, dass ich verheiratet bin. Was hast du denn erwartet?"

Sein wütender Blick verwandelte sich einen Moment lang in so etwas wie Ekel. „Dich einen anderen Mann küssen zu sehen, hat mich zerstört, aber davon rede ich nicht, und das ist dir auch klar." Er legte die Hände neben meinem Kopf an die

Wand und beugte sich dicht zu mir. „Harlow, ich bringe ihn um dafür, dass er dir wehtut."

Ich öffnete den Mund, und plötzlich war es keine Lüge mehr. Mir war wirklich schwindelig. „W... was? Ich weiß nicht ..."

„Meinst du, ich weiß nicht, was sich genau hier befindet?", fragte er und strich mit den Fingern behutsam über die Beuge meines Ellbogens und dann über meinen Unterarm. „Und hier? Meinst du, ich habe den Schmerz auf deinem Gesicht nicht bemerkt?"

„Du musst verschwinden, Knox", flehte ich. „Wenn mich jemand bei dir sieht, wird er davon erfahren."

„Low, er kann doch nicht ..."

„Wenn ich nicht in zehn Minuten wieder draußen bin, kommt er mich holen. Du begreifst das nicht." Ich sah ihm panisch ins Gesicht und hoffte, dass er die Dringlichkeit in meinem Tonfall begriff. „Er *darf* dich nicht hier bei mir finden. Er darf nicht von *dir* erfahren. Bitte, Knox."

Knox blinzelte nicht, und er bewegte sich nicht. „Warum hat er dir wehgetan?"

„Hat er nicht", beharrte ich und schrak zusammen, als seine Stimme in dem kleinen Raum widerhallte.

„Blödsinn, Harlow!"

„Bitte!"

Sanft griff er nach dem Arm, den Collin den ganzen Abend über gequält hatte, und hielt ihn ausgestreckt; er deutete auf zwei kleine Kreise. „Sieh dir das an!" Er kochte vor Wut. „Es bilden sich jetzt schon blaue Flecken, und hier unten ist ein roter Abdruck. Hör auf, mich anzulügen."

„Du verstehst das nicht."

„Das stimmt. Ich verstehe das nicht. Ich verstehe nicht, warum du überhaupt einen Mann heiratest, der dich verletzt, noch dazu in der Öffentlichkeit. Was tut er dir sonst noch an?", verlangte er zu wissen.

„Nichts."
„Was tut er dir sonst noch an?"
„Nichts!", rief ich wieder.
„Du deckst ihn immer noch, obwohl ich schon mehr als genug gesehen habe? Du hast dich lieber für diesen lächerlichen Abklatsch eines Mannes entschieden, der dir wehtut, statt für mich? Verdammt, Harlow, ich wollte nie etwas anderes, als dich zu lieben. Mich um dich zu kümmern. Dich zu meiner ganzen Welt zu machen. Warum hast du dich für *so etwas* entschieden, statt für mich? Warum entscheidest du dich *weiterhin* dafür?"
„Bitte geh", stieß ich schluchzend hervor. „Er wird auch hinter dir her sein, wenn er dich in meiner Nähe sieht, Knox. Wenn er auch nur irgendetwas ahnt. I-ich weiß nicht, was er tun wird, aber ich weiß, es wird nicht …" Ich brach schluchzend ab. „Es wäre nicht gut für dich."
„Du bist nicht mehr bei Verstand, wenn du meinst, ich lasse dich das ab jetzt noch alleine durchstehen."
„Lässt du nicht. Es geht mir gut. Ich verspreche dir, es geht mir gut, aber du *musst* jetzt gehen. Wenn er dir etwas antut, das könnte ich nicht ertragen. Ich habe mir eine Woche Freiheit von allem erkauft, also bitte, geh jetzt."
„Eine Woche?", fragte er entrüstet. „Du hast dir eine *Woche* der Freiheit *erkauft*? Wie oft kommt so etwas vor?"
Ich nickte und schluchzte noch mehr. „Er denkt, ich bin schwanger. Solange er das denkt, fasst er mich nicht mehr an."
Knox entglitten die Gesichtszüge. „Bist du es?"
„Nein!"
Einen Moment lang sah er erleichtert aus, doch dann verhärtete sich seine Miene wieder. „Was tut er dir an?"
„Hör bitte auf."
„Erzähl es mir, Harlow. Ich kann dir nicht helfen, wenn ich es nicht weiß."

„Er bringt meine Familie um, wenn du das tust!" Ich schlug mir die Hand auf den Mund, um meinen eigenen überraschten Schrei zu unterdrücken. Knox und ich rissen gleichzeitig die Augen auf.

„Was?"

Ich schüttelte langsam den Kopf hin und her.

„Was hast du gerade gesagt?"

„Du musst gehen!", flüsterte ich in scharfem Ton und wühlte in meiner Clutch nach meinem Telefon. Angst stieg in mir hoch, als ich eine Nachricht von Collin entdeckte, ehe ich sie las.

Collin: Sitze hier im Gespräch fest mit ein paar Leuten, auf deren Spende der Bürgermeister zählt. Wie fühlst du dich?

Ich seufzte erleichtert und tippte meine Antwort.

Harlow: Es wird langsam besser. Gleich geht es wieder. Bin bald bei dir.

„Low!", füllte Knox' fassungslose Stimme den Raum. „Du fängst einfach an, jemandem zu schreiben, nachdem du so eine Bombe hast hochgehen lassen?"

„Ich sorge dafür, dass er nicht herkommt, um nach mir zu sehen!"

Knox legte eine große Hand an meine Wange, und als er wieder etwas sagte, klang seine Stimme tief und beschwichtigend. „Ich hole dich von ihm weg, Low. Ich lasse dich nicht weiter mit ihm leben. Wir gehen zur Polizei …"

Ich fing an zu zittern. „Das geht nicht! Knox, das kannst du nicht machen. Weißt du, wer sein Vater ist?"

„Natürlich weiß ich das. Was meinst du, woher ich deinen Nachnamen kenne?"

„Sein Dad wird irgendwie dafür sorgen, dass Collin nichts geschieht, aber Collin wird erfahren, dass du derjenige warst, der ihn angezeigt hat. Bitte! Versprich mir, dass du es nicht tun wirst. Ich übertreibe nicht, wenn ich sage, dass Collin dir nachstellen wird. Ich kann nicht zulassen, dass dir etwas passiert", presste ich schluchzend hervor.

„Und ich kann nicht einfach dastehen und nichts unternehmen."

Noch mehr Tränen strömten mir über das Gesicht, und ich hob die Hände, um sie Knox an den Hals zu legen; mit den Daumen strich ich ihm über den Kiefer. *Ich liebe dich* ging mir wieder und wieder durch den Kopf. Mein ganzer Körper bebte, jetzt, wo ich ihn wieder berührte, und es wäre so einfach gewesen, die Worte auszusprechen. Sie lagen mir auf der Zunge und flehten danach, ausgesprochen zu werden. Stattdessen sagte ich: „Knox, du musst gehen. Du musst gehen, und du musst vergessen, was du gesehen hast."

„Wie kannst du von mir erwarten, das zu tun?", fragte er heiser.

Ich schüttelte den Kopf. Das konnte ich ihm nicht beantworten, denn ich wusste, *ich* hätte es nicht gekonnt. „Ich kann nicht zulassen, dass du dich einmischst. Hör mir *bitte* einfach zu. Verlass diesen Raum, vergiss, was du gesehen hast, und dann vergiss mich", wiederholte ich, und meine Stimme zitterte vor Dringlichkeit.

„Das kann ich nicht", gestand er, und zum ersten Mal sah ich, wie sich Tränen in Knox' dunklen Augen sammelten. „Wir laufen zusammen weg oder so ... Irgendwas. Ich habe es dir neulich gesagt. Du hättest immer zu mir gehören sollen. Ich werde alles tun, um dich zu beschützen."

Mein Kiefer bebte, und ich ließ den Kopf hängen. „Das geht nicht. Hast du nicht gehört? Er bringt meine Familie um. Wenn ich ihn verlasse, oder wenn ich jemandem davon erzähle … müssen sie sterben."

„Dann hat er es verdient, unter der Erde zu liegen oder den Rest seines Lebens in einer Zelle zu verrotten! Er ist verdammt noch mal krank, Harlow."

„Meinst du, das weiß ich nicht? So ist es eben, Knox. Ich komme damit irgendwie klar, und das musst du auch."

„Ich weigere mich aber, damit *klarzukommen.* Ich weigere mich, damit *klarzukommen*, dass du einen Mann hast, der dir nicht nur wehtut, sondern auch zulässt, dass ältere Männer dich vor seinen Augen begrapschen!"

Ruckartig hob ich den Kopf und brauchte ein paar Sekunden, um mich daran zu erinnern, dass er mich gesehen hatte, als Ren noch bei uns stand. „Nein. Nein, Collin war schrecklich wütend, als er das gesehen hat."

Jemand versuchte, die Tür zu öffnen, und ich erstarrte am ganzen Leib. Wir hielten beide den Atem an, als die Person noch ein paarmal versuchte, sich gegen die Tür zu lehnen, ehe sie aufgab, allerdings linderte das meine Angst nicht.

„Ich muss wieder nach draußen."

„Lass mich dich von alledem wegholen", flehte er mich an.

„Das kannst du nicht." Ich klang heiser, als ich mich aus seinen Armen löste. „Es tut mir leid, ich weiß, du verstehst das nicht, aber du kannst es nicht. Ich schwöre dir, ich bin viel sicherer, wenn ich bei ihm bleibe, als wenn ich versuchen würde zu gehen."

„Harlow", stieß er stöhnend hervor. Niedergeschlagen ließ er seine Schultern sinken und fuhr sich mit den Händen über den Kopf. „Ich kann dich nicht zwingen, deinen Mann zu verlassen. Wenn du meinst, du und deine Familie seid in Gefahr, dann gehe ich nicht zur Polizei, bis du es mir erlaubst. Aber ich bin für dich da. Nach all den Jahren bin ich noch immer für dich da. Wenn es dir je zu viel wird, wenn du es jemals nicht mehr erträgst, wenn du jemals jemanden brauchst, der dich von ihm wegholt, dann ruf mich an, und ich bin für dich da."

Ich zögerte, dann nickte ich.

Knox kniff die viel zu scharfsichtigen Augen zusammen. „Was? Hast du meine Nummer etwa nicht mehr?"

Ich zuckte mit den Schultern und schüttelte schnell den Kopf, womit ich meinen nächsten Worten direkt widersprach. „Ich erinnere mich."

Er stockte kurz und fragte: „Was ist es dann, Low? Hast du es dir anders überlegt? Willst du jetzt sofort ...?"

„Nein!", sagte ich schnell. „Nein, es ist nur ... Ich werde dich nicht anrufen können. Er sucht sogar nach Dingen, die ich nicht einmal habe, Knox. Er durchsucht das Haus und mein Auto. Er liest in meinem Telefon."

„Was zum Teufel?", murmelte Knox, während ich fortfuhr. „Ich würde ihm zutrauen, meine Telefonrechnungen zu prüfen, um zu sehen, ob ich etwas zu verbergen habe. Ich kann es nicht riskieren, dich zu kontaktieren."

Knox sah verloren aus, als wüsste er nicht, was er mit dem, was er erfahren hatte, anfangen sollte. Zerstreut schüttelte er den Kopf und schloss die Augen bei den nächsten Worten, die er stotternd hervorbrachte. „D-dann wirst du nie ... Wir ... Ich überlege mir etwas", versprach er mir. „Ich weiß noch nicht was, aber ich überlege mir irgendetwas. Jesus ...", flüsterte er, und ich wusste, er versuchte immer noch, das alles überhaupt zu begreifen.

„Das ist es nicht wert." Ich wusste zu schätzen, was Knox für mich tun wollte, aber er begriff immer noch nicht, wozu Collin fähig war.

„Du und das Wissen, du le... dass es dir gut geht, das wird es immer wert sein." Er sah sich um und nickte in Richtung Badezimmer. „Ich verstecke mich ein paar Minuten dort drinnen, nur für alle Fälle. Wenn mich jemand beim Rausgehen sieht, kümmere ich mich darum. Aber ich will um deinetwillen nichts riskieren, falls er draußen steht und auf dich wartet."

„Danke."

Er griff nach meiner Hand, drehte mich noch einmal um und legte mir die andere Hand an die Wange, wie er es früher oft getan hatte. „Bitte pass auf dich auf", sagte er durch zusammengebissene Zähne. Gerade als ich dachte, er würde mich loslassen, neigte er den Kopf und presste seine Lippen auf meine.

Der Kuss fing unschuldig an, schaukelte sich dann aber hoch, bis er mich mit dem Rücken an die Wand gepresst hatte und ich mich an seine Kleidung klammerte und ihn dichter an mich zog. Dreimal in den Jahren, bevor ich Collin begegnet war, hatten Knox und ich uns geküsst. Das erste Mal war ein Versprechen gewesen; die letzten beiden – wenige Wochen, bevor ich Collin kennengelernt hatte – waren wild und unvermeidbar wegen der Anziehung, die sich jahrelang zwischen uns aufgebaut hatte. Während dieser Kuss den letzten beiden glich, war er doch so anders als alles, was vorher gewesen war.

Es war für uns beide ein Akt der Eroberung. Ich war sein und er war mein. Die Leidenschaft zwischen uns war etwas, das ich bisher nur in meiner Fantasie mit jemandem erlebt hatte. Ich ließ den Kopf zurückfallen, als er mit seinen Lippen über meinen Kiefer und Hals fuhr, und er bewegte seinen Körper zwischen meine Beine. Mein Rücken bog sich durch, bis er sich von der Wand löste, ich stöhnte leise, als er mir mit den Händen unter den Rock glitt, um ihn mir über die Hüfte zu schieben, und ich zog seinen Kopf hoch, um ihn wieder zu küssen.

Immer noch vollständig angezogen. Nur ein Kuss. Und doch verschaffte dieser Mann mir ein Hochgefühl, das ich beim Sex mit Collin nie empfunden hatte.

„Ich liebe dich", hauchte ich, dieses Mal unfähig, die Worte rechtzeitig zurückzuhalten.

Auf mein Geständnis hin atmete er schnell ein, und für einen kurzen Moment hoben sich seine Mundwinkel. „Bis zu den Sternen, Harlow", flüsterte er an meinen Lippen. „Immer bis zu den Sternen."

Wir erstarrten, die Arme immer noch umeinandergelegt, als wieder jemand versuchte, die Tür zu öffnen. Unsere Blicke verfingen sich ineinander ... und unsere Lippen berührten sich bei jedem bebenden Atemzug.

„Du gehörst zu mir", sagte er leise.

Ich lächelte schwach und strich mit den Fingerspitzen über seinen Kiefer. „Ich habe im..." Ich unterbrach mich, schrie in Gedanken aber: Ich habe immer zu dir gehört.

In seinem Blick lag die flehende Bitte fortzufahren, doch ich konnte nicht ... Ich hatte schon zu viel gesagt.

Ich wusste, dass es nicht mehr lange dauern würde, bis ich allem nachgab, was ich von diesem Mann wollte, also löste ich mich von ihm, und er sah aus, als würde ihm schlecht werden.

„Ich werde nicht so tun, als würde ich verstehen, warum du dich für ihn entschieden hast", flüsterte Knox. „Aber diese Entscheidung ... All die Jahre ... Das alles, Harlow, ist unwichtig. Ich habe es gesagt und ich meine es auch: Ich bin für dich da. Sag nur ein Wort, und ich hole dich da heraus."

Wenn er nur wüsste, wie sehr ich schreien wollte, er möge genau das tun – und dass ich diese Chance niemals bekommen würde.

Er strich noch ein letztes Mal mit den Lippen über meine, ehe er in den Waschraum ging, und ich ließ mir noch eine Minute Zeit, um mich zu sammeln und durchzuatmen, bevor ich die Tür aufschloss und zurück zu der Wohltätigkeitsveranstaltung ging.

Wer auch immer an der Tür gewesen war, hatte zum Glück nicht davor gewartet, und ich konnte den Raum schnell durchqueren. Ich sah mich um auf der Suche nach Collin oder seinen

Eltern … oder irgendwem, der mitbekommen hatte, was ich gerade getan hatte.

Ich fand Collin am anderen Ende des Raumes, wo er mit ein paar Leuten redete, und sobald er mich sah, entschuldigte er sich schnell bei ihnen und kam zu mir herüber.

„Du bist ganz rot. Du siehst überhaupt nicht aus, als würde es dir gut gehen. Lass mich dich nach Hause bringen.“

Es war egoistisch, doch genau das wollte ich auch. Ich wollte nicht, dass Knox uns weiterhin zusammen sehen musste. Ich sah mich um und versuchte, mir nichts anmerken zu lassen. „Aber all die Leute …“

„Ist schon gut, Harlow, sie werden es verstehen. Komm, gehen wir.“

Er legte mir die Hand ins Kreuz, um mich aus dem Gebäude zu führen. Nach ein paar Schritten drehte ich mich um und sah, wie Knox aus dem Korridor kam, von dem aus die Waschräume abgingen. Er sah sich schnell im Raum um, bis sein Blick bei mir hängen blieb. Sofort machte sich ein besorgter Ausdruck auf seiner Miene breit, also lächelte ich ihm kurz zu, um ihn wissen zu lassen, dass ich in Sicherheit war … für den Moment. Er nickte knapp, und ich sah wieder nach vorn, während wir uns von der Wohltätigkeitsveranstaltung entfernten, ich mein Herz dort aber zurückließ.

8. Kapitel

HARLOW

Sommer 2010 – Seattle

„Bist du sicher, dass du nach Walla Walla ziehen willst, um aufs College zu gehen, Low? Was stört dich an der University of Washington?“, fragte meine Freundin Zoe, während sie sich vor dem Badezimmerspiegel die Haare machte. „Ich meine, du wohnst schon in Seattle. Ich habe gerade diese fantastische Wohnung gefunden und brauche noch eine Mitbewohnerin, es wäre also perfekt.“

„Und ich bin noch nie aus Seattle herausgekommen, womit es schon weniger perfekt wäre“, wendete ich ein. „Außerdem ist es nur vier Stunden entfernt. Ich hätte es auch wie Hayley machen und an die Ostküste ziehen können.“

Zoe drehte sich um und starrte mich entsetzt an. „Dafür hätte ich dich gehasst. Komm schon, ich habe bereits zwei Jahre an der UDub hinter mir. Ich weiß alles, sodass du es nicht auf die harte Tour lernen musst.“

Ich lachte und sah von ihrem Bett aus wieder hoch an die Decke. „Ich habe dich lieb, und ich werde dich vermissen, aber ich brauche eine Weile Abstand von Seattle. Außerdem ist es jetzt offiziell. Heute habe ich die Unterlagen für mein Wohnheim und alles bekommen.“

Ehrlich gesagt war das der am weitesten entfernte Ort, zu dem meine Eltern mich überreden konnten. Eigentlich wollte ich in Seattle bleiben, doch meine Mom hatte mich durchschaut. *Knox.* So schwer es ihnen gefallen war, Hayley fortziehen zu lassen, wollten sie bei mir, dass ich auf jeden Fall von hier wegkam – seinetwegen.

Meine Eltern hatten kein Problem mit Knox. Sie dachten nur, ich würde einen wichtigen Teil des Lebens verpassen, weil ich nichts anderes wollte, als meinen achtzehnten Geburtstag zu erreichen, damit ich mit ihm zusammen sein konnte. Und da dieser Geburtstag nur noch wenige Monate entfernt war, dachten sie, ich würde mich nicht auf das Studium konzentrieren und auf alles, was damit einherging, unabhängig zu sein.

Ich hatte nicht vor, ihnen recht zu geben.

„Hey, sieht das okay aus?", fragte Zoe und riss mich aus meinen Gedanken.

Ich drehte den Kopf zu ihr und hob eine Augenbraue. „Äh, ja? So trägst du die Haare seit ein paar Stunden."

„Ich weiß, aber ich möchte, dass es gemütlich aussieht, nicht ungepflegt. Ich will ja nicht wie eine Schlampe wirken."

Ich lachte kurz auf. „Wow, ich wusste nicht, dass du dir so viele Gedanken machst, wenn ich bei dir übernachte, Zoe. Das ehrt mich. Ehrlich."

„Halt die Klappe. Okay, sei nicht sauer ..." Sie verstummte, und ich verzog das Gesicht.

„Zo!"

„Er hat mir gerade geschrieben – und ich werde nicht Nein sagen!"

„Wer ist er? Und wozu willst du nicht Nein sagen?", fragte ich und setzte mich auf. „Ich dachte, wir hängen rum und sehen uns Filme an."

Sie hob die Hände, um mich zu beschwichtigen. „Werden wir auch auf jeden Fall – *hinterher*. Und er ist ..." Sie unterbrach sich und riss die Augen auf, als es an der Tür klopfte. „Hier. Er ist hier. Aber keine Sorge, er weiß, dass ich eine Freundin zu Besuch habe, also hat er auch einen Freund mitgebracht."

„Oh, schön, dann bin ich nicht das fünfte Rad am Wagen, sondern nur das Mitleids-Doppeldate."

Zoe schnaubte. „So ist das nicht. Glaub mir. Er ist nur so ein Typ, mit dem ich vor einer Woche etwas angefangen habe."

„Oh, mein Gott. Warte! Wie sehe ich aus?", zischte ich, als wir in ihr Wohnzimmer gingen.

Sie blieb einen Augenblick stehen, um mich von oben bis unten zu mustern und die Daumen zu heben, und ging weiter zur Tür. Ich hatte kaum noch Zeit, einen Blick in den Spiegel neben der Tür zu werfen, da öffnete sie sie schon. Und mir wich alle Luft aus den Lungen.

Knox.

Ich war mir nicht sicher, ob die Zeit stehen geblieben war oder wir nur die unangenehmste Stille aller Zeiten erlebten, während wir uns anstarrten. Denn auch wenn ich ihn erst am Tag zuvor gesprochen und erst vor einer Woche gesehen hatte und er jetzt nur ein paar Schritte von mir entfernt stand … Er stand dort, weil Zoe einen Typen erwartete, mit dem sie vor einer Woche etwas angefangen hatte.

Mir zog sich der Magen zusammen, und meine Brust fühlte sich hohl an. Ich verabscheute unsere Situation jetzt noch mehr als je zuvor. Ich verabscheute es noch mehr, dass Zoe, meine umtriebige Freundin, eine Kostprobe von dem Mann bekommen hatte, den ich liebte.

Graham trat hinter Knox hervor, und sobald er mich sah, hauchte er leise: „Ach, du Scheiße!"

Damit beschrieb er die Situation ausgesprochen gut, und auf einmal wollte ich lachen, weinen, mich übergeben. Letzteres hoffentlich nicht vor allen anderen.

„Low", flüsterte Knox. Der Anflug eines Lächelns lag auf seinen Lippen, aber ich verstand nicht, was an der Situation lustig sein sollte.

Alles, was ich zustandebrachte, war ein Nicken, was wahrscheinlich gut war, denn ich hätte Zoe am liebsten zugebrüllt, dass er mir gehörte.

Graham stöhnte und wendete sich dann an Zoe. „Du hast nicht gesagt, dass deine Freundin noch minderjährig ist."

„Warte mal, ihr kennt sie?", fragte Zoe.

„Irgendwie schon", meinte Graham seufzend. Gleichzeitig legte Knox den Kopf schief, um Graham wütend anzustarren, und sagte vorwurfsvoll: „Du hast gesagt, wir gehen auf eine Party."

„Weil du darüber hinwegkommen musst", entgegnete Graham und deutete dabei auf mich.

„Wow, danke", murmelte ich lahm.

„Jetzt sieh dir mal an, wie gut dir das gelungen ist", stichelte Knox.

„Kann mir mal irgendeiner erklären, was hier los ist?", fragte Zoe mit erhobener Stimme, und Graham ergriff das Wort.

„Nichts. Gehen wir." Nach einem weiteren besorgten Blick auf Knox und mich griff er nach Zoes Hand und zerrte sie hinter sich her in ihr Schlafzimmer. Auf dem Weg warnte er ihn noch einmal: „Sie ist immer noch minderjährig, Knox."

Zoe keuchte auf und rief: „Oh, mein Gott! So wie *Knox* Knox? Du bist *der* Knox?", ehe die Schlafzimmertür knallend zufiel. Ihre nächsten Worte wurden durch die Wand gedämpft, doch ihre Aufregung konnte ich noch heraushören. „Hab nicht zu viel Spaß, Low!"

„*Keinen!*", brüllte Graham. „Habt *keinen* Spaß!"

Knox und ich blickten uns noch lange, nachdem Grahams eindeutige Warnung verklungen war, an, und die spannungsgeladene Stimmung im Raum veränderte sich. Die Verärgerung wich etwas anderem, das uns immer begleitete.

„Ich kann nicht glauben, dass du hier bist", flüsterte ich

schließlich und brach damit das Schweigen. Innerhalb von Sekunden lag ich in seinen Armen.

„Gott, ich habe dich so vermisst", murmelte er.

„Es ist erst eine Woche her", sagte ich lachend.

„Hab dich trotzdem vermisst."

„Als Zoe die Tür aufgemacht hat, dachte ich ... Ich dachte, du bist ihretwegen hier", gab ich zaghaft zu.

„Im Ernst?" Knox löste sich weit genug, um mir in die Augen zu schauen, und lächelte belustigt. „Low, ich bin mit niemandem mehr *zusammen* gewesen, seit ich dich kennengelernt habe."

Ich senkte den Blick auf seine Brust, und meine Wangen wurden heiß vor Scham. „Schon, aber ..."

„Kein Aber. Harlow Evans, ich habe schon mehr als zwei Jahre auf dich gewartet, und ich habe dich in dieser Zeit jeden Tag geliebt. Und in ein paar Monaten gehörst du endlich zu mir."

Ich musste einfach lächeln, auch als ich sagte: „Und du verschwendest deine ..."

Er unterbrach mich mit einem glühend heißen Kuss – einem, den ich erst in ein paar Monaten erwartet hätte und nach dem ich mich seit unserem ersten Kuss gesehnt hatte. Ohne seinen Mund von meinem zu nehmen, drückte er mich gegen die Wand, und ich zog ihn so nah an mich, wie unsere Körper es erlaubten.

Mein Atem ging schnell, als er eine Spur aus Küssen und spielerischen Bissen auf meinem Hals und entlang des Schlüsselbeins hinterließ. Er legte mein Bein um seine Hüfte, und ich musste mich mit einer Hand an der Wand abstützen, um nicht das Gleichgewicht zu verlieren. Es fühlte sich an, als würde ich fallen – als würde ich in Knox hineinfallen, und zwar auf eine Weise, wie ich es mir bisher nur vorgestellt hatte.

Ich hätte mir nie träumen lassen, dass ein Kuss so sein konnte, doch ich hatte bisher auch nur einen kurzen Blick darauf erhascht, wie es war, Knox zu küssen.

Er griff hinter mein anderes Knie und legte sich auch dieses Bein um die Hüfte. Kurz darauf ging er mit mir hinüber zur Couch. Als er sich mit mir auf das Sofa sinken ließ, konnte ich an nichts anderes denken als daran, wie sehr ich ihn liebte und brauchte. Nachdem wir uns jahrelang voneinander ferngehalten hatten, wollte ich nicht mehr aufhören.

Ich löste mich ein Stück von ihm, blickte ihm in die dunklen Augen und flüsterte: „Ich will endlich zu dir gehören, Knox."

Ein tiefes Stöhnen drang aus seiner Kehle, und seine Finger zuckten an meiner Hüfte. Eine kleine Ewigkeit lang stand ihm der Zweifel ins Gesicht geschrieben, und er versuchte, Luft zu holen. Als er nicht antwortete, griff ich nach dem Saum meines Oberteils.

„Das wirst du", versprach er und nahm meine Hände, um mich aufzuhalten. „Du wirst mein sein. Aber ich versuche, es richtig zu machen, Low, und ich habe schon mehr getan, als ich sollte. Also, bitte hilf mir heute Abend. Lass mich dich einfach nur küssen."

Hitze stieg mir in die Wangen, und ich konnte mich plötzlich nicht mehr bewegen.

Knox versuchte, mich wieder zu küssen, doch als er merkte, dass ich bloß dasaß, lehnte er sich zurück und schaute mich besorgt an. „Was ist? Harlow, was ist gerade passiert?"

„Ich will dich", flüsterte ich schüchtern.

Rau lachte er. „Und du glaubst, ich will dich nicht?"

Ich schüttelte den Kopf. „Doch, schon. Aber was, wenn sich die Dinge ändern? Ich will dich jetzt, ich will auf diese Art mit dir zusammen sein, und was, wenn ich endlich achtzehn werde, irgendetwas passiert und wir nicht mehr zusammen sein wollen? Was, wenn ich dich nach all der Zeit trotzdem nicht bekomme?"

„Babe", sagte er, „so lange, wie wir aufeinander gewartet haben, wird in drei Monaten nichts mehr passieren."

„Versprochen?"

Seine Lippen zuckten. Er lächelte. „Versprochen. Ich liebe dich."

„Bis zu den Sternen?"

„Immer bis zu den Sternen." Knox schaute mich mit seinen dunklen Augen an, während er mir zerstreut ein paar lockere Haarsträhnen hinter die Ohren strich. Nach einer Weile fragte er mich: „Warum sollte irgendjemand seine Zeit damit verschwenden, jemanden nur bis zum Mond zu lieben, wenn er ihn auch bis zu den Sternen lieben kann?"

Seine Frage brachte mein Herz zum Pochen. Für jemanden, der behauptete, kein Romantiker zu sein, sagte er gerne Dinge, die auf das Gegenteil schließen ließen. „Vielleicht haben einige Leute nicht das Glück, eine Liebe wie unsere zu erfahren."

Er legte mir die Hände an die Wangen, zog mich für einen langsamen Kuss an sich heran und drehte mich dann so, dass ich auf seinem Schoß saß statt rittlings auf ihm. Den Mund immer noch auf meinen gedrückt, legte er uns auf die Couch und rückte eng an mich.

„Du bist verrückt, wenn du glaubst, dass je eine Zeit kommen könnte, in der ich dich nicht wollte", flüsterte er gegen meinen Hals. Seine Zähne berührten die weiche Haut dort, und er murmelte: „Ich werde dich heiraten, Harlow Evans."

Ich bin mir ziemlich sicher, dass mein Herz einige Schläge aussetzte, um dann schneller zu pochen, als ich es je gespürt hatte.

„Ich werde dir meinen Nachnamen geben", fuhr er fort und wanderte mit den Lippen wieder meinen Hals hinauf.

Ich vergrub die Finger in seinen Haaren und schloss die Augen, als ich es mir genau vorstellte. Die Hochzeit, das Kleid … und wie Knox mich ansehen würde, wenn ich auf ihn zukam.

„Ich werde mein ganzes Leben darauf verwenden, die Zeit wiedergutzumachen, die uns entgangen ist." Ich verstand genau, was er meinte, und sein Versprechen brachte mein Blut zum Kochen. Die nächsten Worte sprach Knox an meinen Lippen, sodass sich jedes einzelne wie ein neckischer Kuss anfühlte. „Du wirst so schön aussehen mit einem runden Bauch, wenn wir uns entscheiden, Kinder zu bekommen."

Bei seinem nächsten Kuss zog ich meine Mundwinkel nach oben. „Wie viele?"

„Zwei?"

Ich dachte kurz nach und nickte. „Mit zweien wäre ich einverstanden." Als ich die Augen öffnete, entdeckte ich, dass er mich intensiv betrachtete, und ich fragte mich, ob er das alles ebenso deutlich vor sich sehen konnte, wie ich es getan hatte. Ich legte ihm eine Hand an die Wange und fragte: „Und dann?"

Die nächste halbe Stunde küssten wir uns und malten uns eine gemeinsame Zukunft aus. In dieser Zeit war alles in meiner Welt perfekt.

„Mensch, Knox! Sie ist immer noch minderjährig, verdammt!", weckte Graham uns später brüllend auf.

Ich versuchte, von der Couch aufzuspringen, aber Knox schloss die Arme einfach fester um mich. Er ignorierte Graham, legte mir die Hand an die Wange und schaute mir lange in die Augen, bevor er langsam über mich hinwegkrabbelte, um aufzustehen.

„Weißt du, was ihre Eltern mit dir anstellen können, wenn sie schwanger wird?"

„Alter, Graham, ich habe sie nicht angefasst!", brüllte Knox, und ich sagte gleichzeitig: „Meine Eltern mögen ihn sehr."

„Oh, dann ist ja alles gut, oder was?“, äffte Graham meinen ruhigen Tonfall nach.

„Na ja, wir haben ja nichts gemacht!“, verteidigte ich mich und verschränkte die Arme.

Graham trat dicht an mich heran, klatschte langsam in die Hände und spottete: „Toll! Willst du ein Goldsternchen? Ob ihr etwas *macht* oder nicht ändert nichts daran, dass du ihn lange genug mit diesem Warten-Quatsch an der langen Leine hinter dir hergezogen hast. Und jetzt, wo du weggehst, verlängerst du das Elend um vier weitere Jahre. Er verdient es, zu leben!“

„Genug“, entgegnete Knox und stieß Graham zurück.

„Das will ich auch für ihn!“, schrie ich. „Das habe ich immer gewollt!“

„So ein Blödsinn!“, brüllte Graham zurück. „Du bist wie so eine verdammte Droge. Er kommt keine drei Tage ohne dich aus, Harlow, und er kann dich nicht einmal anfassen, ohne zu riskieren, dass er verhaftet wird! Wenn du wirklich gewollt hättest, dass er ein eigenes Leben hat, wärest du schon ganz am Anfang verschwunden, und du wärest verschwunden geblieben.“

Gegenwart – Richland

„Harlow“, sagte Collin besorgt.

Ich schreckte von meinem Abwasch zurück und riss den Blick los vom Fenster über der Spüle. „Hmm?“ Sobald ich den Laut von mir gegeben hatte, zuckte ich zusammen. Collin hasste es, wenn ich ihm nicht richtig antwortete. Normalerweise wäre mir ein so nachlässiger Fehler nicht unterlaufen, doch ich hatte Probleme, meinen Tagtraum aufzugeben … Das passierte mir immer öfter, seit ich Knox Alexander wiedergesehen hatte. Ich schüttelte den Kopf, um einen klaren Gedanken zu fassen, und fragte: „Ja?"

Er war auf mich zugegangen und nahm mich jetzt in die Arme. „Fühlst du dich gut? Ich habe dich viermal beim Namen gerufen, ehe du geantwortet hast."

Vor Angst zog sich mir der Magen zusammen, und ich versuchte, mir schnell irgendeinen Grund zu überlegen, warum er mehr als ein Mal nach mir rufen musste. „E-e-es tut mir so ..."

„Baby, Baby. Schhh", beschwichtigte er mich und strich mir mit seiner Hand sanft über meinen Arm. „Du musst es mir nicht erklären. Ich weiß, dass es dir nicht gut geht." Er streckte die Hand, die an meinem Arm gewesen war, aus und strich mit den Fingerknöcheln über meinen Bauch. Die Erinnerung an meine Lüge erleichterte mir das Atmen, gleichzeitig fühlte es sich aber an, als würde ich ersticken.

Noch immer schindete ich Zeit, doch diese Zeit war bald vorüber, und wer wusste, was dann geschehen würde.

Noch ein Tag.

„Trotzdem", fing ich an und räusperte mich. „Ich hätte dich hören müssen, es tut mir leid. Wolltest du heute Morgen noch einen Kaffee mitnehmen?"

„Nein. Ich wollte nur sagen, dass ich jetzt zur Arbeit gehe." Collin lächelte und presste seinen Mund sanft auf meinen. „Sicher, dass es dir gut geht?"

„Natürlich."

Nachdem er mich noch einmal eingehend betrachtet hatte, ließ er mich los und trat ein paar Schritte zurück, drehte sich um und ging aus der Küche. „Überarbeite dich heute nicht, Harlow", rief er. Dann hörte ich, wie die Tür sich öffnete und hinter ihm wieder ins Schloss fiel.

Was natürlich bedeutete, dass ich tun sollte, was ich immer tat; nur nichts, was die „Schwangerschaft" gefährden könnte.

Ich atmete tief ein und langsam wieder aus, während ich versuchte, meinen Magen zu beruhigen. Je mehr ich an den bevorstehenden Test dachte, desto schlechter wurde mir. Ich musste versuchen, mich wieder davon abzulenken, wie ich es bisher getan hatte. Aber man kann sein Haus nicht innerhalb einer Woche ständig von oben bis unten sauber machen.

Sieben Stunden später klingelte es zweimal an der Tür, gefolgt von einem kurzen Klopfen. Das Herz blieb mir stehen. Ruckartig hob ich den Kopf und sah zur Tür. Ich kniete gerade auf dem Boden und suchte ihn nach Trittspuren auf dem Parkett ab, die ich entfernen konnte.

Bei uns klingelte es nie an der Tür.

Ich hatte keine Freundinnen, mit denen ich Zeit verbrachte. Ich kannte die Frauen und Lebensgefährtinnen der Kollegen von Collin und seinem Vater, doch Collin sorgte dafür, dass ich keiner von ihnen je so nahe kam, dass wir etwas miteinander unternahmen, und er hatte mich gezwungen, zu allen alten Freunden, mit denen ich aufgewachsen war, den Kontakt abzubrechen. Freunde waren zu riskant für ihn, und für mich war es zu gefährlich, trotzdem welche zu haben. Er machte sich Sorgen, dass ich ihnen von unserem Leben erzählte, und ich machte mir Sorgen, Collin würde *denken*, ich hätte ihnen etwas erzählt. Meine Familie zu sehen erlaubte er nur, weil er wusste, dass sie sonst misstrauisch werden würden. Hadley hätte jedoch angerufen, wenn sie vorbeikommen wollte.

Blieb nur noch Knox.

Nein, nicht nur Knox, aber ich dachte nur noch an ihn und hatte so oft davon geträumt, dass er kommen und mich wegholen würde, dass in diesem Augenblick … wirklich nur er blieb.

Ich rappelte mich auf und eilte an die Tür, ohne mir die Mühe zu machen, noch einmal in den Spiegel zu sehen. Ein Dutzend Möglichkeiten gingen mir durch den Kopf bei der Überlegung, was passieren würde, wenn ich die Tür öffnete, doch jede einzelne löste sich auf, als ich es schließlich tat und nur einen Mann in Uniform vor mir sah. Er hielt ein Paket in der Hand.

„Päckchen für Doherty?"

„Oh. Äh, ja. Ja, das sind wir." Ich war so enttäuscht, dass ich erst, nachdem ich unterschrieben hatte und der Mann schon wieder auf dem Weg zurück zu seinem Lieferwagen war, daran dachte, dass wir auch nie Pakete bekamen.

Meine Eltern schickten uns nie etwas. Wenn sie wollten, dass ich etwas bekam, nahmen sie das als Ausrede, ihren „Lieblingsschwiegersohn" zu besuchen. Wenn Collin einmal etwas bestellte, ließ er es sich ins Büro schicken. Und mir hatte er noch nie erlaubt, etwas zu bestellen; Collin schickte mich immer in den Laden, um etwas zu kaufen. Ich schätze mal, er vertraute mir nicht, wenn fremde Männer bei uns an der Tür klopften, um die Lieferung abzugeben.

Überrascht hob ich die Augenbrauen, als ich sah, dass das Paket an mich adressiert war. Umso verwirrter zog ich sie zusammen, als ich auf den Absender blickte.

Von: Biszuden

14960 Sternenstraße

Thatch, WA

„Biszuden?", sprach ich den unbekannten Nachnamen flüsternd aus, ging dann langsam ins Haus und schloss die Tür, während ich mir die Adresse durchlas. Ich erstarrte. Thatch … Es kam aus Thatch. Wo Knox lebte.

Der Name und die Straße ergaben endlich einen Sinn, und ich konnte nicht schnell genug in die Küche rennen, um ein Messer zu holen und die Schachtel in meinen Händen zu öffnen.

Bis zu den Sternen. Unser nächster Stern war die Sonne, 149.600.000 Kilometer entfernt. Das hatte Knox mir vor einigen Jahren erzählt, und die Zahl war so lächerlich groß, dass ich sie nie vergessen hatte.

Meine Hände zitterten, als ich das Klebeband mit dem Messer zerschnitt, das ich aus dem Block genommen hatte, und auch wenn Collin in den Jahren, die wir verheiratet waren, noch nie früher von der Arbeit nach Hause gekommen war, sah ich mich immer wieder um aus Angst, er könnte plötzlich zur Tür hereinkommen. Als ich wieder auf die nun geöffnete Schachtel schaute, wurde aus meiner Aufregung Verwirrung und dann Furcht. In dem Päckchen lagen ein in Luftpolsterfolie gewickeltes Handy und ein Ladegerät.

Ich nahm das Telefon, packte es aus und schaltete es ein. Nachdem ich eine Minute gewartet hatte, sah ich, dass sich auf dem Bildschirm nur die beiden Symbole für Anrufe und Textnachrichten befanden. Trotz der Angst, die sich in meinem Körper ausbreitete, musste ich lächeln, als ich entdeckte, dass der einzige Kontakt im Telefonbuch Knox war. Ich weiß nicht, wie lange ich dastand, auf der Unterlippe kaute und seinen Namen anstarrte, doch mein Zittern verstärkte sich nur noch, als ich ihn endlich antippte.

Es klingelte und klingelte und hörte nach dem fünften Mal plötzlich auf, aber es meldete sich niemand, und es ging auch keine Mailbox ran.

„Knox?", flüsterte ich.

„Jesus, Low", hauchte er erleichtert. „Ich habe mich die ganze Zeit gefragt, ob er das Telefon vor dir in die Hände bekommen würde, aber mir ist nichts anderes eingefallen, um es dir zukommen zu lassen. Ich dachte, wenn ich es dir bringe, könnte mich jemand sehen und ihm davon erzählen, und dann könnte er …"

„Knox, hör auf!", unterbrach ich ihn. „Warum hast du mir

ein Telefon geschickt, und woher weißt du, wo ich wohne?"

„Ich habe doch gesagt, ich überlege mir etwas – das war es – und es ist verstörend, was man alles über Google herausfinden kann", sagte er und atmete schwer aus. „Wie geht es dir?"

Ich bedeckte mein Gesicht mit einer zitternden Hand; er hatte gefragt, wie es mir ging, als hätte er uns beide nicht gerade in Gefahr gebracht. „Knox, nein, das ist nicht … Ich *weiß*, was das hier ist. Ich meine, *warum* ist es hier? *Warum* riskierst du, mir so etwas zu schicken? Hast du mir nicht zugehört, als ich gesagt habe, dass er *überall* und nach *allem* sucht?"

„Weil du eine Möglichkeit brauchst, jemanden anzurufen, der dir hilft – ob mich oder jemand anderen. Du kannst andere Nummern einspeichern, das ist mir egal. Versteck es irgendwo, wo er nicht sucht, und benutze es, wenn du Hilfe brauchst. Ich muss wissen, dass du nicht allein da draußen bist, ohne eine Möglichkeit, jemanden wissen zu lassen, dass er zu weit geht, wenn du Angst hast, dein eigenes Telefon zu benutzen oder auch die Polizei zu rufen."

„Aber es ist gefährlich, Knox! Du hast gerade auch dein eigenes Leben in Gefahr gebracht", sagte ich mit zusammengebissenen Zähne. Warum konnte er das nicht begreifen?

„Dich bei diesem Mann leben zu lassen ist gefährlich, Harlow! Wenn du zulassen kannst, dass ich mitansehen muss, wie du mit diesem Schwein verschwindest, dann kannst du mich auch das hier tun lassen. *Ich* brauche das auch." Einige Sekunden später sagte er: „Es ist noch nicht einmal eine Woche her, doch seit ich weiß, mit welcher Last du lebst, ist mir die Woche länger und anstrengender vorgekommen als ein ganzes Jahr. Und zu wissen, dass du dieses Telefon hast, gibt mir wenigstens etwas Seelenfrieden. Bitte, einfach … Bitte."

Ich schüttelte langsam den Kopf, flüsterte aber: „Okay."

Er seufzte erleichtert auf. „Danke. Also, wie geht es dir?", fragte er wieder. „Ist diese Woche irgendwas passiert?"

„Nein. Ich habe dir ja gesagt, er denkt, ich bin schwanger."

„Und du hast dir damit eine Woche erkauft, was totaler Mist ist und außerdem bald vorbei. Was passiert, wenn er herausfindet, dass du es nicht bist?"

In meinem Magen fing es an zu brodeln. „Ist nicht wichtig."

Es folgte eine kurze Pause, dann wollte er wissen: „Wann ist die Woche vorbei?"

Morgen, dachte ich elendig. „Ist nicht wichtig", wiederholte ich.

„Harlow", flüsterte er. Der rohe Schmerz und die Angst in seiner Stimme zerschmetterten mich, aber ich konnte das einfach nicht.

„Danke für das Telefon. Dieses dumme, gefährliche Telefon", sagte ich und lachte blöd. „Ich werde ein Versteck für die Zeiten finden, in denen Collin zu Hause ist, und wenn ich kann, lasse ich dich wissen, dass es mir gut geht. Aber Knox …" Ich verstummte und kaute auf der Lippe, während ich mir überlegte, wie ich formulieren sollte, was ich ihm sagen musste. „Solange der Tag nicht kommt, an dem ich bereit bin, mich von dir fortholen zu lassen, werde ich dir nicht sagen, was in diesem Haus vor sich geht."

„Low …"

„Vertrau mir, das tue ich um deinetwillen!", unterbrach ich ihn schluchzend.

Es folgte eine lange, schwere Stille, die nur von meinem leisen Weinen unterbrochen wurde. „Okay. Okay, dann werde ich auf diesen Tag warten."

„Danke."

Der Klang eines lauten Feueralarms schrillte durch das Telefon, und Knox fluchte. „Ich muss weg. Ich liebe dich, Harlow. Das habe ich immer getan."

Der Anruf endete, ehe ich antworten konnte, aber ich wusste ohnehin nicht, was meine Antwort gewesen wäre. Das *Ich liebe dich*, das mir am Abend der Wohltätigkeitsveranstaltung herausgerutscht war, war mir so leicht gefallen – als hätte meine Seele für mich gesprochen. Jetzt hatte ich Angst, meine Seele freizulassen. Wenn ich es tat, war ich mir nicht sicher, ob ich in diesem Haus noch auf mich selbst aufpassen konnte, denn mein Herz, meine Seele ... mein ganzes *Sein* verzehrte sich nach diesem Mann, den ich nie wieder haben konnte.

Ich glitt mit dem geheimen Telefon in der Hand auf den Boden und weinte um die Liebe, die ich weggeworfen hatte, wie ich es in den letzten zweieinhalb Jahren jeden Tag getan hatte.

Als ich mich ausgeweint hatte, sah ich langsam hinüber zu der Uhr am Herd und rappelte mich auf. Collin würde in einer Stunde nach Hause kommen, und ich musste noch duschen, mir ein Abendessen überlegen und alles loswerden, was noch auf der Anrichte der Kücheninsel lag.

Ich rief schnell bei einem Restaurant an, um eine Bestellung aufzugeben, und stürmte dann durchs Haus, froh, dass ich die ganze Woche wie besessen geputzt hatte, weil jetzt keine Zeit mehr dafür war, und rannte unter die Dusche. Als ich sauber und abgetrocknet war, nahm ich schnell die Haare zusammen, legte ein wenig Make-up auf und zog saubere Sachen an, damit Collin nicht dachte, ich hätte den ganzen Tag dasselbe angehabt. Dann rannte ich wieder in die Küche, sammelte alles von der Anrichte ein und lief aus dem Haus.

Ich fuhr zum Restaurant, um das Essen abzuholen, wurde die Schachtel, in der das geheime Telefon geliefert worden war, in den Mülltonnen hinter dem Gebäude los und hatte nur noch wenige Minuten, als ich wieder zu Hause ankam. Ich schnappte mir ein paar Gefrierbeutel und ging in den Garten – der einzige Ort, von dem ich glaubte, dass Collin nicht an ihn denken würde – und suchte nach einem Ort, an dem ich das verstecken konnte, was auf einmal zu meinem wertvollsten Besitz geworden war.

Ich hasste Gartenarbeit, wahrscheinlich, weil ich so schlecht darin war, und Collin lachte, wenn jemand Pflanzen und Blumen in meiner Gegenwart auch nur erwähnte. Alles, was ich hier anzupflanzen versucht hatte, war eingegangen, weil ich mit so viel Regen aufgewachsen und nicht daran gewöhnt war, dass ständig die Sonne schien. Also hatten wir Landschaftsgärtner angeheuert, die dafür sorgten, dass alles so gut aussah, wie es das tat. Und soweit ich wusste, hatte Collin, wenn er das ganze Haus und unsere Wagen nach Verhütungsmitteln, „versteckten" Kreditkarten oder irgendwelchen anderen Dingen absuchte, von denen er glaubte, dass ich sie vor ihm versteckte, nicht ein einziges Mal im Garten nachgesehen.

Nachdem ich mir eine der großen Topfpflanzen auf der Terrasse ausgesucht hatte, schob ich die nervige Masse an Grünzeug darin zur Seite und befühlte die Erde darin, um zu prüfen, wo und wie tief ich das Telefon hineinstecken musste. Nachdem ich ein kleines Loch gegraben hatte, schickte ich Knox noch eine Nachricht, schaltete das Telefon dann aus, legte es in zwei Lagen Gefrierbeutel und vergrub es. Anschließend ging ich ins Haus und wusch mir die Erde von den Händen.

Ich sah zur Uhr, als ich mit dem Abtrocknen fertig war, und atmete erleichtert auf. Collin würde in zwei Minuten nach Hause kommen … Ich hatte es geschafft. Ich hatte das Essen auf den Tisch gebracht und gerade die Drinks eingeschenkt, als ich den Schlüssel im Schloss hörte und Collin zur Tür hereinkam.

„Harlow?", rief er aufgeregt.

„Hier drinnen", antwortete ich und unterdrückte ein Augenrollen. Natürlich war ich in der Küche. Ich war immer in der Küche, wenn er von der Arbeit nach Hause kam. Nur sein Tonfall überraschte mich.

Collin kam um die Ecke und stutzte, als er das Essen vom Chinesen auf dem Tisch sah. „Chinesisch?"

„Ähm, ich bin eingeschlafen. Ich bin einfach … plötzlich so müde geworden und einfach umgekippt. Und dann war es auf einmal zu spät, um das Abendessen zu kochen, und es tut mir leid."

Er schloss die Lücke zwischen uns und nahm mich fest in die Arme. „Hey, ist schon gut! Schon gut. Ich glaube dir, dass du müde bist und dich nicht gut gefühlt hast. Das ist doch toll. Chinesisch klingt perfekt."

Collin konnte nicht aufhören zu lächeln, und das bereitete mir solche Angst, dass ich anfing zu zittern. So lächelte Collin nur an einem Samstagmorgen, bevor wir den Test machten, wenn wir mit anderen Leuten unterwegs waren oder nachdem er mich bestraft hatte und es wiedergutmachen wollte. Er war die ganze Woche besonders freundlich und sogar liebevoll gewesen, aber nicht so.

„W-wie war die Arbeit?"

„Okay", antwortete er beiläufig. „Ich habe beschlossen, dass ich nicht mehr warten will. Was meinst du?"

Ich hob verwirrt die Augenbrauen. „Was? Worauf warten wir nicht mehr?"

„Morgen früh!" Er sagte die Worte, als hätte ich bereits wissen müssen, wovon wir redeten. „Ich kann bei der Arbeit an nichts anderes mehr denken, und das Warten macht mich noch verrückt. Ich muss es einfach wissen."

Mir entglitten die Gesichtszüge, und der Magen zog sich mir zusammen. „Ähm, aber …"

„Was für einen Unterschied kann eine Nacht schon ausmachen?"

„A-aber es ist Abend, und … und … und man soll den Test nicht abends machen. Auf der Schachtel steht morgens als Erstes, oder? Hast du das nicht gesagt? Deswegen mache ich ihn gleich nach dem Aufwachen." Ich würde mich übergeben. Ich hatte den ganzen Tag über nichts gegessen, doch es fühlte sich an, als würde mein Magen seinen eingebildeten Inhalt gleich von sich geben.

Collins Lächeln verblasste, sobald er einen Schritt von mir zurückgewichen war. „Warum versuchst du, es hinauszuzögern, Harlow?“, fragte er düster.

„Das tue ich nicht!“, versicherte ich ihm. Aber so, wie sein Atem langsam schwerer wurde, wusste ich, es gelang mir nicht. Ich überlegte verzweifelt, was ich sagen konnte, und dachte an das, was ich zu ihm gesagt hatte, als wir auf der Wohltätigkeitsveranstaltung für die Feuerwehr getanzt hatten. „Ich habe einfach Angst! Ich glaube, dass es endlich so weit ist, aber was, wenn nicht? Was, wenn ich uns beiden falsche Hoffnungen gemacht habe? Ich habe dir ja gesagt, dass ich mir deswegen Sorgen mache. Dieser Test sitzt mir im Nacken und macht mir schreckliche Angst, denn was ist, wenn ich dich wieder enttäusche? Ich *hasse* es, dich zu enttäuschen, Collin!“, presste ich schluchzend hervor.

Ich musste weder die Angst vortäuschen noch das Zittern oder die Tränen. Das alles war sehr echt. Collin zu enttäuschen war das Letzte, was ich tun wollte, wenn auch nicht aus den Gründen, aus denen er glaubte.

Der liebevolle Collin war zurück, als hätte man einen Lichtschalter umgelegt, und wieder nahm er mich fest in die Arme. „Warum hast du mir nicht gesagt, dass es so schlimm ist? Ich hätte alles getan, um dir zu zeigen, dass ich dich liebe, egal, was ist, und dass wir das gemeinsam durchstehen. Kein Testergebnis kann etwas daran ändern, was ich für dich empfinde, Baby. Aber das ist nur noch ein Grund mehr, es sofort zu tun. Dann kannst du heute Nacht beruhigt schlafen, ohne dir Sorgen zu machen. Lass es uns einfach machen.“

„Collin, bitte sei nicht …“

„Harlow“, fuhr er mich an, riss sich dann aber zusammen. „Wir machen den Test. Sofort.“

Er packte mich fest am Handgelenk, führte mich ins Badezimmer und bückte sich, um einen Test zu holen. Die Tränen kamen, als mir das in Folie verpackte Stäbchen in der Hand lag. Doch ich hatte mich abgewendet, damit er sie nicht sah. Ich hatte gedacht, mir bliebe noch Zeit. Ein Irrtum. Plötzlich sehnte ich mich nach Knox' Telefon. Ich fragte mich, warum ich ihm nicht erlaubt hatte, mich wegzuholen, und warum ich immer noch genau wusste, dass ich es nicht tun würde.

Collin nahm das Stäbchen, wie er es immer tat, und legte es auf den Waschtisch, ehe er mich in die Arme zog, um zu warten. Ein paar Minuten später stockte ihm der Atem, und ich kniff die Augen zusammen und wappnete mich.

„Harlow!", rief er, und ich riss die Augen auf, um das Stäbchen anzusehen.

„Was?", presste ich heraus und musste mich dann am Waschtisch festhalten, weil es sich anfühlte, als würde ich in Ohnmacht fallen. Da waren zwei Striche statt des normalen einen.

Collin drehte mich um, sodass ich ihn ansah, zog mich an sich, um seinen Mund auf meinen zu drücken, und ich weinte in den Kuss hinein. Ich versuchte, die Tränen als Glück auszugeben, konnte aber nur denken, dass meine Welt um mich herum zusammenbrach und dass ich das Leben dieses Kindes bereits ruiniert hatte, weil ich zugelassen hatte, dass Collin sein Vater war.

9. Kapitel

KNOX

Gegenwart – Richland

Sobald wir wieder in der Feuerwache waren und alles für den nächsten Notruf bereitgelegt hatten, ging ich in mein Zimmer, um mich so lange wie möglich zu erholen. Ich wusste, so war der Job nun einmal, doch angesichts der besonderen Situation hasste ich es, Harlow einfach abzuwürgen. Sie war noch gar nicht richtig in mein Leben zurückgekehrt, doch ich wusste jedes Mal, wenn wir miteinander sprachen, dass es das letzte Mal sein konnte. Ich griff nach meinem Telefon, sah eine Nachricht von ihr und konnte sie nicht schnell genug öffnen.

Harlow: Bis zu den Sternen …

Meine Mundwinkel zuckten, und ich musste lächeln, als ich auf ihre Worte schaute. Ich tippte eine Antwort, und einen Moment lang fühlte es sich an, als wäre ich wieder neunzehn. Das war ich aber nicht mehr. Und das Mädchen, von dem die Nachricht kam, war mit einem Schwein verheiratet, das sie misshandelte.

Knox: Immer

Sobald ich auf „Senden“ gedrückt hatte, legte ich das Telefon zurück auf den Tisch und ließ mich aufs Bett fallen, wo ich versuchte, mich bis zu unserem nächsten Notruf zu entspannen. Das fiel mir dieser Tage nicht leicht, und es dauerte nicht lange, da war mein ganzer Körper verkrampft und ich verschränkte die Arme, damit sie nicht zitterten. Ständig musste ich daran denken, wie Collin seine Finger in ihrem Arm vergrub, und wie sich die Male bereits blau verfärbt hatten. Ich hatte immer wieder vor Augen, wie dürr Harlow jetzt war. Sie sah krank aus, und nachdem ich miterlebt hatte, wie ihr Mann sie in der Öffentlichkeit behandelte – und gehört hatte, dass ihre Familie in Gefahr war – war es nicht schwer zu verstehen, warum. Ich musste ihr helfen; ich musste sie retten. Doch das konnte ich nicht, wenn sie mich nicht ließ. Ich konnte mich nicht gewaltsam in ihre Ehe einmischen. Und dann konnte ich nur noch daran denken, dass sie sich für ihn entschieden hatte, und nicht für mich.

Das Einzige, was ich ihr je angetan hatte, war, sie zu bitten zu warten.

Sommer 2010 – Seattle

„Was meinst du, wie groß sie sind?“

Langsam öffnete ich die Augen und schaute zu Harlow, die neben mir auf der Decke lag. In ein paar Tagen würde sie aufs College gehen und wegziehen. Dies war meine letzte Chance, Zeit mit ihr zu verbringen, bis sie endlich achtzehn wurde. Meine letzte Chance, sie daran zu erinnern, was zu Hause auf sie wartete. Vielleicht würde sie nicht verstehen, warum ich in den nächsten Monaten tun würde, was ich zu tun versprochen hatte … Eines Tages würde ihr aber hoffentlich bewusst werden, dass ich es nur für sie gemacht hatte. So wie alles andere auch.

Wir waren seit Stunden an einer abgeschiedenen Stelle, und als Küssen uns nicht mehr genug war, war ich neben sie gerutscht und hatte die Tage bis zu ihrem Geburtstag gezählt, wieder und wieder, um mich zu beruhigen. Ihre Frage, wie groß etwas war, half mir nicht.

„Hmm?"

Harlow deutete mit ihrem Blick gen Himmel und bewegte dann ihren Körper, damit sie besser hinsehen konnte. „Was meinst du, wie groß die Sterne sind? Sie sind so weit weg, sehen aber so nah aus. Und wenn du sagst, der nächste Stern ist die Sonne, dann will ich wissen, wie groß die anderen sind."

„Ich weiß es nicht, Low."

Sie stieß mir den Ellbogen in die Seite und rollte sich so hin, dass sie sich über mich beugen konnte. „Du hast doch gesagt, du hast eine Eins in Astronomie."

Ich lachte und strich ihr die Haare zur Seite, die ihr im Gesicht hingen. „In dem Fach habe ich nur aufgepasst, weil es mit Sternen zu tun hatte, die mich an dich erinnert haben."

Sie antwortete nicht, sondern sah mich einfach weiter erwartungsvoll an.

„Ich weiß nicht, wie groß sie sind, aber ich weiß, dass es unterschiedlich ist. Manche sind ziemlich klein, und manche größer als die Sonne."

Harlow legte ruckartig den Kopf zurück und sah wieder hinauf in den Himmel. „Ernsthaft?"

„Ernsthaft", bestätigte ich. „Viel größer sogar."

Nachdem sie noch ein bisschen länger den Nachthimmel betrachtet hatte, beugte sie ihr Gesicht wieder dicht über meines. Ihr ernster Blick brachte mich aus der Fassung, doch noch ehe ich fragen konnte, was los war, sagte sie: „Ich kann mir nicht einmal vorstellen, wie weit weg sie sind, wenn sie im Vergleich zur Sonne so klein aussehen, aber einige sogar noch größer sind. Und du liebst mich bis ganz zu ihnen."

Das war keine Frage, ich nickte aber trotzdem. „Das tue ich."

„All die Jahre, deine Freundin und mein Freund ... Wie ist das alles nicht zu viel geworden?"

Ich fasste es nicht, dass sie nach all der Zeit immer noch nicht wusste, was sie mir bedeutete. „Ich wusste schon ein paar Tage, nachdem ich dir begegnet war, dass ich dich für den Rest meines Lebens will. Ein paar Jahre warten ist nicht viel im Vergleich zu dem, was ich danach mit dir haben werde. Die anderen? Das waren nur Ablenkungen, um uns ins Ziel zu helfen, und du und ich wissen beide, dass es schlechte waren. Sonst hätten die Anrufe aufgehört, und wir hätten uns auseinandergelebt – dazu ist es nie gekommen. Du hast gesagt, dass nicht viele Leute das Glück haben, eine Liebe wie unsere zu erfahren. Für viele wäre das alles zu viel gewesen. Für uns ist es einfach ein Teil unserer Geschichte."

Harlows blaue Augen weiteten sich ehrfürchtig, und eine Weile starrte sie mich einfach nur an. „Du ..." Sie verstummte kopfschüttelnd. „Du bist so ein Charmeur, Knox Alexander. Das bist du immer gewesen. Bist du bei allen anderen Mädchen auch so romantisch?"

Ich lachte kurz auf. „Romantisch", sagte ich trocken.

„Ja."

Ich saugte durch die Zähne Luft ein und schüttelte den Kopf. „Low, ich habe dir doch gesagt, ich bin das Gegenteil von romantisch."

Sie ließ ihren Körper auf meinen sinken und beugte sich dicht genug herab, dass ihre Lippen beim Sprechen meine berührten. „Ich will dich bis zu den Sternen lieben? Das ist einfach Teil unserer Geschichte?"

Ich fing ihre Lippen für einen langen Kuss ein und sagte: „Aber das stimmt alles."

„Romantisch."

„Dann nur bei dir", versicherte ich ihr. „Niemand sonst bekommt diese Seite von mir zu sehen. Und das hat auch noch nie jemand vor dir."

Gerade als sie sich für einen weiteren Kuss zu mir beugte, zuckte sie auf einmal zusammen und riss die Augen auf.

„Was ist los?", fragte ich, als sie nichts sagte und sich auch nicht bewegte.

„Ich glaube …"

„Was?"

„Hat mir gerade ein Vogel auf den Kopf gemacht?", fragte sie entsetzt.

Ich lachte laut und sah sie an, als hätte sie den Verstand verloren. „Mitten in der Nacht? Das bezweifle ich." Immer noch lachend drehte ich uns um und presste meinen Körper fester an ihren. Als ich meinen Mund wieder auf ihren legte, spürte ich, wie mir Regentropfen in den Nacken fielen. Ich seufzte und sagte: „Das wäre wohl dein Vogel."

„Nein, nein!" Harlow krabbelte unter mir hervor und von der Decke herunter und versuchte, zu meinem Wagen zu laufen, doch ich hatte sie in Sekundenschnelle eingeholt.

Ich legte ihr einen Arm um die Taille, bevor sie entkam, und schwang ihren Körper zurück an meinen.

„Knox!", kreischte sie lachend, während sie versuchte, sich von mir loszumachen. „Wir müssen zurück zum Auto!"

„Was macht schon so ein bisschen Regen aus? Du bist doch aus Seattle."

„Weil ich immer schrecklich aussehe, wenn wir uns treffen, und ich mir dieses Mal wirklich Mühe gegeben habe, mich hübsch zu machen!" Sie kicherte und versuchte wieder, sich zu lösen, hörte aber auf, als ich ihren Rücken an meine Brust zog.

„Du wolltest es doch romantisch", flüsterte ich ihr ins Ohr und schloss meine Arme fester um ihre Taille. Ich spielte mit dem kleinen Streifen Haut, der von ihrem Bauch zu sehen war, und musste lächeln, als sie erschauderte. Den lockeren

Kragen von ihrem Hemd nahm ich in die andere Hand und zog daran, bis er ihren Arm hinunterfiel, dann beschrieb ich mit den Lippen eine Spur auf ihrer Schulter. „Tanz mit mir."

Harlow drehte mir langsam den Kopf zu, und für ein paar heiße Augenblicke begegneten sich unsere Blicke, während ich uns hin und her wiegte. Sie atmete hörbar aus, als ich mit der Nase über ihren Kiefer fuhr und mit den Fingerspitzen über ihren Bauch und ihre Brust und dann wieder ihre Arme hinab wanderte. Ich nahm ihre Hände in meine, drehte sie um, sodass wir einander ansahen, und zog sie wieder an mich, um mit unserem langsamen Tanz fortzufahren.

Ich hatte es mir anders vorgestellt, als ich sie davon abgehalten hatte, zu meinem Auto zurückzulaufen. Ich wollte Spaß beim Tanzen haben und sie zum Lachen bringen, auf jene Weise, die mich immer besonders berührte. Aber das hier ... Unsere langsamen Bewegungen im prasselnden Regen, mit dem Mädchen, auf das ich jahrelang gewartet hatte ... Ich hätte es nicht anders gewollt.

Regentropfen liefen ihr das Gesicht herunter und tropften ihr von der Nase und den Lippen, und ich beobachtete, wie sie immer schwerer atmete, wie ihr Blick über mein Gesicht wanderte und dann hinunter zu meiner Brust. Sie hatte noch nie schöner ausgesehen als in diesem Augenblick.

Jahrelang hatte ich auf sie gewartet, und die Zeit des Wartens war fast vorbei, trotzdem fühlte es sich nicht so an, als ob ich je *richtig* gewartet hätte. Es fühlte sich an, als hätte ich sie die ganze Zeit gehabt. Als hätte ich die letzten zwei Jahre damit verbracht, sie zu lieben und zu erobern, auf eine völlig andere Weise als die, nach der wir uns, wie ich wusste, beide sehnten.

Harlow ließ mich los, strich mit den Händen über mein durchweichtes Hemd und beobachtete fasziniert ihre eigenen Finger. So langsam, dass es mich gleichzeitig in den Wahnsinn trieb und mich daran erinnerte, dass ich sie aufhalten sollte, schob sie ihre Hände unter mein Hemd, drückte sie mit einer gegen meinen Bauch, während sie mit der anderen nach meinem Jeansbund fasste.

Ich sollte sie aufhalten. Ich sollte die Decke nehmen und sie sofort zurück zu meinem Pick-up bringen. Sie muss wissen, dass sie eine stärkere Wirkung auf mich hat, als ihr bewusst ist.

Mein Wille, mich von ihr fernzuhalten, war bereits schwach gewesen, als ich ihr zum ersten Mal begegnet war, und wurde mit jedem unserer Treffen nur noch mehr geschwächt – dieser Abend und der Abend in der Wohnung ihrer Freundin bewiesen das. Jetzt war ich mir nicht sicher, ob überhaupt noch etwas von meiner Willenskraft übrig war.

„Knox", fing Harlow an, ihre Stimme durch den Regen kaum hörbar.

„Wir sollten gehen", unterbrach ich sie.

Sie sah mich mit weit aufgerissenen Augen an und schüttelte kaum merklich den Kopf. Und verdammt, wenn das nicht genau die Reaktion war, die ich gewollt und nicht gewollt hatte.

Ich verschloss ihren Mund so schnell mit meinem, dass sie vor Überraschung aufkeuchte, und nutzte diese Bewegung aus, um mit meiner Zunge ihre zu finden. Sie erwiderte den Kuss gierig und grub ihre Finger in meinen Bauch; doch plötzlich waren sie fort, und ehe ich sie aufhalten konnte, hatte sie sich ihr Oberteil über den Kopf gestreift und ihren Körper und ihren Mund wieder an mich gepresst.

Instinktiv legte ich ihr die Hände um die Taille, um sie von mir zu schieben, aber das Gefühl ihrer glatten Haut unter meinen Fingern ließ mich aufstöhnen, und bald darauf hatte ich vergessen, warum wir eigentlich aufhören sollten.

Ich nahm sie in meine Arme, ging mit ihr die wenigen Schritte zu der jetzt durchweichten Decke zurück und legte sie darauf. Ich wollte jeden Zentimeter ihrer nackten Haut erkunden – *später*. Ich schob mich auf sie, rückte dann aber wieder ein Stück von ihr ab, damit ich mir das Hemd ausziehen konnte, als sie anfing, daran zu nesteln. Sie eroberte meinen Mund mit ihrem, sobald ich wieder auf ihr lag, und ich strich mit der Hand an ihrem Bein hinauf, bis ich an ihrem Knie angelangt war, schlang es um meine Hüfte und fing an, mich an ihr zu bewegen.

Harlow unterbrach den Kuss und ließ ihren Kopf auf die Decke zurückfallen, und als ich mich noch einmal an ihr wiegte, gab sie das heißeste Geräusch von sich, das ich je gehört hatte. Ich hätte in diesem Moment alles getan, nur um noch einmal dieses Geräusch von ihr zu hören.

Ich ließ ihr Knie los, glitt langsam an ihrem Oberschenkel entlang und streifte den Stoff ihres Rockes hoch, bis er ihr um die Hüften lag. Mit dem Mund erkundete ich die Rundung ihrer Brüste, während ich mit den Fingern zur Innenseite ihrer Schenkel wanderte.

„Knox, bitte“, flehte sie, kurz bevor ich sie berührte.

Und diese Bitte, diese zwei Worte, von denen ich jahrelang geträumt hatte und die ich jetzt endlich vernahm, waren es, die mich zurück in die Realität brachten.

„Mist“, brachte ich stöhnend hervor und zog ihr den Rock wieder richtig an. „Mist. Ich kann nicht“, sagte ich schwer atmend. Alles in mir brüllte vor Verlangen, sie endlich zu kosten, aber ich wusste, ich konnte nicht. Diese Nacht würde mehr bedeuten, als jemals vorgesehen war, wenn ich zuließ, dass ich so weitermachte. „Sosehr ich dich will, hier und jetzt, würde ich mich später dafür hassen, wenn ich es nicht auf die richtige Weise machen würde.“

„Es sind nur noch ein paar Monate, Knox, mir ist das egal!“

„Das sollte es aber nicht sein, denn mir ist noch nie etwas wichtiger gewesen.“ Kopfschüttelnd löste ich mich von ihr und musste den Kopf in den Nacken legen, damit ich sie nicht mehr ansehen konnte. Nachdem ich mich eine Minute gesammelt hatte, sah ich ihr direkt in die Augen. „Ich habe auf dich gewartet, Harlow Evans, und ich werde weiter auf dich warten, bis du achtzehn Jahre alt bist.“

Sie atmete schwer aus, und ich konnte in ihren Augen erkennen, wie verletzt sie war. Doch sie versuchte, es hinter einem neckischen Lächeln zu verbergen. „Ich kann schlecht versuchen, dich vom Gegenteil zu überzeugen, wenn du solche Dinge sagst.“ Sie nahm mein Gesicht in beide Hände und zog mich zu sich hinunter, um mich sanft zu küssen. „Ich werde nie einen anderen so lieben, wie ich dich liebe. Aber du solltest lieber begreifen, dass es in drei Monaten kein Entkommen vor mir mehr gibt. Danach gehörst du zu mir.“

Ich grinste. Sie hatte ja keine Ahnung.

Gegenwart – Richland

Das schrille Läuten einer Glocke riss mich aus dem Schlaf. Ich wusste nicht, wie lange ich geschlafen hatte, aber in den zwei Sekunden, die ich brauchte, um zu merken, was um mich herum geschah, die Bettdecke von mir zu werfen, aus dem Bett zu springen und aus dem Zimmer zu rennen, merkte ich bereits, dass es draußen dunkel war und ich mich die ganze Zeit nicht aus der starren Position gelöst hatte, in der ich eingeschlafen war. Mein ganzer Körper schmerzte, als ich in die Bucht rannte, doch das Adrenalin, das mir immer durch die Adern pumpte, ließ mich die steifen Muskeln schon bald vergessen, und ich zitterte aus einem anderen Grund als beim Schlafengehen. Es gab einen Hausbrand, der sich schnell auf das benachbarte Gebäude ausbreitete; für diese Art Notrufe lebte ich, darum war ich überhaupt erst zur Feuerwehr gegangen. Den Rettungskräften zur Seite stehen, um verletzten Menschen zu helfen – ja, jederzeit. Alten Frauen helfen, ihre Katzen aus dem Baum zu bekommen –

na gut, auch das kam vor. Bei der Mehrheit unserer Anrufe handelte es sich natürlich um kleine Feuer, und sie waren ebenso wichtig wie die blöden Katzen in den blöden Bäumen. Doch gemessen an der nervösen Energie, die auf dem Weg durch die Stadt im Feuerwehrwagen herrschte, waren die großen Brände in Häusern und sonstigen Bauwerken der Grund dafür, dass wir alle hier waren.

Wir waren gerade vorgefahren und dabei, vom Wagen zu springen, als ein Mädchen im Teenageralter, nur mit einem zu großen T-Shirt bekleidet, auf uns zugerannt kam und schrie: „Sie ist noch da drinnen! Bitte, Sie müssen sie da rausholen! Ich kann nicht glauben, dass ich das gemacht habe", murmelte sie noch.

Ich hatte keine Zeit, wegen des letzten Satzes nachzuhaken, wusste aber, dass wir hinterher noch mit ihr sprechen mussten. „Wer?", brüllte ich über den Lärm des lodernden Feuers und der anderen Mitglieder meiner Crew hinweg.

„Scheiße, Scheiße, Scheiße. Natalie! Das Mädchen, das ich babysitte, sie ist erst drei! Ich schwöre, ich wusste nicht, dass so was passieren würde. Wir sind eingeschlafen. Die Kerzen!"

Sie raufte sich die Haare und war offensichtlich in Panik; ihr Atem kam flach, wenn sie nicht gerade Mal um Mal fluchte. Ich packte sie am Arm, schob sie ein paar Schritte zurück zu meinem Sergeant und fragte sie schnell: „Wo war sie, als du sie zuletzt gesehen hast?"

„Sie schläft in ihrem Zimmer. Wir haben versucht, an ihr Fenster zu kommen, aber da war das Feuer schon zu groß!"

„Wo ist es?"

„G-g-ganz hinten im Haus im oberen Stockwerk! Das letzte Zimmer im Flur!"

Ich rannte schon auf das Haus zu, bevor sie fertig erzählt hatte. Unser hastiges Gespräch hatte kaum eine Minute gedauert, aber auch diese Minute könnte zu lang sein. Das Feuer war zu groß – und der Hauptteil wütete am hinteren Ende des Hauses, wo das Zimmer des Mädchens liegen sollte. Allein der Rauch hatte schon die ganze Zeit Schaden verursacht.

„Natalie!“, brüllte ich, während ich ins Haus rannte. Einer meiner Kollegen, Pete, war dicht hinter mir und rief ebenfalls nach ihr.

„Natalie, ruf mir etwas zu, wenn du mich hören kannst!“, brüllte ich wieder, obwohl ich das Ende des Hauses noch nicht erreicht hatte. Vorne war alles voller Rauch, der einem die Sicht nahm, doch es konnte sein, dass sie Angst bekommen und versucht hatte, vor dem Feuer wegzulaufen.

Der Rauch verdichtete sich, und die Flammen hatten die Wände und Türen des Flures erreicht, den wir entlanggingen. Wir wurden langsamer, doch wir hörten nicht auf, ihren Namen zu rufen. Uns blieb nur eine Sekunde Zeit abzuschätzen, wie groß die Flammen waren, die aus dem Raum in den Korridor flackerten. Ich hätte wetten können, dass dort das Feuer angefangen hatte. Pete, und ich kämpften uns durch und kamen an eine verschlossene Tür.

„Natalie! Wenn du mich hören kannst, geh von der Tür weg!“, brüllte Pete kurz bevor er die Tür gewaltsam öffnete.

Die ganze Rückwand des Zimmers stand in Flammen, der Rest des Raumes war voll von Rauch, und auf dem ungemachten Bett lag kein Kind.

„Natalie?“, rief ich und hockte mich tief auf den Boden.

Ich war erst ein paar Schritte gegangen, als meine Taschenlampe auf ein Augenpaar traf, das mich aus einer Ecke unter dem Bett heraus anstarrte.

„Natalie, ich bin Feuerwehrmann. Ich bin hier, um dir zu helfen!“, rief ich, während ich auf das Bett zukroch. „Kannst du zu mir rauskrabbeln?“

Sekunden vergingen, ehe sie anfing, sich auf mich zuzubewegen, und als sie ganz unter dem Bett hervorgekommen war, hatte ich es zu ihr geschafft. Ich setzte mich auf, nahm sie in die Arme und verließ sofort das Zimmer. Gleichzeitig streifte ich ihr eine Sauerstoffmaske über das Gesicht. Pete griff nach meiner Schulter, und im gleichen Moment kam ich taumelnd auf dem Flur zum Stehen – ich hatte das Feuer vergessen, das uns von der anderen Seite des Hauses abschnitt. Es war nur noch ein Spalt übrig, den das Feuer nicht berührte, doch ich hielt jetzt ein kleines Mädchen in den Armen, das nur ein Nachthemd trug und eine kleine Decke bei sich hatte.

Ich zog ihr für einen Moment die Maske vom Gesicht, als sie hustete, und gab sie ihr danach wieder zurück. Sie entzog sich der Maske und rief nach ihrer Mom. „Ich bin bei dir", versprach ich ihr. „Wir bringen dich hier raus, und dann bringen wir dich zu deiner Mom, versprochen." Ich warf Pete einen Blick zu, der gerade in sein Funkgerät sprach, und sagte: „Hol mir die Decke von ihrem Bett."

Natalie drehte mir ihr rußgeschwärztes, mit Tränen verschmiertes Gesicht zu, und auch wenn ihre Unterlippe weiter heftig bebte, versuchte sie offensichtlich, eine tapfere Miene aufzusetzen. Ich hielt ihr die Maske wieder hin, und sie neigte sich ihr entgegen, also lächelte ich ihr aufmunternd zu.

„Du bist mutig, Natalie, hm?"

Sie nickte, versuchte aber nicht zu sprechen.

„Kannst du uns ein paar Minuten lang vertrauen?"

Erneut nickte sie, ohne zu zögern.

Ich stellte sie hin, als Pete zurückkam, und sprach, so schnell ich konnte, während ich gleichzeitig um ihretwillen so ruhig wie möglich blieb. „Darin werden wir dich einwickeln, und ich will, dass du die Augen ganz fest zumachst, wenn wir das machen. Und wenn ich dich wieder hochhebe, dann tust du so, als ob du fliegst, okay?"

Hinter der Maske entdeckte ich den Anflug eines Lächelns, und das reichte mir als Zustimmung, denn wir hatten nicht mehr Zeit zu verschwenden. Ich wickelte sie in die Decke, sodass wirklich nichts mehr von ihr zu sehen war, und brüllte Natalie zu, jetzt die Augen zu schließen und sich zum Fliegen bereit zu machen. Dann folgte ich Pete durch die Flammen. Wir hörten nicht auf zu rennen, doch Pete verlangsamte sein Tempo, um hinter uns herzulaufen, und ich wusste, er wollte sicherstellen, dass die Decke es durch die Flammen geschafft hatte, ohne Feuer zu fangen.

Wir trafen die Männer mit dem Schlauch, als sie gerade ins Haus stürmten. Sobald wir draußen ein gutes Stück entfernt waren, stellte ich Natalie hin und riss die Decke von ihr. Ich strich ihr die Haare aus dem rußgeschwärzten Gesicht und musste lächeln, als ich sah, dass sie die Augen noch immer fest zusammengekniffen hatte.

„Du kannst jetzt wieder die Augen aufmachen, mutiges Mädchen“, sagte ich.

Sie öffnete sie erst einen Spalt und riss sie dann weit auf. Mit der Hand, mit der sie nicht die Decke festhielt, nahm sie mir gierig die Maske ab. „Ich bin geflogen“, sagte sie sachlich und setzte sich wieder die Maske auf.

Pete kam hinter mir zu uns und hielt ihr die Hand hin. „Das war eins a geflogen, junge Dame!“

Natalie schlug mit der Hand unter der Decke bei ihm ein.

„Natalie!“, kreischte die Babysitterin und rannte auf uns zu. „Oh, mein Gott, Natalie!“

Irgendeinem ungeahnten Instinkt folgend nahm ich Natalie in die Arme, ehe die Babysitterin zu ihr gelangen konnte, und stand auf.

Sie sah mich wild an. „Bitte lassen Sie mich die Kleine halten.“

„Hast du schon jemandem erzählt, wie das Feuer ausbrechen konnte?“

„J-ja, ich bin gerade fertig. *Bitte* lassen Sie mich sie halten.“

„Sie muss erst zu einem Sanitäter", antwortete ich, nur damit Natalie nicht zu ihr zurückmusste, und ging mit ihr zu einem der Krankenwagen.

„Die Eltern sind auf dem Weg", murmelte mein Sergeant, als wir an ihm vorbeigingen, und kam uns hinterher. Er hatte die mutige Dreijährige schnell lieb gewonnen und blieb bei ihr stehen, während sie ihm erzählte, wie sie in der Dunkelheit geflogen war, und die Sanitäter sie währenddessen untersuchten.

„Kommt sie wieder in Ordnung?", fragte die Babysitterin und versuchte, in den Wagen zu klettern, doch ich versperrte ihr den Weg mit dem Arm. „W-wir wollten das nicht! Ich hatte keine Ahnung, was passieren würde. Ich dachte, die Kerzen wären weit genug von den Vorhängen entfernt gewesen."

„Wir?", fragte ich gefährlich leise.

Sie sah meinen Sergeant an, dann wieder mich, und nachdem sie den Mund ein paarmal auf und zu geklappt hatte, stammelte sie. „M-m-mein Freund ist vorbeigekommen. Wir haben das Gästezimmer neben Natalies Zimmer benutzt. Ich habe einen Ha… ein paar Kerzen angezündet. Einige standen auf der Fensterbank, und da gibt es lange Vorhänge. Aber ich dachte, die wären weit genug entfernt. Ich schwöre, das dachte ich echt!"

Ich nickte langsam und zuckte mit den Schultern. „Ja, solche Unfälle können passieren, wenn man nicht aufpasst." Auf meine Reaktion hin breitete sich Erleichterung auf ihrer Miene aus, die jedoch schnell verschwand, als ich sie wütend anstarrte und fragte: „Was ich wissen will, ist, warum habt ihr Natalie auf dem Weg nach draußen nicht mitgenommen? Du hast gesagt, du hast von *außen* versucht, an ihr Fenster zu kommen. Aber wenn das Feuer im Zimmer neben Natalies ausgebrochen ist, warum habt ihr sie euch dann nicht einfach geschnappt, als ihr rausgelaufen seid?"

„Alexander", warnte der Sergeant mich, doch ich hörte

nicht auf, das Mädchen vor mir unverwandt anzustarren oder auf eine Antwort zu warten.

„Weil es schon zu groß geworden war“, antwortete sie zu schnell, und ihr Blick richtete sich in alle Richtungen, nur nicht auf mich.

„Nein, ihr hättet sie ganz einfach holen können. Versuch es noch mal. Warum habt ihr sie nicht mitgenommen?“

Sie musste ein paarmal schwer schlucken, und ihr Körper schien in sich zusammenzusacken. „Wir sind aus dem Zimmer gegangen, um uns Eis zu holen. Und dann sind wir nicht wieder zurückgegangen, weil er wollte … Weil ich …“ Sie fing an zu schluchzen und schlug sich eine Hand auf den Mund. „Ich wusste doch nicht, dass so etwas passiert!“

„Dann seid ihr also nicht eingeschlafen?“

„Was?“, fragte sie mit großen Augen.

„Vorhin hast du gesagt, ihr seid eingeschlafen. Willst du mir jetzt sagen, so ist es gar nicht gewesen?“

„J-ja.“

Ich beobachtete, wie sie sich umsah und ihre Schultern mit jedem Schluchzen zuckten. „Verhaften Sie mich jetzt?“

Ich schnaufte. „Nein, ich bin kein Cop. Ich lasse dich nur nicht in die Nähe dieses kleinen Mädchens. Und ich wollte die wahre Geschichte, weil die erste überhaupt keinen Sinn ergeben hat. Wo ist dein Freund überhaupt?“

Ihre Augen wurden, so unwahrscheinlich es war, vor Angst noch größer, doch bevor sie sich eine weitere dämliche Ausrede ausdenken konnte, zuckte sie mit den Schultern, als wäre sie erschöpft, und sagte: „Er hatte Angst, dass er Ärger bekommt. Er ist weggerannt, sobald er gesehen hat, wie die Feuerwehr die Straße hochkommt.“

„Na, der klingt ja toll. Ein gut gemeinter Rat: Mach Schluss und halt dich den Rest des Abends von mir fern.“

„Alexander“, sagte der Sergeant wieder verärgert.

„Ich bin fertig“, antwortete ich und drehte mich wieder zu unserem Wagen um, wo die Sanitäter gerade mit Natalie fertig wurden. Sie lächelte breiter, als sie mich sah. „Superman!“

Ich lachte bellend. „Superman? Bin ich das?“

„Ja, weil du fliegen kannst“, antwortete sie, als wäre das ein alter Hut.

Man hatte sie auf die Trage gesetzt. Ich nahm neben ihr Platz und verzog das Gesicht. „Aber ich habe gar kein Cape“, sagte ich lahm. „Superman hat ein Cape.“

Natalie sah aus, als hätte ich ihr gerade die schlechtesten Nachrichten aller Zeiten überbracht, keuchte dann aber auf und hielt die Decke hoch, die ich schon vorher bei ihr gesehen hatte – eine mit Sternen übersäte Decke. „Hier!“

Ich nahm ihr behutsam die Decke aus den Händen und konnte nicht anders, als ihr Lächeln zu erwidern. „Aber das ist dein Cape. Es hat dir beim Fliegen geholfen.“

„Nur, weil du geflogen bist“, flüsterte sie, als würden wir ein großes Geheimnis miteinander teilen.

Ihr Gesicht hatte man fast ganz sauber gewischt, und ich konnte nicht aufhören, über dieses mutige kleine Mädchen mit den Grübchen zu lächeln, das dachte, ich wäre Superman, und mir seine Sternendecke schenken wollte. „Ich glaube, die solltest du behalten.“ Natalie sah enttäuscht aus, deswegen fuhr ich schnell fort: „So erinnerst du dich immer an die Nacht, in der du mit Superman geflogen bist. Außerdem sieht das wie eine ganz besondere Decke aus.“

„Cape!“, berichtigte sie mich streng.

„Cape“, räumte ich ein.

Sie nahm die Decke wieder an sich und fuhr mit den Fingern einige Male darüber, ehe sie zugab: „Die Sterne haben mich beschützt, bis du mich gerettet hast.“ Sie stupste beim Sprechen ein paar der Sterne an. Ohne abzuwarten, dass ich nachfragte, was sie meinte, sah sie mich schüchtern an, legte sich die

Decke langsam über Mund und Nase und atmete ein paarmal übertrieben ein und aus.

„Das war wirklich klug von dir."

Natalie nickte und nahm die Decke wieder herunter, dann sah sie in den Nachthimmel hinauf, der von dem Wenigen verdeckt wurde, was von Feuer und dunklem Rauch noch übrig war. „Magst du die Sterne, Superman?"

Ich hob die Lippen zu einem Lächeln an. „Die Sterne und ich sind alte Freunde."

Sie keuchte aufgeregt und fragte: „Ihr seid Freunde? Was erzählen sie dir?"

Ohne mit der Wimper zu zucken, sagte ich: „Dass du das tapferste kleine Mädchen der Welt bist."

„Das bin ich", antwortete sie ernst und tätschelte mir dann mit ihrer kleinen Hand den Arm; den Kopf hatte sie immer noch in den Nacken gelegt und versuchte vergeblich, die Sterne zu sehen. „Und du bist mein tapferster Superman."

10. Kapitel

HARLOW

Sommer 2010 – Walla Walla

Ich starrte mein Telefon ein paar Sekunden lang an, als es aufgehört hatte, sich zu drehen, legte die Finger dann auf den Bildschirm und stieß es noch einmal an.

„Ruf ihn einfach an", flüsterte ich zum ungefähr zwanzigsten Mal an jenem Nachmittag in mein leeres Wohnheimzimmer. „Dieses Mal geht er ran …" *Er muss einfach.* Die letzten Worte dachte ich nur, ich konnte sie nicht aussprechen.

Mit der flachen Hand klatschte ich auf das Telefon, aktivierte den Bildschirm und tippte ein paarmal darauf, bis ich Knox anrief. Die kleinen Risse, die mein Herz in den letzten Monaten bekommen hatte, wurden tiefer, und es brachen kleine Stücke aus ihm heraus, während es in der Leitung einfach immer weiter klingelte.

Als seine Mailbox ansprang, legte ich auf, ohne eine Nachricht zu hinterlassen.

Ich war erst einen Monat aus Seattle weg, und es fühlte sich bereits an, als hätte ich ihn verloren. So hatte es sich schon nach den ersten beiden Wochen angefühlt. Er hatte auf keinen meiner Anrufe reagiert, und bei mir hatte er sich nur zweimal gemeldet. Es waren kurze Gespräche gewesen, in denen er mich fragte, ob ich mich amüsierte, und mich drängte, mich noch mehr zu amüsieren. „Erlebe alles, was du nur kannst", sagte er bei unserem letzten Anruf.

Zum ersten Mal seit mehr als zwei Jahren hatte er nicht gesagt, dass er auf mich wartete. Die einzige Hoffnung, an die ich mich noch klammerte, waren seine Abschiedsworte: „Bis zu den Sternen, Low.“

Seine paar Textnachrichten pro Woche klangen gar nicht mehr nach dem Jungen, der sich immer danach verzehrt hatte, mit mir zu sprechen. Das alles sah Knox überhaupt nicht ähnlich, und ich hatte mich jede Nacht, seit ich Seattle verlassen hatte, in den Schlaf geweint – sehr zum Ärger meiner Mitbewohnerin.

Sie verstand einfach nicht – und ich machte mir nicht die Mühe, es ihr zu erklären; sie war nicht gerade das, was man freundlich nannte – dass es sich anfühlte, als würde ich das verlieren, von dem ich wusste, dass es die größte Liebe meines Lebens gewesen war. Es spielte keine Rolle, dass ich noch nicht einmal achtzehn war, und es spielte auch keine Rolle, dass ich noch nie mit Knox zusammen sein durfte.

Es ist unmöglich, der anderen Hälfte seiner Seele zu begegnen und sie nicht als solche zu erkennen. Aber wie soll man jemandem erklären, dass die andere Hälfte der eigenen Seele sich von einem entfernt? Wie sollte ich mir das selbst erklären?

In Knox' Nachrichten stand immer nur, dass ich mich amüsieren … das Leben genießen sollte. Ohne ihn *wollte* ich es aber nicht genießen. Wenn er mir endlich schrieb, wollte ich nicht nur darüber reden, auf welcher Party ich zuletzt gewesen war. Ich wollte ihm sagen, wie sehr ich ihn vermisste, und hören, dass er mich auch vermisste.

Stattdessen fühlte ich mich jetzt hin- und hergerissen zwischen dem Bedürfnis, ihn zu erreichen, und der Hoffnung, dass ich nichts von ihm hörte, weil ich nicht wusste, wie ich ihm erzählen sollte, was in meinem Leben gerade passierte.

Als ich mir in der ersten Woche auf dem Campus einen Kaffee holen wollte, war fast jeder Platz besetzt gewesen. Zwei Jungs, die gerade ihr drittes Jahr begonnen hatten, kamen herein und fragten, ob die leeren Stühle an meinem Tisch frei seien und ob sie sich setzen dürften. Irgendwie hatte ich mich dann eine Weile mit den beiden unterhalten, dann nur noch mit einem von ihnen, und dann hatten wir noch stundenlang in einem Diner gesessen, das die ganze Nacht geöffnet gehabt hatte. In den letzten Wochen hatten wir uns regelmäßig getroffen, auch wenn ich mir die ersten Male nicht eingestehen wollte, dass ich jemanden zu einem Date traf. Und jetzt ... Ich sah auf mein Telefon, um nach der Uhrzeit zu schauen, und atmete nervös aus, als ich entdeckte, dass mir nur noch wenige Minuten Zeit blieben, bis er mich zu einem weiteren Date abholte.

Es ist nur ein Date, rief ich mir in Erinnerung. Es ist nur ein Date. Du und Knox, ihr habt beide schon andere Leute getroffen. Ihr habt beide Beziehungen gehabt. Ich versuchte zu ignorieren, dass es für uns beide weit mehr als ein Jahr her war, und summte mir weiter vor: Ein paar Dates werden ihm nichts ausmachen ... falls er überhaupt jemals wieder anruft.

Als eine Nachricht von Knox eintraf, schnappte ich nach Luft und griff schneller, als es möglich gewesen sein sollte, nach meinem Telefon. Mit ungelenken Fingern öffnete ich die Nachricht, und nachdem ich sie gelesen hatte, sackte ich in mir zusammen.

Knox Alexander: Habe dieses Wochenende einiges vor, Low. Solltest du auch! Amüsier dich.

Ich spürte, wie mein Herz noch ein Stück weiter brach, als ich seine Worte auf der Suche nach einer geheimen Bedeutung wieder und wieder las. Ich konnte keine finden, aber ich wusste, dass ich recht gehabt hatte: Ich verlor ihn.

Ich wollte ihn anflehen, mir zu erzählen, was mit ihm los war. Ich wollte betteln, damit er mir versicherte, dass nichts zwischen uns kommen konnte. Ich wollte, dass er aufhörte, mir das Herz zu brechen.

Ich räusperte mich und blinzelte gegen die Tränen an, als es an meiner Tür klopfte. Sosehr ich dem Jungen auf der anderen Seite sagen wollte, dass es mir heute Abend doch nicht passte, wusste ich auch, dass ein Abend mit ihm genau das war, was ich brauchte. Sobald ich damit aufgehört hatte, ihn mit Knox zu vergleichen, hatte es mir mehr und mehr gefallen, Zeit mit ihm zu verbringen. Und auch wenn ich es ihm gegenüber nie zugegeben hätte, sehnte ich mich danach, mir von seinem perfekten Lächeln, ohne dass er es ahnte, die Risse heilen zu lassen, die Knox in meinem Herz hinterlassen hatte.

„Collin, hey!“, sagte ich fröhlich, als ich ihm die Tür öffnete, und war – wie immer – erstaunt darüber, wie überwältigend gut er aussah.

„Du siehst wunderschön aus“, murmelte er, während er sich vorbeugte, um mir einen Kuss auf die Wange zu geben.

Meine Augen weiteten sich, und ich versuchte, mir bei dieser unerwarteten Geste das Lächeln zu verkneifen. Ich wusste auch nicht, was ich davon halten sollte, dass ich nichts dagegen hatte.

Collin trat einen Schritt zurück. „Bist du fertig?“

„Äh, ja. Ich brauche nur meine Handtasche“, murmelte ich und nahm sie von meinem Bett. Nach einem letzten Blick darauf ließ ich mein Telefon auf dem Schreibtisch liegen. Ich wusste, wenn ich es bei mir hatte, würde ich immer wieder darauf sehen müssen. „Also, was machen wir heute?“

„Abendessen“, sagte er lässig und zuckte mit den Schultern. Normalerweise hätte ich mir Gedanken darüber gemacht, warum er so ruhig war, doch die Art, wie seine Lippen sich immer wieder nach oben bogen, nahm dem Ganzen die Spannung. „Ich weiß schon, dass du keine Eier magst … Gibt es sonst noch etwas, das ich wissen sollte?“

Nachdenklich schüttelte ich den Kopf. „Nein“, sagte ich lang gezogen, „ich glaube nicht. Warum, gehen wir irgendwo hin, wo es merkwürdiges Essen gibt? Ich hatte noch nie Sushi, deshalb weiß ich nicht, ob ich es mag oder nicht.“

Er schnaubte. „Wir gehen nicht Sushi essen.“

„Okay, na dann, ich bin mir sicher, was auch immer es ist ... Oh, wie niedlich“, flüsterte ich, als wir aus dem Gebäude kamen und ich davor eine Pferdekutsche entdeckte. Ich drehte mich in Richtung Parkplatz um, stolperte aber über meine eigenen Füße, als Collin mich stattdessen zur Kutsche führte. „Was machst du denn?“

Collin sah zur Kutsche, dann zu mir. Plötzlich ergab sein verlegenes Lächeln im Gebäude einen Sinn. „Ich dachte, wir fahren heute mal so zum Abendessen.“

„In einer Kutsche?“, fragte ich ehrfürchtig.

„Warum nicht?“, entgegnete er und zuckte wieder mit den Schultern.

„Ach so, klar, weil das alle so machen“, murmelte ich in mich hinein, als er mir in die Kutsche half, und ignorierte sein Gelächter. „Okay, das ist tatsächlich ziemlich fantastisch“, gab ich zu, nachdem wir ein paar Minuten unterwegs waren.

„Freut mich, dass es dir gefällt“, sagte er verwirrt und griff nach etwas, das unter der Sitzbank lag. Er hielt inne, lächelte mich kurz an, tastete dann aber weiter nach einer Sache, die er fallen gelassen haben musste. „Das ist für dich“, sagte er, als er fand, wonach er gesucht hatte.

Ich riss die Augen auf und blinzelte ein paarmal, als ich die tiefrote rechteckige Schachtel in seiner Hand ansah. Um den Rand war ein goldenes Muster gestanzt, und sie sah sehr schön aus – doch ich hatte das Gefühl, es war nicht die Schachtel, die er mir schenkte.

„Ähm“, hauchte ich und nahm ihm die Schachtel aus der Hand. „Danke?“

Ich öffnete den Deckel der Schachtel, und meine Augen wurden noch größer, als ich das wunderschöne Armband darin entdeckte. Eine schmale doppelte Kette war an einem kreisförmigen Anhänger aus Weißgold befestigt, in den oben und unten das Wort LOVE eingraviert war. *Moment, ist das ein Diamant in einem der Os?* Ich öffnete den Mund, und die Luft entwich mir in einem Stoß, als ich hochsah. In die schwarze Unterseite des Deckels war in Gold *Cartier* eingraviert.

Ich ließ den Deckel zuschnappen und sah Collin an. „Das soll ja wohl ein Witz sein. Sag bitte, das ist ein Witz."

Er runzelte die Stirn und sah mich an, als hielte er mich für hinreißend dämlich. „Warum sollte es ein Witz sein?"

„Ist das echt?"

„Natürlich. Gefällt es dir?"

„Gefallen? Collin, da steht ‚Cartier' auf der Schachtel", flüsterte ich gedämpft, damit der Fahrer der Kutsche mich nicht hören konnte. Da Collin die Verwirrung anzusehen war, fuhr ich fort: „Wir gehen erst seit ein paar Wochen miteinander aus …"

„Genau genommen ist es heute ein Monat", berichtigte er mich, doch ich hörte nicht auf zu reden.

„… solche Dinge *sollst* du mir einfach nicht schenken! Was, wenn ich nach heute nie wieder mit dir ausgehe?"

„Hattest du vor, heute zum letzten Mal mit mir auszugehen?", fragte er und hob eine Augenbraue.

„Na ja, nein, so weit hatte ich noch gar nicht gedacht. Ich bin die Sache einfach Schritt für Schritt angegangen. Allerdings hatte ich auch nicht vor, dich heute Abend zu heiraten, oder so etwas!"

Er lachte, wieder so, als fände er mich hinreißend dämlich. „Das ist ein Armband, Harlow, kein Verlobungsring." Er nahm mir die Schachtel aus der Hand, klappte den Deckel hoch und nahm das Armband heraus. „Ein schlichtes ‚Danke‘ hätte es auch getan“, zog er mich auf. „Darf ich es dir umlegen?“

Ich starrte ihn ausdruckslos an, streckte ihm aber mein Handgelenk entgegen. „Was ist aus den guten alten Blumen geworden?“

„Magst du Blumen?“

„Welches Mädchen mag keine Blumen?“

„Das soll also ein Ja sein?“, fragte er mit fast neckischem Unterton.

„Natürlich ... Also doch, ich meine, ich mag sie. Nur keine Rosen.“

Collin nickte und verkniff sich ein Lächeln. „Gut. Dann also keine Rosen.“

Ich hielt meinen Arm hoch, um mir das Armband anzusehen, ließ ihn dann wieder in meinen Schoß fallen und schloss die Augen. Nachdem ich tief durchgeatmet hatte, öffnete ich sie wieder und sah Collin an. „Kannst du nicht einfach sagen, dass es eine Fälschung ist, damit ich mich besser dabei fühle, es von dir anzunehmen?“

„Nein.“

„Wer bist du, dass du schon nach einem Monat mit so etwas auffährst? Bist du heimlich ein Prinz oder so?“

Sein nächstes Lachen war lauter, unbeschwerter, und sein Klang brachte mich unerwartet zum Lächeln.

„Soweit ich weiß, gehört meine Familie einfach zum alten Geldadel.“

Ich lehnte mich in das Polster der Kutsche zurück und atmete schwer aus. Ich wusste nicht, was ich dazu sagen oder wie ich antworten sollte. „Das alles ... Das ist so viel. Zu viel ... Das ist verrückt.“

Collin sah die Kutsche und den Fahrer an und dann die rote Schachtel in seiner Hand. Wieder zuckte er mit den Schultern. „Vielleicht kommt es dir eines Tages nicht mehr so vor.“

Ich hob die Augenbrauen bei dieser Andeutung, sagte aber nichts dazu. Als Kind hatte ich mir oft ausgemalt, wie ich aufs College ging und dort die Person kennenlernte, die ich bald darauf heiraten würde. So war es bei meinen Eltern gewesen, deswegen dachte ich, so machte man es eben. Doch ich war mir auch so sicher, dass Männer mit zwanzig einfach ihren Spaß und keine langfristige Beziehung haben wollten. Knox war für mich die Ausnahme gewesen, und ich hatte immer gedacht, was für ein Glück es war, dass wir uns so früh begegnet waren. Dass Collin – um den sich die Mädchen regelrecht rissen – jetzt andeutete, er wolle aus unseren lockeren Verabredungen etwas Ernstes entstehen lassen, löste einen Wirbel aus Gefühlen in mir aus.

Ich war schockiert und geschmeichelt, aber auch von Schuldgefühlen zerfressen, und ich spürte, wie ein weiterer Teil meines Herzens in Stücke ging, als ich mich fragte, was mit dieser Liebe geschehen war, der ich mir so sicher gewesen war.

„Collin", sagte ich eine Weile später, „ich bin mit dir ausgegangen … Ich *will* mit dir ausgehen. Das musste alles nicht sein, weißt du. Du musst mich nicht bestechen."

„Das tue ich nicht. Ich habe ja gesagt, eines Tages kommt dir so etwas vielleicht nicht mehr verrückt vor."

„Dann ist das für dich also ganz normal?"

Er grinste und sah mich von der Seite an. „Nur bei Mädchen, die ich nicht gehen lassen will."

Gegenwart – Richland

Ich saß still in der Ecke des Wartezimmers, verborgen vor neugierigen Blicken, da ich mein Zittern offenbar nicht unter Kontrolle bringen konnte. Es war Montagnachmittag, und ich wartete auf meine Frauenärztin. Irgendwie war dieser Termin zu etwas noch Entsetzlicherem geworden als die Tests am Samstagmorgen.

Ich ertrug den Gedanken nicht, ein Baby abtreiben zu lassen, doch ich hätte auch nicht damit leben können, ein Kind in dieses Haus zu bringen. Immer wieder dachte ich daran, einfach wegzulaufen, und dann war ich mir sicher, dass ich genau das tun würde … bis ich mich an meinen fehlgeschlagenen Versuch erinnerte. Ich wusste absolut nicht, was ich tun sollte, aber wenn mich irgendjemand ansprechen sollte, wollte ich schreien: „Ich kann kein Kind bekommen!"

Meine Handtasche fing an zu vibrieren, und eine Sekunde hörte mein Zittern auf, nur um gleich darauf noch schlimmer zu werden … Denn das war auch etwas, von dem ich nicht wusste, wie ich damit umgehen sollte. Da ich mein Telefon in der Hand hielt, wusste ich, dass das Vibrieren von Knox' Handy kommen musste. Bevor ich das Haus verlassen hatte, war ich noch auf die Veranda gerannt und hatte es mitgenommen, nur für alle Fälle. Aber ich hatte noch immer nicht auf die wenigen Nachrichten geantwortet, die er mir seit Freitag geschickt hatte, weil ich nicht wusste, was ich ihm erzählen sollte. Ich wusste, dass Knox sich Sorgen machte, und das wollte ich nicht, doch es fühlte sich an, als hätte ich ihn betrogen. Wie sollte ich ihm beibringen, dass ich schwanger war?

Bei diesem Gedanken verdrehte ich zum hundertsten Mal die Augen. Viel verdrehter konnte es nicht sein. Nicht zu wissen, wie ich einer alten Liebe sagen sollte, dass ich von meinem Ehemann schwanger war … Doch auch schon bevor

Knox wieder in mein Leben getreten war, hatte es sich angefühlt, als würde ich immer noch zu ihm gehören, und nicht zu Collin. Ich hatte also Schuldgefühle wegen der aktuellen Situation, und die machten es mir so schwer, ihm mitzuteilen, dass es mir gut ging ... Denn es ging mir wirklich alles andere als gut.

Ich griff in meine Handtasche, nahm das andere Telefon heraus und rief seine Nachrichten auf.

Freitag

Knox: Immer.

Knox: Ich bin bis Sonntagnachmittag bei der Arbeit. Aber wenn du mich brauchst, bin ich für dich da.

Gestern

Knox: Ich habe noch nie ein Wochenende mehr gehasst. Pass auf dich auf.

Heute

Knox: Low ... Ich bin mir ziemlich sicher, die Zeit, die du dir „erkauft" hast, ist um. Ich will keine Details, aber ich muss wissen, ob es dir gut geht.

Ich sah auf dem Telefon nach der Uhrzeit und fragte mich, wie viel Zeit mir nach meinem Termin blieb, ehe ich in den Supermarkt musste und dann nach Hause, um mit dem Abendessen anzufangen. Solange ich schwanger war, würde Collin mich nicht anrühren, und Knox musste wissen, dass ich in Sicherheit war, damit er sich nicht ständig Sorgen um mich machte. Allerdings war das nichts, was ich ihm texten oder am Telefon sagen konnte. Ich hatte ihn schon einmal mit einem Anruf vernichtet; noch einmal wollte ich es nicht tun.

Schnell tippte ich ihm eine Nachricht und schickte sie ab. Dann zitterte ich weiter und versuchte, den anderen Frauen im Wartezimmer nicht aufzufallen.

Harlow: Es geht mir gut. Aber ich muss mit dir reden, es ist wichtig. Können wir uns heute treffen?

Weniger als eine Minute später vibrierte das geheime Telefon in meiner Hand, doch es war keine Nachricht, wie ich es erwartet hatte. Ich tippte auf den Bildschirm und hielt mir das Telefon ans Ohr.

„Hallo?"

Herbst 2010 – Walla Walla

„Eines Tages wird meine Mitbewohnerin wiederkommen, während du hier drinnen bist, und dann kriege ich so richtig viel Ärger."

Collin lachte heiser und zog mit seinen Lippen bauchaufwärts eine Spur von Küssen. „Weil ich in deinem Bett bin? Das bezweifle ich."

Ich drückte gegen seine Brust, als er sich über mir abstützte, zog ihn aber gleich wieder an mich, damit er mich küsste. „Weil du nackt in meinem Bett bist", korrigierte ich ihn dicht an seinen Lippen. „Das ist ein Unterschied."

„Vielleicht gefällt ihr der Anblick", wendete er ein.

Ich schnaubte und verdrehte die Augen.

„Nur ein Scherz, Harlow." Nach einem weiteren langen Kuss löste er sich von mir und sprang aus dem Bett. „So gerne ich den ganzen Nachmittag mit dir im Bett verbringen würde, ich muss jetzt einen Test schreiben."

Ich schmollte, folgte ihm aber und fing an, wie er meine Kleider einzusammeln.

Collin fasste mich von hinten, als ich mich vorbeugte, um mir die Unterwäsche wieder anzuziehen, und drückte mich an seinen Oberkörper. „Na gut, wenn du mich weiter so ärgerst, dann gebe ich mich vielleicht mit einer Sechs zufrieden."

Ich lachte und stieß ihm sanft den Ellbogen in den Bauch. „Ich ziehe mich nur an. Und du bist viel zu klug, um durchzufallen! Mach dich fertig, damit du gehen kannst." Ich lachte wieder, während er mich in den Hals zwickte, doch mein Lachen endete in einem Keuchen, als Collins Hand vor mir auftauchte. Eine dunkelrote Schachtel mit einem goldenen Muster am Rand lag in seiner Handfläche.

„Collin", hauchte ich und schüttelte den Kopf.

„Willst du sie nicht aufmachen?", fragte er lachend.

Ich griff, noch immer den Kopf schüttelnd, nach der Schachtel, die ich mit unsicheren Fingern öffnete. Noch einmal keuchte ich kurz auf, sowie ich die Kette darin erblickte. „Collin, nein. Das geht nicht."

Die Kette passte zu dem Armband, das mir in diesem Augenblick am Handgelenk baumelte. Eine dünne Kette führte zu einem großen, kreisrunden Anhänger, in dessen Weißgold sechs Diamanten eingelassen waren. Ich hatte auf der Website von Cartier nach meinem Armband gesucht … Es kostete mehr als zweitausend Dollar. Diese Kette musste mindestens doppelt so teuer sein.

„Das kann ich nicht annehmen."

„Doch, kannst du. Alles Gute zum Geburtstag."

„Collin, nein." Ich drehte den Kopf, um ihm in die Augen zu sehen, und überlegte, wie ich ihm begreiflich machen konnte, dass diese Geschenke, die er mir machte, einfach zu viel waren. So etwas überreichten sich reiche Ehepaare an Hochzeitstagen – und nicht College-Studenten einfach so. Noch mal, was stimmte nicht mit Blumen? Oder mir einfach einen Kaffee ausgeben? „Danke … Ich danke dir *so* sehr für alles, was du mir geschenkt hast, aber ich kann diese Dinge nicht länger annehmen. Du gibst so viel Geld für mich aus, und das, obwohl wir erst ein paar Monate zusammen sind."

Collin nickte und fing langsam an zu grinsen, während er meine Hand von dort nahm, wo sie über der Kette schwebte. Ich drehte mich, um zu sehen, was er vorhatte, und beobachtete, wie er die Kette umdrehte.

LOVE war in den unteren Teil graviert, genau wie bei meinem Armband. Am oberen Teil stand etwas, von dem ich wusste, dass es nicht zur Standardausführung der Kette gehörte: C&H.

Mir wich alle Luft aus den Lungen, als mir klar wurde, was er dieses Mal mit diesem Stück aus der Cartier Love Collection ausdrücken wollte. Konnte ich in Collin verliebt sein?

„Wie immer, Harlow, hätte ein einfaches ‚Danke' auch gereicht", zog er mich auf.

„Danke", sagte ich.

Meine Haut kribbelte dort, wo er mit den Händen darüberstrich, während er mir die Kette umlegte, und ich hatte Schmetterlinge im Bauch, als er mit den Lippen meine Schulter berührte.

Ich mochte vielleicht noch nicht richtig in Collin Doherty ver*liebt* sein … Doch ich war dabei, mich Hals über Kopf in ihn zu verknallen.

Auch wenn seine Geschenke übertrieben waren, gab er sie mir immer, ohne zu zögern, als hätte ich sie verdient und noch viel mehr. Auch wenn wir noch nicht lange zusammen waren, behandelte er mich, als wäre ich alles für ihn – so sehr, dass ich mir nie Sorgen machte, ich würde es eines Tages nicht mehr sein. In der Nacht, in der *ich* mich ihm hingegeben hatte, hatte er uns nicht aufgehalten … Er hatte mich nicht zurückgewiesen. Er hatte mich genommen, mich angebetet und mir das Gefühl gegeben, ich wäre etwas Unbezahlbares.

Ich hob den Blick, um ihm dabei zuzusehen, wie er seine Kleider einsammelte, und konnte mir dabei ein Lächeln nicht verkneifen. *Eindeutig verknallt,* dachte ich bei mir und griff nach meinem Telefon, als es anfing zu klingeln.

Ohne erst nachzusehen, wer mich anrief, antwortete ich: „Hallo?"

„Happy Birthday, Low. Ich habe auf dich gewartet."

Sobald seine Stimme aus dem Hörer drang, erstarrte ich, und mir wurde heiß. Leise schnaufend atmete ich aus und schloss die Augen, während Hunderte von angenehmen Erinnerungen auf mich einströmten.

Ich brauchte nicht auf den Bildschirm zu schauen, um zu wissen, wer anrief. Diese Stimme hätte ich überall erkannt, und ich hätte mit seinem Anruf rechnen müssen. Nicht nur mit seinem Anruf, mit *diesem* Anruf. Seit zweieinhalb Jahren sprachen wir darüber und bereiteten uns darauf vor.

Meine Lippen und Finger zitterten, und fast ließ ich das Telefon fallen, als ich versuchte, einen Ton herauszubekommen.

Ich habe auf dich gewartet. Wieder und wieder erklang dieser Satz in meinem Kopf, wie eine Schallplatte, die einen Sprung hatte. Eine Schallplatte, die noch immer die schönste Musik wiedergab.

Ich drehte den Kopf so weit herum, dass ich über die Schulter sehen konnte, und betrachtete den Mann, der sich dort gerade sein Hemd anzog. Als ich den Blick wieder nach vorne richtete, tat mir die Brust weh. Vor drei Monaten noch wäre ich mir sicher gewesen, dass dieses Telefonat vollkommen anders verlaufen würde, doch dann hatte ich Collin kennengelernt …

Jetzt musste ich mich zwischen den beiden entscheiden.

Da war der Typ, auf den ich jahrelang gewartet hatte und von dem ich wusste, dass ich ihn immer lieben würde, und der Junge, dem ich mich hingegeben hatte und in den ich mich langsam verliebte.

Ein Teil von mir schrie, die Antwort wäre offensichtlich … Aber Knox rief noch immer nur alle zwei Wochen an, wenn überhaupt. Es waren stets kurze Anrufe, nichts im Vergleich zu dem, was ich gewohnt war. Er war immer abgelenkt … *distanziert* sogar. Zum ersten Mal seit mehr als zwei Jahren hatte es keinen monatlichen Blumenstrauß gegeben. Ich war mir so sicher, dass mein Umzug in eine andere Stadt etwas Unvermeidliches in Gang gesetzt hatte – dass er vielleicht sogar darauf gewartet hatte. Darauf, mich loszuwerden, damit er sich nicht mehr an mich gebunden fühlen musste. Während mein Herz langsam zerbrach, war Collin für mich da gewesen und hatte zusammengesetzt, was er konnte. Das würde ich ihm nie vergessen, dafür würde ich ihm immer dankbar sein.

Das Zimmer in dem Wohnheim, in dem ich stand, nahm ich nicht länger wahr. Stattdessen ließ ich mich von den Erinnerungen überwältigen, allen guten – und es waren so viele gute – gefolgt von den neuesten schlechten. „Ich …" Zitternd atmete ich ein, und meine Stimme klang wie ein angestrengtes Flüstern. „Ich habe nicht auf dich gewartet."

Keine Reaktion. Kein Geräusch, keine Antwort – nur die herzzerreißendste Stille, die ich je ertragen musste.

Und dieses zerrissene Herz würde ich für alle Zeiten in mir tragen.

Ich fragte mich, wie oft mein Herz wegen eines Mannes brechen konnte, von dem ich angenommen hatte, dass es ihm für immer gehören würde.

„Knox, es tut mir so leid. Ich wollte nicht, dass das passiert", flüsterte ich ins Telefon und versuchte zu verbergen, wie sehr meine Stimme unter der Last der Gefühle brach.

Andererseits, wie konnten wir beide *nicht* damit rechnen, wenn er mich in letzter Zeit so behandelt hatte, als wäre ich nur eine lästige Pflicht? Wie konnte er davon ausgehen, dass ich auf ihn wartete, wo ich mir so sicher war, dass er aufgehört hatte, auf mich zu warten?

„Sag etwas", flehte ich, als eine weitere halbe Minute verging, ohne dass ein Wort gesprochen wurde.

Knox räusperte sich, und weitere Sekunden verstrichen, ehe er sagte: „Ich werde dich immer lieben. Nichts kann daran etwas ändern. Alles Gute zum Geburtstag, Harlow."

Danach legte er abrupt auf, und ich stand da in meinem dunklen Zimmer, starrte die Wand an, hörte zu, wie der Regen gegen die Fensterscheiben prasselte, und hielt das Telefon an meine Brust gepresst. Ich wusste nicht, was ich empfinden sollte. Mein Herz fühlte sich an, als wäre es soeben wegen meiner eigenen Handlungen gebrochen, und dennoch fühlte es sich auch so erfüllt an wegen der Person, die hinter mir stand.

„Ich muss los, Baby", flüsterte mir Collin ins Ohr und gab mir einen Kuss auf den Hals. „Bis heute Abend." Er entfernte sich ein paar Schritte, blieb dann stehen und fragte: „Alles okay?"

Ich drehte mich zu ihm um und zwang mich zu einem Lächeln. „Natürlich."

„Wer war am Telefon?"

Ich sah auf mein Handy hinab und lächelte traurig. „Äh, nur jemand, von dem ich mich noch verabschieden musste."

Er nickte langsam, während er noch einen Schritt zurücktrat, neigte aber den Kopf zur Seite, als er den Blick knapp unter meine Kehle richtete. „Hattest du nicht gesagt, du magst Sterne?"

„Was?", fragte ich atemlos, sicher, dass ich mich verhört hatte.

„Sterne ... Hattest du nicht gesagt, dass du sie magst?"

Du hast sie geliebt, flüsterte eine Stimme in mir. „Ja."

„Vorher ist es mir nicht aufgefallen, aber jetzt, wo du sie trägst, sehen die Diamanten an der Kette wie kleine Sterne aus."

Mir stockte der Atem, und ich legte meine Hand an sein Geschenk, als Collin sich von mir verabschiedete und mein Wohnheimzimmer verließ. Ich hielt die Tränen zurück, bis die Tür ins Schloss gefallen war, dann ließ ich sie fließen. Ich betete, dass ich nicht gerade den größten Fehler meines Lebens begangen hatte.

Gegenwart – Richland

„Was hat er gemacht?", fragte Knox mit düsterer Stimme.

„Nichts. Ich habe doch gesagt, es geht mir gut."

Sein erleichtertes Ausatmen drang durch das Telefon. „Ich habe fast den Verstand verloren bei der Vorstellung, was er dir dieses Wochenende alles angetan haben könnte."

„Er wird mir nichts tun, Knox, aber ich muss mit dir reden, nur nicht am Telefon. Können wir uns in einer Stunde in dem Starbucks treffen, wo wir uns neulich begegnet sind? Oder arbeitest du?"

„Nein, ich bin zu Hause, und ja, ich werde da sein."

Die Tür zu den Behandlungszimmern öffnete sich, und eine Frau rief meinen Namen. Ich stand auf und flüsterte ins Telefon: „Ich muss auflegen, wir sehen uns in einer Stunde."

Ich legte auf und folgte der Sprechstundenhilfe durch die Praxis, jeder Schritt schwerer als der vorherige. Ich wünschte, das alles wäre nur ein Albtraum, doch mit jeder weiteren Sekunde, die verstrich, wurde klarer, dass es keiner war.

Nachdem ich in einen Becher gepinkelt hatte, führte man mich in ein Sprechzimmer. Die Ärztin wartete dort bereits auf mich.

„Harlow, setzen Sie sich bitte hier oben hin.“ Als ich auf dem Untersuchungstisch saß, fuhr sie fort. „Ich muss noch einmal nach draußen gehen, um Ihr Ergebnis abzuholen und mir ein paar Dinge anzusehen. Aber zuerst wollte ich kurz mit Ihnen reden.“

„Okay.“

„Ich wusste nicht, dass Sie versuchen, schwanger zu werden.“

„Habe ich gar nicht! Ich habe das Implantat. Ich dachte, es reicht für drei Jahre!“, sagte ich hastig und etwas zu eindringlich. Ich versuchte, mich zu beruhigen, zitterte aber schon wieder am ganzen Körper.

Sie nickte und lächelte mich mitfühlend an. „Na gut, wie alles andere ist es nicht hundertprozentig effektiv. Also, Harlow“, sagte sie sanfter und zog einen Stuhl heran, um sich neben mich zu setzen. „Ich wollte Sie aus mehreren Gründen sofort sehen, als Sie heute Morgen angerufen und von dem positiven Test erzählt haben. Sie sagen, Sie wissen nicht, wann Ihr letzter Zyklus war, weil Ihre Periode nur sehr leicht ist und durch das Implantat nicht mehr so häufig, was normal ist. Es bedeutet aber auch, dass wir nicht wissen, wie weit Sie sind.“

Ich nickte und wartete ab, was sie noch zu sagen hatte.

„Und das Zweite ... Als Sie hier waren, um sich das Implantat zum ersten Mal einsetzen zu lassen, waren Sie sehr ... Nun ja, Sie wirkten sehr nervös deswegen. Sie sind sichergegangen, dass niemand es herausfinden kann, und das hören wir nicht oft von verheirateten Frauen. Dieser Besuch, die Tatsache, dass Sie zwischen Ihren jährlichen Kontrolluntersuchungen Gewicht verlieren, das Sie nicht entbehren können, und weil Sie gerade gesagt haben, Sie versuchen nicht, schwanger zu werden ...“ Sie hielt inne und beugte sich dicht zu mir vor. „Soll ich Ihnen Hilfe vermitteln?“

„Was?“, fragte ich entsetzt.

„Wir können Ihnen Hilfe vermitteln, wenn Sie sie brauchen."

Nein, das können Sie nicht. Niemand kann mir helfen. Collin kennt überall Leute! „Nein! Nein, ich will keine Hilfe. I-i-ch brauche keine." Ich lachte unsicher und zuckte mit den Schultern. „Ich will nur kein, äh, Baby, wissen Sie? Ich glaube, ich bin eine von diesen Frauen, die einfach nicht zum Muttersein gemacht sind, aber mein Mann will dieses Baby, er will unbedingt ein Baby. Er ist so aufgeregt."

Sie setzte ein falsches Lächeln auf – eines, das ich gut kannte, weil ich es immer trug, wenn ich mit Collin unterwegs war – und wartete ab, ob ich es mir nicht noch anders überlegen würde. Doch das würde ich nicht, das konnte ich nicht. Ich wusste, dass ich in letzter Zeit nicht sehr überzeugend gewesen war, aber es fiel mir schwer, nachdem meine gesamte Welt innerhalb von eineinhalb Wochen auf den Kopf gestellt worden war. Knox war aufgetaucht, und dann hatte ich herausgefunden, dass ich schwanger war, was ich seit Jahren zu verhindern versuchte.

„Na gut, dann werde ich ..." Ein Klopfen an der Tür unterbrach sie, und eine Sprechstundenhilfe kam herein.

„Hi, tut mir leid. Mrs. Doherty? Ihr Mann ist hier, und er will hereinkommen. Wäre das in Ordnung?"

„Natürlich", sagte ich schwach nach einem kurzen Zögern. Ich konnte nicht verhindern, dass mein Körper sichtbar erstarrte und ich die Augen weit aufriss, und so wie die Ärztin mich ansah, als ich mich zu ihr umdrehte, war es ihr aufgefallen.

Am einzigen Tag, den Collin je früher bei der Arbeit aufgehört hatte, saß ich bei einer Frau, die mich gefragt hatte, ob ich Hilfe brauchte, um von ihm loszukommen, die von meinem Verhütungsstäbchen wusste. Und dann wollte ich mich auch noch hinterher mit Knox treffen. Da wurde mir klar: Oh, mein Gott, das geheime Telefon ist noch in meiner Handtasche.

Schnell griff ich in meine Tasche und schaltete das Handy aus, nur falls Knox noch einmal anrufen oder texten sollte, und erwartete Collin strahlend lächelnd, als er das Sprechzimmer betrat.

„Hey, Baby." Er küsste mich schnell, schüttelte dann der Ärztin die Hand und schenkte ihr sein Millionen-Dollar-Lächeln, während er sich vorstellte. „Tut mir leid, dass ich hier so hereinplatze. Ich wollte nur unbedingt beim ersten Termin mit dabei sein."

Natürlich, dachte ich, und verkniff mir ein ergebenes Lachen, als alles einen Sinn ergab. Collin war nicht nur hier, weil er einfach aufgeregt war. Er war hier, weil er mir nicht vertraute, wenn ich allein mit der Ärztin redete. Aus dem gleichen Grund zwang er mich nicht, zu einem Kinderwunschexperten zu gehen, auch wenn es scheinbar keinen Grund gab, warum ich nie schwanger wurde. Er hatte Angst, dass sie Hinweise auf unser Zusammenleben fanden – auf den Preis, den mein Körper bezahlte, wenn mein Mann sich in ein Monster verwandelte.

Meine Ärztin sah kurz zu mir, ehe sie ihre Aufmerksamkeit wieder Collin zuwendete. „Gar kein Problem. Ich habe Harlow gerade gesagt, dass wir sie jetzt zu uns gebeten haben, weil wir uns nicht sicher sein können, wie weit sie schon ist."

Ich schloss die Arme fest um meinen Körper aus Sorge darüber, welche Richtung das Gespräch jetzt schon nahm, und wenn Collin es bemerkte, weil er mir den Rücken rieb, ließ er es sich jedenfalls nicht anmerken.

„Harlow hat einen sehr unregelmäßigen Menstruationszyklus, doch das ist bei jungen Frauen wie ihr nicht ungewöhnlich. Ihr Stoffwechsel ist so schnell, dass sie kein Gewicht zunehmen kann, und das wirkt sich auf ihren Zyklus aus."

„Ah, natürlich!", sagte Collin, als wäre die Erklärung ganz und gar logisch.

Wieder klopfte es an der Tür. Dieses Mal kam die Sprechstundenhilfe herein, reichte der Ärztin etwas und ging wieder.

Collin und ich erstarrten beide, als wir ihren Gesichtsausdruck bemerkten.

„Alles in Ordnung?", fragte er sie schließlich.

Sie sah mir kurz in die Augen, und in der Sekunde, in der sich unsere Blicke begegneten, hätte ich geschworen, Sorge darin zu entdecken, doch ich konnte mir nicht erklären, warum. „Ja, aber ich muss noch einen Ultraschall machen. Wenn Sie mir zum Ende des Ganges folgen würden." Auf halbem Weg zum Untersuchungsraum sagte sie: „Es ist eine internistische Untersuchung. Sie entscheiden, ob Ihr Mann anwesend sein soll, Harlow."

Collin vergrub die Finger in meinem Ellbogen, also sagte ich schnell: „Natürlich ... Ich möchte ihn dabeihaben."

Die Ärztin streckte den Arm aus, um uns in den Raum zu führen, und hatte wieder dieses falsche Lächeln aufgesetzt. „Na gut. Machen Sie sich bitte untenherum frei, und ich komme in einer Minute wieder."

„Merkwürdige Frau", sagte Collin, sobald wir im Untersuchungsraum waren und ich mich auszog. Er sah nicht glücklich aus, schon die ganze letzte Woche nicht, er starrte nur verwirrt die geschlossene Tür an – als versuchte er, aus der Ärztin schlau zu werden. Als ich auf dem Untersuchungstisch lag und das dort bereitgelegte Laken über mich zog, sah er wieder zu mir und lächelte. „Bist du aufgeregt?"

„Und wie", log ich und versuchte, meine Angst als die gute Art von Nervosität auszugeben. „Ich hatte schon befürchtet, dass wir das nie schaffen würden."

„Ich bin wieder da", sagte die Ärztin beim Hineinspähen. „Sind Sie so weit?"

„Sind wir", antwortete Collin und trat zurück, damit sie hereinkommen konnte. Nach einem kalten Blick auf sie stellte er sich an meine Seite, nahm meine Hand in seine und fragte sie: „Sind Sie sicher, dass alles in Ordnung ist? Eben im Sprechzimmer haben Sie sehr besorgt gewirkt."

Die Ärztin erklärte uns rasch, wie der Ultraschall funktionierte, und sah dann, als sie anfing, noch einmal Collin an. „Das Ergebnis von Harlows Urinprobe ist zurückgekommen, und ihre Werte waren sehr niedrig. So niedrig, dass wir es einen negativen Schwangerschaftstest nennen würden. Aber ich wollte sowieso eine Ultraschalluntersuchung machen, um zu sehen, mit was wir es zu tun haben, deswegen wollte ich noch niemanden nervös machen, weil Tests immer ihre Eigenheiten haben können."

Ich richtete den Blick sofort auf Collin und sah zu, wie seine Brust aufhörte, sich zu heben, und sein ganzer Körper erstarrte. Lange Augenblicke vergingen, ehe er wieder anfing zu atmen, doch er sah mich nicht an. Sein Blick war auf den Bildschirm an der Wand gerichtet, wo er erwartet hatte, ein Baby zu sehen … wo aber nichts war. Collin umklammerte meine Hand fester und fester, berührte mich jedoch an keiner anderen Stelle, und sein Blick löste sich keinen Moment von dem Bildschirm.

Nach einigen weiteren Minuten beendete die Ärztin den Ultraschall und seufzte traurig, als ich mich aufsetzte.

„Sie hat das Baby verloren?", fragte Collin leise.

„Nein, es tut mir leid. Es, äh … Es sieht so aus, als wäre Harlow nie schwanger gewesen. Der Test muss ein falsches Positiv ergeben haben. Das kommt nicht so häufig vor wie ein falsches Negativ, aber es kommt vor. Alte Tests, defekte Tests, Medikamente, die Sie vielleicht nehmen, solche Dinge."

Ein schrilles Klingeln ertönte in meinen Ohren, und danach hörte ich nichts mehr, was Collin und die Ärztin noch sagten. Collin vergrub immer weiter seine Finger in den Punkten an meinem Handgelenk, Unterarm und Ellbogen, doch ich war mir nicht sicher, ob ich überhaupt darauf reagierte. Ich konnte nur daran denken, was folgen würde.

Wenn ich schwanger gewesen wäre und das Baby verloren hätte, wäre Collin vielleicht gnädig – gnädiger – gewesen. Aber gar nicht schwanger gewesen zu sein? Ihm noch mehr Hoffnungen zu machen, als ich es mit meiner ersten Lüge schon getan hatte? Es spielte keine Rolle, dass ich keine Medikamente nahm. Es spielte keine Rolle, dass Collin alle Tests kaufte, sie mir gab und zusah, wie ich sie durchführte; ich wusste, für ihn war es meine Schuld – ich hatte das irgendwie verursacht.

Plötzlich wurde ich gegen den Tisch zurückgestoßen, und Collins Finger gruben sich in den Druckpunkt unten an meinem Bauch. Ich öffnete den Mund und stieß ein leises Keuchen aus, dann war sein Gesicht direkt über meinem.

„Halt den Mund, Harlow", sagte er durch zusammengebissene Zähne.

Ich sah mich hastig im Raum um, doch die Ärztin war nirgends zu sehen. Ich hatte nicht gemerkt, dass sie gegangen war.

„Wo ist das Baby?", fragte er mit leiser, düsterer Stimme.

Ich schüttelte schnell den Kopf und versuchte, zu wiederholen, was die Ärztin gesagt hatte. Aber alles, was herauskam, war ein schmerzerfülltes Quietschen.

„Lass dir deinen Schmerz *nicht* anmerken." Er betonte seinen Befehl, indem er seine Finger noch fester vergrub, und legte die andere Hand innen an meinen Oberschenkel, um auch dort seine Finger zu vergraben. „Wo ist das Baby?"

„C-Collin, b-bitte. I-i-ich …"

Er ließ mich los und wich vor mir zurück. „Zieh dich an", befahl er, ohne mich anzusehen. Während ich gehorchte, sagte er: „Wir fahren nach Hause. Du wirst vor mir herfahren, und *da* wirst du auch bleiben. Ich glaube, ich muss dir nicht erst sagen, was passieren kann, wenn du versuchst, mir zu entkommen, oder doch?"

„Nein!“

„Gut. Zieh dich schneller an.“ Er ging weiter im Raum auf und ab und ballte dabei immer wieder die Hände zu Fäusten. „Ich werde die Zeit nutzen, um mich zu beruhigen, und du wirst sie nutzen, um dir eine verdammt gute Erklärung zu überlegen für das, was am Freitag und heute geschehen ist, verstanden?“

„Collin, wie soll ich ...“

Er stand so schnell wieder vor mir, dass ich nach hinten das Gleichgewicht verlor. „*Verstehst* du mich?“, zischte er.

„Ja! Ja, natürlich verstehe ich!“, flüsterte ich panisch.

Collin nickte, musterte mich noch einmal von oben bis unten und strich mir dann die Haare zurück, die durcheinandergeraten sein mussten, als er mich zurückgestoßen hatte. „Gut. Verschwinden wir.“ Wir gingen schnell aus der Praxis und dem Gebäude, doch kurz bevor wir an meinem Wagen angekommen waren, hielt er mich noch einmal fest und streckte die Hand aus. „Gib mir deine Handtasche.“

Ich hütete mich davor, ihm zu widersprechen, wenn er etwas verlangte, und normalerweise hätte ich nicht einmal gezögert, aber jetzt konnte ich an nichts anderes als das geheime Telefon denken. Mit zittrigen Knien reichte ich ihm die Tasche und versuchte, nicht laut aufzukeuchen, als er hineingriff.

„Das wirst du nicht brauchen. Ich kann es nicht gebrauchen, dass du irgendwen anrufst, und du solltest auch nicht dämlich genug fahren, um angehalten zu werden.“ Er reichte mir die Schlüssel und ging mit steifen Schritten davon.

Bebend atmete ich aus, sobald ich in meinem Wagen saß, doch mit jedem Augenblick, der auf der Fahrt nach Hause verstrich, wuchs die Angst nur noch mehr. Ich sollte mich in einer halben Stunde mit Knox treffen, und nicht nur würde es dazu nicht kommen, ich konnte ihn auch nicht wissen lassen, dass ich nicht kommen würde, und warum.

Als wir zu Hause ankamen, tat ich mein Äußerstes, um mich nicht zu übergeben, aber Gott sei Dank wirkte Collin nicht wütender als bei unserer Abfahrt, was hoffentlich bedeutete, dass er das andere Telefon nicht gefunden hatte.

Collin legte den Arm um mich, als wir den Weg zum Haus hinaufgingen, doch ich wusste, das war nur eine List, falls jemand uns beobachtete, wie alles andere auch. Ich war nicht dumm genug zu denken, dass er sich auf der Fahrt nach Hause tatsächlich beruhigt hatte. Collin beruhigte sich immer erst, wenn er mir eine Lektion erteilt hatte.

Sobald die Vordertür hinter uns ins Schloss gefallen war, riss Collin mich an den Haaren, bis ich mit dem Rücken gegen die Tür prallte.

Er legte seine Hände neben meinem Kopf ab, sodass er mich mit seinem Körper einkesselte, und beugte sich dicht zu mir. „Wo ist das Baby?“

„Du hast sie doch gehört, es gab kein …“

„Wie zum Teufel hast du es dann geschafft, dass der Test positiv ausfiel? Wie hast du *magischerweise* gespürt, dass es für uns so weit sein könnte, Harlow?“, brüllte er.

„Ich weiß nicht, wie es zu dem Ergebnis kam. Du hast sie doch gehört!“

Collin packte mich an den Schultern und schüttelte mich kurz, ehe er mich zurückstieß, sodass mein Kopf gegen die Tür knallte. „Nicht gut genug, Harlow!“ Als mein Kopf nach vorne rollte, riss er ihn an den Haaren wieder zurück. „Du bist nutzlos“, spie er aus. „Du machst immer nur Fehler, ich muss dich immer berichtigen, und du kannst mir nicht geben, was eine Ehefrau mir geben sollte. Nach zweieinhalb Jahren sollte ich dich wenigstens nicht mehr berichtigen müssen, findest du nicht? Verdammt, so weit hätten wir nach einem Monat sein müssen!“

„Ich versuche es doch“, erwiderte ich und bemühte mich,

durch das Blinzeln zu verhindern, dass mir schwarz vor Augen wurde. „Ich will ja keine Fehler machen, ich …“ Meine gelallten Worte brachen ab, und mein Kopf fiel wieder nach vorne.

„Du meine Güte“, meinte er und riss meinen Kopf wieder hoch. Dieses Mal legte er jedoch die andere Hand um meinen Hals und drückte zu. „Ich habe jedes Mal gesucht und nie irgendwelche Verhütungspillen gefunden, also versteckst du sie entweder besser, als ich dachte, oder hier ist irgendetwas anderes los. Aber ich *weiß*, dass etwas los ist, Harlow.“

Ich versuchte verzweifelt, nach Luft zu schnappen, doch es gelang mir nicht, und ihm schien es nicht viel auszumachen, dass ich nicht atmete oder nach seiner Hand und seinem Arm schlug und kratzte, damit er mich losließ.

„Also machen wir es dieses Mal anders. Versuchst du ab jetzt, schwanger zu werden?“

Nichts als würgende Geräusche entkamen meiner Kehle, während ich weiter nach seinem Arm kratzte.

Collin verdrehte genervt die Augen und seufzte. „Arme, arme Hadley. Sie wird nie heiraten oder Kinder bekommen. Und das nur, weil es ihrer großen Schwester nicht wichtig genug war, sie zu beschützen.“

Meine Arme und mein Körper hingen nutzlos schlaff herunter, und mir war fast komplett schwarz vor Augen, als Collin mich langsam auf den Boden gleiten ließ. Meine Kehle ließ er dabei nicht los.

Das Letzte, an das ich mich erinnerte, war seine Stimme, die sagte: „Ich lasse dir etwas Bedenkzeit.“

Ich wurde durch heisere Schreie geweckt und merkte bald, dass sie von mir selbst kamen. Diese Erkenntnis war dicht gefolgt von den Schmerzen. Mein Kopf fühlte sich an, als würde ihn jemand mit dem Vorschlaghammer bearbeiten, und mein Körper fühlte sich an, als steckten tausend Nadeln darin.

Automatisch versuchte ich, mich zu bewegen, erstarrte aber, als Collins drohende Stimme erklang.

„Nicht bewegen."

Auch wenn ich gedacht hatte, meine Augen wären offen, brauchte es Anstrengung, sie wirklich zu öffnen, und dann auch nur halb. Ich lag auf dem Boden in der Dusche, und Collin saß davor und hatte eine Waffe direkt auf mich gerichtet.

Er deutete damit auf meinen Körper. „Du hast zu lange zum Aufwachen gebraucht. Deshalb dachte ich, ich helfe nach."

Ich brauchte einige Augenblicke, bis ich die Waffe in seiner Hand aus den Augen lassen konnte; ich hatte Angst vor dem, was geschehen würde, sobald ich es tat. Als es mir endlich gelang, den Blick loszureißen, sah ich langsam an mir herunter und zog die Augenbrauen zusammen. Ich war von Eiswürfeln bedeckt … so vielen, dass ich meinen Körper nicht mehr sehen konnte, und aus allen Richtungen der Dusche prasselte Wasser auf mich herab. Kurz darauf wurde mir klar, dass ich weder Wasser noch Eis spüren konnte, und verstand nicht, warum ich nicht zitterte.

„Weißt du", sagte Collin lachend, „der Mann an der Tankstelle hat gefragt, ob ich eine Party feiern wollte, als ich das ganze Eis gekauft habe. Aus irgendeinem Grund fand ich das unglaublich komisch, denn ich hatte vor, deine Schwangerschaft diese Woche bei der Feier zum Hochzeitstag meiner Eltern zu verkünden, wenn dein Termin heute Nachmittag anders verlaufen wäre. Das wird ja jetzt nicht passieren. Aber ich denke, man könnte auch das hier als eine Art Party bezeichnen, wenn man wollte."

„W-w-w-w-w-w-w-w-wie …" Danach versuchte ich nicht mehr, noch etwas zu sagen, und in dem Augenblick wurde mir auch klar, dass ich *doch* zitterte. Ich zitterte so sehr, dass mir tatsächlich die Zähne klapperten.

Collin betrachtete mich eine Weile, doch dann fiel es mir zu schwer, die Augen weiter offen zu halten. „Wie lange warst du bewusstlos?“, versuchte er, meine Frage zu erraten. „Ungefähr eine Stunde. Wie lange bist du schon in der Eisdusche? Ungefähr zehn Minuten, und du bist fast fertig.“

Es kam mir vor, als wären nur Sekunden vergangen, bevor ich noch einmal wie zuvor aufwachte. Schreiend. Dieses Mal vor Schmerzen. Das Wasser war heiß. Kochend heiß. Noch lag etwas Eis auf mir, doch Collin zog mich hoch, und das Wasser fühlte sich an, als würde es mich verbrennen.

„Lass dir den Schmerz nicht anmerken, Harlow“, rief er mir sanft in Erinnerung.

Ich versuchte, die Zähne zusammenzubeißen, schrie aber bald darauf wieder. Ich verstand nicht, warum der Schmerz nicht aufhörte. Ich dachte, Collin hätte mich hochgezogen; ich dachte, ich wäre nicht mehr unter der Dusche ... Wo war er hin? Die heiseren Schreie dauerten noch eine gute Minute an, bevor sie langsam erstarben und bald darauf verstummten. Langsam merkte ich, dass mein Gesicht auf den Boden der Dusche gepresst war, auf dem jetzt kein Eis mehr lag, und dass ich mich am Wasser verschluckte ... Doch das war mir alles egal. Ich wollte nur wieder schlafen.

Alles in mir tat weh. Alles in mir schmerzte. Alles in mir schrie.

„Gutes Mädchen, lass dir den Schmerz nicht anmerken“, flüsterte er. Das Wasser versiegte, und Collin zog mich wieder vom Boden hoch, jedoch konnte ich mich nicht auf den Beinen halten, also hob er mich in seine Arme. „Bringen wir dich ins Bett.“

Collin legte mich ohne Handtuch aufs Bett und wickelte mich dann fest in Laken und Decke ein, bis nur noch mein Gesicht und meine nassen Haare zu sehen waren. Er setzte sich auf die Bettkante und fuhr mir ein paarmal mit der Hand über die Haare, dann beugte er sich vor, um mich auf die Stirn zu küssen. Ohne sich wieder aufzusetzen, flüsterte er: „Bevor du das letzte Mal aufgewacht bist, hat mich eine Freundin der Familie angerufen, die in der Arztpraxis arbeitet. Ich habe sie in deiner Akte nachsehen lassen. Sie hat bestätigt, dass du kein Rezept für ein Verhütungsmittel bekommen hast und dass du auch sonst nichts hast durchführen lassen, was eine Schwangerschaft verhindert."

Ich war froh, dass mir die Kraft fehlte, auf seine Worte zu reagieren. Hätte ich gewusst, dass jemand, den seine Familie kannte, in der Praxis arbeitete, hätte ich nie riskiert, mir dort das Implantat einsetzen zu lassen. Aber ich war der Person, die es nicht in meine Akte aufgenommen hatte, unendlich dankbar.

„Hadley ist auch in Sicherheit."

Mein Körper entspannte sich, und ich merkte, wie ich wieder wegdämmerte. „Danke", formte ich mit den Lippen, ehe der Schlaf mich übermannte.

11. Kapitel

KNOX

Gegenwart – Richland

Ich sah noch einmal auf die Uhr meines Telefons. Schließlich gab ich doch nach und rief Harlow an. Sie war eine Stunde zu spät. Normalerweise hätte ich auf niemanden so lange gewartet, und normalerweise hätte ich angerufen, wenn die Person, auf die ich wartete, sich etwas verspätete, aber ich wusste bereits, wie viel Angst es Harlow machte, das Telefon zu haben, das ich für sie gekauft hatte. Ich wollte ihr nicht ständig Angst machen, indem ich sie jedes Mal daran erinnerte, wenn ich mir Sorgen um sie machte.

Ich tippte auf ihren Namen, hielt mir das Telefon ans Ohr und versuchte, das Zittern in meinen Armen und Beinen zu beruhigen.

Herbst 2010 – Walla Walla

Ich konnte nicht aufhören zu zittern, während ich darauf wartete, dass sie ans Telefon ging. Die gesamten letzten drei Monate war es immer das Gleiche gewesen: permanent bebende Knie und zitternde Hände. Doch bald würde das alles vorbei sein. In ein paar Minuten würde mir das Mädchen gehören, auf das ich gewartet hatte. Sobald ich hörte, wie sie den Anruf entgegennahm, sah ich zu ihrem Wohnheim hinauf und konnte das breite Lächeln, das sich in meinem Gesicht ausbreitete, nicht verbergen.

„Knox, es tut mir so leid. Ich wollte nicht, dass das passiert", flüsterte Harlow ein paar Minuten später ins Telefon.

Wollte nicht, dass das passiert? Das Mädchen, auf das ich gewartet habe, sagte mir gerade, dass sie nicht auf mich gewartet hat. Sie entschuldigte sich bei mir, das ist kein Scherz – das passiert gerade wirklich. Das Mädchen, das ich liebe, liebt mich nicht mehr.

„Sag etwas", flehte sie.

Ich schluckte ein paarmal, um sicherzugehen, dass ich überhaupt sprechen konnte, doch selbst danach fühlte ich mich wie tot, als ich antwortete: „Ich werde dich immer lieben. Nichts kann daran etwas ändern. Alles Gute zum Geburtstag, Harlow."

Ich konnte den Anruf nicht schnell genug beenden. Ich konnte nicht schnell genug verschwinden; doch ich konnte mich auch nicht bewegen.

Ich wusste nicht, wie lange ich dort im Regen gestanden hatte, als jemand meinte: „Was auch immer du getan hast, das war ein guter Anfang, Alter – aber eben nur ein Anfang."

Ich brauchte ein paar Sekunden, um zu begreifen, dass die Stimme mit mir sprach. Ich sah auf zu dem Mann, der aus Harlows Wohnheim in meine Richtung kam, und sah ihn verwirrt an.

Er deutete auf die Blumen in meiner Hand – roter Mohn. „Du siehst beschissen aus und hast Blumen in der Hand. Das ist ein guter Anfang, aber du wärst besser dran, wenn du ihr etwas kaufen würdest, womit sie angeben kann. Verstehst du? Sichere Methode, um sie glücklich zu machen und sie vergessen zu lassen, was auch immer passiert ist." Er lachte und schlug mir im Vorbeigehen auf die Schulter, doch es reichte aus, um mich aus meiner Starre zu befreien.

Ich drehte mich um und ging zurück zum Parkplatz. Auf dem Weg blieb ich nur kurz stehen, um dem erstbesten Mädchen, das mir begegnete, den Blumenstrauß in die Hand zu drücken. Sobald ich in meinem Wagen saß, blieb ich gefühlte Stunden darin sitzen und spielte mit dem Ring, den ich in der Tasche gehabt hatte. Schließlich steckte ich ihn zurück in die Schachtel, in die er verpackt worden war, und fuhr zurück nach Seattle.

Ich hatte gewusst, dass es verrückt und sehr gewagt gewesen war, aber ich hatte eine Woche, bevor Harlow aufs College gegangen war, ihren Vater besucht und um ihre Hand angehalten. Es war eine lange Unterhaltung geworden, die schließlich in dem Versprechen geendet hatte, dass wir nicht vor ihrem Abschluss heiraten würden. Dazu gehörten auch einige weitere Bedingungen, doch er hatte mir seinen Segen gegeben, ihr einen Antrag zu machen, sobald sie achtzehn geworden war, und ich hatte noch am gleichen Abend einen Ring gekauft.

Weil ich gewusst hatte, dass nichts zwischen uns kommen würde. Und jetzt wollte ich nichts mehr, als ihrem Dad die Schuld zu geben. Das Gespräch, das ich vor Monaten mit ihm geführt hatte, ging mir wieder durch den Kopf, und ich verkniff mir ein Fluchen, weil ich wusste, dass es seine Schuld war … Das alles war seine Schuld.

„Ich fasse es selbst nicht, dass ich das gleich sagen werde“, meinte Mr. Evans, nachdem er minutenlang ausdruckslos auf den Fußboden gestarrt hatte. „Knox, du kannst sie bitten, dich zu heiraten, aber es gibt einige Bedingungen.“

Ich setzte mich aufrechter hin und versuchte, nicht zu lächeln. „Alles, was Sie wollen.“

„Sie muss ihren Abschluss machen, bevor ihr heiratet.“

Ich wollte ihm in Erinnerung rufen, dass es bis dahin noch vier Jahre waren, aber es war mir egal, solange es bedeutete, dass sie zu mir gehörte. „Abgemacht.“

„Die nächste dürfte dir schwererfallen ..."

„Noch schwerer, als weitere vier Jahre zu warten?", zog ich ihn auf, doch Mr. Evans schien das nicht lustig zu finden.

„Wenn sie in einer Woche aufs College geht, will ich, dass sie es dort genießt."

„Natürlich", stimmte ich sofort zu.

Mr. Evans schüttelte den Kopf. „Knox, meine Frau und ich mögen dich. Nicht viele junge Männer hätten unserer Tochter den gleichen Respekt entgegengebracht wie du, und damit hast du dir schnell unseren *Respekt verdient. Wir machen uns jedoch Sorgen, dass sie sich so sehr auf dich eingeschossen hat, dass sie etwas verpassen könnte. Deswegen haben wir sie auch gedrängt, weiter weg aufs College zu gehen und nicht hier in Seattle. Wenn sie nur noch daran denkt, ihren achtzehnten Geburtstag zu erreichen, wird sie die Zeit, die sie nicht mit dir verbringt, nicht genießen können – verstehst du das?"*

„Ich bin mir nicht sicher", sagte ich langsam, fürchtete aber, ich tat es doch.

„Du hast ihr immer ihren Freiraum gelassen, nur nicht die Art von Freiraum, die sie meiner Meinung nach braucht, wenn sie fortgeht. Du hast zugelassen, dass sie ihre eigene Persönlichkeit entwickelt. Jetzt muss sie sich entscheiden, wer sie ist, und das kann sie nicht, wenn du ständig an ihrer Seite bist. Sie sieht ihre Zukunft als Harlow und Knox. Ich will, dass sie sieht, was es heißt, nur Harlow zu sein. Wie gesagt, meine Frau und ich mögen dich, und ich wäre froh, wenn ihr beide irgendwann heiratet ... Aber ich will, dass sie *sich sicher ist, dass sie es will, auch wenn sie gelernt hat, selbstständig zu sein und ihre eigenen Entscheidungen zu treffen. Ich will nicht, dass meine Tochter eines Tages auf ihr Leben zurückblickt und etwas bereut. Du siehst verwirrt aus", stieß er hervor und suchte nach den richtigen Worten, um sich zu erklären.*

Ich brauchte keine weiteren Erklärungen. Ich hatte schon verstanden … Nur gefiel es mir nicht.

„Also, ich möchte gar nicht, dass du sie drängst, mit anderen Jungen auszugehen. Sorge einfach dafür, dass sie ihre Zeit am College genießt und das Leben einer normalen Studentin führt. Die ständigen Anrufe, die Blumen … Das solltest du zurückschrauben. Stark zurückschrauben. Am liebsten würde ich dich bitten, sie überhaupt nicht mehr anzurufen, allerdings glaube ich nicht, dass du diesem Wunsch nachkommen würdest, und meine Tochter würde mir das vielleicht nie vergeben. Und du warst in den letzten Jahren vielleicht nicht fest mit meiner Tochter zusammen, aber für alle anderen hat es genau danach ausgesehen, und, mein Sohn, ich will nicht, dass sie das College mit einem festen Freund anfängt. Verstehst du, was ich dir sagen will?“

Mein Herz wurde schwer, als mir klar wurde, wie viel genau er von mir verlangte. „Ich kann … Ich kann nicht mit ihr Schluss machen.“

„Ich bitte dich nur, nicht der feste Freund zu sein, der du theoretisch noch gar nicht bist, okay?“

Ich nickte zögernd, und er versuchte, mich aufmunternd anzulächeln.

„Auch wenn dir diese paar Monate nicht lange erscheinen mögen, die ersten paar Monate weg von zu Hause machen alles aus, vielleicht erinnerst du dich. Wenn du also immer noch das bist, was sie will, wenn diese Zeit vorbei ist … dann darfst du meine Tochter bitten, dich zu heiraten. Und, Knox, ich habe keinen Zweifel daran, dass du sie darum bitten wirst.“

Ich nickte knapp und schüttelte ihm die Hand. Ich hatte ebenfalls keinen Zweifel daran, dass ich an Harlows achtzehntem Geburtstag genau das tun würde.

Doch jetzt war das alles egal. Graham und Deacon hatten recht behalten. All die Warterei, all die Zeit, die ich damit verbracht hatte, mich auf diesen Tag vorzubereiten, waren für Harlow nur ein Spiel gewesen. Und dieses Spiel war jetzt verloren.

Gegenwart – Richland

Das Zittern in meinen Armen und Beinen hörte abrupt auf, als der Anruf an Harlow direkt an die Mailbox weitergeleitet wurde. Ich legte auf, wartete kurz, bevor ich ihren Namen erneut antippte, und hielt den Atem an, bis ich das gleiche Ergebnis bekam.

„Mist", zischte ich und legte das Telefon auf den Tisch, an dem ich saß. *Es geht ihr gut.* Ich sang mir diesen Satz in Gedanken vor, wie ein Mantra, wieder und wieder. *Gib ihr noch eine halbe Stunde.*

Doch nach zehn Minuten und einem weiteren erfolglosen Anruf rannte ich aus dem Coffeeshop und zu meinem Wagen. Ich wusste, dass ich ein hohes Risiko einging, doch ich musste wissen, ob es ihr gut ging. Nachdem ich ihre Adresse, die in meinem Telefon eingespeichert war, herausgesucht und in mein Navi eingegeben hatte, machte ich mich auf den Weg zu ihrem Haus, kam aber ein paar Häuser davon entfernt zum Stehen, als ich zwei Wagen in ihrer Auffahrt sah.

Mein Griff um das Steuerrad lockerte sich, und ich atmete bebend aus. „Das soll ja wohl ein Witz sein", murmelte ich und vergrub das Gesicht in den Händen.

Ich war paranoid. Ich wurde langsam zu einem verrückten Ex, der wegen allem, was passiert war, immer mit dem Schlimmsten rechnete. Sosehr ich es hasste, in welcher Situation sie steckte, und sosehr ich sie von ihrem Ehemann befreien wollte, wusste ich auch, ich konnte Harlow das nicht antun. Und als ich mir an die Brust griff, wurde mir klar, dass ich das auch mir selbst nicht antun konnte. Es fühlte sich an, als würde ich mir einen Herzinfarkt einhandeln, so viel Stress machte ich mir wegen der ganzen Sache.

Sie hatte mir gesagt, es ginge ihr gut und würde ihr auch weiterhin gut gehen. Wahrscheinlich konnte sie sich nicht mit mir treffen, weil ihre Pläne sich zu schnell geändert hatten, um mich noch vorzuwarnen. Und ich hatte daraus irgendwie geschlossen, dass sie von mir gerettet werden musste. Langsam machte ich mir Sorgen um meine geistige Gesundheit.

Nachdem ich noch einmal nach ihrem Haus gesehen hatte, machte ich kehrt und fuhr zurück nach Thatch.

„Warum sehen wir dich in den letzten Wochen immer auf und ab gehen, wenn wir nach Hause kommen?", fragte Deacon verwirrt, als er Stunden später eintraf.

Weil Harlows Mann inzwischen nach Hause gekommen ist. Weil sie das Telefon, das ich ihr gekauft habe, in der Zwischenzeit versteckt haben dürfte. Weil ich jetzt nicht weiß, was sie mir persönlich erzählen musste, und ich mir wieder Sorgen um ihre Sicherheit mache, auch wenn es wahrscheinlich keinen Grund dafür gibt. Und weil ich jetzt sauer bin, weil sie mich nicht vorgewarnt hat, dass sie es nicht in den Coffeeshop schaffen würde, oder wenigstens noch einmal das Telefon eingeschaltet hat, um mich wissen zu lassen, dass es ihr gut geht. Ein Lachen, das eher verächtlich klang, brach aus mir heraus, als ich mir in Erinnerung rief: Sie ist verheiratet. Sie muss mir überhaupt nichts erzählen.

Während meines inneren Monologs blieb ich kein einziges Mal stehen, und ich sah auch Deacon nicht an, da er normalerweise auf dem Weg zu seinem Zimmer nicht stehen blieb, um eine Antwort abzuwarten. Kurz darauf merkte ich aber, dass er immer noch dastand und mich besorgt ansah; das Handy lag achtlos in seiner Hand.

Die Tür öffnete sich noch einmal, und Graham kam herein. Ich seufzte erleichtert, als nicht auch noch Grey folgte. In letzter Zeit schien sie nur dann aufzutauchen, wenn ich Harlow gesehen oder mit ihr geredet hatte, als wüsste sie, dass ich etwas getan hatte, wovor sie mich gewarnt hatte, und es war mir unmöglich, etwas vor ihr zu verbergen.

„Warum starren wir uns an?", fragte Graham, doch ehe einer von uns antworten konnte, kniff er die Augen zusammen. „Ermordest du schon wieder den Teppich? Jesus, was ist los?"

Ich wollte es ihnen erzählen. Trotz allem, was zu Studienzeiten passiert war – keiner von beiden war je spöttisch gewesen oder hatte es mir vorgehalten, als Harlow die Sache beendet hatte oder als ich mich endlich dem angeschlossen hatte, was die ganze Zeit über unser Plan fürs College gewesen war. Sie machten sich beide eher noch mehr Sorgen als in den Jahren, die zu diesem Punkt geführt hatten, und fragten sogar ein paarmal, ob ich von Harlow gehört habe oder sie ihre Meinung geändert hatte, ehe sie verstanden, dass das Thema ein für alle Mal erledigt war.

Ich wusste, am College hatten sie versucht, mich zu beschützen. Ich wusste es jetzt, hatte es damals gehasst, aber es änderte nichts daran, dass ich befürchtete, einer von ihnen würde die seit sieben Jahren aufgestaute Wut an mir auslassen, wenn ich auch nur an Harlow dachte. Und auch wenn Jagger und Grey mir geraten hatten, mich von Harlow fernzuhalten – jetzt, wo ich die Wahrheit über ihre Ehe mit Collin kannte, war alles anders.

Doch ich erstickte an den Worten und wusste nicht, wie ich sie herausbringen sollte.

„Lieber Gott. Sag, du hast es nicht getan, Knox", sagte Graham. „Sag, dass du nicht irgendein Mädchen geschwängert hast."

„Verdammt", sagte Deacon düster. „Bin ich es? Ich bin doch

noch nicht bereit, Mutter zu werden oder mir eine Vagina wachsen zu lassen."

Trotz des Frustes und der Sorge, die sich in mir aufgestaut hatten, musste ich laut auflachen, und Graham rang sich ein Lächeln ab. Aber ich wusste, er wartete immer noch auf eine Antwort.

„Nein, es sind keine Kinder unterwegs."

Deacon sah Graham beunruhigt an, und dann setzten sie sich beide auf eines der Sofas. Sobald sie Platz genommen hatten, sagte Deacon: „Wir haben uns über dich unterhalten, und wie stark du dich in den letzten Wochen verändert hast. Du bist nicht mit uns losgezogen, obwohl du nicht arbeiten musstest, du hast niemanden hier gehabt und bist auch bei niemandem gewesen seit jener Frau, die hier nackt abgezogen ist, und wir erwischen dich jetzt zum vierten Mal dabei, wie du hier herumtigerst. Ich habe schon ..." Er hielt inne, um auf sein Telefon zu sehen, „... Melanie geschrieben, und sie erwartet mich nicht mehr. Und jetzt setzen wir uns alle hier ins Wohnzimmer, bis du uns erzählst, was eigentlich los ist."

Während Deacons Ansprache saß Graham nickend daneben, und jetzt sahen mich beide erwartungsvoll an.

„Ich weiß nicht wie", gab ich zu. Graham hob geschockt die Augenbrauen, während Deacon verletzt aussah.

„Ist das jetzt dein Ernst?", fragte Deacon. „Du weißt nicht, wie du uns etwas erzählen sollst? Wann haben wir einander je etwas nicht erzählt, egal, wie daneben, ekelhaft oder lächerlich es war?"

„Du klingst wie ein Mädchen", murmelte Graham an Deacon gerichtet, räusperte sich dann und sah wieder zu mir. „Aber er hat recht. Wir sind über ein Dutzend Jahre die besten Freunde, wir wissen eher nicht, wie wir einander etwas *nicht* erzählen sollten."

Langsam schüttelte ich den Kopf. „Ihr versteht das nicht. Es geht nicht nur um das Erzählen, sondern um das, was deswegen passieren könnte. Ich habe schon Probleme damit, nur davon zu wissen", sagte ich mit zusammengebissenen Zähnen und merkte, dass mein ganzer Körper vibrierte mit dem Verlangen, Harlow von ihrem Mann zu befreien. „Und dann sind da noch die Jahre, die ich nicht darüber geredet habe, und die Jahre davor, in denen ihr mir deswegen so auf die Pelle gerückt seid."

Beide sahen verwirrt aus, sagten aber nichts, sondern warteten nur darauf, dass ich fortfuhr, auch wenn ich ein paar Minuten hin und her gehen musste, ehe ich einen Anfang fand.

„Kennt ihr Flynn Doherty?", fragte ich.

„Nö", antwortete Deacon sofort.

„Doch, tust du", sagte Graham genervt.

„Jupp", räumte Deacon ein.

„Er ist der Staatsanwalt von Benton County", erklärte Graham, und Deacon verzog das Gesicht.

„Ach so. Der mit dem Lächeln und dem Sohn."

Ich nickte. Der Staatsanwalt war bekannt für sein allzu perfektes Lächeln, und sein Sohn – der in naher Zukunft ebenfalls um ein Amt kandidieren sollte – hatte es geerbt. Sie waren ständig gemeinsam in den Nachrichten. „Genau der. Sein Sohn heißt Collin."

„Cool?", versuchte es Deacon, als ich nicht fortfuhr, doch Graham hatte den Blick auf meine Fäuste gerichtet, die sich immer wieder öffneten und schlossen.

„Wisst ihr noch, wie ich zu Harlows achtzehntem Geburtstag nach Walla Walla gefahren bin?"

Beide sahen überrascht aus; sie hatten nicht damit gerechnet, dass ich ihren Namen je wieder erwähnen würde.

„Als ich dort war, habe ich kurz mit so einem Typen gesprochen, aber ich habe nicht richtig auf ihn geachtet, weil ich gerade das Gespräch mit Harlow beendet hatte. Damals habe ich nicht weiter über ihn nachgedacht. Doch ich habe ihn erkannt, als er anfing, neben seinem Vater im Fernsehen aufzutauchen." Als ich keine Antwort erhielt, fuhr ich fort, sah die Jungs dabei aber nicht an. „Das war *Collin* Doherty. Er lebt in Richland."

„Noch mal ... Cool?", sagte Deacon langsam mit lang gezogenen Worten.

Nachdem ich ein paarmal schwer durchgeatmet hatte, fauchte ich: „Er lebt dort mit Harlow ... Sie sind verheiratet. *Er* ist der Grund, warum ich nicht mit Harlow zusammen bin."

„Wie lange weißt du das schon?", fragte Deacon.

„*Woher* weißt du das?", mischte Graham sich ein.

„Ja, das meinte ich auch. Woher weißt du das?"

Ich blieb endlich stehen und sah sie an, und Grahams Miene verzog sich wieder verwirrt, als er das Leid und die Wut sah, die ich die letzten Wochen zu verbergen versucht hatte. „Ich bin ihr zufällig begegnet, als ich vor zwei Wochen auf dem Weg nach Hause war."

„Shit", hauchte Deacon.

„Und dann waren sie am darauffolgenden Wochenende bei dieser Wohltätigkeitsveranstaltung für die Feuerwache, und er ..." Ich brach ab und knirschte mit den Zähnen. Kurz darauf presste ich heraus: „Vor allen anderen hat er sie mit Druckpunkten gequält. Er hat gedroht, ihre Familie umzubringen, er missbraucht Harlow, und sie hat eine verdammte Scheißangst vor ihm! Für *so* einen hat sie mich verlassen, und ich kann ihr nicht helfen!" Ich fuhr mir mit den Händen über das Gesicht und stöhnte. „Sie sieht krank aus. Sie ist so dünn. Ich dachte, sie liegt im Sterben. Sie ist nicht mehr die, die sie früher war, und das liegt an ihm."

„Knox, du kannst das mit ihr nicht noch einmal durchmachen", sagte Deacon.

Ich starrte ihn wütend an. „Was wieder durchmachen? Ihr Mann schlägt sie!"

„Behauptet sie“, sagte Deacon.

„Nein … Was? Warum macht ihr beiden das immer, wenn es um Harlow geht? Es ist, als *müsstet* ihr sie schlechtreden, so schlimm wie nur irgend möglich!“

„Knox, sie hat dich mehr als zwei Jahre lang an der Nase herumgeführt. Und jetzt ist es, was, fast fünf Jahre her? Und plötzlich triffst du sie zufällig, und sie erzählt dir ganz nebenbei, dass ihr Mann – dessen Vater der *Staatsanwalt* ist, wie wir gerade schon festgestellt haben – sie schlägt und ihre Familie bedroht? Wer sagt so was einfach so?“

„Hat sie gar nicht! Und ich habe euch gesagt, dass ich gesehen habe, wie er es vor allen anderen getan hat. Ich habe ihre verdammten blauen Flecken gesehen!“

Beide schwiegen einen Augenblick, dann seufzte Graham. „Wenn das stimmt, was du sagst … Wenn sie in ihrer Ehe misshandelt wird, was genau glaubst du, dagegen tun zu können? Du weißt es seit zwei Wochen, und da du es uns gerade erst erzählst, nehme ich an, dass du noch nicht bei der Polizei gewesen bist. Hast du das vor?“

Ich presste die Lippen fest zusammen und schüttelte den Kopf. „Sie sagt, das gehe nicht.“

Graham nickte. „Und du kannst nicht einfach daherkommen und sie aus ihrer Ehe reißen, egal, wie sehr du es willst.“

„Du sagst das, als wüsste ich es nicht längst“, fauchte ich.

„Ich meine ja nur, Knox, du machst dich jetzt schon wahnsinnig wegen etwas, das du nicht ändern kannst, egal, wie schlimm es scheinen mag.“

Ich kniff die Augen zusammen. Er glaubte mir immer noch nicht.

Ich sah Deacon an, aber der schüttelte den Kopf, als wäre er genervt. Endlich sagte er: „Wir haben bereits erlebt, dass sie gerne ihre Spiele treibt, Alter. Man kann es nicht wissen, wahrscheinlich verletzt sie sich selbst. Sie könnte eine dieser Frauen sein, die psychotisch sind und die ganze Sache eingefädelt haben, damit sie ihrem Mann ebenfalls das Leben ruinieren kann.“

Ich schnaufte, und Graham flüsterte: „Das war zu viel.“

Ich trat einen Schritt zurück und seufzte schwer, als ich sagte: „Und das ist ein weiterer Grund, warum ich es euch bisher nicht erzählt hatte. Leckt mich beide.“

„Du weißt genauso gut wie wir, wenn du ihr wirklich glauben würdest, wärest du sofort, nachdem du davon erfahren hast, zur Polizei gegangen. Tu nicht so, als wären wir hier die Bösen.“

Ich blieb auf dem Weg aus dem Zimmer stehen und starrte eine Sekunde lang geradeaus, dann sah ich über die Schulter. „Ich habe mindestens hundertmal daran gedacht. Und jedes Mal habe ich dabei auch daran gedacht, wie jemand in ihrer Familie meinetwegen umgebracht werden würde, und wie ihr Schwiegervater dann dafür sorgen würde, dass alle Anklagepunkte gegen ihren Mann fallen gelassen werden. Wie ihr Mann dann wieder hinter ihr her wäre, und wie sie dieses Mal dann vielleicht nicht überleben würde, wenn er mit ihr fertig wäre. Es hat mir körperliche Schmerzen bereitet, daran zu denken, was bisher mit ihr geschehen ist. Doch das ist nichts im Vergleich zu dem Gedanken, sie zu verlieren, und für den Augenblick weiß ich wenigstens genau, wo sie ist. Ich *werde* sie von ihrem Mann wegholen, aber dort einfach wie ein Ritter in strahlender Rüstung aufzutauchen ist nicht drin. Ihr beide habt Harlow und mir früher das Leben zur Hölle gemacht, und ich lasse euch hiermit wissen, wenn ihr das noch einmal versucht oder wenn ihr weiter so einen Mist von euch gebt wie gerade eben, werde ich dreizehn Jahre der Freundschaft mit euch hinter mir lassen und nicht zurückblicken.“

12. Kapitel

HARLOW

Gegenwart – Richland

Am nächsten Tag wachte ich auf und japste nach Luft, dann glaubte ich zu ersticken. Meine Gedanken rasten, während ich versuchte, die schweren Augenlider zu öffnen, und ich fragte mich, was Collin mir jetzt schon wieder antat. Doch bis auf das dumpfe Kratzen in meiner Kehle und das Hämmern an meinem Hinterkopf spürte ich keinen Schmerz. Ich hörte keine groben Worte oder den Befehl, mir den Schmerz nicht anmerken zu lassen, und das Gefühl, gewürgt zu werden, verging langsam, sodass mir nur noch das Ringen um Luft blieb. Aber ich wusste, dass sich alles nur in meinem Kopf abspielte. Ich wusste, wenn ich nur die Augen öffnete, würde ich *wissen*, dass Collin nicht da war, und ich würde *wissen*, dass ich atmen konnte. Gerade als es mir endlich gelungen war, meine Augen zu öffnen, hörte ich schnelle, schwere Schritte den Flur entlangkommen.

Ruckartig setzte ich mich im Bett auf und blickte umher. Ich entdeckte das zerknitterte Laken und die Decke, mit der ich zugedeckt worden war, und blinzelte gegen das gleißende Licht, das durch das offene Fenster hereindrang, als Collin mit wild aufgerissenen Augen ins Schlafzimmer gerannt kam. Als er mich dort sitzen sah, beruhigte er sich sofort wieder.

Collin kam um das Bett herum und setzte sich neben mich,

berührte mich aber erst, als ich meinen Atem einigermaßen unter Kontrolle gebracht hatte, und dann auch nur, um nach meinem Kinn zu fassen, meinen Kopf nach hinten zu neigen und sich kurz meine Kehle anzusehen.

Er ließ mein Kinn los, fuhr mit den Fingern behutsam über meinen gequetschten Hals und murmelte: „Sieh mich an, Harlow."

Ich neigte den Kopf, doch es fiel mir schwer, ihm in die Augen zu schauen. Ständig dachte ich daran, wie er am Tag zuvor die Waffe auf mich gerichtet hatte, und was sonst noch nach diesem gefürchteten Arzttermin geschehen war.

„Ich glaubte wirklich, du wärest schließlich …" Er brach plötzlich ab und sah eine Weile weg; als er sich mir wieder zuwendete, waren seine Augen rot und glasig. Bei diesem Anblick spannte sich jeder Muskel meines Körpers an. „Ich dachte, du hättest beschlossen, so nicht mehr leben zu können. Als ich dich gehört habe, dachte ich, du … Ich dachte, du versuchst … Na ja, das ist jetzt auch nicht mehr wichtig, oder?"

Seine gleichgültigen Worte änderten nichts an seinem Tonfall, nichts an seinen gebrochen und unsicher wirkenden Sätzen, und es änderte nichts an dem Blick in seinen Augen und seinem leicht zitternden Kinn. Er dachte, ich hätte versucht, mich umzubringen, und er versuchte, nicht zu weinen. Manchen Frauen kamen ihre Männer vielleicht menschlicher vor, nachdem sie sie das erste Mal haben emotional werden sehen. Manche Frauen verspürten vielleicht sogar den Drang, ihre starken Männer zu trösten, wenn diese ihre selten verletzliche Seite zeigten. Ich aber konnte mich nicht regen und nicht atmen. Ich hatte Angst, die Tränen wären ein Trick, und wenn ich eine falsche Bewegung machte, würde ich dafür bezahlen.

„Liebst du mich, Harlow?", fragte er leise. Zum ersten Mal klang es wie eine ernst gemeinte Frage, und er sah aus, als wüsste er wirklich nicht, wie ich antworten würde. Als ich nicht antwortete, zog er die Augenbrauen eng zusammen. Das Licht in seinen Augen erlosch, und eine Wut, die ich nur zu gut kannte, überzog seine Miene. Er packte mich am Handgelenk. Doch gerade, als ich den Schmerz spürte, der von dem Druckpunkt ausging, an dem er seinen Daumen vergrub, war er auch schon wieder vorbei, und Collin riss seine Hand zurück, als wäre ihm gerade erst bewusst geworden, was er tat. Er schloss die Augen, und nachdem er einige Male tief ein- und ausgeatmet hatte, öffnete er sie langsam wieder mit ruhigerer Miene. „Liebst du mich?"

„Das weißt du doch", sagte ich heiser. Die Lüge fiel mir leicht, schließlich hatte ich jahrelange Übung darin.

„Und weißt du auch, dass ich dich liebe?", fragte er misstrauisch.

Etwas in seiner Stimme zog mir die Brust schmerzhaft zusammen. Nicht aus Sehnsucht nach seiner Liebe und auch nicht nach dem Jungen, in den ich mich verliebt hatte, bevor er zu meinem Monster geworden war. Sie schmerzte wegen all der Lügen, die ich in den letzten fünf Jahren erzählt hatte, der Lüge, die ich lebte, und wegen des Leides, das dieser Mann mir zugefügt hatte – nur damit er jetzt so tat, als wäre es schwer für *ihn*.

Ehe ich antworten konnte, überkam mich die Angst, denn mir stiegen Tränen in die Augen. Ich versuchte, sie aufzuhalten, versuchte, alle Kraft, die ich noch aufbringen konnte, in mir zu bündeln, doch da war keine mehr, und die Tränen flossen weiter. Ein Schluchzen brach aus mir heraus, und mein Körper kippte nach vorne. Ich entschied, dass es mir nach allem, was am Tag zuvor geschehen war, egal war, ob er meinen Zusammenbruch miterlebte oder nicht. Und nachdem er erst die Tränen gesehen hatte, musste ich auch nicht mehr lügen. Aber die Tränen waren auch meine Antwort, eine Antwort, die Collin in der Vergangenheit nie akzeptiert hätte, und eine Antwort, von der ich auch jetzt nicht dachte, dass er sie akzeptieren würde.

Ich wartete auf mein Monster; ich wartete auf die Schmerzen. Mein Körper zuckte zusammen, als er mit den Fingern erst über meine Hand und dann meine Arme hinauffuhr; doch statt an einem der zahlreichen Druckpunkte anzuhalten, zog Collin mich behutsam auf seinen Schoß.

„Ich liebe dich doch", flüsterte er mir ins Ohr. „Ich schwöre bei Gott, ich liebe dich, Harlow."

Ich schaffte es nur, an seiner Brust zu nicken, während ich innerlich schrie: Du bist ein Monster! Du weißt nicht, was Liebe ist!

„Was ich tue, tue ich für uns, um unsere Beziehung zu verbessern, um aus dir einen besseren Menschen und eine bessere Ehefrau zu machen."

Da war es … mein Monster. Immer noch verborgen, aber in Collins Worten zu hören. Abwartend, triezend, lauerte es hinter der perfekten Maske meines scheinbar perfekten Mannes.

„Es tut mir leid", murmelte er, ehe sein Mund meine Haut berührte.

Ich brauchte all meine Kraft, um nicht zurückzuschrecken, als seine Lippen über meinen Hals strichen, und dann noch einmal, als er meinen Kopf zurückneigte und einen täuschend zärtlichen Kuss auf den Bluterguss mit der Form einer Hand an meinem Hals drückte. Er wanderte langsam mit seinen Lippen meinen Hals hinauf, doch kurz bevor er bei meinen Lippen ankam, hielt er inne. Sekunden vergingen, in denen sein Atem sich mit meinem vermischte, und ich öffnete langsam die Augen. Seine blauen Augen waren zu Schlitzen zusammengekniffen, ein Anblick, der nicht zu seinen Worten passte.

„Du zitterst. Du hast Angst vor mir", sagte er leise, der letzte Satz mehr wie eine Frage – als verstünde er nicht, wie und warum das eine Möglichkeit sein sollte.

Und wenn er nicht recht gehabt hätte und wenn ich nicht in seinen Armen gewesen wäre, hätte ich vielleicht gelacht. Aber ich hatte Angst vor ihm; ich war starr vor Angst vor dem Mann, der mich hielt. Und ich hatte noch nie mehr Angst vor ihm gehabt als in diesem Augenblick. Er entschuldigte sich nie auf diese Weise bei mir. Er weinte nicht, und er machte sich keine Sorgen darüber, dass ich ihn nicht liebte. Egal wie sehr ich mir wünschte, dass die Dinge sich ändern könnten, dass ich eine Zukunft haben könnte, ohne in Angst leben zu müssen vor dem, was Collin als Nächstes tun würde, wusste ich auch, es wäre dumm von mir anzunehmen, dass die letzten paar Minuten ein Zeichen für einen Wandel für uns waren. Ich wusste auch, dass es ein Fehler wäre, *diese* Frage nicht zu beantworten, aber meine Kehle wollte einfach nicht funktionieren, selbst als das Licht in seinen blauen Augen verlosch.

O Gott.

Ich schüttelte den Kopf erst langsam, dann schneller. „Nein, nein“, beschwor ich ihn und fuhr mit den Fingern durch sein blondes Haar.

Collin schluckte schwer, dann noch einmal, und auch wenn sich nichts an seinem Blick änderte und seine Hände sich fester und fester um mich schlossen, konnte ich an seinem Gesicht ablesen, dass er versuchte, die Ruhe zu bewahren.

„Gestern?“, fragte er, und ich hielt kurz beim tröstenden Streichen durch sein Haar und über seinen Nacken inne, während ich auf mehr wartete.

„Gestern?“, wiederholte ich und hob meine Augenbrauen ein kurzes Stück, um zu verdeutlichen, dass ich nicht wusste, was er von mir hören wollte.

„Du hast Angst wegen gestern.“

Ich zwang mich, meinen Blick nicht von seinem zu lösen, obwohl ich die kurze Pause von seinem intensiven Starren dringend gebraucht hätte, um mich zu sammeln. „Natürlich nicht."

„Gutes Mädchen", murmelte er und ließ endlich lockerer. Nach einem sanften Kuss in meinen Mundwinkel flüsterte er: „Du weißt doch, ich würde dir nie wehtun."

Ich antwortete nicht, weil er es mehr zu sich selbst sagte als zu mir.

„Also, was machst du normalerweise dienstags? Was hast du heute zu erledigen?", fragte er, und ich unterdrückte ein erleichtertes Seufzen, als seine blauen Augen wieder aufleuchteten, weil ich wusste, mein Monster war für den Augenblick verschwunden.

„Äh ..." Ich blinzelte schnell und versuchte, mich an seine Frage zu erinnern, statt mich auf seine Augen zu konzentrieren. „Dienstags?", fragte ich misstrauisch. Collin fragte mich nie nach meinem Tagesablauf. „Ich mache sauber. Ich koche das Abendessen. Viel mehr gibt es nicht zu tun, es sei denn, du gibst mir morgens deine Kreditkarte. Ich muss in den Supermarkt. Eigentlich wollte ich gestern, nach dem, äh ..." Ich räusperte mich, und dieses Mal wendete ich meinen Blick doch für einen kurzen Moment ab. „Nach dem Termin."

Collin betrachtete mich eingehend, während ich sprach. Es war daher unmöglich zu übersehen, wie sein Blick sich kurz verhärtete, als ich den Supermarkt erwähnte. „Den Supermarkt? *Musst* du wirklich einkaufen gehen?"

„Ja, ich ..." Meine Stimme erstarb, und mir drehte sich der Magen um, als mir etwas klar wurde. Es war überhaupt kein Essen im Haus. Normalerweise kochte Collin etwas, wenn er ein schlechtes Gewissen wegen einer Bestrafung hatte, aber wir hatten gestern nichts im Haus, und ich hatte den Nachmittag und den Abend verschlafen. „G-gestern Abend. Es tut mir so leid. Es war nichts zu essen da. Ich hatte nicht ..."

„Ich kann mich schon um mich selbst kümmern, Harlow", sagte er, hinterhältig grinsend. „Warum musst du heute einkaufen?"

Ich verstand nicht, in welche Falle er mich mit diesen Fragen locken wollte. Ich ging jede Woche, das *wusste* er. Dass ich jede Woche gehen musste, lag an einer *seiner* Lehrmethoden, wie er es nannte. Sonntagabends warf er alle Vorräte weg, die noch im Kühlschrank und in der Speisekammer lagen – alles außer den Gewürzen und dem, was wir montags zum Frühstück brauchten. „Du bist es, die Essen verschwendet, Harlow, weil du anscheinend nicht begreifst, wie man die richtigen Mengen einkauft", sagte er dann immer.

Ich schluckte und versuchte, meinen Ärger darüber zu verbergen, dass er mich etwas erklären ließ, was er so oft gegen mich benutzte. „Weil ich jedes Mal nur genug für eine Woche einkaufe, deswegen haben wir nichts zu essen im Haus."

Collins Blick flackerte zur Seite, als hätte ich ihn damit gerade erst erinnert, und dann sah er auf meinen Hals. „Wenn wir nichts zu essen haben, bleibt dir wohl nichts anderes übrig, aber ich komme mit."

Ich legte die Hand an den großen Bluterguss an meinem Hals, und in dem Augenblick begriff ich *endlich* den Sinn seiner Fragen, und ich verstand, warum er vergessen konnte, dass wir in unserem Haus nichts zu essen hatten. Collin wollte nicht, dass ich das Haus verließ, weil er einen sichtbaren Beweis hinterlassen hatte. Er ging mit mir in den Supermarkt, weil er sichergehen wollte, dass ich nichts Dummes anstellte, zum Beispiel es jemandem erzählte.

„Mach dich fertig, und dann gehen wir."

Ich versuchte, meine Verwirrung zu verbergen, als er vom Bett aufstand. Wie lange hatte ich geschlafen, wenn er jetzt mit mir in den Supermarkt gehen konnte? Ich sah auf die Uhr und riss den Kopf dann wieder zu Collin herum, als ich sah, dass es erst elf Uhr morgens war. „Solltest du nicht bei der Arbeit sein?" Ich erstarrte am ganzen Körper, sobald die Frage meine Lippen verlassen hatte. Es war eine einfache Frage gewesen, und eine ehrliche, aber so etwas konnte ich Collin nicht einfach fragen. Es war mir nicht erlaubt, irgendetwas, das er tat, infrage zu stellen, und ich konnte nicht fassen, dass ich es gerade doch getan hatte.

Collin neigte langsam den Kopf zur Seite, und nichts hätte ich mehr gewollt, als vor dem düsteren, leblosen Blick, den er mir zuwarf, wegzulaufen. Ein Ausdruck des Schmerzes blitzte in seinem Gesicht auf, als er die wenigen Schritte zurückkam und sich auf das Bett kniete. Wenn sein Blick nicht gewesen wäre – den er direkt auf die Stelle unter meinem Kinn richtete – hätte ich gedacht, er sei kurz davor, mich um Vergebung zu bitten, seiner Miene nach zu urteilen. Er fuhr mit den Fingern langsam über meinen Bluterguss, ehe er die ganze Hand um meinen Hals legte und mich aufs Bett schleuderte. Mein erschrecktes Keuchen wurde unterbrochen, als er meinen Mund mit seinem verschloss und seine Finger einen nach dem anderen um meine Kehle schloss. „Solltest du dich nicht fertig machen?", fragte er leise an meinen Lippen.

Als wäre mein Monster nicht eben aufgetaucht, riss Collin seine Hand von mir und stand vom Bett auf. Ich sah zu, wie er die Hand, die er an mich gelegt hatte, ballte und wieder entspannte, wieder und wieder, während er versuchte, sich unter Kontrolle zu bringen; dabei ließ er mich kein einziges Mal aus den Augen. „Zieh dich an, Harlow", verlangte er so leise, dass ich die Worte kaum verstand. „Sorg dafür, dass das Ding … Zieh dich einfach vernünftig an."

Ich wartete, bis er aus dem Schlafzimmer gegangen war, ehe ich einen bebenden Atemzug ausstieß, der mehr einem Schluchzen glich, und meinen Körper dem Zittern überließ.

Ich hatte gedacht, die Gefahr bestünde darin, mir den Glauben zu gestatten, dass wir uns verändern konnten. Ich hatte mich geirrt ... Das war nicht die Gefahr. Die Gefahr war, dass Collin zum ersten Mal versuchte, das Monster in sich unter Kontrolle zu bringen, und jetzt unberechenbarer war als je zuvor.

13. Kapitel

HARLOW

Gegenwart – Richland

Als Collin eineinhalb Stunden später ein Paket Eier aus dem Supermarktregal nahm, streckte ich automatisch die Hand aus und öffnete den Mund, um ihn aufzuhalten, und bemerkte eine Sekunde zu spät, was ich tat.

Sein Arm erstarrte mit den Eiern in der Luft. „Was?“, fauchte er, leise genug, dass niemand sonst ihn hörte.

„Ähm, na ja, es ist nur, das sind zu viele.“

„Du hast gesagt, du brauchst sie.“

„Brauchen wir auch“, sagte ich schnell und nahm ihm endlich den Karton aus der Hand. „Aber nicht drei Dutzend. Ich habe schon Glück, wenn ich es schaffe, in der Woche ein Dutzend aufzubrauchen.“

Collin drehte sich um, um mich anzulächeln, aber von dort aus, wo ich stand, konnte ich sehen, dass er dabei die Zähne zusammenbiss. Er beugte sich vor und strich mit den Lippen über meinen Kiefer. „Reiß dich zusammen, Harlow“, warnte er mich, nahm mir dann die Eier aus der Hand und legte sie in den Einkaufswagen. „Was als Nächstes?“

Ich warf einen Blick auf die Liste in meinem Telefon, doch ehe ich das nächste Teil nennen konnte, das wir brauchten, rief eine tiefe Stimme den Namen meines Mannes.

„Collin Doherty. Wohl am Schwänzen, was?“

Ich hob gerade rechtzeitig den Kopf, um Collins Millionen-

Dollar-Lächeln aufblitzen zu sehen. Wir drehten uns beide zu der Person um, die ihn gerufen hatte, und mich überkam das kalte Grausen.

„Ah, Ren. Da sind wir wohl zu zweit." Collin legte mir die Hand ins Kreuz und zog mich dichter an sich, als Ren neben mir stehen blieb. „Ren, Sie erinnern sich an meine Frau, Harlow?"

„Natürlich." Ren hatte kaum einen Blick für mich übrig, während er mit seiner fleischigen Hand von meinem Ellbogen zu meinem Handgelenk hinabfuhr, und es schien ihm auch nicht aufzufallen, wie Collin mich einen Schritt zurückzog, als Ren fragte: „Was hält Sie heute von der Arbeit ab? Und wer kümmert sich um die Finanzen des Bezirks, wenn Sie hier sind und der alte Alfred McKenzie sich wahrscheinlich gerade eine neue Hüfte einsetzen lässt?"

Collin lachte. „Dem Geld geht es gut. Außerdem müssen meine Frau und ich uns diese Woche um ein paar private Angelegenheiten kümmern. Wahrscheinlich werde ich viel von zu Hause aus arbeiten."

Das waren Neuigkeiten für mich, noch dazu keine guten. Private Angelegenheiten bedeuten normalerweise nicht Eisduschen, Waffen und Blutergüsse, und man muss sie auch nicht hinter dickem Make-up und Schals verstecken, dachte ich bei mir.

„Da bin ich mir sicher", sagte Ren lachend. „Ich hatte auch einige persönliche Dinge zu erledigen, und jetzt versuche ich, hier ein paar Sachen zu besorgen, um meiner Frau Abendessen zu kochen. Offenbar hat sie von diesen *persönlichen* Tagen etwas mitbekommen." Bei den letzten Worten verschlang er mich mit seinen Blicken, und ich zwang mich, erst das Regal mit den Tiefkühlgerichten anzusehen und dann Collin. Obwohl Collin diesen Ren noch nie gemocht hatte und seine Abneigung seit der Nacht der Wohltätigkeitsfeier noch weiter gewachsen war, wusste ich, dass ich später dafür bezahlen würde, wenn ich mir auch nur einen Hauch von Abscheu gegenüber dem Mann vor uns anmerken ließ.

Collins Lächeln geriet nicht ins Wanken, doch ich spürte, wie er erstarrte, und merkte die Veränderung in seinem Blick. „Ich bin mir sicher, Ihre Frau wird das Abendessen genießen."

Ren verzog verärgert das Gesicht. „Sieht so aus, als hätte der neue Sheriff gestern wegen des Polizeipräsidenten einen Anfall bekommen. War nicht …" Er verstummte und legte mir blitzschnell die Hand an die Hüfte. „Mädchen, seien Sie doch so gut und lassen Sie uns Männer über Dinge reden, bei denen Sie nicht dabei sein müssen."

Ich erstarrte, als Collins Finger sich in meinen Rücken gruben, versuchte aber, mich zu entspannen. Ich wusste, es war nicht meinetwegen, und ich wusste, dass sich Collin in diesem Augenblick hundert verschiedene Möglichkeiten überlegte, wie er Ren bezahlen lassen würde.

Ich regte mich nicht, im Wesentlichen, weil ich nicht konnte, solange Collin mich festhielt, und wir beide schwiegen, während Ren wieder den Mund öffnete, um mit Collin zu sprechen, nur um ihn gleich wieder zu schließen, als er merkte, dass ich keine Anstalten machte zu gehen.

„Mädchen", sagte er wieder, „das war kein Vorschlag."

Ein leises Knurren kam aus Collins Brust, als er mich zu sich umdrehte. Angst stieg in mir hoch, als ich die Leere in seinem Blick bemerkte, doch er zog mich nur an sich und küsste mich auf die Wange. „Kauf du weiter ein. Ich finde dich, wenn wir hier fertig sind."

„Sie müssen Ihrer Frau mal beibringen, besser zu gehorchen", hörte ich Ren sagen, als ich den Gang hinuntereilte. Bei Collins Antwort konnte ich mir ein kleines Lächeln nicht verkneifen.

„Sie hört sehr gut … auf mich."

Ich nahm die letzten beiden Dinge, die noch auf meiner Liste standen, und ging zurück in die Gemüseabteilung. Collin war vorher zu genervt gewesen, um mehr als ein paar Minuten dort zu verbringen. Allerdings wusste ich auch, ich würde einen hohen Preis dafür zahlen müssen, wenn ich nicht doch noch das übrige Gemüse einkaufte. Ich benutzte den schwarzen Bildschirm von meinem Telefon als Spiegel, stellte sicher, dass niemand mich beobachtete, und überprüfte dann, ob mein Schlauchschal immer noch verbarg, was er verbergen sollte. Auch wenn Collin vor unserer Abfahrt fünf Minuten damit verbracht hatte, ihn so anzulegen, dass er nicht verrutschen konnte, ließ der dünne Stoff mich doch mit jedem Schritt zweifeln. Und jetzt, wo Collin nicht mehr neben mir war, um ein Auge darauf zu haben, zitterte ich schon bei dem Gedanken, jemand könnte etwas sehen, was er nicht sehen durfte.

Ich hob automatisch den Kopf, als ich ein Kreischen hörte, entdeckte aber nur ein kleines Mädchen, das durch die Gemüseabteilung rannte, um sich einem Mann in die Arme zu werfen.

„Oh, mein Gott“, flüsterte ich.

Es war Knox, der mit ein paar Männern in dunkelblauen T-Shirts der Feuerwache Richland dastand und das lachende Mädchen mit den niedlichen Grübchen hochhielt.

Ein Mädchen mit dunkelbraunen Haaren, fast genau wie die von Knox. Ein Mädchen, das ohne Punkt und Komma vor sich hin plapperte und Knox ansah, als wäre er ihr der liebste Mensch auf der Welt. Ein Mädchen, deren Mutter gerade zu ihnen getreten war.

Ich wich rasch ein paar Schritte zurück, um die Mutter nicht sehen zu müssen, um nicht die Frau sehen zu müssen, mit der Knox eine Tochter hatte, und stieß gegen etwas.

„Entschuldigen Sie mal!“, fauchte eine Frau mich an.

„Es tut mir so leid!“

„Ihnen ist schon klar, dass Sie in einem vollen Laden stehen. Da kann man nicht einfach so herumflattern und nicht hinsehen, wohin man geht."

„Ich weiß", flüsterte ich, obwohl ich Knox und das Mädchen nicht hören konnte, also auch wusste, dass sie mich nicht hören würden. „Es tut mir leid, ich habe nicht nachgedacht."

Sie verdrehte die Augen und warf die Dose, die sie in der Hand gehabt hatte, in ihren Einkaufswagen. Ihre bereits laute Stimme wurde noch lauter, als sie sie um eine Oktave hob. „Meinen Sie nicht, das hätte ich schon daran gemerkt, wie Sie mich hier über den Haufen rennen?"

„Ja, wahrsch…" Das Wort erstarb, als ich jemanden hinter mir spürte. Die Frau hob ruckartig den Blick und machte große Augen.

„Low", hörte ich die tiefe Stimme von Knox. „Ist hier alles in Ordnung?"

KNOX

Gegenwart – Richland

„Ich sage euch, diese ist die Richtige. Ich besorge einen Ring, stecke ihr den an den Finger und gebe das Junggesellendasein ein für alle Mal auf", sagte Pete auf dem Weg in den Supermarkt, wo wir Essensvorräte für die Feuerwache einkaufen wollten. Die restlichen Jungs und ich verdrehten nur die Augen.

Alle paar Monate erwähnte Pete ein neues Mädchen, von dem er behauptete, es wäre „die Richtige", nur um sie kurz darauf durch eine andere zu ersetzen. Wenn er jetzt also davon redete, einen Ring zu kaufen, konnte man davon ausgehen, dass ihr nur noch ein paar Tage oder vielleicht eine Woche mit Pete blieben, ehe sie wieder Single war.

„Das habe ich gesehen! Ich habe das Augenrollen gesehen, aber ihr habt sie alle noch nicht getroffen. Ihr habt sie noch nicht gesehen …"

Ich drehte mich zu den anderen um und formte mit den Lippen die Worte nach, die Pete als Nächstes sagte. „… Ehefrau steht ihr geradezu auf die Stirn geschrieben."

Ich lachte, als Pete mich gegen den Arm boxte. Das sagte er über alle seine Freundinnen. „Eines Tages wirst du wirklich jemanden finden, Pete", sagte ich. „Vielleicht hören wir dann auf, uns über dich lustig zu machen." Ich musterte ihn noch einmal und zuckte mit den Schultern. „Vielleicht."

Wir alle erstarrten, als ein schriller Schrei ertönte, bereit für alles, was er bedeuten konnte, aber mein Körper entspannte sich, und ich fing an zu lächeln, als ich das dreijährige Mädchen mit den Grübchen erblickte, das in voller Geschwindigkeit auf mich zugerannt kam.

Ich bückte mich, um sie hochzuheben, und sie quietschte dabei: „Mein Superman!"

„Hey, kleines Flieger-Ass!", sagte Pete und hielt die Hand für ein High Five hoch.

Nachdem sie schnell bei ihm eingeschlagen hatte, drehte sie sich wieder zu mir um und plapperte so schnell wie immer: „Superman, ich vermisse dich. Kannst du zurückkommen, und wir fliegen? Wir sind nicht in meinem Haus, sondern bei meiner Tante, aber du kannst uns bei meiner Tante zu Hause finden, oder? Weil das Feuer meinem doch wehgetan hat? Aber wir gehen zurück in unser Haus. Mommy hat das gesagt, also geht es. Wo ist dein Cape?"

„Wo ist deins?", fragte ich und sah sie streng an, als ich die Decke mit den Sternen nirgends entdecken konnte.

Sie beugte sich dichter zu mir, um zu flüstern: „In Mommys Auto, weil sie gesagt hat, hier drinnen darf ich nicht fliegen."

Natalies Mom, die ich am Abend des Feuers später noch kennengelernt hatte, kam zu uns und winkte befangen in die Runde. „Hi, Jungs. Tut mir echt leid, sie hat euch gesehen und war ganz aufgeregt."

„Kein Problem", murmelte ich und lächelte, als Natalie mich aufgeregt tätschelte und ihre Mom ansah.

„Mommy, hast du gesehen? Superman ist hier!"

„Habe ich gesehen", sagte sie. „Wir sollten ihn jetzt aber gehen lassen, Süße. Die Männer haben sehr viel zu tun."

Ihre Mom ignorierend, sah Natalie mich schrecklich aufgeregt an und fragte leise: „Wie geht es den Sternen?"

Ich lächelte breiter und flüsterte zurück: „Sie sagen immer noch, du bist das mutigste kleine Mädchen der Welt."

Geheimnisvoll lächelnd stimmte sie mir wieder zu. „Das bin ich."

„Natalie, Schätzchen", sagte ihre Mutter.

„Ich muss jetzt gehen", sagte das kleine Mädchen und seufzte traurig.

„Wir sehen uns, Natalie", sagte ich, als ich sie zurück auf den Boden stellte.

„Versprochen?"

„Wenn die Sterne dich sehen können, kann ich es auch."

Natalie grinste mich noch einmal breit an und rannte dann zu ihrer Mutter, doch nach ein paar Sekunden drehte sie sich noch einmal um und warf sich gegen meine Beine. Sie umarmte sie fest und sagte: „Dich mag ich von allen am liebsten, Superman."

Ich konnte nicht antworten, als sie mich losließ. Ich sah ihr nur nach und nahm den Blick erst von ihr, als ich mich automatisch nach einer Frau umdrehte, die „Entschuldigen Sie mal!" rief.

Ich erstarrte, als ich Harlow entdeckte. Sie versuchte, eine Frau zu beruhigen, von der sie immer weiter angeschrien wurde. Trotz meiner augenblicklichen Verärgerung darüber, dass jemand es wagte, meine Harlow anzuschreien, fühlte ich, wie Erleichterung meinen Körper durchflutete, als ich sie sah. Es ging ihr gut.

„Ihnen ist schon klar, dass Sie in einem vollen Laden stehen. Da kann man nicht einfach so herumflattern und nicht hinsehen, wohin man geht", fuhr die Frau fort, und zu dem Zeitpunkt war ich bereits dabei, mich an sie heranzuschleichen, obwohl meine Jungs mir verwirrt hinterherriefen.

Die Frau stemmte die Hände in die Hüften und musterte Harlow auf eine Weise, die deutlich zeigte, für wie überlegen sie sich hielt. „Meinen Sie nicht, das hätte ich schon daran gemerkt, wie Sie mich hier über den Haufen rennen?"

„Ja, wahrsch…", fing Harlow an, verstummte aber, als die andere Frau den Kopf hob, um mich anzusehen, und dabei die Augen aufriss.

„Low", murmelte ich. „Ist hier alles in Ordnung?"

Harlow sackte in sich zusammen. „Ja", sagte sie leise.

Ich ließ die andere Frau nicht aus den Augen und kniff sie zusammen, als sie den Mund öffnete und die Hand hob, als wollte sie Harlow widersprechen. Ihr Mund klappte wieder zu.

„Noch einmal. Ist hier alles in Ordnung?"

Harlow lehnte sich schwankend an mich, während wir die Antwort der anderen Frau abwarteten, und ich hob eine Hand, um sie an ihre dünne Taille zu legen. Doch sobald ich sie berührte, zuckte sie zusammen und wich vor mir zurück, als hätte ich ihr einen elektrischen Schlag versetzt.

„Ja, ja, alles in Ordnung. Nur ein ganz normaler Zusammenstoß im Supermarkt", versuchte die Frau zu scherzen, doch als sie entdeckte, wie frustriert ich aussah, weil Harlow vor mir zurückgeschreckt war, nickte sie nur zerstreut, nahm ihren Einkaufswagen und ging in die entgegengesetzte Richtung davon.

„Low“, fing ich an, aber Harlow wirbelte herum und flüsterte: „Du musst gehen!“

Ich zog die Augenbrauen zusammen und die Schultern nach oben, während ich die Hand nach ihr ausstreckte. „Warum willst du immer, dass ich gehe?“

„Er ist hier. Collin ist hier im Laden, und ich weiß nicht, wann er sich auf die Suche nach mir macht. Du darfst nicht bei mir sein, wenn er mich findet.“

Automatisch sah ich mich um und trat dann einen Schritt zurück aus dem Gang, um einen Blick in alle Richtungen des Ladens zu werfen. Als ich ihren Ehemann nicht entdeckte, betrat ich den Gang wieder und schob sie tiefer mit hinein.

„Nein, nein, nein, nein, Knox, nein!“, sagte sie. „Er darf mich nicht bei dir finden!“

Ich drehte sie so, dass sie mit dem Rücken gegen das Brotregal stieß, und schloss sie zwischen meinen Armen ein. „Sag mir, was zur Hölle gestern gewesen ist.“

„Er wird uns finden“, flüsterte sie, und versuchte, an meinem Arm vorbeizusehen, der ihr die Sicht versperrte.

„Ich habe im Coffeeshop auf dich gewartet. Ich hatte eine verdammte Scheißangst, dass dir etwas passiert ist. Und dann tauchst du nicht auf …“

„Bitte, Knox. Du *musst* gehen“, versuchte sie, mich zu unterbrechen, doch ich sprach weiter.

„… kein Anruf, nichts. Ich bin bei deinem Haus vorbeigefahren, aber …“

„Du bist gestern bei mir vorbeigefahren?“, fragte sie, und sie klang so entsetzt wie sie aussah.

„Ja, aber da war noch ein Wagen, daher dachte ich, du hättest Besuch. Himmel, Low, ich weiß, du kannst die meiste Zeit über das Telefon nicht benutzen, aber so einen Mist wie gestern kannst du nicht noch einmal bringen. Du kannst nicht sagen, dass du unbedingt persönlich mit mir reden musst, und dann nicht auftauchen, ohne mich wenigstens wissen zu lassen, dass es dir gut geht“, sagte ich. „Ich brauchte etwas … *irgend*etwas.“

Sie hörte auf, mich zum Gehen zu bewegen und nach ihrem Mann zu suchen. Ich hingegen konnte nicht aufhören zu reden. Ich hasste es, dass ich, nachdem ich geschworen hatte, keine weitere Minute mit ihr zu verschwenden, jetzt genau das tat. Aber ich musste das alles loswerden.

Ich legte ihr die Hand an die Wange und lehnte mich dicht genug nach vorne, dass meine Nase ihre berührte. Sie öffnete den Mund, als sie leise ausatmete, und ich konnte den Blick nicht von ihm nehmen. Ich drückte mich enger an sie und musste mir mehrmals in Erinnerung rufen, dass wir mitten in einem Supermarkt standen, als sie langsam blinzelte und mich dann unter ihren dichten Wimpern hervor ansah. Meine wunderschöne Harlow.

Meine Stimme war leise und rau, weil sie mir so nahe war, ich mir dennoch nicht erlauben durfte, mehr von ihr zu nehmen. „Weißt du, wie sich das anfühlt, jeden Tag durchzustehen und nicht zu wissen, ob es dir gut geht?“ Ich strich mit dem Daumen über die eine Träne, die ihr über die Wange lief, und flüsterte: „Alles an deiner Situation macht mir Angst. Noch nie im Leben habe ich mehr Angst vor etwas gehabt. Nicht während ich in ein brennendes Haus gerannt bin, nicht wenn ich Menschen das Leben gerettet habe. Noch nie. Aber du, zu wissen, dass er dir wehtut, die Möglichkeit, dich zu verlieren … Harlow, ich stehe jeden Tag unter Hochspannung und drohe bei der kleinsten Sache zusammenzubrechen.“

„Es tut mir so leid“, entschuldigte sie sich schluchzend. „Ich wollte nie, dass du in die Sache verwickelt wirst.“

Ich sah sie verwirrt an. „Verwickelt … Low, ich liebe dich. Ich würde alles für dich tun. Ich will dich da rausholen. Ich werde alles tun, um dich da rauszuholen. Das ist keine Last für mich. Es bringt mich nur um, dass du mich nicht helfen lässt."

„Glaubst du, für mich ist es nicht genauso schwer? Dich zu sehen, zu wissen, dass du da bist und mir helfen willst, trotz allem, was ich dir vor all den Jahren angetan habe. Ich hatte Angst, dich nie wiederzusehen, aber ich kann dir das nicht antun. Ich kann nicht zulassen, dass dir oder deiner Familie etwas geschieht! Wann wolltest du mir eigentlich erzählen, dass du eine Tochter hast?"

Ich riss den Kopf hoch. „Was zur Hölle ...? Tochter? Wovon redest du?"

„Das Mädchen, das du eben noch im Arm hattest", sagte sie und deutete mit dem Kopf zum Ende des Ganges. Sie klang jetzt niedergeschlagen. „Warum hast du nichts gesagt ... Weil du nicht musstest." Das Letzte sagte sie mehr zu sich selbst.

„Natalie?", unterbrach ich sie. „Harlow, ich habe sie letzte Woche aus einem brennenden Haus gerettet. Sie ist nicht meine Tochter." Ich schüttelte den Kopf und konnte mir ein Grinsen nicht verkneifen, als ich sah, wie niedergeschmettert Harlow aussah. Ich beugte mich vor, bis meine Lippen beim Sprechen über ihre strichen, und sagte: „Ich liebe es, dass so etwas dich genauso verrückt macht wie mich die Tatsache, dass du verheiratet bist."

Sie krallte eine Hand über meinem Bauch in mein Hemd und zog mich enger an sich heran. „Das ist nicht lustig." Ihre Lippen berührten meine kaum, und obwohl sie mich noch immer zog, konnte ich die Angst in ihren Augen erkennen.

„Ist es nicht", stimmte ich ihr zu und löste mich von ihr. „Aber es war trotzdem schön zu sehen. Du hast mir noch immer nicht von gestern erzählt. Was wolltest du mir erzählen und warum hast du mir nicht zurückgeschrieben?"

Harlow blinzelte ein paarmal, als versuchte sie, sich zu sammeln, dann zuckte sie hilflos mit den Schultern. „Collin hat mir die Handtasche weggenommen, kurz nachdem ich unser Gespräch beendet hatte. Darin waren beide Telefone …" Sie hielt abrupt inne und keuchte auf, dann sah sie sich mit weit aufgerissenen Augen um. „Oh, mein Gott", flüsterte sie, „Collin ist hier, das hatte ich ganz vergessen! Ich darf nicht in deiner Nähe sein. Er muss mittlerweile aufgehört haben, sich mit Ren zu unterhalten", murmelte sie in sich hinein.

Würde nicht die Frau, die ich liebte, vor mir stehen und die Nerven verlieren, weil ihr gewalttätiger Ehemann uns finden könnte, und hätte er sie nicht jeder Möglichkeit beraubt, mich mit ihr in Verbindung zu setzen, hätte ich darüber gelächelt, dass ich sie alles andere vergessen ließ.

Auch wenn ich unser Glück schon genug strapaziert hatte, zog ich sie noch einmal an mich. „Schnell, Harlow. Weiß er von unserem Telefon?"

„Nein, ich glaube nicht."

„Gut, *bitte*, wenn du kannst, lass mich wissen, wie es dir geht, sobald du deine Handtasche zurückbekommst."

Sie drehte ihren Kopf in alle Richtungen, um sich umzusehen, aber sie nickte auch. „Natürlich, ich …"

Ich griff sie am Kinn und legte meinen Mund auf ihren. Der Kuss war schnell und fest, aber sie stolperte trotzdem auf mich zu, als ich mich von ihr löste. Ich hätte in dem Augenblick alles gegeben, um noch mehr Zeit mit ihr zu haben. Ich lockerte den Griff um ihr Kinn, fuhr mit meinem Daumen über ihre Unterlippe und flüsterte: „Ich liebe dich, Low."

„Bis zu den Sternen", schwor sie.

Zähneknirschend zwang ich mich dazu, sie loszulassen, und ging weg. Ich brauchte nicht lange, um meine Crew zu finden; sie drückten sich immer noch in der Gemüseabteilung herum und versuchten nicht einmal, so zu tun, als hätten sie nicht alles beobachtet, was zwischen uns beiden gelaufen war.

„Pete hier redet über das vierzigste Mädchen, in das er sich verliebt hat, Knox findet hier im Supermarkt irgendeine Frau zum Rumknutschen, und ich schaffe es nicht, die Mädchen zu einem dritten Date zu motivieren. Ich glaube, ich mache etwas falsch", sagte Jake, einer aus meiner Crew. Ich lachte.

„Vielleicht weil Frauen einen Mann wollen, der groß genug ist, um sie zu beschützen, aber nicht so groß, dass sie befürchten müssen, von ihm erstickt zu werden, wenn er sich im Schlaf umdreht", schlug Pete vor.

„Sie lieben das hier", konterte Jake schnell und spannte langsam seine Oberarme an, bis jede Frau in der Gemüseabteilung anhielt und zuschaute.

Ich verdrehte die Augen und fing an, unseren Wagen mit Dingen zu beladen, die wir brauchten. Ich wollte beschäftigt sein, um nicht noch einmal nach Harlow Ausschau zu halten.

„Wenn du mit deiner Vorstellung fertig bist …", fing Pete genervt an und deutete dabei auf Jake. „Du bist fast zwei Meter groß, und du hast zusätzliche Muskeln auf deinen eigentlichen Muskeln. Du bist ein Freak, Alter. Du siehst aus, als könntest du jemanden umbringen, wenn du nur daran denkst. *Deswegen* bekommst du kein drittes Date. Männer haben Angst, wenn du sie nur ansiehst, und Frauen haben Angst bei der Vorstellung, mit dir ins Bett zu gehen." Ein Moment des Schweigens trat ein, dann fragte Pete: „Was zum Teufel machst du da?"

„Ich lasse dich denken, dass ich dich umbringen werde, indem ich mir das lediglich vorstelle."

Ich prustete los und sah, wie Pete die Augen verdrehte, während Jake ihn weiter wütend anstarrte. Pete schnaubte und sagte: „*Ich* weiß, dass du mehr Angst vor Spinnen hast als die meisten Frauen, die ich kenne. Das wird bei mir also auf keinen Fall funktionieren."

Ich öffnete den Mund, um mich wieder in das Gespräch einzubringen, doch die Worte blieben mir in der Kehle stecken, als ich aufsah und entdeckte, wie Collin Doherty den Gang hinunterblickte, in dem ich gerade noch mit Harlow gewesen war, in ihn einbog und davonging. Es war zu knapp gewesen.

HARLOW

Gegenwart – Richland

Ich hatte mir eine Minute Zeit genommen, um mich zu sammeln. Dann drehte ich den Einkaufswagen in Richtung Gemüseabteilung und keuchte auf, als ich meinen Mann direkt hinter mir stehen sah.

„Collin!", sagte ich atemlos.

Er legte mir besitzergreifend die Hand um die Hüfte und knurrte mir leise ins Ohr: „Niemand darf anfassen, was mir gehört."

Mir schlug das Herz bis zum Hals, während ich auf das wartete, was nun folgen würde. *Wie lange steht er schon da? Wie viel hat er gesehen und mitbekommen?*

„Befolge niemals die Befehle von jemand anderem, schon gar nicht von jemandem wie Ren."

Ich unterdrückte ein Aufseufzen und war froh, dass er die Erleichterung auf meinem Gesicht nicht sehen konnte. „Habe ich nicht", versicherte ich ihm, obwohl er die ganze Zeit direkt neben mir und Ren gestanden hatte.

„Wenn er nicht mit meinem Dad arbeiten würde …", fing er an, fuhr dann aber nicht fort. Er atmete tief ein, dann wieder aus und fragte: „Hast du alles?"

Ich ließ den Blick über den Einkaufswagen wandern und verzog einen Moment lang besorgt das Gesicht, ehe ich es unter Kontrolle brachte.

„Was?"

„Na ja, wir haben noch nicht alles Gemüse." Collin machte ein langes Gesicht, daher sagte ich schnell: „Aber ich weiß ja, dass du nicht gerne hier bist. Wir müssen also nicht da hin, wenn du nicht willst. Ich lasse mir etwas einfallen."

Collin kniff sich in die Nasenwurzel und murmelte: „Fünf Minuten in der Gemüseabteilung werde ich wohl aushalten."

Ob es daran lag, dass mir schwindelig vor Erleichterung war, weil Collin mich nicht mit Knox zusammen gesehen hatte, oder am Anblick von Collin, den ein Supermarkt völlig verunsicherte – mir kam ein Lachen über die Lippen, ehe ich es verhindern konnte. Ich schlug mir die Hand auf den Mund und starrte Collin mit großen Augen an. Als ich ihn das letzte Mal ausgelacht hatte, waren wir noch verlobt gewesen. Ich hatte schnell gelernt, so etwas nie wieder zu tun, und konnte nicht fassen, dass es mir gerade doch passiert war.

Er nahm die Finger von seiner Nase, ließ seinen Arm aber nicht sinken, und ich stellte erschrocken fest, dass sein Gesichtsausdruck genau das Gegenteil von dem war, was ich erwartet hatte. In Collins Augen stand Verwirrung und Überraschung, seine Lippen waren leicht geöffnet, und einer seiner Mundwinkel hob sich, als würde er anfangen zu lächeln. Er kam einen Schritt auf mich zu, hielt dann jedoch inne und sah sich in dem leeren Gang, in dem wir standen, um, als hätte er vergessen, dass wir in der Öffentlichkeit waren.

Als er sich sicher war, dass wir allein waren, trat er dicht an mich heran und sagte: „Ich wusste nicht, wie sehr mir dieser Klang gefehlt hat, bis ich ihn gerade gehört habe." Collin wanderte mit den Fingern über meine Taille. „Komm, lass uns das hier fertig machen und nach Hause fahren."

Ich ließ mich von Collin aus dem Gang führen, und auch wenn ich den Kopf gesenkt hielt, konnte ich nicht anders, als den Blick zu heben und mich im vorderen Teil des Supermarkts nach Knox umzusehen. Vor Erleichterung kam mir ein leises Seufzen über die Lippen, als ich während des kurzen Blicks, den ich mir erlaubte, nur ein paar Frauen entdeckte, doch die Erleichterung erstarb, als ich die vertraute Energie hinter mir spürte. Ich brauchte all meine Kraft, um mich nicht umzudrehen. Egal, wie gerne ich noch einen Blick auf ihn erhascht hätte, ich wusste, es ging nicht, solange ich direkt neben Collin stand. Nicht nur würde mein Mann es bemerken. Es würde mich auch umbringen, in Knox' Gesicht den gleichen Ausdruck von Verrat und Schmerz zu sehen wie schon am Abend der Wohltätigkeitsveranstaltung, als er mich bei einem Mann gesehen hatte, den er hasste.

Ich blickte zu Boden, hielt mich gerade und zwang mich ein weiteres Mal, von dort fortzugehen, wo ich mein Herz gelassen hatte.

KNOX

Gegenwart – Richland

Mein ganzer Körper verspannte sich, als ich die beiden ein paar Minuten später aus dem Gang kommen sah. Ein Knurren kam tief aus meiner Kehle, als ihr Mann ihr den Arm um die Taille legte. Ohne mir eine Sekunde Zeit zu geben, darüber nachzudenken, was ich tat, war ich schon drei Schritte in ihre Richtung gegangen, als sich eine kräftige Hand auf meine Schulter legte, um mich aufzuhalten.

Ruckartig blieb ich stehen und drehte den Kopf herum, um denjenigen, der mich aufgehalten hatte, einen verärgerten Blick zuzuwerfen. Ich entdeckte Pete, der so heftig lachte, dass kein Geräusch dabei herauskam. Ich entfernte mich von ihm, doch diese wenigen Augenblicke reichten mir, um durchzuatmen und mich daran zu erinnern, was Harlow zustoßen könnte, wenn ich mich ihr in Gegenwart ihres Mannes näherte.

Ich zwang mich dazu, mich zu entspannen – was länger dauerte, als es eigentlich sollte – und setzte ein Lächeln auf. Dann wendete ich mich den anderen Jungs zu, die genauso heftig lachten wie Pete. Ich war nur froh, dass sie Harlow nicht mit ihrem Mann gesehen hatten; den Quatsch konnte ich von denen nicht auch noch gebrauchen. „Was habe ich verpasst?"

Alle wurden plötzlich ernst, als das unverwechselbare Geräusch unserer Funkgeräte erklang, gefolgt von einer Stimme aus der Zentrale, die uns mitteilte, welche Wagen, Leitern und Truppen gebraucht wurden, um einen Gebäudebrand zu löschen. Noch bevor die Zentrale ihre Durchsage beendet hatte, waren wir schon auf dem Weg zum Ausgang. Die anderen rannten zu unserem Wagen, aber Pete und ich kümmerten uns noch darum, unseren Einkaufswagen mit Tüten voller Gemüse und Obst, das wir in der kurzen Zeit im Laden zusammengesucht hatten, bei einem Angestellten zu lassen.

Als wir uns auf den Weg nach draußen machten, erhaschte ich noch einen Blick auf Harlow, die auf dem Weg zur Kasse war. Ihr Gesicht war vor Schmerz verzogen – doch es war nicht jene Art von Schmerz, die ich erwartet hätte, wenn ihr Mann in der Nähe war, sondern eine, die ich selbst nur zu gut kannte und tief empfand. Schmerz, weil wir uns so nahe waren, uns aber noch so viel voneinander trennte. Schmerz, weil wir Jahre verloren hatten und nicht wussten, ob wir sie je wieder würden aufholen können. Schmerz, weil ich sie immer geliebt hatte und wusste, sie liebte mich auch noch, und weil sie auch nach sieben Jahren *theoretisch* für mich noch immer unerreichbar war.

14. Kapitel

HARLOW

Gegenwart – Richland

Dreh die Eier um. Lass sie nicht anbrennen. Dreh die Eier um. Lass sie nicht anbrennen – sie müssen perfekt werden. Dreh die Eier um. Nimm dann den Toast heraus. Und der Kaffee … Der Kaffee kommt zuletzt, sang ich mir zwei Tage später unablässig vor. Nur so konnte ich in dem Moment die Fassung bewahren.

Ich ließ den Pfannenwender unter eines von Collins Eiern gleiten, prüfte seine Unterseite und drehte es um. Das Gleiche machte ich mit dem zweiten. *Lass sie nicht zu lange braten. Sie müssen perfekt sein. Stell das Brot weg. Streich Butter auf den Toast, dann sieh noch einmal nach den Eiern.* Ich trat vom Herd zurück und griff nach dem Brotlaib, verharrte aber mit der Hand darauf, als mir schließlich das unangenehme Gefühl auffiel, das mir durch die Adern kroch. Er war leise hereingekommen, doch ich wusste, er war da.

Was ich jetzt empfand, war etwas ganz anderes, als wenn ich mit Knox in einem Raum war. Jene Art von Energie ließ mich schweben – als würde mir seine Anwesenheit, oder auch nur der Klang seiner Stimme, ein großartiges Hochgefühl verschaffen. Die Energie, die den Raum erfüllte, wenn Collin in der Nähe war, höhlte mir den Magen aus. Ich fing dann an zu zittern und erwischte mich oft dabei, wie ich den Atem anhielt – als könnte ich auf so lächerliche Weise meinen Körper wieder unter Kontrolle bringen. Oder vielleicht hoffte ich insgeheim, dass ich so von seinem Radar verschwand.

Ein Kind … Mein Mann hatte mich auf ein singendes, verängstigtes Kind reduziert.

Ich zwang mich dazu, Collin weiter sein Frühstück zuzubereiten und seine Anwesenheit nicht zu bemerken, doch ich konnte nicht aufhören zu beben, auch wenn meine Lungen sich über den Sauerstoffmangel beschwerten.

Brot zubinden. Zurücklegen. Nimm das Messer. Hör auf zu zittern. Hör auf zu zittern. Hör auf zu zittern. Verdammt, hör endlich auf zu zittern! Bestreich den Toast mit Butter. Hol einen Teller. Sieh nach seinen Eiern … Sie müssen perfekt sein. Du darfst ihn nicht wieder wütend machen.

Am Morgen war ich neben meinem Monster aufgewacht. Nein. Nicht meinem Monster. Meinem neuen Monster … dem unberechenbaren, das noch schrecklicher war als das, mit dem ich die letzten zweieinhalb Jahre zusammengelebt hatte. Den restlichen Dienstag und den ganzen Mittwoch über war er merkwürdig gewesen. Er hatte versucht, liebevoll und aufmerksam zu sein, aber es hatte auch Momente gegeben, in denen er durchgedreht war, nur um sich genauso schnell wieder unter Kontrolle zu bringen. Er hatte mir auch gesagt, ich sollte nicht so hart arbeiten. *Das Haus ist bereits makellos, Harlow. Warum bist du am Putzen? Ich kann uns Mittagessen machen. Warum führe ich dich nicht heute Abend zum Essen aus? Du tust zu viel für mich. Und sorg dafür, dass du dieses … Ding versteckst.* Er hatte auf meinen Hals gedeutet, als er das gesagt hatte.

Aber an diesem Morgen war es anders gewesen.

Beim Aufwachen presste er mir die Hand über Mund und Nase. Ich zappelte mit den Armen und Beinen, bevor ich überhaupt voll bei Bewusstsein war.

„Zwei Tage wirst du verwöhnt, und schon verschläfst du den Wecker?“, brüllte er.

Bald darauf folgte ein tiefes, warnendes Knurren. Ich hatte seinen Magen getroffen, was ich nicht hätte tun sollen, aber das war einfach aus einem Instinkt heraus geschehen, denn er machte es mir unmöglich, zu atmen. Er ließ mein Gesicht los, und ich sog sofort gierig Luft ein. Doch bevor ich auch nur zwei Atemzüge nehmen konnte, traf sein Handrücken auf meine Wange.

Schockiert schrie ich auf, dann wurde mir die Luft wieder abgeschnitten, und sein Gesicht war direkt vor meinem. „Lass dir den Schmerz nicht anmerken", fuhr er mich an, jedes Wort ein kurzer, abgehackter Laut.

Ich kratzte ihn an seinem Unterarm, doch er zuckte nicht einmal zusammen. Erst als ich aufhörte, mich zu wehren, und mir langsam schwarz vor Augen wurde, bemerkte ich einen Funken in seinem sonst leblosen Blick. Er riss seine Hand zurück und kniete sich hin. Seine Brust hob und senkte sich rasant, während ich so schnell atmete, wie ich konnte – als hätte er beim Atmen genauso starke Schwierigkeiten wie ich. Unser gemeinsames schweres Atmen klang im Schlafzimmer unangenehm laut.

„Du bist egoistisch", sagte er einen Augenblick später, den Mund höhnisch verzogen. „Du bist verwöhnt und verdienst das alles nicht, was ich für dich tue, während du mir im Gegenzug kaum etwas zurückgibst."

Ich drückte mir die Hand auf die schmerzende Brust und rollte mich zur Seite, nur um seinem verrückten Blick zu entkommen, doch er drehte mich zurück. Er hob die Hand, dieses Mal zur Faust geballt, doch statt mich damit zu treffen, entspannte er die Faust und schloss seine Hand noch ein paarmal, dann ließ er sie an seine Seite fallen.

„Du ahnst ja gar nicht, was für ein Glück du hast, dass ich dich liebe, Harlow."

Ich hatte genickt, weil ich wusste, selbst wenn ich zu dieser

Zeit hätte sprechen können, hätte ich höchstwahrscheinlich das Falsche gesagt.

„Ich will, dass mein Frühstück fertig ist, wenn ich aus der Dusche komme. Das kannst du ja wohl kaum auch noch vermasseln." Damit hatte er sich von mir entfernt und war aus dem Bett gestiegen.

Schalt die Kaffeemaschine ein. Stell den Teller auf den Tisch. Nimm das Besteck und einen Becher. Geh zurück an den Tisch. Verschütte seinen Kaffee nicht.

„Jetzt siehst du mich nicht einmal mehr an?", fragte Collin düster, aber der Humor darin war unüberhörbar.

Nachdem ich Teller und Gabel abgelegt hatte, hob ich den Kopf, um ihn anzusehen. Ein sehr kleiner Teil von mir freute sich darüber, das Licht in seinen blauen Augen zu sehen; der Rest von mir hasste ihn bloß. Hasste es, dass er so sein konnte, wie er war … Hasste es, dass er so schnell von Collin zu Monster schalten konnte, und dann wieder zurück, als wäre nichts gewesen.

Er sah zum Küchentisch, dann wieder zu mir. „Iss", sagte er schlicht.

Ich sah zum Essen hin, nur um sicherzugehen, dass ich nicht doch noch etwas vergessen hatte. „Ich mag … Du weißt doch, dass ich keine Eier mag."

„Iss."

„Ich habe keinen Hunger, Collin."

„*Iss!*", fuhr er mich an.

Ich zuckte beim Dröhnen seiner Stimme zusammen und ging eilig an den Tisch. Nachdem ich alles an meinen Platz herübergeschoben hatte, setzte ich mich auf meinen Stuhl, aber Collin zog nur alles wieder dorthin, wo es gewesen war. Er zog seinen Stuhl heraus, und nachdem ich ihn einen Augenblick misstrauisch beobachtet hatte, setzte ich mich.

„Jetzt iss."

Ich zitterte so sehr, dass ich mir nicht sicher war, ob ich es konnte. Die meisten Mahlzeiten brachte ich kaum herunter, und das galt für Essen, das ich mochte. Ich verkniff mir eine Grimasse und griff nach der Gabel, doch Collin kam mir zuvor.

Er rammte die Zinken in eines der Eier, um es ganz hochzunehmen. Mit der anderen Hand griff er nach meinem Kiefer und drückte zu, bis ich den Mund aufmachte.

„I ma da!", brachte ich heraus, wohl wissend, dass er verstehen würde, was ich sagte, doch er hörte nicht auf.

Ich drückte gegen seine Brust, versuchte, seinem Griff zu entkommen, aber er packte nur noch fester zu und stellte sich hinter den Stuhl, sodass ich ihn nicht zurückschieben konnte. Collin stopfte mir das ganze Ei in den Mund, schleuderte die Gabel dann zurück auf den Teller und benutzte beide Hände, um mir den Mund zu schließen. Und genau wie am Morgen beim Aufwachen hielt er mir bald danach Mund und Nase zu, bis ich nicht mehr atmen konnte.

„Schlucken", verlangte er. Als ich nur schrie und nach ihm kratzte, wich er einen Schritt zurück, trat den Stuhl unter mir weg und kniete sich dann neben mich auf den Boden. „Schluck es runter, Harlow!" Er legte mir den Kopf in den Nacken und blockierte damit alles, sodass ich nicht nur nicht mehr atmen konnte, sondern mich auch an dem Essen verschluckte. „Kauen!"

Ich wehrte mich gegen ihn, machte es damit für mich aber nur noch schlimmer. Ich zwang mich dazu, mich zu beruhigen, und konzentrierte mich ganz aufs Kauen und Schlucken, auch wenn es mir unmöglich schien, solange mein ganzer Körper nach Luft schrie – und danach schrie, seinen Händen zu entkommen. Ich riss die Augen weit auf und klatschte wild auf den Boden, als ich das Ei endlich heruntergeschluckt hatte, und als Collin mich losließ, klang mein erster Atemzug wie ein nach innen gekehrter Schrei. Doch der Schrei hielt nicht lange an. Collin griff auf den Tisch und stopfte mir das zweite Ei in den Mund, ehe ich einmal ganz einatmen konnte.

„Welches hast du vergiftet? Hattest du wirklich vor, mich so umzubringen? Dachtest du, ich merke es nicht?", brüllte er, während ich mich wieder verschluckte, auch wenn ich auf das zweite Ei besser vorbereitet war.

Sobald das zweite Ei verschwunden war, saß Collin neben mir auf dem Boden, bis mein Atem sich einigermaßen beruhigt hatte. Dabei ließ er mein Gesicht kein einziges Mal aus den Augen.

„Du bist wahnsinnig", flüsterte ich. Die Worte zum ersten Mal laut auszusprechen tat gut, wie eine süße Erleichterung. Ich wollte sie wieder und wieder sagen, aber ich gab mich mit dem einen Mal zufrieden. „Was für Gift?"

Seine dunkelblonden Augenbrauen zogen sich verwirrt zusammen. An jedem anderen Tag wäre ich außer mir vor Freude gewesen, dass er nach dem, was ich gerade gesagt hatte, nicht verärgert aussah. Doch nach dem ganzen Morgen und allem, was ich am Montag ertragen hatte, nachdem er sich jetzt zu dieser anderen Art Monster verwandelte … war es mir egal.

„Warum stirbst du nicht? Ich habe es gesehen", sagte er wütend und deutete auf die Anrichte. „Ich habe gesehen, wie du etwas in den Salzstreuer geschüttet hast, bevor du die Eier gesalzen hast. Und dann hast du dich geweigert, mich anzusehen, obwohl ich weiß, du *wusstest*, dass ich da war. Du hättest nicht offensichtlicher sein können, wie ein Kind, das man mit der Hand in der Keksdose erwischt!"

Mir entglitten die Gesichtszüge, und das Herz schlug mir bis zum Hals. Irgendwann, nachdem er mich losgelassen hatte, war ich auf die Seite gerollt und lag jetzt zu einer Kugel zusammengekrümmt da. Ich musste schlucken, als das erzwungene

Essen wieder auftauchen wollte, jetzt, wo ich wusste, weshalb er das alles veranstaltet hatte. Ich war gerade gewürgt und fast erstickt worden, nur weil ich versucht hatte, mich zu beschäftigen, während seine Eier brieten. „Salz“, flüsterte ich, während große Tränen auf den Parkettboden fielen. „Ich habe den Salzstreuer mit Salz befüllt.“

Es folgte eine kurze Pause, dann streckte Collin die Hand nach mir aus. Ehe er mich anfassen konnte, zog mein Magen sich noch einmal zusammen, und ich rappelte mich auf und rannte ins Gästebadezimmer, um die Eier wieder loszuwerden.

Collin stand in der Nähe der Haustür, als ich endlich aus dem Badezimmer kam, und sah mich entschuldigend an. „Du musst heute kein Abendessen machen. Meine Eltern feiern heute Abend ihren Hochzeitstag.“

„Ich weiß.“

„Versuch fertig zu sein, wenn ich nach Hause komme. Ich, äh … Ich muss jetzt zur Arbeit.“ Als ich nickte, deutete er auf seinen Hals und sagte: „Sieh zu, dass du das heute Abend verstecken kannst. Ich kann dich heute nirgendwo hingehen lassen, Harlow, und nach … Na ja, nach heute Morgen kann ich dich auch niemanden anrufen lassen. Verstehst du?“

Natürlich verstand ich. Mein Hals hatte immer noch hässliche gelbe und lila Flecken, und er glaubte, ich würde die Polizei verständigen. Er hatte meine Handtasche versteckt, bevor ich am Dienstagmorgen aufgewacht war, und ich verstand ihn so, dass er sie noch eine Weile versteckt lassen würde. Ich versuchte, mir nichts anmerken zu lassen, aber ich hasste es, dass er nicht mehr hier sein und Knox' Telefon bei sich haben würde.

„Deine Schlüssel, dein Handy, auch die Festnetztelefone. Ich kann das nicht riskieren.“

Ich hob die Augenbrauen, hielt jedoch den Mund. Er hatte noch nie die Festnetztelefone mitgenommen.

Aufgewühltheit ersetzte die Zerknirschtheit in seiner Miene. „Ich muss jetzt …"

„Ich verstehe schon", sagte ich, bevor er den Satz beenden konnte.

Collin trat einen Schritt auf mich zu, hielt dann aber auf dem Absatz inne und seufzte. „Ich liebe dich", flüsterte er, drehte sich um und ging.

Tränen stiegen mir in die Augen, doch ich ließ sie erst fallen, als ich hörte, wie er den Motor anließ. Als er fort war, brach ein gepresstes Schluchzen aus mir heraus, und ich stand nur da und starrte die Haustür an, als wüsste ich nicht, was ich tun sollte. Ich fühlte mich verloren. Das war nicht mein Monster; das war nicht mein Mann. Mein Monster hinterließ keine sichtbaren Spuren an meinem Hals. Mein Monster schnürte mir nicht die Luft ab, bis ich das Bewusstsein verlor, und es richtete auch nicht eine Waffe auf mich. Es versuchte nicht, mich mehrmals am Tag am Atmen zu hindern, und zwang mich nicht, etwas zu essen, an dem ich mich verschluckte.

Ich sah nach links, zu dem umgestoßenen Stuhl, dem vergessenen Toast und Kaffee und dem Stückchen Ei auf dem Fußboden, und ein Teil von mir wollte endgültig aufgeben. Wollte sagen, vergiss es, meine Familie warnen und einfach verschwinden. Doch noch bevor ich meine eigenen Bewegungen verstand, ging ich schon in die Küche, um sauber zu machen.

Er hat mich gut dressiert, dachte ich verächtlich, schob diesen Gedanken dann aber zur Seite. Ich machte nicht für ihn sauber; nichts, was ich tat, tat ich für ihn. Alles, was ich tat, diente dazu, mir hoffentlich weiteres Leid zu ersparen. Ich mochte mit den Jahren gelernt haben, was ich zu tun und zu lassen hatte, um *Collin* glücklich zu machen, aber das auch nur, weil mir langsam klar geworden war, dass es die beste Form der Selbstverteidigung vor ihm war.

Nachdem ich das Haus geputzt und eine Ladung Wäsche gewaschen hatte, stellte ich mich fünfundvierzig Minuten schluchzend unter die Dusche und überlegte mir, was ich tun sollte. Dann riss ich mich endlich zusammen und trat wieder heraus.

Ich verzog das Gesicht, als ich mich im Spiegel betrachtete. In letzter Zeit hatte ich versucht, das zu vermeiden, doch jetzt, wo ich einmal hingesehen hatte, konnte ich nicht mehr aufhören. Große, verblasste Blutergüsse auf meinen Rippen und Hüften, kleine Kreise auf meinen Armen, die wie alltägliche blaue Flecke aussahen, wenn man es nicht besser wusste, und die Monstrosität an meinem Hals. Wenn es überhaupt möglich war, sah ich noch dünner aus. Beim Anblick meines Spiegelbilds wurde mir schlecht, auch wenn die hervorstehenden Knochen nichts Neues waren.

Ich fuhr mit den Fingern über die Knochen, dann über die Blutergüsse. Als ich meinen Hals erreichte, beugte ich mich vor und bemerkte, dass der Bereich um meinen Mund herum rot war, dort, wo er mir seine Hand aufgedrückt hatte, und es sah aus, als würde ich nur auf einer Seite meines Gesichts erröten, wo er mich geschlagen hatte. Ich drückte die Fingerspitzen auf meine Wange und zuckte zusammen. Ich hatte mich gefragt, was schlimmer war, die Schläge, die ich immer ertrug, oder wie er diese Woche gewesen war. Doch ein Blick auf mich selbst, eine schmerzhafte Erinnerung daran, wie es sich angefühlt hatte, nicht atmen zu können, und ich hatte meine Antwort. Ich würde bereitwillig zu den Prügeln zurückkehren, denn ich wusste instinktiv, dieses neue Monster würde mich eines Tages umbringen.

„Und das wegen ein bisschen Salz“, flüsterte ich meinem Spiegelbild zu.

Ich riss mich vom Spiegel los, griff nach einem Handtuch und verließ das Badezimmer, damit ich nicht noch einmal versucht war hinzusehen.

Als ich mich fertig angezogen hatte, ging ich an meine Seite des Bettes und nahm das Handtuch, das ich nach dem Abtrocknen dort abgelegt hatte, doch dann hielt ich inne. Auf dem unteren Regal meines Nachttischs schaute der Rand meines iPad mini heraus. Ich hatte es irgendwann in der vergangenen Woche aus meiner Handtasche genommen, um es aufzuladen, und ich wusste, wenn Collin gewusst hätte, dass es dort war, hätte er es mitgenommen.

Ich musste es ungefähr eine halbe Stunde in den Händen gehalten und die Optionen abgewogen haben, bevor ich Knox' Telefonnummer eingab, nur um weitere fünfzehn Minuten verstreichen zu lassen, in denen ich überlegte, was ich ihm sagen wollte – und ob ich ihm überhaupt schreiben sollte.

Collin hatte mein Telefon. Wenn er es überprüfte, würde er die Nachricht sehen. Aber soweit ich wusste, ließ er meine Handtasche immer in seinem Kofferraum. Andererseits war es mir nach allem, was gewesen war, auch egal. Ich war mir sicher, in ein paar Stunden, wenn ich wieder bei Sinnen war, würde es das nicht mehr sein. Doch in dem Augenblick rauschte mir so viel Adrenalin durch die Adern, dass nur noch eines zählte.

Knox.

Ich konnte noch immer seine Hände und Lippen auf mir spüren – Phantomberührungen von Dienstag, die mich zum Beben brachten. Die mich nach mehr von ihm verlangen ließen, nach mehr von uns. Doch am allermeisten brauchte ich seine Energie. Ich brauchte sie, um das Gefühl zu haben, es noch einen weiteren Tag bei meinem Monster aushalten zu können. Nachdem ich ihm also eine Nachricht geschrieben hatte, ließ ich den Finger kurz über dem SENDEN-Knopf verweilen, ehe ich auf den Bildschirm tippte. Dann wartete ich.

15. Kapitel

KNOX

Gegenwart – Richland

Nach meiner Schicht, auf halbem Weg nach Hause, hielt ich gerade an einer Ampel, als mein Telefon im Becherhalter anfing zu vibrieren. Ich warf nur einen flüchtigen Blick auf den Bildschirm, stutzte dann aber und griff so schnell ich konnte nach dem Telefon, sobald ich die letzten beiden Worte der Nachricht erblickt hatte.

(509)555-8643: Ich muss die Sterne sehen.

Es gab nur zwei Menschen, die von den Sternen wussten und eine Vorwahl in Richland hatten: Harlow und Natalie. Die Nachricht würde auch perfekt zu Letzterer passen, doch ich bezweifelte, dass es der kleinen Natalie gelungen war, irgendwie meine Nummer herauszufinden, oder dass sie mit ihren drei Jahren schon Textnachrichten schreiben konnte. Aber ich verstand nicht, warum Harlow mir von einem anderen Telefon schreiben sollte als dem, das ich ihr gekauft hatte.

Nachdem ich die Nummer berührt hatte, tippte ich auf ANRUF und wartete, während es klingelte und klingelte, bis die Stimme auf Harlows Mailbox mir ans Ohr drang.

„Mist“, murmelte ich und legte auf.

Ich trommelte mit der freien Hand schnell auf das Lenkrad, während ich mir überlegte, was das bedeuten konnte und was ich tun sollte. Als die Ampel auf Grün schaltete, machte ich einen verbotenen U-Turn, was mir ein Hupkonzert einbrachte, und fuhr zu Harlow.

Weil sie es gewesen war, die mir geschrieben hatte, nur um gleich darauf nicht ans Telefon zu gehen, befürchtete ich, dass ihr Mann noch immer ihr Telefon hatte. Ich hatte Angst, dass er schließlich doch das Telefon von mir gefunden hatte – nur so konnte er von den Sternen wissen – allerdings ergab es immer noch keinen Sinn, warum er mir von ihrem anderen Telefon schreiben sollte. Trotzdem hatte ich Angst, sie noch einmal anzurufen oder ihr zu schreiben, und ich hatte Angst vor dem, was er ihr antun könnte.

Ich parkte ein paar Häuser entfernt und versuchte, es aussehen zu lassen, als würde ich wie zufällig zu ihrem gehen, schlich mich dann aber geradezu an ihre Haustür heran. Mein einziger Trost war, dass nur ihr Wagen in der Auffahrt stand. Ich atmete schwer aus, machte mich auf alles bereit und klopfte an der Tür. Weniger als eine Minute später wurde die Tür aufgerissen, und Harlow machte vor Überraschung und Erleichterung große Augen.

„Du bist hier!“

„Wo ist er?“, fragte ich leise nach, doch die nervöse Energie, die meinen ganzen Körper zum Vibrieren brachte, verflüchtigte sich, als ich sah, wie ihr die Tränen über das Gesicht liefen. „Low“, flüsterte ich und streckte die Hand nach ihr aus, hielt dann aber inne und sah mich um.

„Komm herein, beeil dich“, sagte sie und trat zurück. Als ich drinnen war, schloss und verriegelte sie die Tür, und sie warf sich mir in die Arme.

Ich löste mich nur ein Stück von ihr, legte meinen Daumen unter ihr Kinn und hob ihren Kopf an. „Babe, du musst mir wirklich sagen, wo er ist.“

In ihren Augen standen noch immer Tränen, flossen jedoch nicht mehr herunter. „Er ist bei der Arbeit“, sagte sie verwirrt.

„Wer hat mir die Nachricht geschrieben?“

„Ich … war das.“ Sie flüsterte den letzten Teil. Sie sagte meinen Namen, aber ich konnte ihr nicht antworten. Ich konnte nicht sprechen. Ich zitterte so sehr, dass ich fürchtete, sie zu zerbrechen, und ich wusste, ich musste sie loslassen, bevor ich ihr wehtat – noch mehr, als *er* es ohnehin schon getan hatte.

„Was … zum Teufel … ist das?“, fragte ich düster, den Blick fest auf ihren schlanken Hals gerichtet.

Ich musste ihr nicht ins Gesicht sehen, um zu wissen, wann sie merkte, was ich sah. Ihr ganzer Körper wurde in meinen Armen steif, und sie murmelte: „O Gott.“

„Ich bringe ihn um. Ich werde ihn umbringen, das schwöre ich bei Gott.“

„Nein, i-i-ich …“, stammelte sie und floh dann vor mir. Ich ließ sie nur los, weil ich schreckliche Angst hatte, ihr noch mehr wehzutun.

Harlow lief durch den Flur und das Wohnzimmer, dann einen weiteren Flur hinunter. Ich blieb ihr dicht auf den Fersen. Ich folgte ihr bis in ihr Schlafzimmer und wurde langsamer, als ich es betrat. Ich hasste es, das Bett zu sehen, wo er sie angefasst hatte, ich hasste es, in ihrem gemeinsamen Raum zu sein. Ich wollte jede Erinnerung an ihn nehmen und sie durch Erinnerungen an uns ersetzen. Ich sah auf, als Harlow mit einem leichten Schal aus dem Wandschrank kam – dem gleichen Schal, den sie am Dienstag getragen hatte – und der Anblick entlockte mir ein Knurren.

Ich trat dicht an sie heran und griff nach dem durchsichtigen Stoff, um sie davon abzuhalten, ihn umzubinden. „Ich habe es schon gesehen.“

„Bitte lass mich den Schal umbinden! Du hast mir nicht geantwortet, ich wusste nicht, dass du hier auftauchen würdest.

Als du an der Tür geklopft hast, habe ich nicht weiter nachgedacht, ich habe mich einfach beeilt aufzumachen."

Ich riss den Kopf hoch. „Dir geantwortet? Harlow, ich habe dich angerufen, sobald du mir geschrieben hattest. Du bist nicht rangegangen. Und warum hast du nicht das Telefon benutzt, das ich dir gekauft habe?"

„Ich konnte nicht!", brüllte sie. „Er hat immer noch meine beiden Telefone, meinen Autoschlüssel. Er hat sogar die Festnetztelefone mitgenommen. Er hat *alles!* Ich habe dir von meinem Tablet aus geschrieben. Ich habe immer noch schreckliche Angst, dass Collin die Nachricht auf meinem Telefon entdeckt, aber ich musste dich sehen ... *Bitte* gib ihn mir wieder!", bettelte sie, nach dem Schal greifend.

„Warum? Damit du so tun kannst, als wäre er nicht dafür verantwortlich?" Ich kochte vor Wut. „Damit du diesen Teil von dir vor mir verstecken kannst? Du sollst dich nicht vor mir verstecken, Harlow!"

„Na ja, was erwartest du denn von mir, wenn du mich so anschaust, als wäre ich gebrochen?", rief sie.

„Ich erwarte, dass du es mich in Ordnung bringen lässt!"

Sie breitete entnervt die Arme aus. „Ich habe doch gesagt, das geht nicht. Ich *kann* dich nichts unternehmen lassen!"

„Du kannst mich auch nicht davon abhalten, es zu versuchen", sagte ich grob. Die Worte waren ein Versprechen, kein Widerspruch, denn ich *würde* es in Ordnung bringen.

Ich schloss zu ihr auf, nahm ihr Gesicht so sanft es ging in die Hände und legte meinen Mund auf ihren. Sie klammerte sich an meine Schultern und gab mir schon bald so viel von sich hin, wie ich ihr von mir gab. Aber es war nicht genug, es war mit Harlow nie genug gewesen, und ich wusste, das *würde* es auch nie sein.

So sanft ich konnte, hob ich sie in meine Arme und verzog dabei das Gesicht vor Qualen. Sie war so leicht – zu leicht. Ich spürte ihre Wirbelsäule auf eine Weise, die nicht mehr natürlich war, und das brachte mich um.

„Gästezimmer", sagte sie zwischen Küssen. „Am Ende des Flures."

Ich führte uns aus ihrem Schlafzimmer und den Flur entlang, ohne unseren Kuss noch einmal zu unterbrechen, und fand mit Leichtigkeit das unberührte Gästezimmer, das aussah, als wäre es einer Wohnzeitschrift entsprungen – wie der Rest des Hauses auch. Behutsam legte ich Harlow auf dem Bett ab und folgte direkt hinterher, stützte mich aber über ihr ab. Nicht, weil ich mir Sorgen machte, dass es zu schnell ging und wohin das alles führen würde … sondern weil ich Angst hatte, sie zu zerquetschen.

Als hätte sie meine Gedanken gelesen, vergrub sie die Hände in meinem Shirt, wie sie es im Supermarkt getan hatte, und zog meinen Körper dichter an sich heran. „Du tust mir schon nicht weh", flüsterte sie dicht an meinen Lippen.

Ich ließ mich auf sie sinken, hob sie aber gleich wieder an, um ihr zu helfen, als sie anfing, an meinem Shirt zu zerren. Statt mich wieder auf sie zu schieben, ging ich auf die Knie und stützte mich mit den Händen zu beiden Seiten ihres Kopfes auf der Matratze ab.

Allmählich löste ich mich von ihrem Mund, ließ meine Lippen über ihre Wangen gleiten und beschrieb dann entlang ihres Halses eine Spur aus langsamen Küssen. Sosehr ich auch das Gegenteil tun wollte, zwang ich mich, die Augen offen zu halten, den Blick auf ihren Hals gerichtet. Ich brauchte das; ich musste sehen, was er ihr angetan hatte, während ich versuchte, es wiedergutzumachen.

Ich strich an ihrer Brust hinunter zu den Knöpfen an ihrer Bluse – mein Mund folgte meinen Händen, je weiter ich ihre Bluse öffnete. Als der letzte Knopf offen war, brachte ich Harlow zum Stöhnen, indem ich mit geöffnetem Mund einen

Kuss kurz über den Saum ihrer Shorts setzte, gefolgt von einem kurzen Biss.

Ich setzte mich auf die Knie, zog sie hinter mir her, streifte ihr die Bluse ganz von der Brust und die Schultern herunter, ließ sie aber an ihren Armen, sodass sie hinter ihrem Rücken festgehalten wurden, und beugte mich vor, um die Spitze ihrer Brust durch ihren BH zu saugen.

„Knox", flüsterte sie, und ich spürte, wie ihre Beine sich zwischen meinen regten.

Sie bemühte sich, ihre Arme zu bewegen, und ich gab sie schließlich frei, während ich meine Aufmerksamkeit ihrer anderen Brust zuwendete. Sie legte die Hände an meinen Kopf und zog mir an den Haaren, um mein Gesicht auf eine Höhe mit ihrem zu bringen. Sie drückte unsere Münder heftig aufeinander und dirigierte mich herunter, bis wir uns wieder auf der Matratze befanden.

Als ich hinter ihren Rücken griff, damit ich ihren BH öffnen konnte, fasste sie nach dem Knopf an ihrer Shorts, und ich löste mich rechtzeitig von ihr, um zu sehen, wie sie Shorts und Unterwäsche gemeinsam abstreifte. Ich stieg vom Bett und zog sie ihr langsam ganz aus, dann warf ich sie zu allem anderen auf den Boden. Ich schaute ihr in die Augen und ließ meinen Blick dann ihren ganzen Körper hinabwandern, während ich mich selbst aller Kleidung entledigte. Nachdem ich fertig war und ihr wieder in die Augen blickte, bemerkte ich, wie sich dort Sorge mit Verlangen und Leidenschaft mischte.

„Angeknackst", meinte ich und ersetzte damit ihr Wort von vorhin. Sie kniff die Brauen zusammen, als ihr klar wurde, was ich meinte, als würde es ihr Schmerzen bereiten, doch ihre Stirn glättete sich, sowie ich fortfuhr: „Aber noch immer *meine* Harlow. Und noch immer so schön." Und das war sie. Sie hatte überall blaue Flecken und war zu dünn, aber man konnte Harlow ihre Schönheit nicht nehmen.

Als ich mich wieder zu ihr legte, verbrachte ich Minuten damit, jeden einzelnen blauen Fleck vorne und an den Seiten ihres Körpers zu küssen. Mir schnürte sich die Kehle zusammen, doch ich schluckte den unsichtbaren Kloß darin herunter. Ich durfte mich davon nicht brechen lassen.

„Was tust du da?", fragte sie sanft, sobald ihr auffiel, dass sich alles auf einmal verlangsamt hatte.

Ich ließ den Mund auf ihren Rippen, sah ihr tief in die Augen und flüsterte: „Ich setze dich wieder zusammen."

Die nächsten paar Minuten sprach sie nicht mehr, während ich mich auf ihren Oberkörper und ihre Arme konzentrierte. Nachdem ich mir sicher war, dass ich keinen ausgelassen hatte – und mir leise geschworen hatte, mich später noch um ihren Rücken zu kümmern – küsste ich sie erst auf den Hals und danach auf die Lippen; plötzlich bemerkte ich, wie sich Feuchtigkeit in ihren Augen sammelte.

„Immer noch angeknackst?", fragte sie, und beim letzten Wort versagte ihr die Stimme.

Ich legte meine Hand an ihre Wange und fand es tröstlich, dass sie sich in meine Handfläche schmiegte. „Sag du es mir."

Sie richtete ihre blauen Augen auf mich, und zitternd lächelte sie mich an. „Nicht einmal ein bisschen."

Sie schlang mir ein Bein um den Rücken, sodass ich an ihrer Wärme ruhte. Ein sehnsüchtiges Keuchen entwich meiner Kehle, doch sosehr ich mir nehmen wollte, was direkt vor mir war, hatte ich mir doch nie etwas von Harlow genommen, das ich nicht haben konnte – und ich würde jetzt nicht damit anfangen.

„Auch wenn du es mir manchmal nicht leicht gemacht hast, habe ich sieben Jahre auf dich gewartet, Harlow Evans." Ich benutzte absichtlich ihren Mädchennamen, und sie versuchte nicht, mich zu berichtigen, sie hob nur amüsiert eine Augenbraue. „Wenn du mich darum bittest, verlasse ich dieses Bett und warte gerne, bis ich dich haben kann ... Aber *bitte*, mein Gott, sag, dass du endlich mein werden kannst.“

Ein Lächeln, so sehr wie das, in das ich mich verliebt hatte, ließ ihr ganzes Gesicht erstrahlen, und sie glitt mir mit den Fingern durch die Haare. „Du hast so viel Zeit damit verschwendet, auf mich zu warten“, murmelte sie und sah mich ehrfürchtig an.

„Und ich würde es noch einmal genauso machen, wenn es bedeutet, am Ende hier mit dir in diesem Schlafzimmer zu sein.“

Sie legte mir die Hand in den Nacken und drückte mich an sich, bis uns nur noch ein Hauch trennte. „Ich habe *immer* zu dir gehört, Knox. Ich liebe dich.“

Langsam fing ich an zu lächeln. „Bis zu den Sternen?“

Harlow warf den Kopf in den Nacken, während ich in sie eindrang, und hauchte: „Immer.“

Ich hatte befürchtet, dass ich nicht daran denken würde, sanft zu ihr zu sein – ihr Körper schrie danach, zärtlich behandelt zu werden –, doch obwohl mich in der Sekunde, in der ich endlich in ihr war, alle klaren Gedanken verließen, hätte ich mir deswegen keine Sorgen zu machen brauchen.

Das war meine Harlow. Meine Seele kannte sie und wusste, was sie brauchte.

Jede meiner Bewegungen war ruhig und sicher, und ich wusste, dieser Augenblick war das Warten wert gewesen. *Sie* war es wert gewesen. Womit ich nicht gerechnet hatte, war, dass es mir vorkommen würde, als setze sie mich mit jeder Berührung ihrer Lippen auf meiner Haut wieder zusammen. Ich dachte, sie wäre die Gebrochene gewesen, dabei hatte ich vergessen, wie sehr der Verlust von Harlow mich gebrochen hatte.

Sie strich mit den Nägeln über meine Schultern und meinen

Rücken hinab, jeder Hautkontakt gröber als der vorherige – ein stummes Flehen, schneller zu werden. Ein Flehen, das ich ihr gerne erfüllte, als sie sich fester um mich zusammenzog und die blauen Augen schloss.

„Oh – Knox, bitte“, flüsterte Harlow und ließ den Kopf zurück in die Kissen fallen, als ihr schweres Atmen zu leisem Stöhnen wurde.

Ich versuchte durchzuhalten, bis Harlow den Höhepunkt erreicht hatte, drang immer fester in sie ein – und entlockte ihr damit die berauschendsten Laute. Ich fühlte jedes leise Wort und jedes Stöhnen wie einen Schock in meiner Brust. Diese Worte, dieses überwältigende, süchtig machende Gefühl, sie unter mir zu spüren, wurden endlich wahr, nachdem ich jahrelang davon geträumt hatte – und ich wusste, ich würde nie eine Sekunde davon vergessen.

Harlow vergrub die Nägel in meinen Schultern und hielt einen Moment lang den Atem an, ehe ihr Körper unter meinem erbebte – und die Kraft ihres Orgasmus katapultierte mich auch zu meinem. Ich klammerte mich an das Laken, um meinen bebenden Körper über ihrem zu halten, fing ihren Mund mit meinem ein und nahm meinen Namen von ihren Lippen in mich auf.

Sie gehörte zu mir. Ich würde sie von diesem Ort fortbringen und nie mehr zurücksehen.

„Ich muss dir von dieser Woche erzählen“, sagte sie eine Weile später. Ich hatte mich neben sie gelegt, um sie dicht an mich ziehen zu können, und überlegt, wie ich es am besten anstellte, sie erneut dazu zu bringen, dieses Haus zu verlassen. Die Worte klangen, als würden sie sie all ihre Kraft kosten, doch sie fuhr fort: „Ich will das nicht tun, besonders nicht jetzt, nachdem ... Aber Collin ist diese Woche so unberechenbar gewesen, dass ich glaube, mir bleibt keine andere Wahl. Ich wollte es dir sagen, sobald du hergekommen bist, und jetzt weiß ich nicht, wie viel Zeit uns noch bleibt."

Ihre letzten Worte ließen mich die Augen zusammenkneifen, doch ich kommentierte das nicht. So gerne ich es noch aufgeschoben hätte, weil es mir wie der denkbar schlechteste Zeitpunkt dafür vorkam, tat ich es nicht. Träge beschrieb ich Spuren auf Harlows nacktem Bauch, um mich zu beruhigen, und sagte: „Richtig, du hast mir noch nicht gesagt, was Montag passiert ist."

Sie kniff das Gesicht zusammen, voller Sorge und Schmerz, und mein ganzer Körper verspannte sich in Erwartung dessen, was sie mir gleich erzählen würde. „Ich dachte, ich wäre schwanger", sagte sie nach ein paar Augenblicken des Schweigens.

Ich nickte langsam. „Damit hast du dir eine Woche erkauft."

Sie schüttelte den Kopf. „Am Freitag hat er mich gezwungen, einen Test zu machen. Er war positiv."

Meine Miene und mein Arm entglitten mir, doch ich versuchte nicht, von ihr abzurücken. Ich wusste nur nicht, wie ich weitermachen sollte. Das Wort *dachte* war mir nicht entgangen, aber es war schwer, mir auch nur vorzustellen, dass sie einen positiven Schwangerschaftstest mit einem anderen Mann hatte, nachdem ich sie gerade erst erobert hatte.

„Ich wusste nicht, wie ich es dir sagen soll. Ich habe immer aufgepasst, von ihm nicht schwanger zu werden. Am Montag, als wir am Telefon gesprochen haben, war ich im Wartezimmer der Ärztin. Ich wollte es dir danach persönlich erzählen, doch dann ist Collin zu meinem Termin aufgetaucht."

Harlow fing am ganzen Körper an zu zittern. Ich brauchte all meine Kraft, um meinen Arm zu bewegen und sie wieder an mich zu ziehen, aber ich sagte nichts zu ihrem heftigen Beben.

„Seit wir verheiratet waren, hat er noch nie bei der Arbeit

gefehlt, er ist auch noch nie früher gegangen. Aber er ist gekommen, und wir haben erfahren, dass wir kein Kind erwarten. Es hatte nie ein Kind gegeben. Collin war … Collin war …" Sie verstummte und schüttelte langsam den Kopf, während sie eine Hand an den Hals führte. Ihr Blick war leer, und ich wusste, sie sah weder mich noch das Zimmer, in dem wir uns aufhielten. Sie schluchzte erstickt und drehte sich auf die Seite, um die Stirn an meine Brust zu pressen.

Ich strich ihr über den Rücken und versuchte, nicht daran zu denken, wie sich ihre Schulterblätter und ihre Wirbelsäule anfühlten, oder wie ihre Hüftknochen sich mir in den Bauch gruben.

„Er hat sich verändert", murmelte sie. „Er hat sich verändert, und es macht mir schreckliche Angst."

„War er nicht vorher schon furchterregend?"

Einige Minuten lang konnte ich kaum atmen, während Harlow mir Dinge erzählte, die Collin ihr angetan hatte; sie stellte es so dar, als hätte *sie* etwas falsch gemacht – sogar sich selbst beschmutzt. Ich hatte schon jeden ihrer blauen Flecken gesehen, aber ich hatte mir nichts halb so Schlimmes vorgestellt wie das, was sie mir beschrieb. „Oh, mein Gott", sagte ich schließlich. „Ich bringe dich hier raus. Ich muss …"

„Nein, das war alles vorher", sagte sie und hob den Kopf, um mir in die Augen zu sehen. Ihre Augen waren groß vor Verständnis und Sorge. „Das – das macht er jetzt nicht mehr. Irgendwie ist das wohl besser, denke ich. Aber eigentlich ist es nur viel schlimmer."

Ich öffnete den Mund, doch es kam kein Laut heraus. Ich konnte nur denken: Wie kann es noch schlimmer werden? Dann sah ich auf ihren Hals hinunter und glaubte, vielleicht zu verstehen.

Erst als sie mir von der Dusche am Montag erzählte, und von den Eiern am Morgen, wurde mir klar, dass ich es nicht tat.

„Jetzt weißt du es", sagte sie mit frischen Tränen in den Augen. „Jetzt weißt du alles. Ich habe geschworen, dass ich nie jemandem erzähle, was hier passiert, oder passiert ist, aber ich weiß nach dieser Veränderung, dass jeder weitere Tag, an dem mein Monster kommt, nur schlimmer und schlimmer werden wird, bis es irgendwann keinen weiteren Tag mehr für mich gibt."

Ein Schluchzer steckte in meiner Kehle, aber ich schluckte ihn wieder herunter. Ich wusste, wenn sie solche Worte benutzte, meinte sie sie auch. Harlow würde so etwas nicht sagen, um Mitgefühl zu erregen oder dramatischer zu klingen. Nicht, nachdem sie schon jahrelang ertrug, was sie mir gerade erzählt hatte, und nachdem sie vorher versucht hatte, mir weiszumachen, dass alles in Ordnung war und sie damit umgehen konnte.

„Warum?", fragte ich endlich. „Warum hast du dich für ihn entschieden? Es muss doch irgendein Anzeichen gegeben haben, dass so etwas in ihm steckt."

„Keins. Wenn ich zurückblicke, sehe ich immer noch nichts. Aber, Knox, ich hatte schon vor meinem achtzehnten Geburtstag geglaubt, dich verloren zu haben." Ich runzelte die Stirn, doch sie fuhr fort, ehe ich nachfragen konnte. „Ich weiß jetzt, was damals los war, mein Dad hat es mir erzählt. Aber als ich Seattle verlassen habe und du dich von mir zurückgezogen hast, war ich mir so sicher, dass du dich für immer zurückziehen würdest – dass du es satthattest, auf mich zu warten. Jeden Tag ist mein Herz ein Stück mehr gebrochen, bis Collin es so weit geheilt hat, dass es schließlich aufhörte."

Es fühlte sich an, als wäre wieder jener Tag. Es fühlte sich an, als würde mir das Herz noch einmal herausgerissen. „Du dachtest, ich ziehe mich von dir zurück?", fragte ich entsetzt. „Harlow, nein, ich wollte, dass du dein eigenes Leben führst und dir Zeit geben, damit du herausfinden kannst, was du wirklich willst. Das musste ich deinem Vater versprechen!"

„Ich weiß", sagte sie. Ihr liefen die Tränen aus den Augen, und sie legte mir eine Hand an die Wange. „Ich war so verwirrt, als du mich an meinem Geburtstag angerufen hast. Verwirrt von meinen Gefühlen, aber auch darüber, warum du überhaupt angerufen hast. Ich war mir sicher, dass du dich nur aus demselben Grund meldest, aus dem du es in den Monaten davor sporadisch getan hast – aus Pflichtgefühl. Aber auch wenn ich dachte, *du* hast mich satt, habe ich mir Sorgen gemacht, dass ich mich mit Collin für den Falschen entschieden hatte. Es tut mir so leid", stieß sie schluchzend hervor. „Nicht auf dich zu warten war der größte Fehler meines Lebens, Knox Alexander."

Ich schüttelte den Kopf, unfähig zu begreifen, wie sehr damals alles durcheinandergeraten war. Ich hatte Harlow die Schuld gegeben ... Ich hatte ihrem Dad die Schuld gegeben ... Und jetzt wusste ich, dass ich mir selbst die Schuld geben musste. Ich hatte ihr ungewollt das Herz gebrochen und sie Collin in die Arme getrieben, während ich mich selbst schrecklich gequält hatte, nur um ihr ein paar Monate Freiheit zu verschaffen. „Wie lange hast du gebraucht, das zu begreifen?"

Ihr Gesicht verzog sich vor Kummer. „Welchen Unterschied macht das noch?" Sie sprach so leise, dass ich sie kaum hören konnte, obwohl sie so dicht an mich geschmiegt lag.

„Ich will es wissen", versicherte ich ihr.

„Es wird dir nur noch mehr weh..."

„Harlow."

Sie seufzte und wandte ihren Blick zur Seite, als erinnerte sie sich an diese Jahre der Trennung. „Ich hatte immer meine Zweifel. Ich träume fast jede Nacht von dir, seit diesem Anruf an meinem achtzehnten Geburtstag. Mitten in der Nacht bin ich weinend aus diesen Träumen aufgewacht, und ich habe geweint, bis ich wieder eingeschlafen bin. Aber ich habe mir weiter eingeredet, dass ich in Collin verliebt war – na ja, ich *war* verliebt in Collin. Ich glaube, ich habe mir eingeredet, dich nicht mehr zu lieben, weil ich wusste, dass du mich nicht liebst." Sie schüttelte einmal kurz den Kopf. „An dem Tag, als er mir den Antrag gemacht hat, kam mir zum ersten Mal der Gedanke, dass ich mich falsch entschieden habe.

Als er mich gefragt hat, hatte ich diesen Flashback zu dem Abend, als du mir erzählt hast, dass du mich heiraten wirst – dem Abend, an dem wir unsere ganze Zukunft geplant haben – und ich sah immer nur dich vor mir, auch als ich Ja gesagt habe. Ab dem Abend hat Collin angefangen, sich zu verändern. Nur ganz subtil, aber ich glaube, ich habe ihn einfach genug geliebt, um zu entschuldigen, was er tat, oder mir einzureden, dass es nicht wirklich passiert war. Und dann ist irgendwie immer mehr Zeit verstrichen. Kurz vor der Hochzeit, jedes Mal, wenn ich aus einem Traum von dir erwacht bin, überkam mich dieses überwältigende Gefühl aus Sehnsucht und Verlust. Da *wusste* ich, dass ich mich für den falschen Mann entschieden hatte. Aber das war egal, für uns war es zu spät. Zu viel Zeit war vergangen, und ich würde einen Mann heiraten, den ich liebte, auch wenn ich ihn nie so lieben konnte, wie ich dich liebte. Ich habe mir immer wieder eingeredet, dass sich, auch wenn ich mich für dich entschieden hätte, in den Monaten nach meinem Umzug so viel verändert und es so viel Herzschmerz gegeben hatte, dass es zwischen uns nie wieder so geworden wäre wie vorher."

„Es wäre nie zu spät für uns gewesen", sagte ich überzeugt.

Harlow sah mich traurig an und ballte die Hand an meiner Wange zusammen. „Das weiß ich jetzt auch."

HARLOW

Herbst 2012 – Richland

„Oh, Harlow."

Ich drehte mich um und entdeckte meinen Dad im Türrahmen stehen, durch den meine Mom und meine Schwestern eben erst gegangen waren.

„Du siehst …" Er verstummte und schüttelte kurz den Kopf. Sein Kinn fing an zu beben, und ich riss die Augen auf.

„Nein, nein! Bitte nicht weinen, Daddy! Wenn du weinst, ruiniere ich mein Make-up, weil du genau weißt, dass ich dann auch nicht an mich halten kann. Bitte nicht weinen."

„Tue ich ja nicht", sagte er heiser und räusperte sich. Er schaute sich einen Moment lang im Raum um und sammelte sich, dann drehte er sich wieder stolz lächelnd zu mir herum. „Du siehst wunderschön aus."

„Danke, Dad", flüsterte ich und fuhr mit zitternden Händen über mein Brautkleid.

„Es ist fast so weit, bist du fertig?"

Ich atmete langsam aus und lächelte zu ihm hoch. Ich hatte einen Kloß im Hals, und obwohl ich mehrfach geschluckt hatte, brachte ich noch kein Wort heraus, also nickte ich stattdessen nur und nahm meinen Brautstrauß.

„Wenn nicht, können wir die ganze Sache immer noch absagen, ich würde dir das nicht vorhalten. Aber ich habe Hayley das Gleiche gefragt, als sie geheiratet hat, und ich werde es auch bei Hadley tun. Bist du sicher, dass du dich richtig entschieden hast?"

Seine Frage fühlte sich an wie ein Schlag in den Magen. Das war bestimmt eine normale Frage, oder? Und doch kam es mir vor, als bedeute sie so viel mehr, weil ich mir eben *nicht* sicher war. Ich war mir sicher, dass ich Collin liebte, allerdings wusste ich auch, dass ich ihn nie so sehr lieben würde, wie ich zu lieben imstande war. Denn ich hatte schon einmal jemanden von ganzem Herzen geliebt. Ich liebte diesen Menschen noch immer mehr als alles andere. Und auch wenn ich aus Erfahrung wusste, dass es möglich war, zwei Männer zur gleichen Zeit zu lieben, konnte man sie doch nicht gleich stark lieben. Einem mochte man sein Herz geschenkt haben, aber dem anderen gehörte die ganze Seele – *Knox Alexander* würde immer meine Seele gehören.

Traf ich also die richtige Entscheidung? Heute vielleicht, doch ich musste immer mit dem Wissen leben, dass ich es vor zwei Jahren nicht getan hatte.

Ehe ich antworten konnte, lachte mein Dad leichthin, als hätte er sich selbst lustig gefunden. „Was sage ich denn? Natürlich bist du dir sicher, dich richtig entschieden zu haben, sonst würde ja jetzt in der Kirche ein anderer Mann auf dich warten."

Verwirrt zog ich die Augenbrauen zusammen. „Was? Dad, wovon redest du da?"

Er winkte ab. „Nichts, nichts. Bist du so weit?"

„Nein, sag es mir. Wovon hast du geredet?", fragte ich und lächelte ihm aufmunternd zu in der Hoffnung, dass er es mir dann eher erzählte.

Dad überlegte einen Moment hin und her, schließlich sagte er: „Na ja, vor ein paar Jahren dachten wir alle noch, dass du diesen Alexander-Jungen heiratest."

Knox, dachte ich, oder vielleicht schrie ich es. Ich wusste nur, dass meine Knie mich kaum noch aufrecht hielten.

„Als er zu mir gekommen ist, ehe du aufs College gegangen bist, und um deine Hand angehalten hat, wusste ich nicht, was ich ihm sagen sollte. Ich meine, du warst noch nicht einmal achtzehn, aber ich habe auch nie daran geglaubt, dass ich euch beide voneinander fernhalten könnte."

Ich wusste nicht, wie ich es schaffte, auf den Beinen zu bleiben. Mein Körper fühlte sich schwer an, gleichzeitig war ich mir sicher, ihn von außen zu betrachten. *Er hat sich die Erlaubnis geholt, mich zu heiraten?*

„Ich habe ihm gesagt, er darf dich fragen, sobald du volljährig bist, doch es gab einige Bedingungen. Ich wollte, dass du zuerst den Abschluss machst, und ich wollte, dass er dir vorher etwas Freiraum gibt. Ich wollte, dass du das Leben auskosten kannst, ohne Knox immer im Hintergrund zu haben. Ich habe ihm gesagt, wenn er mir das verspricht und sich an meine Wünsche hält und wenn du dich nach diesen Monaten immer noch für ihn entscheidest, dann kann er dich fragen." Dad zuckte mit den Schultern und grinste breit, als hätte er nicht gerade meine ganze Welt auf den Kopf gestellt. „Und dann tauchst du plötzlich mit Collin auf und kein Wort mehr von Knox. Ich dachte mir, wenn dich jemand von diesem Alexander-Jungen loseisen kann, dann musst du dir bei ihm schon sehr sicher sein. Und wir könnten mit Collin tatsächlich nicht glücklicher sein, deine Mutter und ich halten große Stücke auf ihn. Ich wünschte, du hättest mit dem Heiraten bis nach deinem Abschluss gewartet, aber ich weiß auch, man bekommt nicht immer, was man sich wünscht, und du hast wirklich einen Guten gefunden."

Ich versuchte zu lächeln und zu nicken; ich weiß nicht, ob es mir gelang.

„Ein Vater macht sich gleich viel weniger Sorgen, wenn er weiß, dass seine Tochter geliebt wird und in guten Händen ist. Also, was meinst du, wollen wir loslegen?", fragte er, ohne etwas von der Verwüstung zu ahnen, die ich im Inneren spürte.

„Äh, ja, ich brauche nur noch eine Minute, Dad. Wir treffen uns in der Lobby."

Sein sorgloses Lächeln verblasste plötzlich, und er runzelte die Stirn.

„Ich habe nur gerade gemerkt, dass ich mein Strumpfband vergessen habe“, log ich schnell. „Wirklich, ich komme gleich nach.“

Er verzog das Gesicht, womit er andeutete, dass er das lieber nicht gewusst hätte, und verließ das Zimmer.

Sobald die Tür sich hinter ihm geschlossen hatte, brach ein schmerzerfülltes Schluchzen aus mir heraus. Das Zimmer fing an, sich zu drehen, und mir wurde schlecht, als mir die Worte meines Vaters noch einmal durch den Kopf gingen, als wollten sie mich verspotten.

Das Leben auskosten, ohne Knox immer im Hintergrund zu haben.

Wenn er mir das verspricht und sich an meine Wünsche hält … dann kann er dich fragen.

Das Leben auskosten, ohne Knox immer im Hintergrund zu haben.

Wenn er mir das verspricht und sich an meine Wünsche hält … dann kann er dich fragen.

Schuldgefühle kamen in mir hoch. Sie verbrannten und erstickten mich, als sie mich durchfluteten.

Knox hatte *doch* auf mich gewartet.

Ich hatte nicht auf ihn gewartet … Und jetzt war es zu spät.

KNOX

Gegenwart – Richland

Harlow fuhr mit ihren Fingern über meine Wange und zeichnete meine Lippen nach, als sie ihre Geschichte beendet hatte. „Ich habe mich selbst nie mehr gehasst als in diesem Augenblick. Die Schuld fühlte sich an wie ein lebendiges Wesen in mir. Dann haben Collin und ich geheiratet, und ich bin in der

Nacht zum ersten Mal meinem Monster begegnet. Ich habe schnell gemerkt, dass es an Collin nichts mehr zu lieben gab."

Ich nahm ihre Hand in meine und neigte den Kopf, um ihr einen Kuss in die Handfläche zu geben. „Ich hole dich weg von ihm", murmelte ich an ihrer Haut.

Sie seufzte, als hätten meine Worte sie mit einem Gewicht beschwert. „Das geht nicht."

„Das geht, und ich werde es tun."

„Knox, du verstehst nicht, was er tun wird."

„Doch, das tue ich", widersprach ich und richtete den Blick auf ihre Wange, die dort, wo er sie geschlagen hatte, immer noch rot war. „Du hast heute eine Entscheidung getroffen, als du mir geschrieben hast. Du wusstest, dass er es sehen könnte, und du hast es trotzdem getan. Vor dem heutigen Tag hättest du mich nie in dieses Haus gelassen, weil du zu viel Angst gehabt hättest, dass er mich hier findet oder etwas herausfindet."

Sie senkte ihren Blick, doch ich wusste, dass sie es nicht leugnen konnte.

„Du hast eine Entscheidung getroffen, als du dich mir hingegeben hast. Jetzt kannst du nicht mehr von mir erwarten, dass ich dich noch einmal gehen lasse." Ich hob ihren Kopf an, bis sie mich ansah, und fuhr dann fort: „Du hast mir außerdem gesagt, dass du mir nicht erzählen würdest, was zwischen euch beiden passiert ist, solange du nicht bereit wärst zu gehen."

„Aber Knox ..."

„Du hast selbst gesagt, dass er sich verändert, und wenn er so nachlässig wird, das zu tun, was er diese Woche getan hat, dann lasse ich dich nicht nur nie mehr gehen, ich lasse dich auch keinen Tag länger in diesem Haus bleiben."

Harlow schüttelte den Kopf, noch bevor ich ausgesprochen hatte. „Nachdem wir uns an dem Tag im Coffeeshop begegnet sind", sagte sie, „hätte ich alles gegeben, damit du mich sofort in diesem Augenblick mitnimmst. Ich würde *immer* noch alles tun und geben, um von dir mitgenommen zu werden." Ihr nächstes Lächeln war qualvoll, und ihr Blick distanziert. „Collin hat mich noch in Oregon finden und wegen einer falschen Anklage verhaften lassen, als ich, versucht habe, von ihm wegzulaufen. Deswegen versuche ich dir klarzumachen, dass du mich nicht einfach mitnehmen kannst. Er *wird* mich finden, und er *wird* mich zurückbringen. Aber das ist noch die geringste meiner Sorgen. Ich habe dir ja gesagt, er bedroht meine Familie. Er hat jemanden beauftragt, das Haus anzuzünden, in dem sie sich in jener Nacht aufgehalten haben, in der ich versucht habe wegzulaufen. Er hat eines Abends seine Waffe gegen Hadley gerichtet, als sie hier war, doch ich konnte sie herausschaffen, ehe sie etwas bemerkt hat, und *weil* ich sie herausgeschafft habe, hat er meinen Hund umgebracht."

Schockiert und angewidert riss ich die Augen auf, doch ehe ich etwas zu all dem sagen konnte, kam mir ein Gedanke. „Wo bewahrt er seine Waffe auf?"

„Glaubst du, ich hätte nicht versucht, sie zu finden? Ich bin den ganzen Tag hier, fast jeden Tag. Ich putze das Haus von oben bis unten. Ich suche auch nach verborgenen Verstecken. Gefunden habe ich noch nichts." Sie verdrehte die Augen, als sie sagte: „Ich meine, heute hat Collin gedacht, ich würde ihn mit Salz vergiften. Ich glaube nicht, dass er die Waffe irgendwo lassen würde, wo ich sie finden kann."

„Das ist nicht lustig", meinte ich leise.

Ihre Miene wurde weich. „Tut mir leid."

Sekunden vergingen, ehe ich noch einmal schwor: „Ich hole dich weg von ihm. Heute noch, Harlow. Wir rufen deine Familie an. Uns fällt schon etwas ein. Ich beschütze dich. Ich finde einen Weg, wie ich euch alle beschützen kann." Ich versuchte nicht, den dringlichen Tonfall meiner Worte zu verbergen. Sie musste wissen, wie ernst es mir war. Sie musste wissen, dass ich jetzt in diesem Augenblick meinte und nicht irgendwann in der Zukunft. „Pack zusammen, was du brauchst. Ich kümmere mich um alles, was du nicht mitnehmen kannst …"

Sie nahm mein Gesicht wieder in beide Hände und fuhr mir mit den Daumen über die Lippen, um mich zum Schweigen zu bringen – und irgendwie funktionierte es wirklich. Ich hatte gewusst, dass sie nicht mitmachen würde. Ich hatte es gewusst, und doch enttäuschte es mich so sehr, wie es mich panisch werden ließ. „Ich liebe dich", sagte sie schlicht.

„Harlow …"

„Ich habe dich immer geliebt, Knox, und ich werde dich immer lieben, aber ich kann nicht …"

„Doch, du kannst!"

„Ich kann nicht!"

„Dann sag mir, was das hier sollte", wollte ich wissen, während ich mich von ihr löste und aus dem Bett stieg. Meine Stimme wurde immer lauter, als ich mich ein paar Schritte entfernte und mich dann wieder zu ihr umdrehte. „Sag mir, warum du dich mir dann gerade nach sieben verdammten Jahren hingegeben hast, Harlow!"

Sie stützte sich auf einen Arm, und an ihrem Gesicht war abzulesen, wie sehr sie das alles verletzte – aber mich verletzte es noch mehr.

Ich fuhr fort, als sie den Mund öffnete, um zu antworten. „Sollte das eine Art Abschied sein? Wolltest du noch wissen, wie wir zusammen sind, weil ich dich vorher nicht anrühren wollte? Wolltest du wissen, was du verpasst?", spottete ich, und sie atmete schwer aus, als hätte ich sie geschlagen.

„Knox." Mein Name war kaum hörbar, doch ihr Tonfall sagte mir alles.

Ich wusste bereits, dass ich zu weit gegangen war. Ich wusste es, sobald die Worte meinen Mund verlassen hatten – aber ich hatte sie nicht aufhalten können. „Ich habe dir gesagt, du hast heute eine Entscheidung getroffen", fing ich wieder an, auch wenn meine Wut dieses Mal mit jedem Wort mehr verflog. „Ich kenne dich, Harlow, und du kennst mich. Du weißt, dass ich nie damit einverstanden wäre, nur einen Teil von dir zu haben, und ich weiß, das würdest du auch nie von mir verlangen. Was wir früher getan haben, haben wir getan, weil ich *wusste*, dass du eines Tages ganz zu mir gehören würdest. Was wir heute getan haben, haben wir getan, weil ich *weiß*, dass du zu mir gehörst. Und jetzt, wo das so ist, kannst du nicht versuchen, einen Teil von dir wieder wegzunehmen."

Seit ich aus dem Bett gestiegen war, waren ihr konstant Tränen über die Wangen gelaufen, doch bei meinen letzten Worten schluchzte sie leise und senkte den Kopf, damit ich ihr Gesicht nicht mehr sehen konnte. „Ich habe heute eine Entscheidung getroffen", flüsterte sie, als ich mich aufs Bett kniete und sie in die Arme nahm. „Aber nicht die, von der du ausgehst, und auch nicht die, die ich mir gewünscht hätte."

Mein ganzer Körper verspannte sich, doch ich sagte nichts.

„Ich habe mich dafür entschieden, dich zu lieben – vollkommen – für den Rest meines Lebens."

In jeder anderen Situation hätten diese Worte mich glücklicher gemacht, als ich es beschreiben könnte ... aber nicht jetzt. Die Art, wie ihre Stimme bei den letzten Worten brach, sagte mir genau, was sie meinte, und es war genau das, was ich nicht hören wollte.

Sie hatte bereits angedeutet, dass sie glaubte, wegen Collins unberechenbarem Verhalten nicht mehr lange zu leben zu haben. Also gab sich Harlow mir auf die einzige Weise hin, die sie konnte, bis der Tag kam, an dem Collin sich nicht mehr unter Kontrolle haben würde.

Und das konnte ich nicht akzeptieren.

„Du hast gerade gesagt, dass du alles darum geben würdest, dich von mir hier wegholen zu lassen." Ich versuchte, wenigstens etwas anklagend zu klingen, aber meine Stimme bebte, und ich klang geschlagen.

„Das würde ich, Knox. Wenn meine Fam…“ Sie brach ab und atmete hörbar ein. „Collin.“

„Was?“

„Er ist zu Hause!“, zischte sie und sah wild um sich.

„Woher weißt du das?“, fragte ich, während ich vom Bett sprang und anfing, meine Sachen vom Boden aufzusammeln. Ich warf Harlow ihre zu, wenn ich sie in die Hände bekam.

„Sein Wagen ist in der Auffahrt.“

Ich richtete mich schnell vom Anziehen meiner Boxershorts auf und sah zum Fenster – die Vorhänge waren geschlossen.

Ehe ich fragen konnte, antwortete sie: „Es ist, als hätte er mich dressiert, Angst vor dem Geräusch seines Wagens in unserer Auffahrt zu haben. Ich könnte es nicht überhören, selbst wenn ich es versuche.“ Sie zog sich ihre Bluse an und fing danach sofort an, das Bett zu richten. „O Gott, o Gott, o Gott. Warum kommt er früher nach Hause?“, flüsterte sie in sich hinein. „Das passiert sonst nie. Warum macht er ständig diese Dinge?“

Sobald ich angezogen war, zog ich sie vom Bett fort und in meine Arme. Ich unterbrach ihr gehetztes Flüstern mit einem Kuss, und auch wenn ihr Körper zunächst angespannt war, schmiegte sie sich schon bald an meinen, bis wir den Schlüssel im Schloss hörten.

„Du musst verschwinden!“, sagte sie, aber ich erkannte an ihrem hoffnungslosen Gesichtsausdruck, dass ich das Haus auf keinen Fall verlassen konnte, ohne dass ihr Mann es bemerken würde.

„Ich bin Feuerwehrmann, Low. Ich kann einfach aus dem Fenster klettern“, schlug ich vor.

„Nein!“, sagte sie zu laut und fing an, mich in Richtung Wandschrank zu schieben. „Die Fenster sind alle mit einer Alarmanlage gesichert. Wenn du eines öffnest, hört man es im ganzen Haus klingeln. Du musst …“

„Harlow!“, rief Collin, und ihr Körper schien zusammenzusacken, obwohl sie aufrecht stehen blieb.

„Meine Schwiegereltern feiern heute Abend ihren Hochzeitstag. Bis dahin sind es noch ein paar Stunden, aber du wirst …“

„Harlow?“, rief Collin wieder, dieses Mal weiter entfernt, aber auch schärfer im Ton.

Ich kniff die Augen zusammen, und mein Körper war zum Kampf bereit.

„Bitte“, flüsterte Harlow. „Nicht.“

Damit drehte sie sich um und ging ruhig aus dem Zimmer, und ich bemühte mich, jedes Geräusch, jedes Wort mitzuhören.

16. Kapitel

HARLOW

Gegenwart – Richland

Collin betrat zur gleichen Zeit das Wohnzimmer, als ich aus dem Flur kam. Gott sei Dank hatte er nicht gemerkt, aus welchem Zimmer ich gekommen war.

„Wo zur Hölle bist du gewesen?“, fuhr er mich an, und ich zuckte zurück.

Ich blinzelte träge und betete, dass ich weniger stark zitterte als befürchtet. Ich musste überzeugend wirken. Daher zwang ich mich dazu, meinen Körper langsam zu bewegen, blickte einmal hinter mich, dann wieder zu Collin. „Ich … Wie spät ist es? Ich bin nach dem Duschen eingeschlafen …“ Ich riss die Augen auf, atmete absichtlich tiefer und hoffte, dass meine Angst, mein Mann könnte Knox im Haus finden, genauso wirkte wie meine übliche Angst vor Collin. „Oh … Es tut mir so leid. Ich fasse nicht, dass ich so lange geschlafen habe. I-i-ich bin gleich fertig, ich …“

„Es ist erst ein Uhr mittags, Harlow.“

Ich wusste, dass ich noch immer meine Rolle zu spielen hatte, ich wusste, dass ich ihn etwas glauben lassen musste … Aber in dem Moment konnte ich mich nicht mehr daran erinnern, was, weil ich seine Augen bemerkt hatte. Leblos. Er kam jetzt wegen meines Monsters früher nach Hause.

„Collin“, flüsterte ich, als er mir langsam näher kam.

„Weißt du, ich war bei der Arbeit, doch etwas an heute

Morgen ließ mir keine Ruhe." Er kam ein paar Schritte näher, und es gelang mir endlich zurückzuweichen, doch er ging einfach schneller, während er weiterredete. „Weißt du, was das war?"

Ich schüttelte hastig den Kopf und zuckte zusammen, als ich gegen eine Wand prallte.

„Rate mal, Harlow."

„Ähm, du ... Ich weiß ... Ähm. Du hast nichts gegessen. Ich habe dir nichts Neues gemacht, das du mitnehmen konntest, und du hattest deswegen kein Frühstück?", stammelte ich schnell.

„Nein, aber nah dran." Er wartete, bis sein Körper an meinen gepresst war und er zu mir hinabsehen konnte, ehe er weitersprach. „Du hast dich übergeben."

Hätte ich nicht solche Angst davor gehabt, was er als Nächstes tun würde – nicht nur um meinetwillen, sondern weil ich wusste, dass Knox eingreifen würde – hätte ich ihn fragend angesehen. So stand ich nur da, atmete flach und versuchte herauszufinden, worauf er hinauswollte. „J-ja", sagte ich, doch es klang eher wie eine Frage.

„Ich weiß, du magst keine Eier, aber es gab keinen Grund, sie wieder von dir zu geben, es sei denn, du hast sie *doch* vergiftet. Warum sonst solltest du sie so schnell aus deinem Körper haben wollen?"

Nein. Nein, nein, nicht das schon wieder. Ich brachte kaum mehr als ein Flüstern heraus, als ich sagte: „Collin, nein."

„Was hast du in den Salzstreuer getan?"

„Salz, Collin, das habe ich dir doch gesagt. Ich mache gerne etwas anderes und esse alles auf, wenn dich das überzeugt!"

Ein tückisches Lächeln umspielte seine Lippen; sein Gesichtsausdruck verriet, dass es zu wenig war und zu spät.

Ich zitterte unkontrolliert, während ich wartete ... auf *irgendetwas*. Doch anders, als ich es gewohnt war oder was er neuerdings tat, legte er den Kopf zur Seite, und mir wich alles Blut aus dem Kopf, als er fragte: „Wie geht es Hadley?"

Ich fing an zu schwanken, aber er stand mir nah genug, dass ich nicht weit fallen konnte. „Nein. Nein", wimmerte ich. „Bitte, nein. Es war Salz, ich schwöre es dir. Fass meine Schwester nicht an!", flehte ich.

„Sie anfassen?", schnaubte er verächtlich. „*Das* würde ich niemals tun, *Frau*."

So wie er mich ansah, und wie er mich „Frau" nannte, war ich mir sicher, dass er von Knox wusste. Aber während ich mit angehaltenem Atem dastand, sagte er kein Wort von ihm oder dem zweiten Telefon.

Collin griff in seine Gesäßtasche, und eine Sekunde später drückte er mir mein Handy an den Bauch. Als ich es in der Hand hielt, trat er zurück und zeigte mit dem Kopf darauf. „Ich musste nach Hause kommen, weil ich keinen Zweifel habe, dass dich gleich jemand anrufen wird." Er drehte sich um und ging zur Couch, die Belustigung in seiner Stimme war nicht zu überhören. „Wie praktisch, dass deine Schwester beschlossen hat, den Sommer über in Richland zu bleiben, findest du nicht?"

Mir drehte sich der Magen um, und die Angst, die in den nächsten Minuten in mir hochstieg, reichte aus, mich fast vergessen zu lassen, dass Knox sich noch im Gästezimmer versteckte.

Ich sprang zurück, als mein Handy klingelte, und mein Kinn fing an zu beben, als ich „Mom" auf dem Bildschirm aufleuchten sah.

Ich blickte zu Collin hinüber, der tückisch grinsend auf dem Sofa saß, und fragte: „Was hast du getan?"

Sein Lächeln verblasste. „Ich? Das ist eine dreiste Anschuldigung, zumal keiner von uns beiden weiß, wovon du eigentlich sprichst. Du solltest lieber ans Telefon gehen."

Nachdem ich auf den Bildschirm getippt und das Telefon an mein Ohr gehalten hatte, kamen mir sofort die Tränen, als ich meine Mom am anderen Ende weinen hörte. „Mom?"

„Oh, Harlow", presste sie noch heftiger schluchzend hervor. „Harlow, es ist Hadley, sie ... Sie hat ihren Wagen in ein ..." Sie verstummte, und ich hörte, wie das Telefon bewegt wurde.

Die Stimme meines Vaters klang nicht viel besser, doch er schaffte es, die Worte herauszubringen. „Schätzchen? Wir sind auf dem Weg, kannst du schon mal ins Krankenhaus fahren? Hadley hat ihren Wagen in ein Haus gefahren. Sie lebt, und sie kommt wieder in Ordnung, aber man hat uns gesagt, die Ärzte glauben, sie hätte irgendetwas eingenommen", sagte er. „Wusstest du, dass sie so etwas macht? Wie konnten wir das nicht wissen?", fragte er sich selbst, ehe ich antworten konnte.

Nicht dass ich das getan hätte, selbst wenn ich gekonnt hätte. Ich konnte nicht sprechen. Meine Schwester trank auf Partys manchmal etwas, jedoch nie so viel, dass sie es am nächsten Tag bereute. Nachmittags trank sie auf keinen Fall, und ich konnte nur mutmaßen, dass mit „irgendetwas" nicht Alkohol gemeint war. Und das sah Hadley nicht ähnlich. Ich schaute Collin in die Augen, in denen ein Lächeln zu lesen war.

Ich wollte schreien, dass es Collins Schuld war, dass Hadley so etwas nur passiert war, weil er dahintersteckte. Doch dann würde ich dafür bezahlen, und Knox würde versuchen, mich zu retten. Es war schwer zu sagen, was ihm dann geschehen würde, und dann musste der Rest meiner Familie einen noch höheren Preis zahlen, als er es ohnehin schon getan hatte.

„Harlow?", fragte Dad. „Kannst du hinfahren? Sie braucht einen von uns, und wir sind noch drei Stunden entfernt."

„Natürlich, ich bin so schnell es geht da", sagte ich.

Dad schluchzte auf. „Alles wird gut, Harlow. Bald geht es ihr wieder gut. Ganz sicher. Bald geht es ihr wieder gut."

Ich nickte, auch wenn er mich nicht sehen konnte. Denn Hadley *würde* es wieder gut gehen, solange ich den Mund hielt und versuchte, Collin glücklich zu machen. „Bis bald. Hab dich lieb“, flüsterte ich und legte auf.

„Zieh dich vernünftig an. Versuch, deine Wange abzudecken, und sieh zu, dass dein Hals bedeckt ist. Ich bringe dich“, sagte Collin nüchtern. „Wir können dich ja schlecht allein mit ihnen lassen, nicht wahr?“

Ich hatte auf den Boden gestarrt, aber als er zu Ende geredet hatte, sah ich wieder zu ihm hoch. Innerlich schrie ich, wie sehr ich ihn hasste. Ich ließ meine ganze Wut der letzten zweieinhalb Jahre an ihm aus. Ich ließ ihn bereuen, mich je angefasst zu haben. Äußerlich war ich ungerührt wie ein Stein, während mir langsam eine Träne über die Wange lief und auf den Boden fiel.

Als wir Stunden später nach Hause kamen, begriff ich erst, wie viel Planung hinter dieser Strafe gesteckt hatte – und das in den wenigen Stunden, die ihm am Morgen geblieben waren. Als meine Eltern im Krankenhaus angekommen waren, konnten wir nur noch rund zwanzig Minuten bleiben, ehe Collin ihnen vom Dinner zum Hochzeitstag seiner Eltern erzählte, das wir „nicht verpassen durften“. Doch erst, nachdem er geschworen hatte, dass wir bald zurückkommen würden, und nachdem er Hadley in eine Einzelsuite im Krankenhaus hatte verlegen lassen. Gerade genug Zeit, um meinen Eltern zu zeigen, dass ich lebte und es mir größtenteils gut ging, ich geliebt und von meinem Ehemann verwöhnt wurde, und um sie daran zu erinnern, dass Collin ihr Lieblingsschwiegersohn war.

Aber nicht lange genug, dass sie meinen Hass auf ihn bemerken konnten, sich fragten, warum ich mich anspannte, wenn er in Hadleys Nähe kam, oder warum er mir mit seinen Blicken tausend schreckliche Dinge androhte, sobald ich ihm mehr als eine Sekunde von der Seite wich. Und da alle so sehr mit Hadley beschäftigt waren, bemerkte natürlich auch niemand mein Zittern, meinen abgemagerten Körper oder den roten Fleck auf meiner Wange, den ich nicht abzudecken versucht hatte.

Hadley hatte eine fast tödliche Dosis PCP in ihrem Körper gehabt, als sie ihren Wagen in das Haus gefahren hatte. In ihrem Zustand war sie aus dem Wagen gestiegen – obwohl sie sich den Arm gebrochen hatte – und hatte sich gegen die Polizisten gewehrt, die versucht hatten, sie in Gewahrsam zu nehmen. Polizisten, die ihr *ganz zufällig* gefolgt waren.

Sie lag, mit starken Beruhigungsmitteln betäubt und mit Handschellen an ihr Krankenhausbett gefesselt, da und wurde von denselben Polizisten in ihrem Zimmer bewacht, als wir ankamen. Doch dann hatte Collin *den Tag gerettet*, indem er verkündete, er würde dafür sorgen, dass man alle Anklagepunkte gegen sie fallen lassen würde, und dass er alle Kosten für den entstandenen Schaden übernehmen würde. Natürlich hatte er mit alledem gewartet, bis meine Eltern aufgetaucht waren.

So außer sich, wie sie waren, konnten meine Eltern meinem Mann nur dankbar sein für das, was er tat. Während ich dafür dankbar war, dass Hadley nicht vorbestraft sein würde, konnte ich nicht anders, als die Polizisten genau zu betrachten, die meiner Schwester noch die Handschellen abnahmen und dann gingen. Denn eine solche Sache einfach vom Tisch zu fegen, wie Collin es getan hatte, das ging nicht – besonders nicht unter dem neuen Polizeipräsidenten, den Collin so sehr hasste. Ich wusste, dass mein Mann sie bestochen hatte. Genau wie den Polizisten, der mich verhaftet hatte.

„Zieh dich um“, sagte Collin, ohne mich eines Blickes zu würdigen, während er ins Schlafzimmer ging.

Ich wartete, bis er drinnen war, ehe ich ins Gästezimmer ging, um in den Schrank zu sehen. Ich hatte gewusst – na ja, gehofft – Knox würde gehen, während wir fort gewesen waren, aber es enttäuschte mich trotzdem, den Schrank leer und das Bett gemacht vorzufinden. Die Fenster waren noch immer geschlossen und verriegelt, und die Eingangstür war abgeschlossen, als wir nach Hause kamen. Ich war mir daher nicht sicher, wie er das Haus verlassen hatte, wusste aber auch, dass ich keine Zeit hatte, es herauszufinden.

Ich betrat das Schlafzimmer gerade, als Collin aus dem Wandschrank kam – bereits in ein frisches Hemd gekleidet und mit einer Krawatte in der Hand. Seinem Gesicht sah ich an, dass er sich gefragt hatte, wo ich bleibe.

„Ich habe gesagt, du sollst dich umziehen“, meinte er barsch.

„Wie konnte Hadley PCP im Körper haben?“, wollte ich wissen und zitterte dabei. Ich wusste, ich sollte nicht, ich wusste, ich durfte ihn nicht infrage stellen, aber er hätte sie umbringen können.

Collin kniff die Augen zusammen. „Frag sie selbst, wenn sie wieder auf den Beinen ist. Wahrscheinlich hat sie in den ganzen Clubs, die sie besucht …“

„Sie geht in keine Clubs. Was hast du getan, Collin?“, flüsterte ich, der Schmerz um meine Schwester hörbar in meiner Stimme. „Es war *Salz*. Ich habe mich übergeben, weil ich solche Angst hatte, dass ich nicht atmen konnte, als ich versucht habe, die Eier zu essen, und deshalb hat sich mir der Magen umgedreht, bis die Eier wieder hochgekommen sind. Ich würde dich *niemals* vergiften, und du hast versucht, Had…“

„Sprich deine Unterstellung lieber nicht aus“, drohte er.

„Wo hast du sie überhaupt gesehen? Warum kannst du meine Familie nicht in Ruhe lassen?“ Ich wusste, was ich als Nächstes sagen würde, könnte das Gegenteil bewirken, aber ich musste es versuchen. „Wenn ich nicht immer solche Angst hätte, dass du ihnen etwas antust, würde ich vielleicht nicht so viele Fehler machen!“

Seine Lippen zuckten, und er wendete sich dem Spiegel zu, damit er seine Krawatte binden konnte. „Tu nicht so, als wäre jemand anders schuld als du selbst. Es war ein Zufall, dass ich beschloss, im selben Restaurant Mittag zu essen wie Hadley und eine Freundin. Wir haben uns ein paar Minuten unterhalten, als ihre Freundin im Waschraum war, und ich habe dafür gesorgt, dass Hadley …" Er hörte auf, an seiner Krawatte herumzufummeln, und sah mir durch den Spiegel in die Augen. „… genug Salz hat."

Ich atmete hörbar ein und fing an, den Kopf zu schütteln, als könnte ich die Worte so wieder verschwinden lassen. Ich hatte es gewusst, es ihn aber quasi zugeben zu hören, schockierte mich. Ich weiß nicht warum – nichts an Collin hätte mich noch schockieren sollen. „Ich hasse dich."

Ein paar Dinge geschahen exakt im selben Moment, in dem mir klar wurde, dass ich die Worte laut ausgesprochen hatte, statt sie nur zu denken. Ich hörte auf zu atmen, Collin erstarrte, Mordlust trat in seine toten Augen, und ich wusste – ich *wusste* – ich hatte einen Fehler gemacht. Nicht nur, weil ich endlich jene drei schicksalhaften Worte ausgesprochen hatte, sondern auch wegen Knox. Weil ich nicht zugelassen hatte, dass er mich wegholte … Weil ich nicht versucht hatte, Collin zu entkommen.

Genau in dem Augenblick wusste ich, dass ich, wenn ich mein ganzes Leben noch einmal von vorn hätte leben können, auf Knox gewartet hätte. Dass ich, wenn ich nur die letzten zweieinhalb Jahre noch einmal hätte haben können, mich stärker bemüht hätte, Collin zu entkommen. Dass ich, wenn ich nur die letzten zwei Wochen hätte wiederholen können, Knox angefleht hätte, mir zu helfen, Collin zu verlassen, und mein ganzes Leben damit verbracht hätte, vor meinem Monster wegzurennen, damit ich es nur mit dem Mann verbringen konnte, dem immer schon mein Herz gehört hatte.

Komisch, was einem klar wird, was man sich wünscht, anders gemacht zu haben, und was man sich wünscht, überhaupt gemacht zu haben, wenn das Leben kurz vor dem Ende steht. Und ich hatte keine Zweifel daran, dass mein Leben in ein paar Minuten vorbei sein würde.

So langsam, dass es mir eine Gänsehaut bereitete, ließ Collin den Kopf sinken und drehte sich zu mir um. Als sein Körper meinem zugewandt war, ließ er den Kopf geneigt, hob aber den Blick. „Willst du das noch einmal wiederholen?"

Ich regte mich nicht, und ich antwortete nicht. Ich wusste, dass er das nicht wollte.

Er ging einen langsamen Schritt auf mich zu, und mein ganzer Körper spannte sich an in Erwartung dessen, was kommen würde. Ein weiterer Schritt, und ich sah ihm in die Augen. Noch einer, und ich drehte mich um und rannte aus dem Zimmer.

Ich hatte es gerade zwei Schritte in Richtung Flur geschafft, als er mich an den Haaren packte und gegen die Wand schleuderte – so fest, dass einige Fotos und ein Gemälde auf den Parkettboden fielen. Mein Kopf prallte an der Wand ab, und ich stolperte über eines der Bilder, als ich versuchte, trotzdem zu fliehen, aber er hatte noch immer seine Faust fest in meine Haare gekrallt.

Collin riss mich grob zurück, bis ich mit dem Rücken gegen seine Brust stieß, und flüsterte mir ins Ohr: „Noch mal. Willst du das wiederholen?"

Ich blinzelte die schwarzen Punkte fort, die mir vor Augen standen, und merkte dann, dass mir Blut von der Stirn tropfte. Ich tastete danach und wimmerte, als er meinen Kopf zurückriss. „Collin, bitte."

„Bitte was?"

„Tu das nicht."

Er lachte, aber es klang eher wie Hohn. „Dieses Mal ist es keine Frage. Wiederhole, was du gesagt hast", befahl er.

Ich schüttelte den Kopf, und ein Schluchzen bildete sich in meiner Kehle.

„Erzähl mir, was du gesagt hast!" Ein Ruck ging durch seinen Körper bei der Wucht, mit der er seinen Befehl vorbrachte.

„Ich hasse dich." Die Worte waren nur ein Flüstern, und ich hatte sie kaum ausgesprochen, als er hinter mir hervortrat und mich zu Boden stieß. Ich hatte keine Zeit gehabt, mich auf den Aufprall vorzubereiten, und jetzt fühlte es sich an, als würde mein Kopf gleich explodieren.

Collins Gewicht fiel auf mich, mit den Knien hielt er meine Hände am Boden fest, und wie schon so oft diese Woche legte er mir die Hände um den Hals und drückte zu. Er entlockte mir damit einen Schrei, und ich fing sofort an, mich unter ihm aufzubäumen.

„Du hasst mich jetzt? Nach allem, was ich für dich getan habe? Nach allem, was ich dir *gegeben* habe?", brüllte er und drückte noch fester zu.

Ich hatte längst aufgehört, mich zu wehren, als sein wütendes Geschrei vorbei war. Mir zweimal den Kopf anzuschlagen, so viel Blut aus meiner Stirn zu verlieren und von ihm die Luft abgeschnitten zu bekommen ließ mich den Kampfgeist schneller verlieren als je zuvor.

Ich war kurz davor, das Bewusstsein zu verlieren, da erst löste er einen Finger nach dem anderen, und ich fing an, hustend nach Luft zu ringen. Ich hatte die Augen weit aufgerissen und sah mich wild um, aber als ich einen flüchtigen Blick auf Collin erhaschte, wünschte ich mir, ich hätte sie geschlossen gelassen.

Nicht leblos. Noch immer mordlüstern. Nicht mein Monster. Etwas Neues, etwas Fürchterliches, etwas, von dem ich wusste, dass ich es nicht noch einmal sehen würde, weil er endlich genug von mir hatte. Collins Lippen zuckten, und er lächelte kurz, dann griff er wieder in meine Haare, als er aufgestanden war, und zerrte mich über die Bilderrahmen und das zerbrochene Glas.

Ich glaube, eine Art Schrei löste sich aus meiner Kehle, aber er klang schwach. Mein ganzer Körper fühlte sich schwach an. Die linke Seite meines Gesichts war nass und warm, und auch wenn ich wieder frei atmen konnte, war ich mir nicht sicher, wie lange mir noch blieb, bis ich die Augen nicht mehr offen halten konnte.

Das Parkett unter mir wurde zu Teppich, und eine Art Horror breitete sich in mir aus, als mir klar wurde, dass er mich durch das Gästezimmer schleifte. Während ich versuchte, bei Bewusstsein zu bleiben, dachte ich wieder, dass Collin von Knox wissen musste, irgendwie wissen musste, dass Knox den Vormittag in diesem Haus verbracht hatte. Aber dann schleifte Collin mich weiter, bis ich Fliesen unter mir spürte.

Ich hörte, wie er Badewasser einlaufen ließ, und wimmerte protestierend. Wir hatten keine Badewanne in unserem Gästebadezimmer, größtenteils weil Collin sie hasste, und immer, wenn er mich wusch oder mich einer Wasserstrafe unterzog, geschah das in der Dusche – nie in der Badewanne. Trotzdem hasste ich diese Strafen, und ich wollte mich nicht dagegen wehren müssen. Doch statt mich auszuziehen, wie er es normalerweise getan hätte, hob Collin mich hoch und ließ mich in die große Wanne fallen, in der sich noch kaum Wasser befand. Ich schrie auf, als ich auf das harte Acryl prallte, und auch wenn ich nicht versuchte aufzustehen, presste Collin die Hände auf meine Brust, um mich festzuhalten, nachdem er den Stöpsel eingesteckt hatte, damit das Wasser sich sammeln konnte.

Panisch sah ich zu ihm hoch. Er wirkte völlig gelassen – fast gelangweilt, als würde er dem Gras beim Wachsen zusehen. Die Mordlust war aus seinem Blick gewichen, stattdessen war dort eine Leere, die ich noch nie gesehen hatte. Ich dachte vorher, seine Augen wären leblos gewesen – jetzt war es, als wäre er tatsächlich tot.

„Collin. Collin!", versuchte ich zu schreien, aber meine Stimme war heiser und leise. „Collin, bitte!" Ich fing an, zu schwer zu atmen – die Bewegungen erschwerten es zusätzlich, weil er so viel Gewicht auf meine Brust legte – und als das Wasser immer höher und höher stieg, fing ich an zu hyperventilieren. Das Zappeln in der Badewanne half auch nicht. „Collin!"

Er seufzte, und sein Blick wanderte dorthin, wo das Wasser über den Rand spritzte, und dann hinunter auf seine Arme. „Jetzt muss ich mich wieder umziehen." Er klang verärgert deswegen, bewegte die Arme aber nicht, auch nicht, als das Wasser noch höher stieg und über seine Krawatte reichte. „Welches Hemd soll ich heute Abend anziehen, Harlow? Ich glaube, ich möchte meine grüne Krawatte umbinden. Weißt du, welche ich meine? Nicht die mit dem Muster. Die schlichte grüne."

„Collin!", schrie ich kurz über Wasser und versuchte, meinen Kopf höher zu heben, als es mir über die Lippen stieg.

„Weißt du jetzt, welche Krawatte, oder nicht?"

„Waldgrün", spie ich aus, und er nickte zerstreut.

„Und welches Hemd soll ich jetzt dazu anziehen, Harlow, und sag nicht schwarz. Ich muss es wissen."

Ich blinzelte rasch und versuchte, meine Gedanken zu beruhigen. Je eher mir ein Hemd einfiel, desto eher würde er mich auftauchen lassen. „Ähm. Grau. Hellgrau." Meine Panik gab Vollgas, als ich das leichte Zucken in seinem Mundwinkel bemerkte, weil ich wusste, dass ihm meine Antwort nicht gefallen hatte. „H-hellgrün! Graue Weste!", rief ich durch noch mehr Wasser. „Collin, *bitte*!"

Collin kippte den Kopf nach vorne zu einem knappen Nicken, als wäre er zufrieden mit meinem Vorschlag, und dann sahen seine toten Augen endlich wieder in meine. „Als du nach dem Besuch bei deiner Schwester nach Hause gekommen bist, hast du gesagt, du fühlst dich nicht wohl, also habe ich beschlossen, dich zu Hause bleiben zu lassen. Wie schrecklich wird es wohl für deine Eltern sein, wenn sie herausfinden, dass *du* der Grund bist, weshalb ihre jüngste Tochter in die Drogenszene abgerutscht ist? Und dass deine Schuldgefühle, weil sie fast gestorben ist, dich dazu getrieben haben ..." Er grinste tückisch und schnalzte mit der Zunge. „Nun ja."

„Collin! Collin, nicht!", schrie ich und zappelte noch stärker.

Er beugte sich über die Wanne und küsste mich auf die Stirn. Sein ganzes Gewicht auf meiner Brust ließ mich noch tiefer untertauchen und die Luft aus meinen Lungen weichen. Ich versuchte, nach ihm zu greifen, bekam ihn aber nicht zu fassen, und wegen der Panik waren meine Bewegungen unbeholfen.

„Collin! Ich tue, was du willst, ich *bin*, was du brauchst", versprach ich, während das Wasser mir in den Mund stieg und mir den Hals hinabglitt. *„Bitte*, tu das nicht!"

Er stützte sich auf meiner Brust ab, um aufzustehen, und schüttelte einmal knapp den Kopf. „Ich liebe dich", sagte er gleichgültig, ehe er mich losließ.

Das Letzte, woran ich mich erinnere, ist, wie ich mich mit der wenigen Kraft, die mir noch blieb, aus dem Wasser stemmte, ehe er meinen Kopf packte und ihn auf den Badewannenrand knallte. Ich glitt zurück ins Wasser, und die Dunkelheit schloss mich in ihre Arme.

17. Kapitel

KNOX

Gegenwart – Thatch

„Hör auf, den verdammten Teppich umzubringen, Herrgott noch mal!“, rief Graham, als er ein paar Stunden, nachdem ich mich aus Harlows Hintertür geschlichen hatte, nach Hause kam.

Ich drehte mich um und hielt inne, als ich Grey und Jagger hinter mir stehen sah. Beide schauten mich verwirrt an. *Natürlich* musste ausgerechnet sie heute kommen.

„Du ermordest … was?“, fragte Grey schließlich und schloss mich in ihre Arme. Sie musste bemerkt haben, wie angespannt ich war, denn sie sah mich merkwürdig an, als sie sich wieder von mir löste und zu ihrem Mann zurückging.

„Er ist immer am Herumtigern, wenn wir nach Hause kommen. *Immer*“, antwortete Graham, der gerade ins Wohnzimmer kam. Der Blick, den er mir zuwarf, als er mich auf dem Weg zur Couch mit der Schulter zur Seite schob, ließ mich wissen, dass er genau wusste, warum ich so unruhig war, und dass er das alles andere als gut fand. Er begann, das Essen zu verteilen, das er mitgebracht hatte. „Dir habe ich auch etwas mitgebracht“, sagte er zu mir.

„Ich hab keinen Hunger.“

„Fressen dich die Schuldgefühle auf?“, fragte er und sah mich kurz an.

Ich zog die Augenbrauen eng zusammen und musste tief

durchatmen, damit ich ihn nicht vor seiner Schwester und seinem Schwager zusammenstauchte. „Nicht heute“, sagte ich knapp, drehte mich dann um und ging steif in mein Zimmer.

Leider konnte ich dort nur zwei Schritte in eine Richtung gehen, ehe ich mich umdrehen musste, und innerhalb von Minuten hatte ich das Bedürfnis, da herauszukommen. Ich musste zu Harlow, aber ich wusste nicht, wo sie war. Ich wusste nur, dass sie gegangen waren, und ich wusste, dass sie dieses Dinner hatten, also gab es absolut keine Möglichkeit für mich, mit ihr in Kontakt zu treten. Aber zu wissen, dass sie bei ihm war, nachdem ich herausgefunden hatte, wie schlimm es die ganze Zeit für sie gewesen war und wie viel schlimmer es noch wurde, hasste ich jede Minute, die verging, ohne dass sie an meiner Seite war.

Es fühlte sich an, als würde jede verstreichende Stunde mich verhöhnen und ersticken. Ich musste zu ihr. Ich musste sie retten. Ich musste sie aus diesem Haus holen und sie für den Rest ihres Lebens vor diesem Bastard beschützen. Und ich würde alles in meiner Macht Stehende tun, dass es ein langes Leben war.

„Oh, Knox“, sagte Grey melodisch, als sie in mein Zimmer kam. Sie betrachtete mich, während sie sich an die Wand lehnte und beiläufig mit ihrem riesigen Bauch spielte. „Ich bin eigentlich gerade auf dem Weg zur Arbeit. Graham wollte Zeit mit Jagger verbringen, und ich wollte dich und Deacon sehen, ehe ich wieder losmuss. Warum nur habe ich jetzt das Gefühl, Graham wollte Jagger aus einem bestimmten Grund hier haben?“

Ich hob eine Augenbraue und versuchte zu verbergen, wie mir Angst und Adrenalin durch die Adern tosten. „Was meinst du?“

„Normalerweise trifft Jagger sich nur mit euch dreien, wenn ich auch dabei bin. Aber Graham hat darauf bestanden, dass Jagger mitkommt, und du arbeitest heute Abend nicht, und da draußen war zwischen dir und meinem Bruder eine Menge Spannung. Es ist also nicht so schwer, darauf zu kommen, dass Graham einen Puffer wollte. Ich möchte wissen, warum ihr einen braucht."

„Das weiß ich genauso wenig wie du", sagte ich schulterzuckend, und sie kniff die Augen zusammen, aber ich lieferte keine weitere Erklärung. So wie Graham und Deacon reagiert hatten und so sauer, wie Grey gewesen war, als sie herausfand, dass Harlow verheiratet war, wusste ich, dass es nichts bringen würde, ihr auch nur einen Teil der Wahrheit zu erzählen.

„Na schön", sagte Grey schließlich. „Ich muss los." Sie stieß sich von der Wand ab und ging zur Tür, aber ehe sie ging, drehte sie sich noch einmal um und sagte: „Wenn du je beschließt, dass du doch jemandem erzählen möchtest, was los ist, werde ich dir zuhören. Ich bin vielleicht nicht mit allem einverstanden, aber ich werde zuhören."

Ich antwortete nicht, sondern sah ihr bloß nach und setzte mich dann wieder in Bewegung. Graham konnte so viele Puffer mitbringen, wie er wollte. Ich hatte ohnehin nicht vor, mein Zimmer zu verlassen.

HARLOW

Gegenwart – Richland

Ich verschluckte mich hustend an Wasser und öffnete langsam blinzelnd meine schweren Lider. Sie fühlten sich an, als würden sie fünfzig Pfund wiegen, und sie zu heben war mit das Schwerste, was ich je im Leben getan habe. Aber ich hustete noch und wusste, ich musste sie offen halten.

Ich lag in der Badewanne, größtenteils schwebend. Mein Oberkörper war verdreht, sodass nur ein Auge über Wasser war, und ich keuchte auf, als ich mich an Collin erinnerte – sodass ich Wasser einatmete, das von meinem Blut rot gefärbt war, und noch heftiger hustete. Ich versuchte, mich aufrecht hinzusetzen, während ich das Wasser aus meinen Lungen spuckte, und sah mich im Badezimmer nach Anzeichen von meinem Monster um, doch er war nicht mehr bei mir. Ich hörte das Geräusch von fließendem Wasser, aber ich brauchte ein paar Sekunden, um zu merken, dass es vom Wasserhahn kam und das Wasser schon den gesamten Boden überflutet hatte.

Ich stellte ihn schnell aus. Dann saß ich reglos da, wie ein Stein, und lauschte auf andere Geräusche außer dem meines pfeifenden Atmens. Er musste mich gehört haben, und er würde bald kommen, wenn er noch im Haus war.

Ich bin mir nicht sicher, wie lange ich gewartet habe, doch in dieser Zeit hatte ich zwei Hustenanfälle, die ich nicht unterdrücken konnte. Bei jedem machte ich mir Sorgen, dass Collin hereingerannt kommen würde, um zu beenden, was er angefangen hatte. Ich versuchte aufzustehen, konnte aber die untere Hälfte meines Körpers noch nicht dazu bringen, zu kooperieren, sodass ich mich letztendlich aus der Badewanne ziehen musste.

Mein scharfes Keuchen hallte im Badezimmer wider, als ich heftig auf dem nassen Boden landete, und lange Minuten vergingen, bevor ich das Gefühl hatte, mich wieder bewegen zu können. Doch dann funktionierten immerhin auch meine Beine wieder. Sie zitterten, aber sie funktionierten. Auch wenn ich wusste, dass ich mich damit verwundbar machte, kroch ich bis in den Flur, ehe ich mich langsam hinstellen konnte, und musste mich dann an der Wand festhalten, um weiterzugehen.

Ich wusste nicht, wie lange ich bewusstlos gewesen war, und auch wenn ich mein Leben darauf verwettet hätte, dass Collin hereingerannt kommen würde, sobald ich ein Lebenszeichen von mir gab, stellte ich jetzt alles infrage, weil ich mein Monster nicht mehr kannte. Soweit ich wusste, konnte er doch noch irgendwo warten, mich irgendwo im Haus dabei beobachten, wie ich schleppend einen Fuß vor den anderen setzte auf dem Weg zur Haustür, die ganze Zeit über mit einem kranken Lächeln im Gesicht. Ich war von Kopf bis Fuß durchnässt, aber es war mir egal. Ich hatte weder die Zeit noch die Kraft, ins Schlafzimmer zu gehen und mich umzuziehen. Ich musste raus. Ich musste weglaufen.

Kurz bevor ich bei der Haustür ankam, erhaschte ich im großen Spiegel im Eingangsflur einen Blick auf mich, und was ich sah, ließ meinen bereits bebenden Körper unter der Kraft meines stummen Schluchzens zucken. Ich sah aus wie jemand, der von den Toten auferstanden war, um Rache zu nehmen. Ich sah so entsetzlich aus, dass ich es nur den Bruchteil einer Sekunde aushielt, bis ich mich abwenden musste. Ich hatte keine Zeit, die nasse Kleidung und die Schuhe zu wechseln, aber ich konnte auch nicht riskieren, dass jemand die Polizei verständigte, wenn er mich in meiner blutgetränkten Bluse sah.

Ich drehte mich noch einmal um, öffnete den Garderobenschrank im Flur und nahm eine von Collins dunklen Kapuzenjacken heraus. Ich ging völlig darin unter, aber keiner meiner Mäntel in diesem Schrank hatte eine Kapuze, und ich brauchte etwas, um die Wunde an meiner Stirn zu verstecken, aus der wieder Blut quoll.

Erleichtert ließ ich die Schultern sinken, als ich es endlich nach draußen schaffte und Collins Wagen nicht auf der Auffahrt entdeckte, doch ich wusste es besser, als sofort unachtsam zu werden.

Er könnte immer noch sein Spiel mit dir treiben. Er hat vielleicht nur seinen Wagen weggefahren, damit du denkst, dass er nicht mehr da ist. Du musst hier verschwinden, Harlow. Du musst weglaufen. Du musst schneller gehen als jetzt. Du musst rennen! Ich sang mir selbst vor und freute mich zu merken, dass mir jeder Schritt ein wenig leichter fiel und ein wenig schneller war als der vorherige.

Es hatte etwas Befreiendes, von diesem Haus wegzulaufen, oder vielmehr zu schlurfen. Vor ihm. Außerdem war da noch so etwas wie Panik, die drohte, mich zu lähmen. Etwas, das mich anschrie, er würde mich finden. Ich versuchte, diese Gedanken zu verdrängen. Er hatte heute die Dinge geändert.

Im Krankenhaus hatte ich noch gedacht, dass ich mich nur gut benehmen musste, um Hadley und meine Familie zu beschützen, aber dann hatte ich den Mund nicht halten können. Und dann war geschehen, was ich den ganzen Tag befürchtet hatte, von dem ich aber dachte, dass es noch Wochen, vielleicht Monate in der Zukunft lag. Collin war durchgedreht. Nein, Collins *Monster* war durchgedreht, und er hatte beschlossen, dass er genug hatte. Er hatte versucht, mich umzubringen.

Ich blieb stehen, als mir dieser Gedanke kam, und konnte das harte Schluchzen nicht aufhalten, das mir aus der Brust drang, ehe ich mir die Hand auf den Mund schlagen konnte. Während der letzten zweieinhalb Jahre hatte ich gewusst, dass ich das alles durchstehen konnte. Und jetzt war es innerhalb von ein paar Tagen so eskaliert. Ich hatte mein Leben gehasst, ich hatte ihn gehasst, aber ich hätte nie gedacht, dass es so weit kommen würde mit uns. Doch das war es, und das zu wissen, mich an seinen Blick und Gesichtsausdruck zu erinnern, mich an die Panik zu erinnern, die von mir Besitz ergriffen hatte, bevor die Dunkelheit mich verschlungen hatte, erschwerte mit nun das Atmen.

Beweg dich, Harlow. Beweg dich.

Ich zwang mich vorwärts und blieb erst stehen, als ich den vorderen Teil der Nachbarschaft erreicht hatte. So weit hatte ich noch nicht gedacht; ich hatte nur gewusst, dass ich das Haus verlassen musste. Jetzt drehte ich mich im Kreis bei der Überlegung, wohin ich als Nächstes gehen sollte. Ich hatte Angst, von Tür zu

Tür zu gehen und zu fragen, ob ich telefonieren durfte, falls die Leute entweder für mich oder meinetwegen die Polizei riefen.

Ich zuckte zusammen, als ich jemanden rufen hörte: „Hast du dich verlaufen, Mädchen?"

Ich drehte mich um und entdeckte einen Mann auf der anderen Straßenseite, der nicht viel älter war als ich selbst. Er hielt einen wild aussehenden Hund an der Leine, aber der Hund war zu aufgeregt wegen des Autos direkt neben ihm, um mich zu bemerken. Der Mann kniff die Augen zusammen und bückte sich, um zu versuchen, unter die Kapuze zu sehen, die ich mir tief ins Gesicht gezogen hatte. Ich rang die Hände nervös ineinander, während ich heiser stotterte: „N-nein, ich versuche, nach Thatch zu kommen. Aber ich habe keinen Wagen und auch kein Telefon."

Er lachte, und ich merkte, wie ich mich dabei entspannte. Es klang ruhig und amüsiert, keine Spur von dem Bösen, mit dem ich gelebt und das ich so gut kennengelernt hatte. „Welcher Teenager hat denn heutzutage kein Telefon?"

Ich berichtigte ihn nicht, was den *Teenager* betraf.

Er zeigte auf mich, als er fortfuhr. „Ich wäre verdammt froh, jemanden wie dich in meinem Unterricht sitzen zu haben. Manchmal habe ich das Gefühl, mehr Zeit mit dem Einsammeln von Telefonen zu verbringen als mit dem Unterrichten."

Ich nickte und senkte eine Sekunde den Blick, um mich zu sammeln. Ich musste ihn bitten, sein Telefon benutzen zu dürfen, aber das bedeutete, ich würde ihm näher kommen … Und da wurde es kompliziert. „Kann ich …"

„Was willst du in Thatch?", fragte er mit noch etwas anderem als Neugierde in seiner Stimme. Es klang wie Sorge, aber das ergab keinen Sinn; er kannte mich nicht, warum sollte er sich Sorgen machen? Als ich ihn wieder ansah, hatte er den Hund in seinen Wagen gelassen und die Tür geöffnet, aber er stand weiter da und sah mich an.

Ich brauchte ein paar Sekunden, um mir die richtige Antwort zu überlegen, und so wie er mich ansah, waren es ein paar Sekunden zu viel. „Ich will *zurück* nach Thatch. Ich sollte gar nicht hier sein."

Der Mann dachte kurz nach und seufzte. „Hör zu, Mädchen, wenn du meine Schülerin wärest, würde ich deine Eltern anrufen und warten, bis sie dich hier abholen. Aber das bist du nicht, und ich komme jetzt schon zu spät zu meiner Verlobten – die zufällig kurz hinter Thatch wohnt."

Ich wollte ihm sagen, dass er nicht mehr als ein paar Jahre älter sein konnte als ich, beschloss aber, den Mund zu halten und abzuwarten.

„Wenn du mir versprichst, und ich meine *wirklich* versprichst, dass du dir noch einmal überlegst, was auch immer dazu geführt hat, dass du eine Fahrt zurück nach Thatch brauchst, dann kann ich dich fahren."

Solange er mich aus dieser Gegend herausbrachte und so weit fort von Collin wie nur irgend möglich, hätte ich ihm alles versprochen. „Versprochen."

Er deutete auf seinen Wagen, und als ich darauf zuging, hob er die Hände. „Ich meine, ich weiß ja, dass Erwachsene nicht cool sind, und Eltern am wenigsten von allen, aber normalerweise wissen sie, wovon sie reden."

Ich nickte, weil ich nicht wusste, was ich sonst tun oder sagen sollte, und blieb vor der Beifahrertür stehen. „Ähm, ich bin ganz nass. Die … die haben mich mit meinen Sachen in den Pool geschmissen."

„Den Sitzen passiert schon nichts", sagte er, nachdem er nur eine Sekunde nachgedacht hatte. An seiner Körpersprache konnte ich sehen, dass er es eilig hatte.

Als wir aus der Nachbarschaft herausgefahren waren, fing er wieder an zu reden. „Das ist Spartacus", sagte er, auf den Rottweiler zeigend, der an der Jacke, die ich anhatte, schnüffelte und schleckte. „Ich bin Max, aber das ist wahrscheinlich etwas komisch, weil mich sonst jeder in deinem Alter Mr. Farro nennt."

„Low", sagte ich, immer noch zu heiser, um normal zu klingen. Als er aussah, als wartete er darauf, dass ich noch etwas sagte, erklärte ich: „Ich heiße Low."

Er machte ein Geräusch in seiner Kehle. „Interessanter Name."

„Vielen Dank, dass Sie mich mitnehmen."

Max winkte ab. „Denk einfach darüber nach, was ich gesagt habe. Viele Dinge machen Spaß, während man dabei ist, und es kann toll und aufregend sein zu rebellieren, aber am Ende könntest du das bereuen. Glaub mir, das habe ich alles schon mitgemacht – und ich erlebe das alles andauernd bei meinen Schülern."

Wieder wusste ich nicht, wie ich darauf reagieren sollte. „Entschuldigung, aber darf ich Ihr Telefon benutzen?" Ich wusste nicht, wie ich ihm sage sollte, dass ich keine Ahnung hatte, wohin ich wollte; ich wusste auch nicht, wie ich es ihm erklären sollte, wenn wir erst einmal in Thatch waren, aber ich musste Knox irgendwie wissen lassen, dass ich auf dem Weg war.

Nachdem er einige Augenblicke überlegt hatte, griff er in seine Tasche und zog sein Telefon heraus. „Ruf aber nicht deinen Freund an, oder so etwas. Ruf deine Eltern an, oder jemanden, der dir heute Abend helfen kann."

Trotz des Nachmittags und des Abends, die schwer auf mir lasteten, musste ich lächeln. Er klang wie ein Opa, dem es wichtig war, mich auf den richtigen Pfad im Leben zurückzubringen. Wäre ich nicht übersäht von blauen Flecken und mit Blut beschmiert gewesen, hätte ich einiges darum gegeben, seine Reaktion zu sehen, wenn ich die Kapuze herunterzog. „Natürlich", murmelte ich.

Nachdem ich die Nummer von Knox gewählt hatte, hielt ich den Atem an. Es klingelte und klingelte, und mein Magen zog sich enttäuscht zusammen, als schließlich die Mailbox ansprang. *Nein. Nein, ich muss dich finden, und ich weiß nicht, wo du bist!* Ich legte auf und versuchte es noch einmal, aber mit dem gleichen Ergebnis. Dieses Mal hinterließ ich eine kurze, direkte Nachricht.

„Hier ist Low, ich bin bald in Thatch."

Ich legte auf und reichte Max zögernd sein Telefon zurück. Ich hoffte, dass es während der Fahrt irgendwann klingeln würde, aber das tat es nicht. Also saß ich die ganze Zeit da und machte mir Sorgen, wie ich Knox finden sollte und was mit meiner Familie und Collin geschehen würde, während ich Spartacus an meiner geliehenen Jacke schlecken ließ und zuhörte, wie Max von dem Geschichtskurs erzählte, den er an der Hanford Highschool unterrichtete.

„Wohin?", fragte Max, als wir in Thatch angekommen waren.

„Ähm ..." Ich sah mich um, unsicher, was ich tun sollte. Thatch war eine Kleinstadt – unfassbar klein – aber ich konnte trotzdem nicht von Tür zu Tür gehen. Das würde ewig dauern und mir außerdem wahrscheinlich die Polizei auf den Hals hetzen. „Sie können mich einfach hier rauslassen", schlug ich vor, als wir ein paar Geschäfte erreicht hatten.

„Bist du sicher?", fragte Max missbilligend. Er war wieder im Großvater-Modus. Mitte zwanzig, gefühlte sechzig.

„Ja, das wäre mir lieber, wenn es Ihnen nichts ausmacht."

Schwer seufzend fuhr Max an den Fahrbahnrand. Er sah mich misstrauisch an und versuchte noch einmal, unter meine Kapuze zu sehen. „Pass auf dich auf, geh direkt nach Hause, und bedank dich bei deinen Eltern dafür, dass sie so großartig sind."

Ich musste noch einmal lächeln, obwohl er es nicht sehen konnte. „Natürlich. Danke, Max."

„Für dich immer noch Mr. Farro“, sagte er neckend.

Ich stolperte aus seinem Wagen und versuchte, mich so schnell wie nötig zu fangen, ohne mir noch weiter anmerken zu lassen, wie schwindelig mir war und wie schlecht es mir ging. Ich wusste nicht, ob mein Kopf noch blutete, aber er hatte genug geblutet, und jetzt, wo ich wieder aufrecht stand, neigte sich alles zur Seite. Es fühlte sich an, als wäre ich betrunken.

Ich konzentrierte mich auf jeden Schritt, setzte einen Fuß vor den anderen und betrat einen kleinen Laden, der direkt vor mir war. Erst dann fuhr Max wieder los.

„Kann ich irgendwie helfen?“, fragte der Mann hinter dem Tresen. „Bevor Sie danach verlangen, in der Kasse sind nicht mehr als dreißig Dollar.“

„Oh, ich will nicht … Nein, ich …“ Ich schnaufte und bereute eine Sekunde die Wahl meiner Garderobe, bis mir wieder einfiel, warum sie notwendig war. „Ich muss nur Knox Alexander finden.“

So wie Max kniff auch der Mann die Augen zusammen und spähte unter meine Kapuze. „Kenn ich, wüsste aber nicht, wie ich ihn erreichen kann. Tut mir leid, kleine Lady.“

Ich nickte und bedankte mich bei dem Mann. Dann ging ich in den nächsten Laden, erzielte aber ein ähnliches Ergebnis – nur dass dieses Mal das Mädchen im Laden mich mit ihren Blicken tötete. Im Laden daneben, der halb Coffeeshop, halb Buchladen war, hielten sich ungefähr ein Dutzend Menschen auf, was mich schon etwas hoffnungsvoller stimmte. Aber ich fing wieder an zu schwanken, weil ich schon so lange aufrecht stand. Ich war mir nicht sicher, wie ich es durch meine ganze Nachbarschaft geschafft hatte, obwohl ich jetzt nur ein paar Minuten stehen konnte.

Ich atmete schwer, als ich mich bis an den Tresen geschleppt hatte. Ein schwangeres Mädchen, ungefähr in meinem Alter, stand dahinter. Sie hob die Augenbrauen, als sie mich sah.

„Hi", sagte sie unbeholfen. Sie versuchte zwar nicht, unter meine Kapuze zu sehen, sah mich aber eindringlich an, als machte sie sich Sorgen darüber, was ich vorhatte. „Was kann ich dir bringen?"

„Nichts. Ich brauche …"

Entsetzt riss sie die Augen auf und legte schützend die Hände auf ihren geschwollenen Bauch.

„Nein, nein, ich will dir nichts tun", sagte ich. Die Heiserkeit ließ meine Stimme schwach und weinerlich klingen, aber das konnte auch daran liegen, dass ich mich nicht mehr lange auf den Beinen halten konnte und immer noch nicht näher daran war, Knox zu finden. „Ich muss nur Knox Alexander finden. Ich *muss* mit ihm reden. Kennst du ihn?"

Das schwangere Mädchen entspannte sich und schüttelte den Kopf. „Du und jedes andere Mädchen in dieser Stadt und den umliegenden Orten. Tut mir leid, aber du wirst dich hinten anstellen müssen, so viele Frauen, wie versuchen, ihn wiederzufinden."

Ihre Worte taten weh, aber was hatte ich erwartet? Ich wusste, dass er versucht hatte, mich zu vergessen. Ich hatte ihn dazu getrieben; ich hatte nicht auf ihn gewartet. „Weißt du, wo er ist? Oder wie ich jemanden erreichen kann, der es weiß? Oder kann ich hier vielleicht telefonieren?" Ich war verzweifelt, und ich wusste, das hatte ich schon versucht, aber ich hoffte, dass genug Zeit vergangen war und er jetzt ans Telefon gehen würde. „Ich war heute mit ihm zusammen. Er wird mich abholen, und ich *muss* ihn sehen."

Sie schnaubte, klang dabei aber nicht genervt. Es war Mitleid darin. „Also, jetzt weiß ich, dass du lügst. Und nein, ich lasse dich nicht das Telefon benutzen, und ich werde dir seine Nummer nicht geben."

Tränen liefen mir über die Wangen, und ich wollte schreien. Sie kannte ihn; sie wusste, wo er war. Ich war ihm so nah, und sie wollte mich nicht näher kommen lassen. „Ich habe seine Nummer, ich brauche nur ein Telefon. *Bitte!*"

Das schwangere Mädchen sah mich jetzt eingehend an, genau wie alle anderen es getan hatten – die Augenbrauen zusammengezogen und die Augen zusammengekniffen. „Wenn du seine Nummer hast, warum benutzt du dann nicht dein eigenes Telefon?", fragte sie, klang aber ehrlich interessiert.

„Das habe ich nicht."

„Warum nicht?"

„I-i… ich habe es einfach nicht", meinte ich und schwankte. „Bitte, es ist so wichtig für mich, ihn so bald wie möglich zu finden."

Das Mädchen versuchte, sich dichter in meine Richtung zu beugen, aber ihr geschwollener Bauch ließ es nicht zu. Nach einem Moment des Schweigens fragte sie leise: „Wie heißt du?"

Ich war mir nicht sicher, welche Rolle das spielte, antwortete ihr aber trotzdem. „Ich heiße Harlow."

Ich hatte meinen Namen kaum ganz ausgesprochen, als sie die Augen aufriss und auf dem Absatz zurückwich. „O mein Gott. O mein Gott. O mein … Mist. Anne!", rief sie. „Anne! Ich muss nach Hause! Jetzt sofort, ich gehe jetzt sofort. Es tut mir leid, ich mache es morgen wieder gut!" Sie hatte schon beim Reden ihre Schürze abgenommen und gab sie einer Frau – Anne, nahm ich an – ohne innezuhalten. Sie kam um den Tresen herum und nahm mich an der Hand, um mich nach draußen zu ziehen. „Komm mit mir", sagte sie, als ich hinter ihr her stolperte.

„Hör mal, ich weiß nicht, woher du Knox kennst, aber ich habe echt keine Zeit für so etwas." Oder die Kraft, dachte ich träge. „Ich muss *wirklich* …"

Das Mädchen wirbelte herum und nahm mich in die Arme. Ich erstarrte und unterdrückte einen Schmerzensschrei. „Ich wusste immer, dass du zu ihm zurückkommst." Als sie sich von mir löste, sah ich den Glanz in ihren Augen. „Diese blöden Hormone. Steig in meinen Wagen. Ich erkläre dir dann alles."

Ich wusste, dass mir keine andere Wahl blieb, also folgte ich ihr zu ihrem Wagen und glitt auf den Beifahrersitz. Ich verzog vor Schmerz das Gesicht, wusste aber, dass meine Kapuze es verbarg.

Nachdem wir losgefahren waren, fing sie an zu reden. „Mir ist gerade klar geworden, dass du mich vielleicht gar nicht kennst. Aber ich weiß alles über dich, und alles über dich und Knox. Ich weiß es seit *Jahren.*" Sie sah schnell zu mir herüber und ließ ein Lächeln aufblitzen. „Mein Bruder ist einer seiner besten Freunde und sein Mitbewohner. Ich heiße Grey."

O nein. Sie würde mich so weit weg fahren, wie sie nur konnte. „Grey, die Schwester von Graham?"

Sie riss die Augen auf. „Du kennst mich?"

„Ja, aber … Hör zu, ich weiß, ihr hasst mich alle, aber das ist ein Notfall. Ich *muss* Knox sehen."

„Hassen?", fragte sie fassungslos. „Ich hasse dich doch nicht …" Sie verstummte und sah einen Augenblick zerknirscht aus. „Es hat schon Zeiten gegeben, in denen ich dich für das gehasst habe, was du Knox angetan hast. Aber er liebt dich, das hat er immer getan." Sie machte wieder eine Pause, und als sie weitersprach, klang sie nicht mehr so aufgeregt. „Es hat mir nicht gefallen, dass ihr euch getroffen habt, während du noch verheiratet warst. Aber wenn du jetzt zu ihm kommst, muss das bedeuten, du hast eine Entscheidung getroffen, nicht wahr?"

Entscheidung. Da war wieder dieses Wort. Ja, so viele Entscheidungen waren an diesem Tag gefallen. So viele verschiedene, mit denen ich nie gerechnet hatte.

Als ich nicht antwortete, fluchte Grey und fuhr an den Fahrbahnrand. Nachdem sie die Automatik auf Parken gestellt hatte, trommelte sie ein paar Sekunden mit den Fingern aufs

Lenkrad und sagte: „Ich helfe dir nicht dabei, deinen Mann zu betrügen."

Ich riss den Kopf herum, um sie anzusehen, und saugte bei der plötzlichen Bewegung Luft ein. „Nein, äh …" Ich atmete noch einmal tief ein und wartete, bis ich mich gesammelt hatte, ehe ich weitersprach. „Was genau hat Knox dir erzählt?"

Grey musterte mich kurz von oben bis unten; ihr Mund war vor Verwirrung ganz verkniffen, als würde sie darüber nachdenken, warum ich gerade vor Schmerz so schwer geatmet hatte. „Ich war die Erste, der er erzählt hat, dass er dich wiedergesehen hat. Er hat mir erzählt, er glaubt, dass du mit deinem Mann nicht glücklich bist. Dass du geweint hast, als du ihn gesehen hast … solche Sachen. Als du mir erzählt hast, wer du bist, war ich aufgeregt, weil ich will, dass Knox dich bekommt, aber nicht so."

Es überraschte mich, dass er ihr nicht mehr erzählt hatte, aber gleichzeitig war ich auch dankbar. Das konnte ich wirklich nicht gebrauchen. „Es gibt so vieles, was du nicht weißt, so vieles, was ich dir nicht erzählen kann. Aber ich verspreche dir, wenn es nur so einfach wäre, dass ich mit meinem Mann nicht glücklich bin, wäre ich jetzt nicht in Thatch und auf der Suche nach Knox. Ich habe dir gesagt, es handelt sich um einen Notfall. Einen, bei dem ich nicht die Polizei verständigen kann."

Etwas an meinem Tonfall musste sie überzeugt haben, jedenfalls fuhr sie weiter. Aber sie sprach den Rest des Weges nicht mehr mit mir, und sie sah mich immer wieder besorgt an – und ich wusste, dass sie sich nicht um mich sorgte.

Wir fuhren bei einem Haus vor und parkten hinter ein paar Autos, die in der Auffahrt standen. Als ich die Tür öffnen wollte, um auszusteigen, hielt Grey mich mit sanfter Stimme auf. „Ich liebe Knox. Er ist wie ein Bruder für mich. Er bedeutet mir sehr viel, genau wie Deacon. Wenn du mit ihm nur deinen Spaß haben oder dich von einem anderen als deinem Mann geliebt fühlen willst, dann sollst du wissen: Er hat mehr verdient." Sie nickte in Richtung des Hauses. „Mein Mann ist da drinnen. Wenn es sich bei dir wirklich um einen Notfall handelt und du Hilfe brauchst, kann er dir helfen, und wir sorgen dafür, dass Knox nie etwas davon erfährt. Wenn du einfach hierherkommst, wird Knox denken, dass er dich haben kann. Wenn dem aber nicht so ist ... kann ich dich da nicht hineingehen lassen."

Ich öffnete die Wagentür ganz und sagte mit brechender Stimme: „Dann gehe ich wohl hinein."

Ein Lächeln huschte kurz über ihr Gesicht, ehe sie es aufhalten konnte, dann folgte sie mir aus dem Wagen und bis zur Haustür. Sie klopfte nicht, sie trat einfach ein. Ich hörte, wie ein paar Männer sich unterhielten und lachten, ehe sie Grey bemerkten und anfingen, ihren Namen zu rufen.

„Die Liebe meines Lebens!", rief Deacon.

Graham warf etwas nach ihm und brüllte zurück: „Alter, sei still! Sie ist verheiratet. Sie will dich nicht!"

Ein Mann kam schnell auf Grey zu und sah mich misstrauisch an, während er sie in die Arme nahm und küsste. „Warum bist du schon von der Arbeit zurück, und wer ist das?" Die anderen zwei bemerkten mich zur gleichen Zeit, aber sie erkannten mich unter der Kapuze nicht, und ich nahm sie ihretwegen auch nicht ab.

Ohne zu antworten, fragte Grey: „Wo ist Knox?"

„Hier", rief er irgendwo im Haus. Seine Stimme klang abgelenkt, und als ich mich umdrehte, sah ich ihn den Flur herunterkommen, nur um abrupt stehen zu bleiben, als er mich entdeckte. Knox riss den Kopf zurück und kniff die Augen zusammen, dann sackte sein ganzer Körper in sich zusammen. „Low?"

Ich trat zögernd einen Schritt auf ihn zu, immer noch besorgt darüber, wie alle anderen reagieren würden, aber Knox überbrückte die Distanz zwischen uns rasch und nahm mich in seine Arme. Er legte mir eine Hand an den Hinterkopf, um mich dicht an sich zu ziehen, und ohne dass ich es unterdrücken konnte, schrie ich auf. Knox ließ mich so schnell es ging los, wich aber nicht zurück. Genauso schnell, aber immer noch sanft, hatte er den Reißverschluss meiner Jacke geöffnet und schob mir die Kapuze vom Kopf.

Er riss die Augen auf und krümmte sich, als hätte man ihm die Luft aus den Lungen gepresst, doch dann verzerrte sich sein Gesicht vor Wut, und er fing an zu zittern. „Ich bringe ihn ...“

„Das geht nicht“, flüsterte ich eindringlich. Meine Erinnerung klang wie eine Mischung aus Warnung und Flehen.

„Harlow“, entgegnete er kochend vor Wut, während er mit der Hand über das getrocknete Blut in meinem Gesicht fuhr. „Dieses Mal kann mich nichts aufhalten.“

„Das soll ja wohl ein Witz sein“, sagte eine tiefe Stimme wütend neben uns.

18. Kapitel

HARLOW

Gegenwart – Thatch

Ich drehte mich um und sah Deacon und Graham hinter uns stehen. Graham wirkte schockiert darüber, mich vor sich zu sehen … Aber das konnte auch an dem Blut und den blauen Flecken liegen. Deacon hatte die Lippen verzogen, doch sie entglitten ihm genau wie der Rest seiner Miene, als er flüsterte: „Ach, du Scheiße."

Grey weinte und murmelte etwas von Hormonen zu dem Mann, den ich für ihren Ehemann hielt, und Knox zog mich von ihnen allen fort.

„Knox!", rief einer der anderen, nachdem ich mich umgedreht hatte, um ihm den Flur entlang zu folgen, aber er blieb erst wieder stehen, als wir in einem Badezimmer waren.

„Was ist passiert?", fragte er, sein Tonfall äußerst ruhig … fast schon gleichgültig. Aber nicht auf die gleiche Weise wie Collin. Knox versuchte, mir zu helfen, und er konnte mir nicht helfen, wenn er nichts mehr wollte, als meinen Mann umzubringen.

„Er hat versucht, Hadley umzubringen", murmelte ich, während er mir die Jacke und die nasse Bluse auszog. „Er hat ihr eine tödliche Dosis PCP verpasst, sie hat ihren Wagen in ein …" Ich brach ab, als meine Beine dann doch beschlossen, dass sie genug hatten, und unter mir wegknickten, aber Knox fing mich auf und hielt mich in seinen Armen, trotz des schmerzerfüllten Wimmerns, das mir aus der Kehle kam.

Er führte mich ein paar Schritte zurück, schloss den Toilettendeckel und setzte mich darauf. Mit den Händen strich er mir über das Gesicht und die Arme. Er stellte sicher, dass ich mich aufrecht halten konnte, ehe er mich losließ, um dann etwas im Schrank unter dem Waschbecken zu suchen. „Über Hadley reden wir noch, aber ich meinte dich. Was hat er *dir* angetan?"

„Ich muss dir von Hadley erzählen, damit du weißt, warum ich ihn zum Durchdrehen gebracht habe."

Er zog die dunklen Augenbrauen fest zusammen. „*Du* hast daran keine Schuld", fauchte er. Knox atmete noch einmal tief durch, schloss aber den Mund und bedeutete mir mit einem Nicken fortzufahren.

„Knox", sagte Graham, als er die Tür öffnete, und ich griff nach dem Hoody, um meine fast nackte Brust zu bedecken. Deacon stand direkt hinter ihm.

„Raus", presste Knox hervor. Er ließ dabei den Schrank, den er durchsuchte, nicht aus den Augen.

Die beiden regten sich nicht. Sie sahen mich einfach an – die Gesichter hin- und hergerissen zwischen Sorge und Schock. Ganz anders als alles, was ich bisher von ihnen gesehen hatte.

Plötzlich stand Knox wieder vor mir. Er strich mir die Haare aus dem Gesicht und knirschte mit den Zähnen, als ich zusammenzuckte, während er meinen Kopf abtastete. „Bist du irgendwo am Kopf nicht verletzt?"

„Es sind nur drei Stellen." Ich zeigte sie ihm und versuchte, ruhig durchzuatmen, als er anfing, die Platzwunde an meiner Stirn zu reinigen.

„Erzähl mir, was passiert ist." Als ich zur Seite sah, sagte er: „Ignorier die beiden. Halt den Blick auf mich gerichtet, Low, und erzähl mir, was passiert ist."

„Er hat Hadley PCP gegeben, und als wir aus dem Krankenhaus nach Hause gekommen sind, habe ich angefangen,

Fragen zu stellen. Er hat es zugegeben, irgendwie ... unmissverständlich."

„Was hat er gesagt?", fragte Graham. Sein Tonfall und sein Gesichtsausdruck zeigten, dass der kurze Teil der Geschichte, den er gehört hatte, ihn bereits fesselte, aber ich traute dem Ganzen nicht. Nach allem, was in den letzten Jahren gewesen war, konnte ich nicht darauf vertrauen, dass ihn auf einmal interessierte, was mit mir geschah.

Ich starrte ihn an, wartete, dass es passierte – wartete, dass er anfing zu brüllen – aber das genervte Schnauben von Knox war das einzige Geräusch der Männer, während er sich weiter um mich kümmerte. „Tut mir leid. Mein eigenes Badezimmer ist zu klein für so was, sonst hätte ich dich dorthin gebracht. Erzähl weiter."

Ich blinzelte langsam und sah wieder zu ihm. „Ähm, konntest du hören, was er heute Vormittag gesagt hat, ehe wir gegangen sind? Dass er nicht aufhören konnte zu denken ..."

„Du warst heute Vormittag bei ihr?", hallte Deacons Stimme im kleinen Badezimmer so laut wider, dass ich zusammenzuckte.

Da war es, darauf hatte ich gewartet.

Graham schlug Deacon gegen den Hinterkopf, und Deacon stolperte über seine hastigen Worte. „Mist, warte, nein. Sorry! Gewohnheit ... reine Gewohnheit. Was ist heute Nachmittag passiert?"

„Was ist hier los?", flüsterte ich mit Blick auf die beiden Männer, die mich beobachteten.

„Ich weiß es auch nicht", sagte Knox. Seine Stimme bewies, dass er genauso verwirrt war wie ich. „Was auch immer ihr zwei vorhabt, jetzt ist bestimmt nicht die richtige Zeit dafür. Raus", befahl er und wartete, bis die beiden zögernd gingen. Als Knox mich wieder ansah, sagte er: „Die Eier. Du hast dich übergeben."

Ich atmete ein paarmal tief durch, nickte und blendete Deacons und Grahams merkwürdiges Verhalten aus. Schnell ging ich im Kopf noch einmal das Gespräch mit Collin durch und dachte dann an das, was danach gekommen war. Jetzt, wo die zwei Männer mich nicht mehr ablenkten und verwirrten, fing ich wieder am ganzen Körper an zu zittern. Ich wusste nur nicht, ob es an dem Gespräch über Hadley lag, der Erinnerung daran, wie sie auf ihrem Krankenbett ausgesehen hatte, oder daran, dass ich mich so schwach fühlte.

„Was mit den Eiern gewesen ist … deswegen hat er Hadley etwas angetan“, fuhr ich fort. „Er glaubt noch immer, das Salz wäre vergiftet gewesen, deswegen hat er versucht, sie umzubringen. Nachdem er das also zugegeben hatte – er hat gesagt, er habe dafür gesorgt, dass sie genug *Salz* hat – habe ich aus Versehen gesagt, dass ich ihn hasse.“ Ich sprach schnell weiter. „Ich wollte es nicht, ich habe nicht einmal gemerkt, dass ich es laut ausgesprochen habe! Ich hätte so etwas nie zu ihm gesagt, und er ist einfach durchgedreht. Ich wollte das nicht!“, schwor ich, und erst als Knox hinlegte, was er benutzt hatte, um mir den Kopf zu säubern, und sein Gesicht dicht zu meinem neigte, wurde mir klar, dass meine Stimme immer lauter und lauter geworden war, bis ich brüllte, damit er mir glaubte.

Er versuchte, mich zu beruhigen, und wartete, bis ich ihm wieder in die Augen sah. Dann flüsterte er: „Alles okay. Du bist hier bei mir. Mir ist egal, was du zu ihm gesagt hast, Low. Das hier hättest du nie verdient. Beruhige dich, atme tief durch und erzähl mir den Rest.“ Als er sich sicher war, dass ich mich beruhigt hatte, ließ er mich los und machte sich wieder an die Arbeit.

Meine Stimme war leise, als ich fortfuhr, aus Angst, zu laut zu wiederholen, was geschehen war. „Er war nicht mein Monster, Knox. Er war anders. Ich wusste … Ich wusste in dem Augenblick, in dem mir klar wurde, dass ich es laut gesagt hatte, dass er mich umbringen würde. Er hat sich auf mich gestürzt, und ich bin weggerannt. Er hat meinen Kopf gegen die Wand geschleudert", Knox hielt dort inne, wo er mir noch immer die Stirn säuberte, und ein Muskel an seinem Kiefer fing an zu zucken. „Er hat mich zu Boden geworfen, sich auf mich gesetzt und angefangen, mich zu würgen. Er hat mich ins Gäste-Badezimmer geschleift und mich in die Wanne geworfen, kurz nachdem er das Wasser aufgedreht hatte. Er hat mich festgehalten, während sie vollgelaufen ist, und die ganze Zeit über, die er dabei zugesehen hat, was er getan hat, wirkte er wie tot. Als das Wasser mir übers Gesicht gestiegen ist, hat er mir erzählt, wie er den Leuten meinen *Selbstmord* erklären wollte. Dann hat er mich losgelassen, und ich habe versucht, aus der Wanne zu steigen, doch er hat meinen Kopf an den Rand gerammt. Später bin ich aufgewacht, weil ich mich am Wasser verschluckt habe."

„Oh, mein Gott", flüsterte einer der anderen entsetzt, und als ich schnell den Kopf drehte, sah ich, dass beide wieder im Türrahmen standen.

„Heiliger Vater", sagte Deacon. „Wir müssen die Cops rufen. Wir müssen irgendwas tun. Verdammt noch mal! Wo ist mein Telefon?"

„Nein!", rief ich und versuchte aufzustehen. Knox hielt mich nicht auf, aber er bewegte sich auch nicht, also schaffte ich es nicht weit. Ich streckte die Hand aus, auch wenn ich von dort aus, wo ich stand, Deacon nicht vom Wählen hätte abhalten können. „Nein! Bitte nicht! Er hat einige Polizisten in der Tasche. Bitte nicht. Wenn ihr das macht, findet er mich, und dann bringt er mich wirklich um. Er bringt meine Schwester um und den Rest meiner Familie. *Bitte* nicht!" Zum Ende hin schrie ich wieder, und beide Männer starrten mich an, als wüssten sie nicht, was sie mit mir anfangen sollten. „Er wird sich auf die Suche nach mir machen, weil ich gegangen bin, und ich mache mir jetzt schon Sorgen, dass er von Knox wissen könnte – und wenn er das tut, *wird* Collin ihn umbringen – aber wenn ihr die Polizei ruft … Dann haben wir keine Chance mehr, zu entkommen."

„Wir müssen ihn aufh…", fing Graham an, aber Knox unterbrach ihn.

„Nein", sagte er scharf. „Ihr müsst gehen und mir bitte glauben, wenn ich sage, dass Harlow weiß, wovon sie redet. Die Polizei zu verständigen ist das Letzte, was wir tun wollen." Knox wartete nicht ab, um zu sehen, ob seine Freunde wirklich gingen, was sie nach ein paar weiteren besorgten Blicken auch taten; er wendete sich einfach wieder der Wunde an meiner Stirn zu. „Grey hat dich hierher gebracht", sagte er, während er mir die Stirn verpflasterte.

Es war keine Frage gewesen, aber ich erklärte ihm trotzdem schnell, wie ich Max gefunden hatte, und dann Grey. Trotz allem, was gewesen war, lächelte Knox ein paarmal und lachte sogar über Max' Versuche, mich zu erziehen.

„Das hätte gefährlich sein können, Low. Du kanntest ihn nicht, wusstest nicht, was für ein Mensch er war …"

„Ich hatte keine Wahl. Ich habe dich angerufen, aber du bist nicht ans Telefon gegangen."

Knox runzelte nachdenklich die Stirn, entspannte sich dann aber. „Mein Telefon ist im Wohnzimmer. Das habe ich gemieden, seit Graham nach Hause gekommen ist. Ich bin nur herausgekommen, weil ich gehört habe, wie die Jungs Grey riefen, und wusste, dass sie erst vor einer Stunde zur Arbeit gegangen ist. Ich dachte, sie liegt zu früh in den Wehen, oder so etwas."

Ich nickte, und auch wenn seine Finger zärtlich waren, als er mir den Rest meiner Kleidung auszog – als hätte er Angst, mir wehzutun – atmete ich tiefer, als ich mich an seine früheren Berührungen erinnerte.

„Ich will ihn umbringen", gestand Knox, den Blick auf seine Hände gerichtet, als er mir aus der nassen Jeans half.

Er benutzte zum ersten Mal das Wort *will.*

„Das geht nicht", sagte ich wieder.

„Ich weiß", flüsterte er und sah mir dann endlich in die Augen. „Ich habe mir geschworen, keinen weiteren Augenblick mit dir zu verschwenden, und doch habe ich es getan – es waren zu viele, um sie zu zählen. Ich habe seitdem zu oft zugelassen, dass man dir wehtut, und ich …" Seine Stimme brach, und er schwieg eine Weile. Als er sich geräuspert hatte, fuhr er fort: „Ich bin schuld an dem, was heute Abend passiert ist."

„Nein."

„Wäre ich geblieben …"

„Tu das nicht", flehte ich. „Du konntest es nicht wissen … *Ich* konnte es nicht wissen!"

Er senkte seine dunklen Augen wieder. „Doch, du hast es gewusst", wendete er sanft ein.

„Nicht heute Abend. Ich hätte nicht gedacht, dass es heute Abend passiert."

„Trotzdem … Wenn ich ihn umbringe, verliere ich zu viele Augenblicke mit dir, vielleicht alle, die uns bleiben. Und das will ich nicht riskieren." Er vermied es, mich anzusehen, als sich Stille im Badezimmer ausbreitete. Schließlich fragte er: „Warum macht dir das keine Angst?"

„Was?"

„Unser Gespräch."

„Warum sollte …"

„Weil ich jedes Wort ernst meine", sagte Knox düster.

Sollte heißen, wenn er es tun könnte, ohne dafür ins Gefängnis zu kommen, *würde* er Collin umbringen. Als mir die Schwere seiner Worte klar wurde, konnte ich nur noch nicken. Endlich gab ich zu: „Ich habe mehr Angst davor, dich zu verlieren, als vor deinen dunkelsten Gedanken. Außerdem unterscheiden sie sich nicht sehr von meinen. Ich habe mir jahrelang ausgemalt, was ich ihm antun würde, wenn ich wüsste, niemand würde mich dafür zur Rechenschaft ziehen … Zugegeben, ich habe nie daran gedacht … Ich könnte, glaube ich, nicht …" Ich verstummte und war nicht in der Lage, die Worte auszusprechen.

„Ich weiß", murmelte Knox und legte mir die Hand an die Wange, wie er es schon so oft getan hatte. Die Berührung war tröstlich und entspannte meinen schmerzenden, angespannten Körper. „Ich muss dir die Haare ausspülen. Sie sind ganz mit Blut verklebt, und an deinem Hals und deinen Schultern ist auch welches. Entweder du bückst dich über das Waschbecken, oder du stellst dich in die Dusche. Aber ich glaube, das Waschbecken ist zu schwer, bei all den Schmerzen, die du hast."

Ich sah zu dem Becken hinüber. „Wahrscheinlich."

Er neigte mein Gesicht zurück, sodass ich ihn ansehen musste. „Er hat versucht, dich zu ertränken. Ich werde dich also nicht allein unter die Dusche lassen, für den Fall, dass etwas passiert – du einen Zusammenbruch hast oder eine Panikattacke. Ich wasche dir nur das Blut ab, okay?"

„Okay", antwortete ich, während er das Wasser aufdrehte, aber so verwirrt, wie ich war, klang es eher wie eine Frage. Erst als er hinter mich griff, um mir den BH zu öffnen, und dann behutsam nach meinem Slip griff, um ihn mir abzustreifen, wurde mir klar, warum er mir verdeutlichen wollte, was unter der Dusche alles passieren würde.

Ich beobachtete ihn dabei, wie er sich auszog, und musste dem Drang widerstehen, ihn zu berühren. Ich wusste, das hätte ich in diesem Augenblick ohnehin nicht ertragen können. Er hielt mich fest, und dennoch zitterten mir noch die Knie. Aber er stand direkt vor mir, und nichts konnte uns aufhalten. Wieder und wieder ging mir durch den Kopf, was wir heute getan hatten. Am Ausdruck in seinen Augen erkannte ich, dass ich nicht die Einzige war, die die Phantomküsse und -berührungen spürte, doch er hatte sich im Griff.

Er prüfte die Wassertemperatur, half mir unter die Dusche und hielt mich so weit von sich, dass ich nicht direkt unter der Brause stand. Er benutzte seine Hände, um das Wasser dorthin zu bringen, wo er es brauchte, und ließ mich den Kopf in den Nacken legen, damit kein Wasser an die Wunde kam, um die er sich zuvor gekümmert hatte, und mir trotzdem die Haare vorne auszuspülen.

Als er sich sicher war, alles Blut weggewaschen zu haben, half er mir wieder aus der Dusche und stellte das Wasser ab, ehe er mir folgte. Er nahm sich ein großes Handtuch von der Stange und trocknete mir die Haare zärtlicher, als ein Mann wie Knox es sein dürfte – darauf bedacht, an den Stellen, an denen ich mir den Kopf angeschlagen hatte, noch vorsichtiger zu sein. Als er fertig war, öffnete er das Handtuch und trat dicht an mich heran, um uns beide darin einzuwickeln. Er hielt es in meinem Rücken zusammen und hielt mich lange Minuten einfach in den Armen, als hätte er Angst davor, mich loszulassen.

„Komm", flüsterte er endlich an meiner nackten Schulter und löste sich dann von mir, manövrierte sich aber so geschickt aus dem Handtuch, dass ich mich danach darin einwickeln konnte.

„Wohin gehen wir?", fragte ich, während er sich ein weiteres Handtuch um die Hüften schlang und dann unsere Kleidung einsammelte.

Er setzte einen flüchtigen Kuss auf meine Lippen, als er auf die Tür zuging. „Ich bringe dich ins Bett. Zum Schlafen", stellte er schnell klar, als er sah, wie sich meine Augen weiteten. „Du musst dich ausruhen."

Knox führte mich den Flur entlang in ein Schlafzimmer, und ich stand verlegen herum, während ich ihm dabei zusah, wie er im Zimmer umherging. Ich wollte nicht daran denken, wie viele Mädchen er in diesem Zimmer bei sich gehabt hatte, aber es war unmöglich, das nicht zu tun. Ich fing an, den finsteren Blick zu verstehen, den er am Nachmittag meinem Ehebett zugeworfen hatte.

„Zieh das an. Ich bin gleich wieder da."

Ich sah hinunter auf die Kleidung, die er mir in die Hand gedrückt hatte, und konnte das Lächeln nicht aufhalten. Ich hatte noch nie seine Sachen getragen, aber ich erinnerte mich daran, wie ich ihn nach T-Shirts angefleht hatte, die ich zum Schlafen tragen wollte, als ich noch auf der Highschool war. Er hatte versprochen, mir alle seine T-Shirts zu schenken, sobald ich achtzehn wurde. Ich hatte nie verstanden, warum er mich warten ließ, aber hier war ich endlich, in seinem Schlafzimmer, mit zweiundzwanzig Jahren, und hielt ein T-Shirt und ein Paar Boxershorts in der Hand.

Weil ich mich endlich dazu entschlossen hatte, meinen Mann zu verlassen …

Mein Lächeln verblasste, und ich schlüpfte schnell in die Klamotten, als ich Knox den Flur hochkommen hörte. Verwirrt verzog ich das Gesicht, als er mir sein Telefon entgegenstreckte. „Wa…"

„Ruf deine Eltern an. Warne sie, tu alles, was du tun musst."

Mir zog sich der Magen zusammen. Wie konnte ich das vergessen? „Hadley ist immer noch im Krankenhaus", flüsterte ich. „Collin hat sie in ein Einzelzimmer verlegen lassen."

„Dann müssen die beiden sie da rausholen."

Ich nickte, während ich, so schnell meine Finger es zuließen, die Nummer meiner Mutter eintippte. Stattdessen ging mein Dad ans Telefon.

„Hallo", sagte er unfreundlich.

„Dad, hier ist Harlow."

Er stutzte kurz. „Harlow, wessen Nummer ist das?"

„Äh … Das ist jetzt nicht so wichtig. Ich muss mit dir reden, und du musst genau zuhören und so wenig Fragen wie möglich stellen", bat ich ihn mit bebender Stimme. „Du musst nur wissen, ich mache das, um uns alle zu beschützen. Es ist ein Notfall."

„Was zur Hölle redest du da, Harlow?"

„Harlow?", erklang die Stimme meiner Mutter weit weg am anderen Ende des Telefons. „Was ist los, geht es ihr gut?"

„Sie redet irgendwas von Beschützen …"

„Dad, hast du Collin gesehen, seit wir heute Nachmittag weggefahren sind?"

„Na ja, nein."

Meine Erleichterung war minimal, aber immerhin etwas. „Und es sind keine Polizisten mehr gekommen?"

„Nein. Sollten sie? Steckt Hadley immer noch in Schwierigkeiten?"

„Nicht so, wie du denkst. Ab hier musst du mir zuhören und mir einfach vertrauen, okay, Dad?"

„Harlow", fing er wieder an.

„Dad, *bitte*."

„Okay. Okay, ich höre."

Ich atmete bebend ein und sah zu Knox hinauf, der mir aufmunternd zunickte und, mit den Armen vor der nackten Brust verschränkt, vor mir stand. Ich öffnete den Mund, doch es kamen keine Worte heraus. Meine Kehle funktionierte nicht mehr. Ich hatte Jahre damit verbracht, genau dieses Gespräch zu vermeiden, mich sogar davor zu *fürchten*.

Als er die Panik bemerkte, die sich offenbar auf meinem Gesicht abzeichnete, streckte Knox eine Hand aus und legte sie mir an die Wange, während die andere unter seinen Arm geklemmt blieb, und ich ließ zu, dass seine Gegenwart meinen bebenden Körper beruhigte.

„Schätzchen, bist du noch da?", fragte mein Dad.

Ich kniff die Augen fest zusammen und versuchte, mich daran zu erinnern, wie es sich angefühlt hatte, als mir klar geworden war, dass Collin mich umbringen wollte. Ich muss sie beschützen. Ich muss sie warnen, sagte ich mir in Gedanken, und ehe ich wieder einen Rückzieher machen konnte, brach es aus mir heraus: „Dad, ihr müsst Hadley aus dem Krankenhaus schaffen, und ihr müsst noch heute Nacht zu Hayley nach Connecticut fahren. Wenn nicht heute Abend, dann gleich morgen früh. Erzählt niemandem davon, nicht einmal Hayley."

Als ich meine Augen öffnete, sah ich Knox nicken, und ich wusste, er stimmte mir zu bei der Überlegung, meine Familie so weit wie möglich fortzubringen.

„Dad ... Collin ist böse", brachte ich schluchzend hervor.

„Was?", fragte er ungläubig, und ich wusste, das würde schwer für ihn werden – für meine gesamte Familie. Wenn man sie alle fragte, konnte Collin übers Wasser gehen.

„Er misshandelt mich", fing ich an, aber er unterbrach mich gleich.

„Harlow", sagte er missbilligend.

„Ich sage die Wahrheit!" Ich sprach ein stummes Gebet, als mir Tränen in die Augen stiegen – er musste mir einfach glauben. Meine Stimme bebte und brach weiter, während ich versuchte, es ihm zu erklären. „Er hat versucht, mich in der Badewanne zu ertränken, als wir nach dem Krankenhaus wieder zu Hause waren. Er wollte mir die Schuld für Hadley geben. Er hat zugegeben, dass er ihr heute Nachmittag die Drogen gegeben hat."

„Was?", wiederholte er. Dieses Mal klang er, als stünde er unter Schock.

„Er schlägt mich, seit wir verheiratet sind. Ich habe ihn nur nicht verlassen, weil er immer droht, einen von euch umzubringen. Er denkt, ich hätte heute Morgen versucht, ihn zu vergiften. Deswegen ist Hadley jetzt im Krankenhaus." Ich schluchzte mittlerweile. „Ich schwöre, das habe ich nicht – aber es ist trotzdem meine Schuld, dass sie dort ist. Dad, du *musst* sie da rausholen, und ihr alle müsst den Bundesstaat verlassen. Er denkt, ich wäre tot, aber bald wird er wissen, dass ich es nicht bin."

Mein Dad fluchte und fing an, meiner Mom etwas zuzumurmeln.

„Erzählt niemandem davon", erinnerte ich ihn. „Verschwindet einfach."

„Du kommst zu uns nach Connecticut", sagte er schlicht.

Ich wollte mich einverstanden erklären, hielt dann aber inne. „Er wird bald nach mir suchen. Er hat ein paar Polizisten, die nebenbei für ihn arbeiten … So hat er es hinbekommen, dass die Anzeige gegen Hadley fallen gelassen wurde. Deswegen waren sie heute überhaupt so schnell bei ihr. Sie sind ihr von Anfang an gefolgt. Wenn ich zum Flughafen fahre, lässt er mich wahrscheinlich dort von der Polizei in Gewahrsam nehmen. Das kann ich nicht riskieren."

„Na ja, ich werde dich hier nicht alleine lassen, damit du dich um alles …"

„Ich bin bei dir", sagte Knox, der alles mitgehört hatte.

Dad verstummte. „Wer war das?"

Ich musste schwer schlucken. Ich wollte das alles nicht am Telefon erklären müssen, aber ich hätte mich auch niemals für den Mann, der vor mir stand, geschämt. „Das ist Knox, Dad. Knox Alexander."

„Warum ist … Rufst du etwa von seinem Telefon an?"

„Ja."

„Das wirst du mir alles erklären", sagte er abrupt. „Du wirst einiges zu erklären haben."

„Das verstehe ich, aber im Augenblick musst du mir bitte einfach glauben und tun, was ich dir sage."

„Deine Mom kümmert sich schon um alles. Wie setzen wir uns mit dir in Verbindung, wenn wir dich brauchen?"

„Mein Telefon", antwortete Knox.

Noch eine Pause, dann sagte mein Dad: „Ich werde mich noch mit diesem Mann unterhalten. Fürs Erste sag ihm nur, er soll auf dich aufpassen."

„Das wird er, Dad. Ich hab dich lieb, und es tut mir leid."

„Wenn das stimmt, was du sagst ... dann sind wohl wir diejenigen, die sich entschuldigen müssen, weil wir es nicht gesehen haben. Ich hab dich auch lieb, mein kleines Mädchen."

Ein tiefes Schluchzen brach aus mir heraus, als ich auflegte, und ich ließ mich in Knox' Arme fallen.

„Ihnen wird nichts passieren", versicherte er mir, aber das konnte er nicht wissen.

Collin mochte nicht im Krankenzimmer gewesen sein, aber es wusste auch keiner von uns, wo er sich gerade aufhielt. Ich nickte nur und ließ mich von Knox zum Bett führen. Er schlug die Decke zurück, ich kroch hinein und folgte ihm mit meinem Blick, als er durchs Zimmer ging, sich Boxershorts anzog und unsere gebrauchte Kleidung in den Wäschekorb warf. Als er fertig war, schaltete er das Licht aus und stieg zu mir ins Bett. So sanft wie möglich nahm er mich in die Arme, und ich legte den Kopf auf seinem Bizeps ab, als er seinen Körper an meinen drückte.

„Ich habe dich, Low. Ich gehe nirgendwo hin. Ich liebe dich."

„Bis zu den Sternen", schwor ich und ließ meine schweren Augenlider zufallen.

19. Kapitel

KNOX

Gegenwart – Thatch

„Seattle?“, fragte ich und unterdrückte ein Stöhnen, während ich über die Schulter zurück zu der Stelle sah, wo Harlow die letzten paar Stunden geschlafen hatte. Seattle war mehr als drei Stunden von Richland entfernt. „Könnten Sie nicht den Flughafen in Walla Walla nehmen? Der ist kaum eine Stunde vom Krankenhaus entfernt.“

Harlows Dad seufzte auf eine Weise, die mich genau wissen ließ, wie sehr der heutige Tag ihn belastete. Ich wusste, wie er sich fühlte. „Wir könnten dort erst den ersten Flug morgen früh um sechs bekommen. In Seattle gibt es einen Flug heute Abend um kurz nach zehn, und dann wieder einen kurz vor elf, falls wir den ersten nicht schaffen.“ Er hielt einen Augenblick inne, dann sagte er: „Wenn das stimmt, was Harlow uns erzählt hat …“

„Es stimmt“, sagte ich, und meine Wut auf die ganze Familie war in den beiden Worten deutlich herauszuhören. Innerhalb von Sekunden, nachdem ich Harlow zum ersten Mal wiedergesehen hatte, war mir klar gewesen, dass bei ihr etwas ernsthaft nicht stimmte. Mir war Collins Faszination für Druckpunkte aufgefallen, nachdem ich sie nur wenige Minuten zusammen gesehen hatte … Und ihre Familie war all dem gegenüber blind gewesen. Wären sie das nicht gewesen, hätte Harlow sich nicht ständig Gedanken um ihre Sicherheit machen müssen, sondern sich um ihre eigene sorgen können, lange, ehe es zu diesem Punkt gekommen war. „Ich habe es gesehen", fügte ich hinzu und hörte, wie er einen Aufschrei unterdrückte.

„Dann ... dann war Seattle die richtige Entscheidung. Ich muss meine Familie noch heute von hier fortbringen. Ich kann es nicht riskieren, bis morgen zu warten."

„Sie haben recht", murmelte ich, fügte aber nicht hinzu, dass Seattle genau der Ort sein könnte, an dem Collin sie am ehesten vermuten würde. Ich musste ihnen nicht noch mehr Angst machen. „Wann landen Sie?"

„Wenn wir den ersten Flug bekommen, kurz nach neun Uhr morgens. Wenn nicht, dann erst irgendwann gegen Mittag."

„In Ordnung. Rufen Sie mich an, sobald Sie gelandet sind, oder falls vorher irgendetwas passiert."

Er antwortete nicht, aber ich wusste, er war noch immer am Telefon. Gerade als ich fragen wollte, ob er mich verstanden hatte, flüsterte er: „Warum ist meine Tochter mit Ihnen zusammen?"

„Sollte ich davon ausgehen, dass Sie gerade in diesem Augenblick und räumlich meinen?"

Harlows Dad räusperte sich. „Gerade jetzt meine ich das. Nachdem Sie mir das beantwortet haben, kommen wir vielleicht zum Rest."

„Sie ist hier, weil sie hierhergehört – weil sie immer hierhergehört hat – und weil ich derjenige bin, der dafür sorgen wird, dass Collin sie nie wieder anrührt."

Als ihr Vater wieder etwas sagte, erkannte ich sofort den „Ich bin hier der Vater und das ist mein kleines Mädchen"-Tonfall, mit dem er mir kommen wollte – es war der gleiche, den ich zu hören bekommen hatte, als ich ihn vor Jahren gefragt hatte, ob ich Harlow heiraten durfte –, aber in seiner Stimme lag auch ein Anflug von Respekt. „Und wie lange geht das schon so?"

„Sieben Jahre", sagte ich sofort und ohne zu zögern.

„Sieben Jahre?", brüllte er los, und der Respekt war vollkommen verschwunden. „Junger Mann, Sie haben mir verdammt viel zu …"

„Mr. Evans", unterbrach ich ihn. „Ich bin Harlow vor etwa zwei Wochen zufällig wiederbegegnet. Das war das Erste, was ich seit über viereinhalb Jahren von ihr gehört oder gesehen hatte. Aber ich habe die ganze Zeit über nicht aufgehört, sie zu lieben oder an sie zu denken. Die letzten zwei Wochen hat sie immerzu versucht zu verbergen, was ihr Ehemann mit ihr gemacht hat, und ich habe alles getan, um ihr zu helfen – auch wenn die Vorstellung, dass ihr jemand hilft, sie zu Tode geängstigt hat. Bitte verstehen Sie, ich sage das mit allem Respekt, den ich noch vor Ihnen habe – was im Augenblick nicht viel ist, weil ich es hasse, dass Sie nie gemerkt haben, was mit Ihrer eigenen Tochter geschieht", wütete ich. „Nicht dass ich mich je wieder mit Ihnen über unsere romantische Beziehung unterhalten würde, aber weder Harlow noch ich haben sich, was uns angeht, irgendetwas zu Schulden kommen lassen. Davon abgesehen haben wir uns in den letzten sieben Jahren immer sehr viel bedeutet."

Schweigen breitete sich einige Minuten lang aus, aber nach dem, was ich ihm gerade unterbreitet hatte, erwartete ich von ihm, noch weniger von mir zu halten, als er es ohnehin schon tat, also ließ ich ihm Zeit mit seinen Gedanken. Als er wieder sprach, klang er erneut müde. „Wenn Sie nicht recht hätten, würde ich Sie nicht so mit mir sprechen lassen." Er atmete schwer aus und sprach, noch ehe er damit fertig war. „Ich habe mich immer gefragt, was aus Ihnen geworden ist. Meine Frau und ich … Nun ja, wir haben immer gedacht, Sie würden es sein."

„*Ich?*", fragte ich fassungslos. „Sie waren es, dem ich versprechen musste, sie dazu zu bringen, das Leben ohne mich zu genießen, als sie aufs College gegangen ist. Hätten Sie das nicht verlangt, wären wir wahrscheinlich nicht jahrelang voneinander getrennt gewesen. Sie hätte nie …" Ich unterbrach mich, ehe ich mehr sagen konnte, aber es war klar, worauf ich hinauswollte. Hätte ich mich nicht an seine Bedingungen gehalten, hätte Harlow wahrscheinlich nie die Qualen erleiden müssen, die Collin ihr zugefügt hatte.

„Ja, Sie", antwortete er nach einer Sekunde. „Wir haben Sie respektiert, und auch die Art, wie *Sie* unsere Tochter respektiert haben. Hätten wir das nicht, dann hätten wir nie zugelassen, dass Sie ihr die Idee in den Kopf setzen, später im Leben mit ihr zusammen zu sein. Ich hätte Ihnen nie die Erlaubnis erteilt … Aber das war letztendlich wohl egal. Niemand von uns hatte erwartet, dass dieser Tag kommen und gehen würde und auf einmal Collin an ihrer Seite war. Noch überraschender war allerdings, dass Sie nie zurückgekommen sind."

Ich biss die Zähne fest zusammen. Ich musste nicht daran erinnert werden, dass ich nicht um sie gekämpft hatte.

„Allerdings", fuhr ihr Dad fort, jetzt wieder streng, „bedeutet das nicht, dass wir *jetzt* mit einer Beziehung einverstanden wären. Egal, was gerade los ist, meine Tochter ist eine verheiratete Frau, und es wäre klug von Ihnen, ihr ihren Freiraum zu lassen, bis sich alles geklärt hat. Sie wird viel Zeit brauchen, um zu verarbeiten, was geschehen ist, und dann noch mehr, um sich zu entscheiden, was sie mit Ihnen zu tun haben will … falls überhaupt etwas. Verstehen Sie mich, Mr. Alexander?"

Seine Worte ähnelten denen, die ich vor langer Zeit gehört hatte, sehr. Damals hatte ich auf dem ganzen Weg zum Juwelier gegrinst, weil ich gewusst hatte, dass mich nichts mehr davon abhalten konnte, Harlow an ihrem achtzehnten Geburtstag endlich für mich zu haben, in jeder Hinsicht. Jetzt grinste ich nicht mehr.

Ich hatte viele Frauen gehabt, seit ich Harlow verloren

hatte – zu viele, um sie zu zählen oder mich an sie zu erinnern. Alle waren Single, das war meine einzige Regel, bis zu diesem Nachmittag mit Harlow. Die Ehe war mir heilig. Ich wusste, wenn ich heiratete, dann sollte es ein Leben lang halten; deshalb hatte ich das nur einem Mädchen gegenüber erwähnt – wenn man die Scherze mit Grey nicht dazuzählte, mit denen wir Graham ärgerten. Und nicht nur war Harlow mit einem anderen Mann als mir verheiratet, ich hielt uns auch nicht davon ab, zusammen zu sein, und ich wusste, das würde ich auch in Zukunft nicht tun.

Für mich war klar, dass sie zu mir gehörte. Collin hatte entschieden, ihr Gelöbnis nicht zu achten, als er ihr das erste Mal wehgetan hatte, und Harlow hatte ihn und ihre Ehe zur gleichen Zeit auf emotionaler Ebene verlassen, auch wenn ihr das auf körperlicher Ebene nicht gelungen war. Aber andere würden das nicht so sehen.

„Wie gesagt, ich werde mit Ihnen nie mehr über meine romantische Beziehung zu Ihrer Tochter reden", antwortete ich entschlossen, aber nicht trotzig. Ich wollte mit Harlow nicht in eine Position geraten, die von den Leuten infrage gestellt wurde, aber ich würde auch nicht *zulassen*, dass sie uns infrage stellten.

Ich merkte, dass er enttäuscht war, aber in seiner Stimme lag auch wieder ein Anflug von Respekt. „Na gut, dann sprechen wir uns wohl morgen früh wieder. Bitte passen Sie auf meine Tochter auf, und wenn irgendetwas …"

„Ich lasse es Sie wissen", endete ich für ihn, als er es nicht mehr konnte. „Gute Reise, Mr. Evans."

„Danke, Knox", sagte er leise, ehe er auflegte, und ich wusste, es ging dabei nicht um meinen Abschiedsgruß.

Ich atmete tief aus, stützte mich mit den Ellbogen auf die Knie und ließ den Kopf hängen. Millionen Gedanken rasten mir durch den Kopf. Einige über meine Vergangenheit mit Harlow … einige über unsere Zukunft. Viele hatten mit Collin zu tun und was er gerade machte – oder ob er überhaupt schon wusste, dass Harlow noch lebte. Und der Rest galt Harlows Familie und ob wir das Richtige getan hatten, sie aus dem Bundesstaat fliegen zu lassen.

Es klopfte an meiner Schlafzimmertür, und ich hob den Kopf, bewegte mich aber nicht von meinem Platz auf der Bettkante. Ich hatte Harlow gesagt, dass ich nirgendwo hingehen würde, und schon die Bettkante fühlte sich zu weit weg von ihr an. Nach ein paar Sekunden ging die Tür langsam auf, und Graham steckte seinen Kopf herein. Als er mich dort sitzen sah, kam er ein paar Schritte auf mich zu.

„Schläft sie?", flüsterte er, und ich nickte. „Alles in Ordnung so weit?"

„Stell keine dummen Fragen, und tu nicht so, als würde es dich kümmern."

Er schien in sich zusammenzufallen und verschränkte die Arme, um an Haltung zurückzugewinnen. „Es kümmert mich – uns", wendete er ein, sah dann hinter sich und rief nach Deacon.

Eine Sekunde später kam Deacon um die Ecke und in mein Zimmer, und sein verletzter Gesichtsausdruck ließ mich die Augen verdrehen.

„Können wir uns im Wohnzimmer unterhalten?", fragte Graham, aber ich machte mir nicht die Mühe, überhaupt zu antworten. Ihm reichten mein Schweigen und meine Reglosigkeit als Antwort, und er seufzte. „Sie ist uns nicht egal", sagte er, immer noch leise genug, um Harlow nicht zu wecken. „Aber es ist schwer, weil uns auch die Folgen Sorgen machen, weil die uns *immer* Sorgen gemacht haben."

„Versuch, es aus unserer Sicht zu sehen", mischte Deacon sich ein. „Wir waren auf dem College, und du hattest nur Augen für ein Mädchen, das zu jung für dich war – so jung, dass es illegal war. Und ich meine, ganz ehrlich, verdammt noch mal …“ Er unterbrach sich, als Graham ihn scharf ansah, weil er zu laut geredet hatte. Als er wieder anfing, sprach er so leise, dass ich ihn kaum hören konnte. „Du hast uns alles erzählt. Wir haben uns immer schon Sorgen gemacht, aber als du dann Harlow versprochen hast, auf sie zu warten, und sie dir gesagt hat, du würdest deine Zeit verschwenden, war es das für uns. Wir *wussten*, dass sie nur mit dir spielt. Und jedes Mal, wenn ihr beide danach geredet habt, hat sie dir wieder das Gleiche erzählt. Wir haben nicht verstanden, warum du der Einzige warst, der nichts mitbekommen hat.“

„Es war … So hat sie es nicht gemeint.“ Ich stöhnte und rieb mir den Kiefer. Ich überlegte, wie ich es ihnen erklären konnte, aber mir fiel nichts ein. „Das war … unser Ding, würde ich sagen.“

„Ein verdammt merkwürdiges Ding“, meinte Deacon, winkte meinen warnenden Blick dann aber ab. „Sind wir in den ersten paar Jahren Ekel gewesen? Sicher, wir sind zu weit gegangen. Das geben wir jetzt zu. Aber dann ist sie achtzehn geworden und hat genau das getan, was wir die ganze Zeit befürchtet hatten, und haben wir es dir unter die Nase gerieben?“

Ich antwortete nicht.

„Und jetzt das. Du hast sie seit Jahren nicht gesehen, aber es ist, als wäre für euch keine Zeit vergangen. Du willst genau da weitermachen, wo ihr aufgehört habt. Und wieder machen wir uns Sorgen. Jetzt sogar noch mehr, denn sie ist nicht nur verheiratet, sondern wir mussten auch miterleben, zu was für einem Menschen du in den ersten Jahren geworden warst, nachdem sie dir zum ersten Mal so etwas angetan hat.“

Graham nickte, und ehe ich fragen konnte, was Deacon damit meinte, erklärte Graham: „Du hast dir vor uns nie anmerken lassen, dass du verletzt bist, aber du warst auf einmal …“

Er verstummte und suchte nach dem richtigen Wort. „Außer Kontrolle. Bei allem. Erst als Greys Verlobter vor drei Jahren gestorben ist, bist du endlich aufgewacht und hast dich beruhigt. Na ja, so weit beruhigt, bis du wieder der Knox warst, mit dem wir aufgewachsen sind."

„D-das wusste ich nicht", flüsterte ich, musste aber schwer schlucken, denn jetzt, wo ich darüber nachdachte, wurde es mir auch klar. Zwar tranken beide und schleppten Mädchen ab, doch ich war derjenige gewesen, der darauf gedrängt hatte, dass die Nächte noch länger wurden und die Anzahl Mädchen zunahm.

„Ist schon okay", sagte Deacon, als er merkte, was mir gerade klar geworden war. „Wie gesagt, wir wissen, dass wir damals zu weit gegangen sind. Wir wissen, dass wir es euch beiden schwer gemacht haben, aber kannst du nicht auch unsere Sicht der Dinge verstehen?"

Über die Antwort musste ich nicht lange nachdenken. „Ja und nein. Ich verstehe, warum ihr Angst um mich hattet, aber ich werde nie verstehen, warum ihr damals so gehandelt habt – und es bis heute getan habt."

Graham hob eine Augenbraue. „Noch einmal, du kannst es nicht aus unserer Sicht betrachten. Wir wissen nur, dass sie in all den Jahren kein einziges Mal versucht hat, dich zu finden oder auch nur Kontakt mit dir aufzunehmen. Und in den letzten zweieinhalb Wochen hat sie dich plötzlich in diesen ganzen Mist verwickelt, und du drohst sogar, dich von deinen besten Freunden abzuwenden. Wenn ein Mädchen so etwas tut, ist das ein Warnsignal. Und es ist ein *verdammt großes* Warnsignal, wenn sie noch dazu verheiratet ist und dich ausnutzt." Er fuhr schnell fort: „Wir haben es ja kapiert. Es war alles ganz anders. Wir wissen jetzt, dass sie nicht gelogen hat und dass dieser ganze Mist wirklich passiert ist. Das bedeutet aber nicht, dass es *vorher* nicht schwer zu glauben war." Er ließ den Kopf sinken, sah auf den Boden und schüttelte ihn einmal knapp. „Apropos, was willst du wegen ihres Ehemannes unternehmen? Glaubst du wirklich, er wird Harlow verfolgen?“

„Ich weiß genau, dass er das tun wird, aber ich weiß noch nicht, was wir seinetwegen unternehmen sollen. Ich weiß nicht, wie viele Polizisten er bestochen hat, aber ich weiß nach dem, was Harlow mir heute Nachmittag erzählt hat, dass es über Benton County hinausgeht, vielleicht sogar über Washington State.“

„Mist“, sagten beide gleichzeitig.

Auch wenn das einzige Licht im Raum vom Flur her kam, wusste ich, dass Graham seinen Blick hinter mich geworfen hatte. Nach einem Augenblick sagte er: „Man sieht ihr an, dass es nicht nur um heute geht oder um diese Woche, diesen Monat. Es ist genau, wie du gesagt hast: Sie sieht krank aus. Selbst wenn sie nicht blutbeschmiert hier aufgetaucht wäre, wäre es offensichtlich gewesen.“

„Sie sieht gehetzt aus“, endete Deacon für ihn. „Knox, Alter, wir wissen, was sie dir bedeutet. In all dieser Zeit haben wir das nie infrage gestellt. Aber wenn ihr je die Sache mit ihrem Mann hinter euch bringt, was wollt ihr dann machen? Nach allem, was sie durchgemacht hat, ist sie vielleicht nicht mehr das Mädchen, in das du dich verliebt hast.“

Ich drehte mich zu ihr um, und etwas in meiner Brust zog sich schmerzhaft zusammen. Ich ließ ihr Gesicht nicht aus den Augen, als ich antwortete: „Ist sie nicht. Die Harlow, die ich kannte, war voller Leben und hat nie aufgehört zu lachen oder zu lächeln. Aber sie musste Hunderte von Mauern aufbauen, um sich vor ihm zu schützen, weil er seit Jahren versucht, sie zu brechen.“ *Angeknackst*, kam mir mein früheres Urteil in den Sinn, und meine Lippen fingen an zu zucken. „Aber sie ist noch da. Irgendwo. Ich werde sie finden, egal, wie lange es dauert.“

„Gut, und wir haben entschieden, dass wir ab jetzt nicht mehr zwischen euch stehen werden“, sagte Graham. Deacon schnaubte.

„Ja, das machen andere schon zur Genüge.“ Als Graham ihm noch einen Blick zuwarf, verdrehte Deacon die Augen. „Das ist der Beste-Freunde-Kodex, Alter. Wir hören auf. Versprochen. Wir wissen, dass wir damit nicht alles wiedergutmachen können, was vorher gewesen ist, aber wir können euch jetzt unterstützen. Und wenn du Hilfe mit dem Psycho brauchst, lass es uns einfach wissen.“

Ich musste ehrlich lächeln und nickte zum Dank einmal kurz.

„In diesem Sinne“, setzte Deacon an und ging aus dem Zimmer.

Graham lächelte nur in sich hinein, als ich ihn fragend ansah.

Als Deacon zurückkehrte, hatte er zwei Kartons vom Lieferservice dabei und eine Plastiktüte. „Wir haben euch beiden Abendessen besorgt, und wir haben Grey genötigt, mit uns einkaufen zu gehen, damit Harlow etwas zum Anziehen hat. Wir wussten nicht, welche Größe wir nehmen sollen, weil dein Mädchen nur noch Haut und Knochen ist. Wenn es nicht passt … geben wir einfach Grey die Schuld. Und solltest du sie schlafen lassen? Vorhin im Flur ist sie fast verblutet.“

Meine dankbare Miene verblasste, und ich funkelte Deacon wütend an. „Sie ist nicht im Flur fast verblutet, und willst du ernsthaft meine Entscheidung infrage stellen, sie schlafen zu lassen? Ich bin hier der Feuerwehrmann.“ Als sie mich weiterhin erwartungsvoll ansahen, seufzte ich. „Ihre Pupillen waren in Ordnung, sie hat sich nicht übergeben, und zum Ende hin konnte sie auch vernünftig gehen. Außerdem hatte ich vor, sie alle paar Stunden zu wecken.“

Keiner sagte etwas; sie starrten mich einfach weiter an.

„Das ist euer Abgang“, erklärte ich ihnen.

„Aber hast du es schon gemacht?", fragte Deacon.

Ich hatte geplant, sie nach dem Gespräch mit ihrem Vater zu wecken, nahm aber an, ihnen das zu erzählen würde sie zum Bleiben verlocken, also vermied ich es, die Frage direkt zu beantworten. „Es freut mich, dass ihr beide einen Sinneswandel hattet oder was auch immer, aber vorhin im Badezimmer hat es sie schon verwirrt, und ich weiß, wenn sie aufwacht und euch beide wieder hier sieht, würde ihr das nur Angst einjagen."

Sie sahen aus, als wollten sie darüber diskutieren wollen, ob sie bleiben durften, doch nachdem ich ihnen einen eindeutigen Blick zugeworfen hatte, sahen sie niedergeschlagen auf den Boden.

„Na gut, immerhin haben wir euch etwas zu essen gebracht", sagte Deacon lahm. „Dann gehen wir mal."

„Danke", murmelte ich, als sie sich umdrehten. An ihrem Nicken erkannte ich, dass sie wussten: Ich bedankte mich nicht für ihren Abgang.

Sobald die Tür zu war und ich mir sicher sein konnte, dass sie nicht noch einmal hereinkommen würden, rollte ich mich aufs Bett und legte Harlow sanft die Hand an die Wange. Selbst im Schlaf verzogen ihre Lippen sich zu einem Schmollen, ehe sie sich wieder öffneten, und sie versuchte, ihr Gesicht enger an meine Handfläche zu schmiegen.

Zärtlich strich ich mit dem Daumen über ihren Wangenknochen und neigte mich dicht zu ihr, um an ihre Stirn zu flüstern: „Aufwachen, Low. Du musst aufwachen."

Auch wenn ich sie nicht ansah, spürte ich auf die Sekunde genau, wann sie aufwachte. Ihr ganzer Körper erstarrte, und sie hielt mehrere Sekunden lang den Atem an, bis sie wieder Luft holte und ihre Muskeln sich langsam entspannten.

Ich neigte mich zu ihr hinunter, bis ich direkt vor ihrem Gesicht war. Ihre Augen weiteten sich kaum merklich, und sie hielt wieder den Atem an.

„Low?“, fragte ich unsicher, und mir zog sich der Magen zusammen, als ihr Tränen in die Augen stiegen. „Harlow, was ist los?“, sagte ich lauter, als sich etwas wie Panik um meine Brust klammerte.

„Ist das ein Traum?“, fragte sie leise, und die Panik legte sich sofort wieder.

„Ein Traum? Nein, warum?“

Ihre eine Hand, die auf meiner an ihrer Wange lag, glitt meinen Arm hinauf, und sie klammerte sich an meine Schulter. „Knox?“, formte sie mit ihren Lippen.

„Ja“, antwortete ich. Ich hatte keine Ahnung, was gerade passierte.

Ihr stockte der Atem, und sie schloss die Augen, aber ich musste nicht mehr warten, um zu wissen, was vor sich ging. Ehe ich fragen konnte, fing sie an, leise zu murmeln. „Du bist hier, du bist kein Traum. Ich bin bei dir. Ich bin gegangen. Ich habe Collin verlassen ... O Gott. Es war alles echt. Du bist hier. Ich träume immer von dir, ich dachte, das tat ich immer noch ... Aber du bist hier. Oh, Hadley.“

Ich nahm ihren Körper sanft in die Arme und hielt sie fest, während sie zu begreifen versuchte, dass alles an jenem Tag wirklich geschehen war. Als sie verstummte, sagte ich: „Deine Familie ist auf dem Weg nach Seattle. Sie nehmen noch heute einen Flug. Sie halten uns auf dem Laufenden. Von Collin haben sie nichts gesehen oder gehört, und dein Dad hat gesagt, er hält nach Wagen Ausschau, die sie eventuell verfolgen, aber er glaubt, dass sie außer Gefahr seien.“

Harlow nickte an meiner Brust, und ihr Körper entspannte sich ein wenig mehr.

Als noch weitere Minuten verstrichen waren, löste ich mich von ihr und setzte mich auf. Dann wartete ich, bis sie das Gleiche tat – ließ sie dabei aber nicht aus den Augen. „Wie fühlst du dich?“

„Wund“, murmelte sie, aber ohne mich anzusehen. Ich wusste, sie untertrieb.

„Und wie fühlst du dich wirklich?“

Harlow kaute auf ihrer Unterlippe und zuckte mit den Schultern – selbst das schien ihr schwerzufallen – doch sie sah mir nicht in die Augen. „Mein Kopf pocht fürchterlich. Mein Rücken tut weh, wo ich hingefallen bin und fallen gelassen wurde, aber ich fühle mich nicht mehr so schwach wie vorhin.“

„Gut.“ Ich drückte ihr zwei Finger unters Kinn und drehte ihren Kopf, bis sie mich ansah. „Du musst mir nichts vormachen. Ich muss es wissen, sonst kann ich dir nicht helfen. Okay?“

Statt zu antworten, sah sie an mir vorbei und riss die Augen auf.

„Können wir euch helfen?“, fragte ich, ehe ich mich umdrehte und sah, dass die Jungs wieder ins Zimmer gekommen waren. Einer von ihnen hielt eine Flasche Wasser, der andere eine Packung Tylenol. Ich beugte mich vor und streckte den Arm aus, damit sie mir beides in die Hand legen konnten, nicht ohne sie dabei die ganze Zeit finster anzusehen. „Ihr verhaltet euch wie zwei alte Weiber“, meinte ich und setzte mich wieder auf.

„Alles in Ordnung?“

„Deacon“, zischte ich und schüttelte den Kopf.

Harlow antwortete ihm nicht, aber ich glaube, sie wusste auch nicht, wie. Sie starrte die beiden immer noch an, als verstünde sie nicht, warum sie auf einmal so nett zu ihr waren.

„Danke, Graham“, meinte ich, als er unnötigerweise die Schachteln mit dem Essen und die Kleidung von meinem Nachtschrank nahm und sie auf das Bett neben Harlows Beine legte. „Auf Wiedersehen, Graham und Deacon“, deutete ich an. Ich wartete, bis sie gegangen waren, und sagte: „Sie haben ihre Meinung über dich geändert, und ich glaube, sie wissen gerade nichts mit sich anzufangen, wo sie wissen, was du heute Abend durchgemacht hast. Sie haben dir etwas zum Anziehen gekauft, und sie haben uns Abendessen mitgebracht."

„Oh", flüsterte Harlow, immer noch unter Schock.

„Hast du Hunger?"

Ihr Blick fiel auf die Schachteln, und sie verzog das Gesicht. „Eigentlich nicht. Äh, ich esse nicht … viel."

„Low, das ist nicht zu übersehen", sagte ich und sah sie scharf an.

„Es ist schwer, wenn er …" Sie verstummte.

„Du musst es mir jetzt nicht erklären, oder auch nie, wenn du nicht willst. Aber du musst etwas essen, wenn du kannst. Du musst wieder an Gewicht zunehmen. Du brauchst Energie, besonders nach dem, was heute passiert ist. Wenn du also glaubst, essen zu können, dann ist etwas da, okay?"

Sie nickte und stocherte in ihrem Essen herum, während ich meines aß. Ich zählte nur fünf Bissen, klein genug für ein Kleinkind, ehe sie anfing, ihr Essen in Stücke zu zerteilen und nur so zu tun, als würde sie es essen.

Als ich fertig war, nahm ich sie in die Arme und lehnte mich gegen das Betthaupt zurück. Ihr erleichtertes Seufzen und die Art, wie sich ihr Körper an meinem entspannte, brachten mich zum Lächeln, aber ich sagte nichts dazu. Größtenteils weil wir uns nicht unterhalten hatten, seit wir zu essen angefangen hatten. Ich wusste, wenn wir reden würden, müssten wir besprechen, was mit Collin zu tun war, und es war offensichtlich, dass sie noch nicht bereit war, darüber nachzudenken. Also würde ich ihr die Nacht lassen, wenn es das war, was sie brauchte.

Nicht lange danach öffnete sich ihr Mund, ihre Atemzüge gingen regelmäßiger, und wenige Minuten später folgte ich ihr in den Schlaf.

20. Kapitel

HARLOW

Gegenwart – Thatch

Ich wachte langsam auf. Etwas daran fühlte sich fremd an; wenn ich normalerweise aufwachte, dann mit einem Ruck. Auch wenn in meinem Kopf die Alarmglocken losgingen, wusste mein Körper es besser. Wusste, in wessen Armen ich lag. Wusste, dass von ihm keine Gefahr ausging. Wusste, ich musste nicht in Verteidigungshaltung gehen, sobald ich aufwachte und bis ich wieder in einen unruhigen Schlaf fiel.

Auch wenn es im Zimmer von Knox immer noch dunkel war, genoss mein Körper das Gefühl nach dem besten Schlaf, den ich seit zwei Jahren gehabt hatte. So wach und voller Energie war ich nicht mehr gewesen seit … Ich konnte mich nicht einmal daran erinnern, wie lange es her war. So entspannt war ich nicht mehr gewesen, seit ich Collin geheiratet hatte – und das, obwohl meine Schultern und mein Rücken noch immer verspannt waren vor Sorge um meine Familie und darüber, was mein gestörter Ehemann als Nächstes tun würde.

Irgendwann in den paar Stunden, die wir geschlafen hatten, hatte ich mich in Knox' Armen gedreht, sodass ich halb auf der Seite lag und halb Brust an Brust mit ihm. Und trotz der sich langsam in mir regenden Angst vor dem, was auf uns zukommen würde, spürte ich, wie ich lächelte. Jahrelang hatte ich mich gefragt, wie es wohl wäre, neben diesem Mann aufzuwachen, und auch wenn ich wusste, dass es noch tausendmal besser sein konnte, als es in diesem Moment war, fühlte es sich trotzdem nach Glückseligkeit an.

In der Hoffnung, ihn nicht zu wecken, zeichnete ich mit den Fingerspitzen seinen Kiefer nach und folgte der Bewegung mit meinem Blick. Ich strich zart über seine Wangenknochen und wieder über seinen Kiefer, dann schließlich über seine Lippen. Als meine Finger dort ankamen, sah ich hoch und entdeckte, dass er mich mit seinen dunklen Augen ansah.

Ohne ein Wort und ohne seinen intensiven Blick von mir abzuwenden, löste er einen Arm von meinem Körper und nahm meine Hand in seine. Ehe er sie von seinem Mund wegzog, presste er meine Fingerspitzen an sich, um sie zu küssen, und verschlang dann unsere Finger ineinander.

„Ich wollte dich nicht wecken", flüsterte ich. Mein Hals schmerzte mehr als vergangene Nacht, doch auch wenn dem nicht so gewesen wäre: So wie ich neben Knox lag, in seinem Bett im Dunkeln, hätte sich alles, was lauter war als ein Flüstern, falsch angefühlt.

Er schüttelte einmal kurz den Kopf, die Bewegung kaum wahrnehmbar. „Ich habe in der Nacht immer wieder nach dir gesehen. Jede Bewegung und jedes Geräusch haben mich befürchten lassen, dass etwas passiert."

„Das tut mir leid."

Knox grinste, und ich sah, wie er den Blick auf die Tür richtete. „Deine neuen Glucken haben mich sehr viel öfter geweckt als du."

„Oh." Ich verstand das nicht. Sie mussten irgendwelche Hintergedanken haben … Irgendetwas mussten sie vorhaben. Diese Möglichkeit machte mich ihnen gegenüber noch misstrauischer, als ich es je zuvor gewesen war.

Als Knox die Verwirrung in meinem Gesicht sah, zogen sich seine Lippen zu einem kaum sichtbaren Lächeln hoch. „Ich kümmere mich schon um die beiden. Darum musst du dir jetzt nicht auch noch Gedanken machen." Er seufzte und sah mich besorgt an, als er vorsichtig sagte: „Wir müssen über Collin reden."

„Ich weiß. Mittlerweile muss er es mitbekommen haben." Ich lachte auf, aber es lag nichts Humorvolles darin. „Ich weiß immer noch nicht, wie er es die ganze Zeit nicht gemerkt haben kann …" Ich ließ den Satz ins Leere laufen.

„Wie bist du entkommen?"

„Er muss zur Feier des Hochzeitstags seiner Eltern gefahren sein. Das ergibt keinen Sinn – *nichts*, was er getan hat, ergibt einen Sinn. Ich habe immer darauf gewartet, dass er doch noch auftaucht, dass er mich beobachtet, aber er war weg. Collin ist noch nie so nachlässig gewesen. Ich kann es mir nur so erklären, dass er letzte Nacht durchgedreht ist, er war nicht mehr er selbst. Ich habe dir ja gesagt, er war nicht mehr mein Monster. Er muss geglaubt haben, dass er mich wirklich umgebracht hat." Meine Stimme senkte sich bei den letzten beiden Worten, und Schmerz trat in Knox' Blick.

Er nickte einen Moment lang zerstreut und murmelte dann: „Ich weiß nicht, an wen wir uns wenden sollen. Ich weiß nicht, wer auf seiner Seite ist, ich weiß nicht, wer dir glauben wird – und falls überhaupt, ob er sich ihr Schweigen erkauft hat. Aber ich schwöre dir, wir finden einen Weg."

„Ich weiß", antwortete ich, und dann sanfter: „Ich wollte nicht, dass du mit hineingezogen wirst."

„Ich habe dir nicht gerade eine Wahl gelassen, Low", rief er mir in Erinnerung, aber das änderte nichts für mich. Knox war noch immer in Gefahr; er riskierte bereits sein Leben, um mich zu retten. „Harlow", sagte er und wartete, bis er wieder meine Aufmerksamkeit hatte. „Gestern hast du mir noch gesagt, du kannst Collin nicht verlassen, und doch bist du hergekommen."

Ich nickte. Er hatte mir keine Frage gestellt, aber das musste er auch nicht, ich antwortete trotzdem. „Gestern war ich mir sicher, ich würde *bald* sterben. Am Abend war ich mir dann sicher, *sofort* sterben zu müssen. Als mir das klar geworden ist, wurde mir auch klar, was für ein großer Fehler es gewesen war, nicht mit dir gegangen zu sein. Als ich dann in der Badewanne aufgewacht bin und wie durch ein Wunder eine weitere Chance zu leben bekam, bin ich gegangen."

„Hast du *ihn* verlassen?", hakte er nach.

Ich zog mich hoch, bis ich auf den Knien war, und setzte mich rittlings auf seine Hüften. Ich führte die Hände zusammen, griff nach meinem Verlobungsring und dem Ehering. „Wenn ich ihn nie wieder sehe, ist das immer noch zu früh."

Mir stiegen Tränen in die Augen, während ich mir langsam die Ringe vom Finger streifte. Körperlich fiel es mir nicht schwer, sie abzulegen, sie waren zu groß für meine knöchrigen Hand. Aber emotional war es eines der schwersten Dinge, die ich je getan habe. Ich legte ein Leben voller Hass und Angst ab. Ich verabschiedete mich von einem Mann, der mich ruiniert hatte. Und ich ließ einen Teil von mir zurück, den ich nicht einmal kannte – einen Teil, von dem ich mir gewünscht hätte, ihn nie akzeptiert haben zu müssen.

Mit jedem Zentimeter, den die Ringe von meinem Finger glitten, fiel mehr Gewicht von mir ab. Von meinen Schultern, meiner Brust, meinem Rücken ... meinem Herzen. „Das gestern war dir gegenüber nicht fair", murmelte ich, als ich die Ringe endlich in der Hand hielt. Ich blickte Knox in seine intensiv leuchtenden Augen und sagte: „Ich hätte mich dir nie hingeben dürfen, solange er mich noch in seiner kranken Gewalt hatte – als ich mir noch so sicher war, ich würde ihn nie verlassen können. Ich werde die Zeit, die ich mit dir verbracht habe, nie bereuen, Knox Alexander. Aber nachdem wir so lange gewartet hatten, hättest du alles von mir verdient, so wie du mir auch alles von dir gegeben hast."

Er hielt seine dunklen Augen auf mein Gesicht gerichtet, und seine Miene war unlesbar, selbst als er mit dunkler Stimme fragte: „Und jetzt?"

Ich hielt die Ringe in meiner hohlen Hand und warf sie über die Bettkante. „Sosehr deine Küsse mich auch geheilt haben, nach letzter Nacht fühle ich mich immer noch gebrochen", gab ich zu und bekam vor Scham heiße Wangen.

„Angeknackst", berichtigte er mich.

„Ich weiß nicht, ob ich je wieder in der Lage sein werde, mich selbst zu finden", gab ich zu und hasste, dass es die Wahrheit war.

Aber Knox' Lippen zuckten amüsiert, als wäre da etwas, das ich nicht wusste. „Ich finde dich."

Ich lächelte unsicher und nahm sein Gesicht zwischen meine Hände. „Dann kannst du mich haben, wenn du mich willst. Voll und ganz."

Knox setzte sich auf und verschloss meine Lippen mit einem stürmischen Kuss, der ganz anders war als alles, was ich bisher erlebt hatte. Wir hatten einen Kuss geteilt, mit dem wir unseren Anspruch aufeinander bekundet hatten, aber das hier … Mit diesem Kuss verband er unsere Seelen miteinander.

Er bewegte die Beine, sodass er sich hinknien konnte, und senkte mich langsam auf das Bett hinab, ohne unseren Kuss zu lösen. Als ich lag, glitt er mit dem Mund meinen Hals hinunter und vergrub die Fingerspitzen an meinen Hüften, kurz unter dem T-Shirt, das ich trug. Sanft schob er mein Oberteil höher und höher, während er mit den Fingern meine Haut berührte. Kurz unterbrach er die Liebkosungen, um mir das T-Shirt auszuziehen und es beiseitezuwerfen.

Ich ließ die Hände über die angespannten Muskeln seines Rückens wandern, als er sich wieder auf mich sinken ließ. Zärtlich knabberte er an meinem Hals, und ich erbebte. Das

Wiegen seiner Hüfte an meiner entlockte mir ein Stöhnen. Nach einem letzten heißen Kuss bewegte er sich entlang meines Körpers nach unten und hinterließ dabei eine Spur aus Küssen, sodass er mich erzittern ließ, während er mir langsam – *so* langsam – die Boxershorts abstreifte und mit seinem Mund dem Stoff folgte.

Ich spürte seine sanften Lippen, die er auf meinem Bein wieder hinaufeilen und in der Nähe meiner Hüfte kurz für einen zärtlichen Kuss verweilen ließ, um ihren Weg weiter hoch wieder aufzunehmen, bis sein Gesicht knapp über meinem war. Er blickte mir tief in die Augen und teilte mir so all sein Verlangen mit, all die Worte, die er nicht aussprach. Dabei fing er langsam an, mich mit seinen Fingern zu streicheln.

Ich gehörte zu ihm, und er würde mich nie mehr loslassen.

Ich bog den Rücken durch, bis er sich von der Matratze hob, und schloss die Augen, während er mich immer näher an einen Orgasmus brachte – aber seine Berührungen waren gerade so behutsam, dass es schien, als würde ich nie dort ankommen. Es trieb mich in den Wahnsinn, auf umwerfende Weise. Sobald Knox sich wieder über mich beugte, erkannte ich an dem leisen Lachen an meinem Ohr, dass er es wusste. Ich war so darauf konzentriert gewesen, ihn näher zu spüren, dass mir nicht aufgefallen war, wie er sich die Boxershorts abgestreift hatte, und Knox musste meinen Mund mit seinem eigenen verschließen, als ich vor Überraschung und Lust aufschrie, nachdem er rasch in mich eindrang – und mich damit über die Grenze stieß, der ich so nahe gewesen war.

Jeder Zentimeter meines Körpers fühlte sich an, als würde er prickeln, kribbeln und schweben, als der Orgasmus mich erfüllte. Ein tiefes Knurren drang Knox aus der Kehle, als ich die Fingernägel in seinen Rücken grub, weil er sich in mir bewegte und meinen zweiten Höhepunkt auslöste, ehe ich mir sicher sein konnte, dass mein erster vorbei war.

Genau wie am Tag zuvor bewegten unsere Körper sich auf eine Weise, die ich bisher nicht gekannt hatte – als wüssten sie, dass sie füreinander geschaffen waren. Jeder seiner Bewegungen setzte ich eine eigene entgegen. Es war perfekt, harmonisch … wunderschön. Aber ich hätte wissen müssen, dass es mit Knox perfekt sein würde, während alles, was mit Collin geschah, verdorben gewesen war, schon von Anfang an.

Ich neigte meinen Kopf von ihm weg, um mehr von meinem Hals freizulegen, an dem er mit seinen Lippen entlangstrich, während er sich schneller in mir bewegte. In dem Augenblick konnte ich nichts anderes tun, als mich an ihm festzuhalten – mein Körper war ausgelaugt und bebte noch, aber ich legte ihm die Beine um die Hüften und klammerte mich so fest ich konnte an seine Schultern. Den weichen Lippen an meinem Hals folgten Zähne. Mir wurde ganz schwindelig bei der sinnlichen Kombination aus dem Biss, dem Klang und der Vibration seines Stöhnens und der Art, wie seine Finger sich im Laken vergruben – meine Arme nur locker umfassend – als sein Körper über meinem erstarrte.

Sein. Alles an seiner Haltung in dem Augenblick schrie dieses Wort, genau wie meine Art, mich an ihn zu klammern, zeigte, dass er zu mir gehörte.

„Ich liebe dich“, flüsterte ich in die Dunkelheit des Zimmers, als er mich weiter festhielt – nicht willens, den Augenblick enden zu lassen, während ich nicht willens war, ihn loszulassen.

Knox küsste mich zärtlich auf die Stelle, wo er zugebissen hatte, und neigte dann den Kopf, um mir ins Ohr zu flüstern: „Bis zu den Sternen, Low.“

Ich atmete langsam aus und fuhr ihm lächelnd mit den Fingern durch die Haare. Manchen mochte es nicht viel bedeuten. Aber für uns waren diese Worte mehr als nur „Ich liebe dich“.

Als Knox sich schließlich doch von mir löste, blieb er so lange er konnte Haut an Haut, indem er an mir hinabglitt, mich erst auf den Bauch und dann auf einen Oberschenkel küsste. Schließlich erhob er sich zögernd und stieg aus dem Bett. Er verschwand hinter einer Tür, von der ich annahm, dass sie zu seinem Badezimmer führte, kam nach kurzer Zeit mit einem warmen, feuchten Waschlappen zurück und küsste mich dann langsam und zärtlich, während er mir dabei half, mich zu säubern.

Als er wieder ging, war sein Gesichtsausdruck eindeutig, und ich bin mir sicher, er spiegelte meinen eigenen wider. Er wollte den Rest des Tages das Bett nicht verlassen, aber es gab zu vieles, was wir uns überlegen und womit wir uns beschäftigen mussten. Als er also wieder ins Badezimmer ging, kletterte ich aus dem Bett und griff nach der Tüte mit der Kleidung, die Deacon und Graham mir am vorigen Abend gebracht hatten.

Halb hatte ich erwartet, Kleidung für jemanden zu finden, der fünf Nummern größer trug als ich, weil das etwas war, das sie in der Vergangenheit getan hätten – doch ich war überrascht, als die meisten Sachen mir sogar besser passten als das, was ich sonst trug. Sie hatten mir sogar einen neuen Schal gekauft, mit dem ich die Blutergüsse an meinem Hals verstecken konnte.

Knox kam zurück ins Zimmer, nachdem ich mich fertig angezogen hatte und selbst ins Badezimmer ging – da die Jungs freundlicherweise auch Kosmetika für mich besorgt hatten – und schlang mir einen Arm um die Taille, um mich zärtlich zu küssen.

„Egal, was passiert, wenn wir dieses Zimmer verlassen, wir werden die nächsten fünfzig Jahre nebeneinander aufwachen. Denk einfach immer daran. In Ordnung?“

Ich lächelte und nickte. „Warum nicht sechzig?“

Knox’ dunkle Augen funkelten. „Für dich sorge ich dafür, dass es sechzig werden.“

Er ließ mich los, und ich eilte ins Badezimmer; als ich wieder herauskam, war er angezogen, saß auf der Bettkante und wartete auf mich, mit verhaltenem Gesichtsausdruck.

Er deutete zur Tür. „Deine Glucken wollten nach dir sehen." Knox wirkte, als wüsste er nicht, was er sagen sollte, und zuckte mit den Schultern. „Das sind gute Kerle, Low, die besten ... Aber ich weiß, dir haben sie diese Seite von sich nie gezeigt. Ich erwarte nicht von dir, dass du ihnen jemals vergibst, und das wissen sie auch. Auch wenn sie sich komisch verhalten und es extrem damit übertreiben, sich um dich zu kümmern und dich zu beschützen, kann ich dir versprechen, dass sie es ehrlich meinen. Du musst dir ihretwegen keine Sorgen mehr machen. Ich glaube, sie haben dich immer nur für eine Lügnerin gehalten, und jetzt, wo sie wissen, dass du es nicht bist, und eine Ahnung von dem haben, was du durchmachen musstest, werden sie dich ebenso beschützen, wie ich es tun würde."

Er musste meinen skeptischen Blick bemerkt haben.

„Erinnerst du dich an meine Schwester, Sara?" Als ich nickte, fuhr er fort. „Ich weiß nicht, ob ich dir schon erzählt habe, wie oft sie in der Schule gemobbt worden ist."

„Weil sie lesbisch ist?"

„Deacon und Graham waren immer an meiner Seite und haben sie beschützt wie ihre eigene Schwester. Und Grey ... Sie hat eine Menge Mist durchgemacht, seit du achtzehn geworden bist. Eine Menge. Aber du weißt auch, dass sie für uns nicht nur Grahams Schwester ist; sie ist *unsere* Schwester. Und die ganze Zeit sind Deacon und Graham die loyalsten Brüder gewesen, die diese Mädchen sich wünschen konnten."

Mein Blick wanderte in Richtung der geschlossenen Schlafzimmertür. Irgendwie konnte ich es mir wirklich vorstellen. Nicht nur wegen letzter Nacht, sondern weil sie mich als Bedrohung für Knox angesehen hatten ... ihren „Bruder", und sie hatten alles getan, was sie konnten, um diese Bedrohung von ihm fernzuhalten.

„Graham und Deacon wissen, dass ich für dich unsere Freundschaft aufgeben würde, und …"

„Das will ich nicht", sagte ich schnell und sah mich wieder nach ihm um. „Das habe ich nie gewollt."

„Ich weiß. Aber sie haben mir nicht viele Optionen gelassen, so wie sie dich und unsere Beziehung behandelt haben." Als ich wieder etwas sagen wollte, stand Knox vom Bett auf und hob eine Hand, um mich davon abzuhalten. „Lass mich ausreden. Sie wissen, dass ich gehen würde. Sollte es also jemals wieder so weit kommen, würde ich mit dir gehen und meine Entscheidung keinen Tag bereuen. Aber so, wie die beiden jetzt sind, besteht da keine Gefahr. Sie wissen, dass du zu mir gehörst, aber das bedeutet auch, dass du die beiden noch obendrauf bekommst. Sie werden dich so behandeln wie Grey und Sara. Sie werden dich übermäßig beschützen und dir treu ergeben sein, und da du jetzt gerade in Gefahr bist, ist das vielleicht ein bisschen erdrückend. Aber – und ich will dich nicht bitten zu vergessen, was sie in der Vergangenheit getan haben – wenn du offen genug sein kannst, noch einmal von vorn anzufangen, werden sie die besten Männer sein, die du dir in deinem Leben wünschen kannst. Und ich weiß, wenn irgendetwas pas…" Knox verstummte und senkte seinen Blick eine Minute lang. Als er wieder sprach, sah er mir immer noch nicht in die Augen. „Wenn etwas passiert und ich nicht mehr derjenige sein kann, der sich um dich kümmert, werden die beiden das übernehmen."

„Knox", flüsterte ich kopfschüttelnd. „Was soll das … Du hast gesagt, du wirst nichts unternehmen!"

„Das habe ich auch nicht vor", sagte er vorsichtig und sah mich endlich wieder an. „Aber wenn es sein muss, werde ich alles in meiner Macht Stehende tun, um dich zu beschützen und von ihm fernzuhalten. Egal, was das bedeutet."

„Du hast mir gerade erst sechzig Jahre versprochen“, sagte ich, als er mich an seine Brust zog.

Er antwortete nicht sofort, und als er es tat, klang seine Stimme rau. „Ich habe vor, dieses Versprechen auch zu halten.“

Aber ich wusste auch, was er nicht aussprach. Dass es vielleicht nicht möglich war. Und solange Collin irgendwo da draußen auf uns wartete … wusste ich, Knox hatte recht.

21. Kapitel

HARLOW

Gegenwart – Thatch

Graham und Deacon saßen am Küchentisch, als wir endlich das Zimmer verließen und uns auf die Suche nach ihnen machten, und beide sprangen von ihren Stühlen auf, als sie uns auf sich zukommen sahen.

„Hey, na“, sagte Graham und senkte den Blick auf den Tisch, wo noch mehr Kartons vom Lieferdienst standen.

„Die Sachen passen“, bemerkte Deacon, räusperte sich dann aber. „Ich meine … Passen die Sachen?“

„Wir haben Frühstück geholt“, sagte Graham, ehe ich Deacons Frage beantworten konnte, und meine Augen weiteten sich, als er weiterredete. „Hast du Hunger? Du solltest wahrscheinlich etwas essen. Wir haben jede Menge Essen, nimm alles, was du willst.“

„Ja, aber Eier haben wir nicht mitgebracht!“, brach es aus Deacon heraus. „Keine Eier, damit du nicht …“ Graham schubste ihn gegen den Arm, und Deacon sah besorgt aus, als würde ich gleich mitten in der Küche zusammenbrechen. „Ähm, und wie geht es deinem Kopf? Wir sollten uns die Wunde wahrscheinlich lieber ansehen“, murmelte Deacon, den Blick auf meine Stirn gerichtet.

„*Wir* müssen gar nichts. Ich habe sie gesäubert, bevor wir herausgekommen sind“, sagte Knox genervt, aber auch eindeutig belustigt.

Knox hatte sie perfekt beschrieben: Glucken.

Ich hörte auf, meine Hände ineinander zu reiben, und deutete auf das Essen. „Danke, und danke für die Kleidung und für alles. Einfach nur … danke“, schloss ich unbeholfen. Denn ehe ich meinen Dank beendet hatte, setzten Graham und Deacon sich schon in Bewegung.

Deacon nahm einen Teller und ein Glas aus den Schränken, und nachdem er Graham den Teller gereicht hatte, ging er an den Kühlschrank, um Orangensaft in das Glas zu gießen, während Graham Essen auf den Teller häufte. Graham war immer noch dabei, den Teller zu füllen, als Deacon das Glas hinstellte, also drehte er sich auf der Stelle um, ging Besteck holen und legte es zur gleichen Zeit vor mich hin, als Graham mir den vollen Teller servierte.

„Ich kann nicht …“, fing ich an, beendete den Satz aber nicht. Die beiden starrten mich an, als wären sie sehr stolz auf das, was sie getan hatten, und warteten begierig darauf, dass ich zu essen anfing.

„Ich esse, was du nicht schaffst“, flüsterte Knox mir ins Ohr, aber die Jungs hörten es trotzdem.

„Hol dir dein eigenes, das ist ihrs!“, schnaufte Deacon.

Knox sah mich an, den Anflug eines Lächelns auf seinen Lippen. Sein Blick richtete sich dorthin, wo die Jungs sich Teller für sich selbst holten, und mit den Lippen formte er: „Glucken.“

Knox zog mir den Stuhl heraus und ging, als ich am Tisch saß, selbst in die Küche. Als er sich auf den Stuhl neben mich gleiten ließ, hatte er nur eine Gabel. Ich hatte die Augen noch immer weit geöffnet und starrte abwechselnd auf meinen Teller und die Männer in der Küche. Ich hasste es, vor anderen Leuten zu essen. Sie bemerkten dann zu viel, Dinge, die sie nicht wissen sollten … Nicht, dass diese drei nicht bereits genug über mich wussten. Und nach dem, was Graham vor mich hingestellt hatte, erwarteten er und Deacon, dass ich eine Menge aß.

Es gab zwei Biscuits, jedes größer als meine Faust, in weißer Soße ertränkt, dazu vier Wurstbratlinge, vier Scheiben Speck, einen Berg Hashbrowns und die größte Zimtschnecke, die ich je gesehen hatte.

Knox flüsterte dicht an meinem Ohr: „Sie erwarten nichts von dir, sie wollen dir nur eine Auswahl bieten. Sie werden dich nicht beurteilen, Low.“ Nach einem Kuss auf meinen Kiefer löste er sich, zog dann aber meinen Stuhl näher an seinen heran und machte sich über das Essen her.

Ich sah über den Tisch, wo die anderen beiden es ihm gleichtaten, und versuchte, das Zusammenziehen in meinem Magen und die Wärme in meiner Brust auseinanderzusortieren. Alles war so widersprüchlich, und ich konnte mir keinen Reim auf irgendetwas machen. Dieser Morgen fühlte sich gut an, sogar richtig. In Knox' Armen aufzuwachen, sich dabei Zeit zu lassen, den Körper des anderen zu erkunden, und jetzt das Frühstück mit ihm und seinen Freunden – daher kam die Wärme in meiner Brust. Wie ich so dasaß, konnte ich mir vorstellen, es jahrelang genau so zu tun. Doch dann zog sich mein Magen stärker zusammen.

Egal, wie richtig sich alles anfühlte, egal, wie sehr ich es wollte, in dem Augenblick kam mir alles wie eine Lüge vor. Wir taten so, als würde mir mein Monster nicht irgendwo auflauern und wahrscheinlich bereits planen, wie er denen schaden konnte, die mir am nächsten standen – falls er diese Pläne nicht längst in die Tat umsetzte.

Ich weiß nicht, wie lange ich dort saß und den Tisch anstarrte, ohne etwas zu sehen, ehe Knox mir den Kopf zur Seite drehte, sodass ich ihn ansehen musste.

„Was ist los?“, fragte er mit leiser Stimme und in düsterem Tonfall. Sein Körper war plötzlich auf der Hut, und die Jungs spürten die nervöse Energie, die von Knox ausging, erkennbar daran, dass beide auf einmal ihre Gabeln fallen ließen.

Ich hielt dem Blick von Knox einen Moment lang stand, während ich überlegte, ob ich es ihm sagen sollte. Ich wollte uns den Morgen nicht ruinieren, aber wir konnten der Sache auch nicht ewig aus dem Weg gehen. „Ich muss etwas wegen Collin unternehmen. Bald."

Knox nickte, noch bevor ich ausgeredet hatte. „Das wissen wir. Wir reden über unsere Pläne, wenn wir mit dem Essen fertig sind."

Ich sah zu Deacon und Graham hinüber, bemerkte ihre besorgten, aber auch entschlossenen Mienen und fragte mich, wie viel genau die drei erledigt hatten, während ich letzte Nacht geschlafen hatte. Während ich sie ansah merkte ich, dass es hinter den geschlossenen Jalousien noch dunkel wirkte, und sah mich in der Küche um, bis ich eine Uhr gefunden hatte.

„Viertel nach sechs? Wieso seid ihr alle schon wach – wie lange *seid* ihr schon wach? Und wo kommt das ganze Essen her?"

Deacon zuckte mit den Schultern. „Wir hatten zu tun, und *Mama's Café* macht um sechs auf, aber wir haben unsere Beziehungen."

„*Er* hat die Beziehungen", berichtigte Graham ihn.

Wieder zuckte Deacon mit den Schultern. „Meine Großmutter ist ‚Mama'."

„Oh." Ich spürte, wie meine Wangen brannten. Noch nie hatte jemand sich wegen mir so viel Mühe gegeben, und jetzt wusste ich nicht, wie ich darauf reagieren sollte. „Danke."

„Iss einfach", ermunterte Graham mich. „Wie Knox gesagt hat, wir reden hinterher."

Sein Tonfall sagte mir, dass es viel zu besprechen gab.

Ich schaffte einen halben Bratling, zwei Bissen Biscuit mit Sauce, einen Bissen Hashbrowns und die ganze Mitte der Zimtschnecke. Ich lächelte in mich hinein, legte eine Hand auf meinen Bauch und fragte mich, wann ich das letzte Mal satt gewesen war. Doch mein Lächeln verblasste, als ich den Kopf hob und sah, wie Deacon und Graham mich mit identischen mitleidigen Blicken bedachten.

Sie *versuchten*, so auszusehen, als hätten sie Verständnis, aber es war klar, dass sie sich wünschten, ich hätte mehr gegessen. Und da die drei gemeinsam kein Problem hatten, den Rest auf dem Tisch zu vertilgen, konnte es nicht daran gelegen haben, dass sie Angst vor zu vielen Resten hatten.

Graham richtete den Blick kurz auf Knox und wieder auf den Tisch, dann tat Deacon das Gleiche. Ich wusste nicht, wie die Miene von Knox aussah, aber ich konnte mir denken, dass ich es gar nicht wissen wollte, und war froh, dass Graham und Deacon uns unterbrochen hatten.

Die Gabeln hatten kaum die Teller berührt, als alle zur gleichen Zeit anfingen zu reden.

„Also, was habt ihr gesehen?“, fragte Knox.

„In unserer Straße steht ein merkwürdiges Auto“, flüsterte Graham hastig.

„Ich glaube, ihr solltet Folgendes tun“, sagte Deacon und ließ dabei die Ellbogen auf den Tisch sinken.

Sie lehnten sich alle drei zurück und sahen einander an. Knox sprach als Erster wieder. „Was soll das heißen, ein merkwürdiges Auto. Was für ein Auto?“

„Na, eins, das hier nicht hergehört“, antwortete Graham. „Ich bin mir nicht ganz sicher, aber ich bin fast überzeugt davon, dass es schon da war, als wir gestern Abend losgegangen sind, um für Harlow die Klamotten zu kaufen, nur habe ich da noch nicht darauf geachtet. Aber es stand ganz sicher schon da, als ich losgefahren bin, um beim Haus nachzusehen. Es war da, als ich zurückgekommen bin, und als Deacon heute Morgen das Essen besorgt hat, war es immer noch da.“

„Was für ein Wagen?“, fragte Knox wieder.

„Dunkel, irgendein BMW“, antwortete Graham sofort, und

ich spürte, wie Knox zur gleichen Zeit den Atem anhielt, als mein Körper anfing zu zittern.

„Moment, ihr glaubt, das ist Collin?"

Die Jungs sahen mich alle einen Moment lang an, ehe Deacon langsam fragte: „Ja, was dachtest du denn, wovon wir reden?"

„Nicht Collin! Ich dachte, das wäre normales Nachbarschaftsgeschwätz. Woher glaubt ihr, wüsste er, wo ich zu finden bin? Ich bin mir nicht einmal sicher, ob er von Knox weiß, und von euch beiden weiß er ganz sicher nichts. Ich habe nie erwähnt, dass ich jemanden in Thatch kenne."

„Weil er Cops bezahlt, und wenn er dich schon einmal gefunden hat, als du weggelaufen bist, kann er es wieder tun", erklärte Knox.

„Aber damals war ich in meinem Auto unterwegs. Dieses Mal ging ich zu Fuß und habe verschiedene Autos genommen, und …" Ich verstummte, als die Angst sich in mir ausbreitete. „Und es war zu einfach." Ruckartig hob ich den Kopf und erwiderte Knox' besorgten Blick. „Ich habe dir ja gesagt, es ergibt keinen Sinn, dass er auf einmal einfach nicht mehr da war, oder dass ich einfach gehen konnte. Es ergab keinen Sinn. Er hätte mir folgen können. O mein Gott. Ich kann hier nicht bleiben, ich kann euch nicht so in Gefahr bringen."

Knox drückte mir ermutigend die Hand und sah eine Sekunde zu Graham herüber. „Weißt du, was genau für ein BM…"

„Einer aus der X-Serie", sagte Graham prompt. „Die SUVs."

Ich atmete so schnell aus, dass es wie ein Schmerzenslaut klang.

„Ist das seiner?"

„Nein", antwortete Knox, damit ich es nicht musste. „Aber er fährt einen dunklen BMW." Knox beugte sich dicht zu mir. „Was für Autos fahren seine Eltern?"

„Genau die gleichen, nur in einer anderen Farbe."

Knox verdrehte die Augen, weil auch ich genau das gleiche Modell in einer anderen Farbe fuhr. „Wie niedlich", spottete er.

Ich atmete zur Beruhigung tief durch und fragte: „Woher wisst ihr, dass ein Wagen nicht hierhergehört?"

Dieses Mal antwortete Deacon. „Thatch ist klein. Hier kennt jeder jeden und weiß über alles Bescheid. Im Sommer haben wir Besucher unten am See, oder im Stadtzentrum, aber es kommt selten vor, dass man einen fremden Wagen in der Nachbarschaft entdeckt – besonders in der eigenen. Wir kennen alle, die hier um uns herum wohnen, wir kennen ihre Autos, und wir wissen normalerweise auch, welche Autos zu ihrem Besuch gehören. Es geht auch kaum anders, wenn man miteinander aufgewachsen ist. Wenn also ein fremder Wagen in der Straße geparkt hat, fangen die Leute an zu reden." Er zuckte grinsend mit den Schultern. „Hier fallen fremde Wagen nicht so sehr auf, weil bei uns andauernd Mädchen zu …" Er unterbrach sich schnell, als Graham und Knox ihm einen Blick zuwarfen, und mir zog sich der Magen zusammen. „Wie dem auch sei, dieses Auto kennen wir nicht, und es war auffällig genug, dass eine Frau vom Ende der Straße mich gefragt hat, ob ich weiß, wem es gehört, als ich ihr heute Morgen dabei begegnet bin, wie sie ihren Hund spazieren führte."

„Wo ist es?", fragte Knox.

„Drei Häuser in die Richtung", sagte Deacon und zeigte hinter mich und Knox.

„Zurück zu deiner ersten Frage", sagte Graham und richtete den Blick auf mich, „es standen zwei Wagen in der Auffahrt, als ich heute Morgen um eins vorbeigefahren bin. Zwei BMWs."

Ich brauchte eine Sekunde, um zu verstehen, was er gesagt hatte, und dann wich mir alles Blut aus dem Gesicht. „Du warst … Du warst da. Warum?"

Knox drückte mir die Hand, als Graham fortfuhr. „Ich wusste bereits, wie diese beiden Wagen aussahen, aber ich wusste nicht, ob das Auto in unserer Straße vielleicht ein anderes … Egal, das hast du ja schon beantwortet. Aber im Haus brannten alle Lichter, und ich meine wirklich *alle*. Es war hell erleuchtet und die Jalousien alle oben. Komisch zu so später Stunde."

„Ich habe gestern die Vorhänge und Jalousien nicht aufgemacht", murmelte ich. „Es war gefährlich, dort hinzufahren."

„Ich bin nicht einmal langsamer geworden, als ich an eurem Haus vorbeigekommen bin", versicherte er mir.

„Deacon?", murmelte Knox.

„Ist Collins Vater auch so? Ich meine nicht nur den Missbrauch, sondern auch, was Geld und Bestechung angeht."

„Nein", antwortete ich, zunächst überrascht über die Frage, aber dann verstand ich und fuhr fort. „Nein, er ist nur ein sehr reicher Mann, der meint, sein Sohn könnte nichts falsch machen. Er denkt, er und Collin könnten die Welt regieren, und das ist sein einziger wunder Punkt. Flynn spielt immer nach den Regeln, bis auf die paar Fäden, an denen er gezogen hat, damit Collin eine Stelle im Finanzministerium bekommt. Collins Eltern sind sehr nette Menschen, aber sie stammen beide aus reichen Familien und sind nach ihrer Heirat noch reicher geworden. Ich glaube, das berauscht sie, und ohne ihr Vermögen würden sie sich hilflos fühlen. Sie wollen das Beste, damit die Leute von ihnen glauben, dass sie die Besten sind, also haben sie dafür gesorgt, dass Collin auch so aufwächst. Und das merkt man. Wir haben alles, was er will und von dem er meint, ich könnte es wollen. Aber ich weiß nicht, wie mein Monster von diesen Leuten abstammen kann. Dennoch, ich glaube, Flynn würde alles tun, um seinen Sohn vor Schwierigkeiten zu bewahren, egal, was Collin getan hat."

Die Jungs akzeptierten meine Antwort.

Deacon atmete tief ein und sah Knox finster an. „Okay. Du musst Harlow an einen sicheren Ort bringen, wenn du es tust. Es gibt keinen anderen Weg. Du weißt, wer Collin ist … wer sein Vater ist, auch wenn er in Ordnung sein sollte. Und wir wissen, dass Collin Polizisten bestochen hat, und das heißt, ihre Leute könnten praktisch überall sein. Wenn du sie irgendwo hingebracht hast, wo wir alle meinen, dass sie dort sicher ist, können wir daran arbeiten, Collin auffliegen zu lassen und ihn hinter Gitter zu bringen", sagte er und deutete dabei auf die anderen beiden.

Ich sprang auf, aber Knox zog mich schnell auf seinen Schoß. „Nein", sagte ich streng. „Nein, auf gar keinen Fall."

„Low", sagte Knox.

Ich drehte mich in seinem Schoß, bis ich ihn anschauen konnte. „Ich lasse nicht zu, dass ihr alle wegen dieser Sache euer Leben riskiert!"

„Babe, was dachtest du denn, was wir tun wollten? Nichts?"

„Nein, natürlich nicht. Ich wusste, dass ihr für mich da seid – aber nur um mich zu beschützen, nicht um diejenigen zu sein, die *alles* aufs Spiel setzen." Ich lehnte mich dichter an ihn, sodass es sich anfühlte, als würden wir nur miteinander reden, auch wenn ich mir sicher war, dass die anderen uns immer noch hören konnten. „Weißt du noch, wie sehr ich versucht habe, dich abzuweisen? Wie ich dir immer wieder gesagt habe, dass du mir nicht helfen sollst? Ich wusste, als ich letzte Nacht zu dir gekommen bin, dass ich das aufgegeben und deine Hilfe zugelassen habe, aber das ist auch alles, Knox. *Hilfe.* Du sollst nicht alles für mich tun, während *ich* mich verstecke."

In seinen dunklen Augen glänzten unvergossene Tränen. „Ich kann dich nicht in seine Nähe lassen."

„Glaubst du, ich ertrage den Gedanken, dass *du* in seiner Nähe bist?"

„Ich bin die letzten zwei Wochen jeden Tag vor Sorge gestorben bei dem Gedanken, was du gerade durchmachen könntest, während ich hier auf und ab gegangen bin und nichts getan habe", sagte er, „nur um dann herauszufinden, dass meine Ängste nicht einmal annähernd das erfasst haben, was du wirklich durchleiden musstest. Und dann noch letzte Nacht. Ich könnte nicht mit mir leben, wenn er dir je wieder so nahe kommt, dass er dich anfassen kann."

Ich legte ihm beide Hände an die Wangen und küsste ihn zärtlich. Als ich mich zurücklehnte, stand ihm ins Gesicht geschrieben, dass er wusste, was ich als Nächstes sagen würde. „Ich habe nicht die letzten zweieinhalb Jahre mit ihm verbracht und damit gelebt, was er mir angetan hat, um jetzt jemand anderen die Sache für mich zu Ende bringen zu lassen. Er ist *mein* Problem. Ich brauche dich, Knox. Aber ich brauche dich, damit ich stark sein kann, okay?"

Er antwortete mir nicht, weil wir beide wussten, dass er es mich nicht auf meine Weise machen lassen würde.

Nachdem eine Minute verstrichen war, nahm Knox den Blick von mir, und Deacon räusperte sich, ehe er anfing zu reden. „In Ordnung, also. Dann habe ich nichts." Als Knox die Augen zusammenkniff, sagte Deacon: „Ich *wollte* sagen, dass wir uns sichere Zufluchtsorte überlegen müssen. Vielleicht die Feuerwache, es sei denn, ihr denkt, Collin hat auch da seine Leute."

„Das wäre zu bezweifeln", sagte Knox.

„Das ist wahrscheinlich unwichtig, aber die Finanzbehörde ist auch für das Budget der Feuerwehr verantwortlich", merkte ich an, aber Knox schüttelte den Kopf.

„Ich glaube trotzdem nicht ..."

„Aber wissen können wir es auch nicht", wendete Graham ein.

„Gut, bei Freunden oder ihrer Familie kann sie nicht bleiben. Dort wird er als Erstes suchen", sagte Deacon seufzend und ließ sich in seinen Stuhl sinken.

„Aber wenn er herausfindet, dass sie hier bei mir ist, würde er auch schnell herausfinden, dass ich bei der Feuerwehr bin", gab Knox zu bedenken.

„Schon. Aber ich bezweifle, dass er annehmen würde, sie versteckt sich zwischen einem Haufen Feuerwehrmänner."

„Ist aber auch egal, weil ich mich nicht verstecken werde", sagte ich trotzig und hoffte, dass nur Knox mein Zittern bemerkte, weil er mich festhielt. „Ihr versteht das nicht, das *kann* ich einfach nicht. Er würde hinter allen her sein, die mir etwas bedeuten, wenn ich das täte. Meiner Familie bleibt nicht viel Zeit. Ich muss mir überlegen, was ich tun will, und es dann heute noch tun."

Wir saßen alle eine Weile schweigend da, bis Graham mich schließlich fragte: „Was war dein Plan? Du kannst nicht zu ihm zurückgehen."

Ich lachte unsicher. „Ich würde nie zu ihm zurückgehen. Ich habe nur keinen …" Ich richtete mich keuchend auf. „Der neue Polizeipräsident in Richland! I-ich weiß nicht, wer er ist, aber Collin hat in den letzten Wochen oft von ihm gesprochen. Alle sind sauer, weil er nicht von hier ist und sie den Cousin des Sherriffs von Benton County befördert haben wollten, oder so etwas. Sie waren alle wütend deswegen – und sind es noch. Collin hat gerade diese Woche mit einem Mitarbeiter seines Vaters darüber geredet. Wenn die ihn so sehr hassen, ist er unsere beste Wahl."

„Abgemacht", sagten Graham und Deacon gemeinsam, dann fragte Graham: „Knox?"

Als ich mich zu Knox umdrehte, sah ich seinen Kiefermuskel zucken. Er erwiderte meinen Blick nicht. „Einer von euch findet einen Weg, wie wir uns mit ihm treffen können. Und behelligt uns nicht damit, bis nicht alles arrangiert ist." Ohne ein weiteres Wort schob er mich von seinem Schoß, stand auf und zerrte mich den Flur hinunter.

Er war furchtbar wütend.

Knox blieb erst stehen, als wir an seinem Bett angekommen waren, und dann nur, um kurz innezuhalten und mich hinzusetzen, ehe er anfing, in engen Kreisen durch das Zimmer zu gehen. Ein paar Minuten verstrichen, ehe er endlich stehen blieb, um mich anzusehen, und mir wurde das Herz schwer, als ich die Wut und den Schmerz in seinen Augen erkannte.

„Warum lässt du nicht mich die Sache für dich erledigen?"

„Das habe ich dir gesagt."

„Harlow …"

„Ich bin hier, Knox. Ich habe ihn verlassen. Ich lasse mir von dir helfen, aber ich kann es dich nicht alleine tun lassen. Bitte verstehe das."

„Ich kann nicht!", brüllte er, und das plötzliche Dröhnen seiner Stimme ließ mich zusammenzucken. Er stöhnte und fuhr sich mit der Hand über das Gesicht. „Es tut mir leid. Es tut mir wirklich leid, nur … Harlow, ich kann das nicht", stieß er hervor und schloss die Augen. Eine einzelne Träne lief ihm über das Gesicht.

Ich stand vom Bett auf und schmiegte mich eng an ihn. Seine Arme schlossen sich sofort um mich. „Es wird schon wieder gut werden, für uns beide."

Als Knox seine dunklen Augen öffnete, wusste ich, dass er mir nicht glaubte. Ich war mir selbst nicht sicher. „Er hat Polizei auf seiner Seite, Low. Ich weiß, du hast gesagt, Collin mag diesen Typen nicht, aber wir können es nicht mit Sicherheit wissen. Es fühlt sich an wie eine Falle, die wir uns selber stellen."

„Und genau *deshalb* wirst du da sein."

„Was?", flüsterte Knox, als es an der Tür klopfte; als wäre ihm schon das Geräusch zu viel, weil es bedeutete, dass es Neuigkeiten gab.

„So eine Frau hat gesagt, der Chief kommt um acht, und du

kannst einfach hinkommen. Ich habe keine Namen genannt, nur gesagt, dass ich mich mit ihm unterhalten will."

Knox schloss die Augen und atmete tief ein, antwortete aber nicht. Also bedankte ich mich bei Deacon und wartete darauf, dass er ging. Als die Tür wieder zugefallen war, zog ich Knox zurück aufs Bett, und wir legten uns in die Mitte, dicht aneinandergeschmiegt.

Die nächsten fünfundvierzig Minuten sprachen wir nicht, sondern sahen uns nur an. Hin und wieder legte Knox seine große Hand an meine Wange, und ich versuchte, mir dieses Gefühl einzuprägen.

Ich fing am ganzen Körper an zu zittern, und Knox sah aus, als wäre ihm übel, als Graham und Deacon später zu uns hereinkamen.

Als wir uns nicht regten, murmelte Deacon: „Je schneller wir es hinter uns bringen, desto schneller können wir aufhören, uns Sorgen zu machen."

„*Wir* bringen das hinter uns?", fragte ich. „Nein. Ihr kommt nicht mit."

„Oh doch", sagte Graham, ohne Widerspruch zu dulden. Wenigstens verhielten die Jungs sich nicht mehr wie Glucken. Damit hatten sie nach dem Frühstück aufgehört.

„Hört zu, ich weiß wirklich zu schätzen, was ..."

„Harlow", sagte Graham und sah mich direkt an. „Ich verstehe, was du willst. Ich verstehe es und ich respektiere, dass du diejenige sein willst, die es zu Ende bringt. Aber es wäre dumm, wenn wir nicht mit dir gehen würden. Selbst wenn du dir Sorgen um uns machst, musst du zugeben, dass es ziemlich dumm von dir wäre, alleine zu gehen ..."

„Knox kann mitkommen", wendete ich ein, aber er redete einfach weiter.

„... und wie dumm es wäre, wenn nur er mit dir kommt. Er liebt dich so sehr, dass er nicht in der Lage sein wird, klar zu denken. Und deswegen braucht ihr uns. Und außerdem, glaubst du, bei der unbekannten Anzahl an gekauften Cops könntest du einfach in die Polizeiwache spazieren, ohne dass einer von denen Collin berichtet, wo du zu finden bist? Oder dich gleich zu ihm bringt? Du brauchst uns dort."

„Oh", flüsterte ich. Daran hatte ich nicht gedacht, und ich kam mir dumm vor, nicht so vorrausschauend gewesen zu sein. Aber ich wollte deswegen noch lange nicht, dass diese drei Jungs sich in noch größere Gefahr brachten. Ich drehte mich um und sah Knox' verhaltene Miene. „Du wusstest, was die beiden vorhaben?"

„Ich habe es dir ja gesagt", grollte er. „Wenn du mit mir zusammen bist, bekommst du die beiden mit dazu. Wir haben nicht darüber gesprochen, aber ich weiß, was ich tun würde, wenn die Rollen vertauscht wären. Ich habe mir schon gedacht, dass sie mitkommen."

Ich sah zu Deacon und Graham und schüttelte den Kopf. „Ich wünschte wirklich, ihr …"

„Dann ist es ja gut, dass wir sowieso noch nie auf dich gehört haben", sagte Deacon. „Wir haben es schon besprochen. Wir fahren in einem zweiten Wagen, damit wir einen haben, falls wir dich in einen zweiten setzen müssen." Als ich einfach nur weiter den Kopf schüttelte, drehte er sich um und ging aus dem Zimmer, während er sagte: „Finde dich damit ab, Harlow. Wir kommen mit."

Graham hob herausfordernd eine Augenbraue, aber ich sagte nichts mehr, sondern ließ nur meine Schultern hängen. Nach einer Weile sagte er: „Du bist der mutigste Mensch, der mir je begegnet ist, und irgendwie auch der stärkste. Aber selbst die stärksten Krieger brauchen ihre Armeen."

„Ich bin kein Krieger", sagte ich leise.

„Bist du dir da sicher?" Er richtete den Blick auf Knox. „Es wird Zeit."

Ich starrte immer noch auf die Stelle, an der Graham gestanden hatte, als Knox mich vom Bett zog. Er führte mich langsam durch das Haus, meine Hand fest in seiner.

„Bleibt ein paar Wagenlängen hinter uns, und lasst mich wissen, ob uns ein schwarzer BMW verfolgt", befahl Knox erschöpft. „Wenn wir ankommen, muss wer auch immer hinter dem Steuer sitzt im Wagen bleiben. Der andere kann ein paar Minuten nach uns in die Wache kommen. Versucht, eine Stelle zu finden, an der ihr Ausschau nach ihm … Mist. Wisst ihr überhaupt, wie er aussieht?"

„Glaub schon", murmelte Graham.

„Ich weiß es", sagte Deacon. „Der Sohn des Mannes mit dem Lächeln. Ich habe es euch schon mal gesagt. Er hat auch dieses Lächeln."

„Aber woher weißt du das, und was, wenn er nicht lächelt?", fragte Knox.

„Ich sehe Nachrichten."

„Seit wann?", fragten Knox und Graham gleichzeitig, aber bevor er antworten konnte, fuhr Knox fort: „Auch egal. Bringen wir es hinter uns."

Keiner von uns regte sich. Aber nach einer Minute biss Knox die Zähne zusammen, trat aus der Tür und zog mich dicht an seiner Seite mit sich. Als wir draußen waren, hielt ich den Atem an und spürte, wie Knox sich am ganzen Körper anspannte. Es war offensichtlich, dass sein Kopf sich zwar nicht bewegte, er sich aber trotzdem zu allen Seiten umsah nach jemandem, der nicht dort sein durfte.

Er öffnete die Beifahrertür seines Pick-ups, doch ehe er mich einsteigen ließ, zog er mich an sich und fing meinen Mund mit seinem ein.

Der Kuss war langsam und genüsslich, und er passte überhaupt nicht zu der angespannten und besorgten Stimmung, die gerade noch in seinem Flur geherrscht hatte, aber ich brauchte ihn trotzdem. Ich zeichnete mit einer Hand seinen Kiefer nach, während ich mich mit der anderen an ihn klammerte, und mir entfuhr ein leiser Aufschrei, als er sich zögernd von mir löste.

„Wir stehen das durch", flüsterte er dicht an meiner Stirn, darauf bedacht, die große Wunde an der Seite nicht zu berühren.

Ich nickte nur und merkte nicht an, dass er so klang, als würde er nicht nur mich, sondern uns beide davon überzeugen wollen.

Es fühlte sich an, als würden wir beide vor Anspannung zittern, als wir in den Pick-up gestiegen waren und von seinem Haus wegfuhren. Die Fahrt an den Häusern vorbei schien ewig zu dauern, und ich fragte mich, wie wir sie überleben sollten, so viel Angst, wie wir hatten.

Wir hatten gerade das Zentrum von Thatch hinter uns gelassen, als Knox' Telefon zu klingeln begann. Wir zuckten beide zusammen, und ich wollte über uns lachen, fand in mir aber keine Kraft dafür.

Knox fluchte und ging ans Telefon. „Was ist, Deacon?", fragte er voller Sorge, ehe er den Lautsprecher einschaltete.

„Das Auto aus unserer Straße ist hinter euch. Der BMW, über den wir beim Frühstück gesprochen haben. Das könnte Zufall sein. Wir wissen nicht, wie lange er schon da stand. Wir haben nach eurer Abfahrt eine Minute gewartet, ehe wir überhaupt zu Grahams Wagen gegangen sind."

Knox und ich sahen beide in die Außen- und den Rückspiegel, und die gemurmelten Flüche gingen weiter. „Okay, ich sehe den Wagen. Den Fahrer kann ich nicht erkennen, er ist zu weit weg. Ich habe nicht einmal danach geschaut, als wir losgefahren sind. Ich war zu sehr mit dem Fahren beschäftigt."

„Wie gesagt, es *könnte* Zufall sein. Wollt ihr irgendwo drehen? Um zu sehen, ob er euch folgt?"

„Wo denn, Deacon? Gerade sind wir an der letzten verdammten Querstraße vorbeigefahren. Ich bin gleich bei der Brücke, die auf den Freeway führt.“

Deacon und Graham fluchten laut, und ich drehte mich gerade in dem Augenblick um, als der BMW hinten auf den Wagen von Knox auffuhr.

„Fuck!“, brüllte Knox und versuchte, das Auto wieder in die Spur zu bringen, als er ins Schleudern geriet. „Augen nach vorn!“, befahl er, aber ich konnte mich nicht bewegen. Mein Blick hing wie festgefroren an dem Mann hinter dem Steuer des SUV, der uns gerade über die Brücke schob.

„Collin“, flüsterte ich.

22. Kapitel

KNOX

Gegenwart – Thatch

Ich legte den Rückwärtsgang ein und trat das Gaspedal durch. „Low, nach vorn, Baby!“

„Das ist Collin“, flüsterte sie entsetzt.

Ich musste ihn nicht sehen können, um das zu wissen. Mir fiel niemand sonst ein, der uns von einer Brücke schieben wollte. Nachdem ich ein kurzes Stück Abstand gewonnen hatte und erneut den Widerstand des SUV spürte, blickte ich zu Harlow, um sicherzustellen, dass sie nach vorne sah.

Ohne Collin die Gelegenheit zu geben, von der Bremse zu steigen, schaltete ich die Automatik wieder auf Fahren und raste in Richtung Richland davon. Ich holte alles aus meinem Pick-up heraus, aber Collin war in einem BMW. Es dauerte nicht lange, bis ich im Rückspiegel sah, wie er den Abstand zwischen uns aufholte.

„Halt dich fest, Low“, presste ich heraus, als er näher kam, und machte mich für den Aufprall bereit. Wir machten einen Ruck und gerieten ins Schlingern, aber ich war bald wieder in der Spur. „Alles okay?“, brüllte ich, als ich das Gas wieder durchtrat.

„Ja! Fahr!“

Ich fuhr bereits 185 Stundenkilometer auf einer Straße, auf der 90 erlaubt waren, und Collin war immer noch dicht hinter uns. Mein Pick-up bebte, viel mehr konnte ich nicht aus ihm herausholen.

„Harlow, ich steige auf die Bremse, okay?“

„Was?“

„Auf drei, mach dich bereit!“

Sie antwortete nicht, aber ich sah aus dem Augenwinkel, dass sie sich darauf einstellte. Ich wartete, bis Collin noch eine Wagenlänge hinter mir war, und sah zu, wie er langsam zur Seite ausscherte, um aufzuholen und sich für den nächsten Aufprall vorzubereiten.

„Eins ... zwei ...“ Ich sah den SUV genau an und brüllte „Shit!“, als ich auf die Bremse stieg.

Wir waren nicht einmal ganz zum Stehen gekommen, als ich sah, wie Collins Airbag auslöste, und ich wieder Gas gab.

„Das war nicht auf drei“, hustete Harlow, und als ich mich zu ihr drehte, sah ich, dass sie am ganzen Leib zitterte und ihr Tränen über das Gesicht strömten.

„Tut mir leid.“ Ich strich ihr die Haare aus dem Gesicht und musterte sie einmal von oben bis unten, ehe ich meine Aufmerksamkeit wieder auf die Straße richtete. Ich tippte auf mein Telefon, als es klingelte, und schaltete den Lautsprecher ein. „Ja?“

„Was auch immer das gewesen sein soll, es hat wehgetan wie Sau!“, brüllte Deacon. „Aber er fährt schon weiter.“

„Alles okay bei euch?“, fragte ich, wobei ich einen Blick in den Rückspiegel warf. Mir zog sich der Magen zusammen, und Angst rauschte mir durch die Adern, als ich die zerquetschte Motorhaube des BMW nicht weit entfernt hinter uns auftauchen sah. „Mist.“

„Ja, wir hatten gerade vor, ihn zu rammen, als du dein Ding durchgezogen hast. Wir kommen, aber er ist echt schnell, Alter.“

„Ich weiß“, meinte ich stöhnend, während Collin immer

näher kam. „Ich bin fast in der Stadt. Wenn ich das schaffe, muss er zurückbleiben. In der Öffentlichkeit wird er nichts versuchen."

Ich konnte sehen, wie Harlow schluchzend nickte.

„Alles wird gut, Harlow. Wir schaffen das." Deacon versuchte für sie, aufmunternd zu klingen, aber ich konnte durchs Telefon hören, dass er Schmerzen hatte.

Ich versuchte, noch ein wenig mehr Tempo aus meinem Wagen herauszuholen, aber es klappte nicht, und Collin hatte uns fast eingeholt. „Mach schon, mach schon, mach schon", murmelte ich und verspürte ein kleines bisschen Erleichterung, als wir den Rand der Zivilisation erreichten. Deacon versuchte immer noch, Harlow zu beruhigen, und Collin fuhr schneller als je zuvor – obwohl er das Heck meines Pick-ups gerammt hatte.

Er wusste, dass ihm die Zeit davonrannte.

Ich sah auf meinen Tacho, 190 Stundenkilometer, und endlich tauchten andere Wagen auf. Collin und ich schlängelten uns durch sie hindurch. Es wurde gehupt, und man wich uns aus, doch ich wurde nicht langsamer. Als ein langes Stück ohne weitere Autos vor uns lag, erlaubte ich mir ein wenig Hoffnung.

„Wir sind fast da, Low."

Wir hatten noch drei, vielleicht vier Minuten Zeit, bis wir eine Stelle erreichten, an der der Verkehr zu dicht war, um weiter mit Hochgeschwindigkeit zu fahren. Ich wettete darauf, dass Collin dort aufhören würde, allerdings hatte ich auch gedacht, dass er aufhören würde, sobald andere Wagen um uns herum wären, und das hatte er nicht getan.

Collin war wieder direkt hinter uns. Dieses Mal lenkte er aber nach rechts, und ich stutzte, als ich ihn aus dem Fenster auf der Fahrerseite lehnen sah.

„Was, zum Teufel", flüsterte ich, den Blick immer zwischen

Straße und Rückspiegel hin und her wandern lassend. „Was ist …“ Ich unterbrach mich plötzlich. Mir wurde schlecht, als ich sah, warum er es riskierte, sich aus dem Wagen zu lehnen. „Shit“, zischte ich und benutzte die ganze Straße zum Fahren, in der Hoffnung, es ihm dadurch schwerer zu machen. „Nicht umsehen!“, rief ich, als Harlow sich umdrehen wollte. „Rede einfach weiter mit Deacon, Low. Mach die Augen zu und rede mit Deacon“, flehte ich sie an.

Harlow hatte recht. Er war durchgedreht.

Harlow kreischte, als Collin auf uns schoss, und ich brüllte noch einen Fluch, hielt aber nicht an. Noch ein Schuss hallte, und Harlow fing an, unzusammenhängende Worte zu stammeln. Ich hatte den dritten Schuss kaum wahrgenommen, als mein Pick-up, ins rechte Hinterrad getroffen, ins Schlingern geriet. Ich hielt nicht an, doch es verschaffte Collin die perfekte Gelegenheit, zu einem weiteren Schuss anzulegen – und den rechten Vorderreifen zu treffen. Mein Wagen schlingerte einmal über die gesamte Straßenbreite, als der erste Reifen, den Collin getroffen hatte, unter der rasanten Geschwindigkeit, mit der ich fuhr, zerfetzt wurde. Ich stieß beim Gegenlenken gegen Collins Front und streckte so schnell es ging den Arm vor Harlows Brust aus, als ich spürte, wie mein Auto begann, sich der Schwerkraft zu widersetzen.

Sie klammerte sich an mich, und irgendwie fühlte es sich an, als hätte ich alle Zeit der Welt, um den Kopf zu drehen und sie anzusehen – und gleichzeitig überhaupt keine Zeit mehr – während mein Pick-up anfing, sich zu überschlagen.

Ich erinnere mich nur noch an den panischen Blick in ihren blauen Augen, bevor die Airbags ausgelöst wurden.

HARLOW

Gegenwart – Richland

Ich öffnete die Augen und fing an, panisch zu werden, als ich nur Weiß sah. Doch dann hörte ich langsam Geräusche – zum Beispiel Rufe von anderen Menschen – nahm einen beißenden Geruch wahr und merkte, dass sich das weiße Ding vor mir zusammendrücken ließ.

Ich sah nach links und schluchzte heftig, als ich Knox völlig reglos dort sitzen sah. Ich beeilte mich, meinen Gurt zu lösen, damit ich über die Mittelkonsole zu ihm klettern konnte, und hatte mich gerade abgeschnallt, als die Beifahrertür aufgerissen wurde.

Jemand griff nach mir, und erst dachte ich, es müsste jemand sein, der nach uns sehen wollte, aber an der Art, wie er besitzergreifend die Hand an mich legte, hätte ich wissen müssen, wer es wirklich war – hätte wissen müssen, dass ihn nichts mehr aufhalten konnte.

„Nein!“, rief ich und versuchte, von ihm wegzukommen, obwohl es im Wagen keine Möglichkeit gab, ihm auszuweichen. Aber wenn er versuchen wollte, mich herauszuziehen, wollte ich bleiben, und ich wollte bei Knox bleiben. „Nein! Knox! Knox, wach auf!“, schrie ich und trat nach Collin, als er mich aus dem Gehäuse des Pick-ups zerrte.

„Ich habe das Gefühl, das gehört dir.“ Collin warf mein geheimes Handy in den Wagen und drehte uns dann gemeinsam um. „Beweg dich“, verlangte Collin. Seine Stimme klang genau wie in der Nacht zuvor: leise, gelangweilt, losgelöst, aber immer noch voller Macht.

„Lass mich los!“, brüllte ich und wehrte mich gegen ihn.

Auf dem Freeway waren die Autos zum Stehen gekommen. Die Leute waren ausgestiegen und beobachteten uns – manche hatten ihre Telefone auf uns gerichtet, und manche telefonierten. Aber Collin war das egal, weil er nicht mehr Collin war, und er war auch nicht mehr mein Monster.

„Niemand darf anfassen, was mir gehört", sagte er schlicht, als wollte er es mir in Erinnerung rufen.

„Ich gehöre dir nicht", spie ich aus, jedes einzelne Wort betont. „Du wolltest mich sterben lassen!"

Er lachte, und das auf eine so humorlose Art, dass mir ein kalter Schauer über den Rücken lief. „Na ja, darauf hatte ich gehofft, aber du bist stärker, als ich es dir zugetraut habe", fuhr er mit der gleichen Beiläufigkeit fort. „Aber wenn ich nicht in der Nähe geblieben wäre, um es genau zu wissen, hätte ich dir nicht den ganzen Weg nach Thatch folgen können, oder was meinst du?"

Wir näherten uns dem zerbeulten SUV, den er gefahren hatte, und ich wehrte mich immer mehr – aber ich war schon immer schwächer als Collin gewesen, und er kam nicht gerade aus einem Auto, das sich überschlagen hatte.

„Jetzt steig in den …"

„Collin!" Eine tiefe Stimme übertönte alles andere, und sie klang in diesem Augenblick so schön, dass ich vor Erleichterung aufschrie, bevor Collin uns umdrehte und wir Knox hinter seinem Wagen stehen sahen. Er schwankte, aber er stand aufrecht. „Lass sie los!"

Ohne zu zögern, hob Collin seinen freien Arm, die Pistole in der Hand, und richtete sie direkt auf Knox. Ich schrie auf und stürzte mich auf ihn, als er den Abzug betätigte.

Ich hatte Collin den Arm zur Seite geschlagen, sah aus dem Augenwinkel aber trotzdem, wie Knox zurückstolperte. Ich schluchzte auf, und alles wurde auf einmal ohrenbetäubend laut. Es war schrill, doch ich wusste nicht, was das für ein Geräusch war. Ich wusste nur, dass ich zu Knox musste, aber Collin zielte noch einmal.

Ich griff nach der Hand, in der Collin die Waffe hielt, zog sie dicht an meinen Körper und stellte mich zwischen Collin und Knox. Ich hielt fest, so sehr ich konnte, als Collin versuchte, mich mit seiner freien Hand von sich zu stoßen. Mein Fuß verfing sich zwischen seinen und brachte ihn zum Stolpern, und die Kraft, mit der er mich stoßen wollte, brachte uns kurz darauf beide zu Fall – er über mir, und die Waffe zwischen uns beiden, jeder mit einem Finger auf dem Abzug.

In diesen letzten Sekunden überkam mich ein Gefühl von Frieden. Ich sah Graham und Deacon in unsere Richtung sprinten und wusste, sie würden Knox helfen. Ich wusste, dass es so zu enden hatte, und fragte mich, wie ich je glauben konnte, dass es anders enden würde. Ich hatte darum gebetet, dass Gott sich mir irgendwie gnädig zeigen und mich von Collin befreien würde, und jetzt wurden meine Gebete endlich erhört. Und da sich alles in der Öffentlichkeit abspielte, würde Collin damit auch nicht davonkommen.

Ich musste lächeln und schloss die Augen.

Es war nicht umsonst, sagte ich mir, als wir am Boden ankamen und die Wucht des Aufpralls eine letzte Kugel aus der Waffe löste.

KNOX

Gegenwart – Richland

„Harlow!“, rief ich und lief mit der wenigen Kraft, die mein Körper noch aufbringen konnte, dorthin, wo sie und Collin auf die Straße gefallen waren. „Harlow!“

Der Knall des sechsten Schusses traf mich so unvorbereitet, dass ich ins Straucheln geriet und stolperte, bis ich in die Knie ging und mich nicht mehr rühren konnte. Ich musste aufstehen, ich musste zu ihr gehen, sichergehen, dass sie noch am Leben war – denn das war sie ganz sicher. Stattdessen beugte ich mich über die Straße und schluchzte, als Sekunden verstrichen, ohne dass sich einer von beiden regte. Die Kugel, die in meinem rechten Arm steckte, tat nicht so sehr weh, wie der Klang des letzten Schusses mich zerstörte.

Ich sah auf, als ich Hände auf meinen Schultern spürte, und schob Deacon von mir. Er fiel zurück und kam wieder auf mich zu, versuchte aber nicht, mich anzufassen. Er sagte etwas, brüllte, aber ich konnte ihn nicht hören. Ich zwang mich aufzustehen und stolperte ein paarmal auf dem Weg zu Harlow und Collin. Graham war bereits dort und näherte sich vorsichtig der Stelle, wo Collin noch immer auf ihr lag.

Deacon eilte zu ihnen und half dabei, Collins Körper von Harlow zu wuchten – aber ich konnte mich nicht auf sie konzentrieren. Ich sah nur meine Welt reglos auf dem Boden liegen, während Graham zu Harlow zurückeilte und sich über sie beugte.

Ich näherte mich ihnen langsam, als müsste ich mich mit jedem Schritt durch Treibsand kämpfen, und begriff nicht, warum Graham lächelte oder was er mir zu sagen versuchte. Ich sah noch einmal auf Harlow, ehe ich wieder ihn ansah, und meine Beine fingen an zu zittern, als Graham von Harlows blutbeschmiertem Körper zurücktrat und ihr langsam die Waffe aus den dünnen Händen nahm, um sie neben ihr auf die Straße zu legen.

„Verdammte Kriegerin“, sagte er voller Stolz.

Ich ließ mich neben sie fallen und schrie auf, als ihre Brust sich langsam hob. „Low“, sagte ich und nahm ihr Gesicht in beide Hände. „Babe, mach die Augen auf“, flüsterte ich an ihren Lippen und küsste sie sanft.

„Er ist tot“, hörte ich Graham hinter mir sagen, und ich nickte, auch wenn er wahrscheinlich mit Deacon geredet hatte.

„Low, es ist vorbei. Du musst die Augen aufmachen."

Ich hielt sie noch ein paar Minuten fest, und es war mir egal, dass mir Tränen über das Gesicht liefen, während ich auf irgendeine Reaktion von ihr wartete. Dann kamen die Krankenwagen, und gerade, als ich sie wieder anflehen wollte, die Augen zu öffnen, riss sie ihre blauen Augen auf und rang nach Luft.

„Ja, Mr. Evans", sagte ich ein paar Stunden später, und verkniff mir ein Seufzen, als er und seine Frau mir Fragen stellten, die ich gerade erst beantwortet hatte. „Sie wissen jetzt alles, was ich bisher auch weiß, und ich verspreche, Sie auf dem Laufenden zu halten. Aber ich werde jetzt wieder hineingehen, um nach ihr zu sehen."

„Aber was hat der Arzt gesagt? Warum erzählen Sie es uns nicht?", fragte Harlows Mom über den Lautsprecher.

„Ich bin mir nicht sicher. Er wollte nicht konkret werden, solange ich drinnen war. Ich lasse Sie wissen, wenn etwas nicht in Ordnung ist, aber ich bin mir sicher, es geht ihr gut." Ich versuchte, ruhig zu bleiben, weil ich wusste, dass sie sich Sorgen machten, aber ich hatte bereits ein halbes Dutzend Mal mit ihnen gesprochen, seit wir ins Krankenhaus gekommen waren, und ich hatte noch andere Sorgen.

Höflich lächelte ich den Arzt an, als er aus Harlows Zimmer kam, und sagte: „Ich muss jetzt auflegen. Ich halte Sie auf dem Laufenden." Sobald ich auflegen konnte, ging ich in ihr Zimmer und setzte mich neben Harlows Bett.

Mein Pick-up hatte sich zweimal überschlagen, doch der Aufprall hatte sich größtenteils auf meine Seite beschränkt – und meine schlimmsten Verletzungen hatten mir nur direkt danach Probleme bereitet. Ich hatte Schwierigkeiten gehabt, meine Beine zu bewegen, aber jetzt ging es mir weitestgehend gut. Trotzdem hatte mein Captain mir am Telefon zu verstehen gegeben, dass ich damit rechnen musste, mindestens einen

Monat vom Dienst befreit zu sein, weil ich angeschossen worden war. Sie hatten mir die Kugel entfernt, mich wieder zusammengenäht und mich kaum lange genug dort einbehalten können, um die Wunde zu verbinden, ehe ich mich auf die Suche nach Harlows Zimmer gemacht hatte.

Deacon und Graham ging es gut. Sie hatten nur ein paar Prellungen, weil sie hinten auf Collins SUV aufgefahren waren. Und Collin war fort. Die letzte Kugel hätte überall hingehen können, so wie laut Harlows Erklärung die Waffe zwischen ihnen gesteckt hatte. Aber irgendwie war sie zwischen ihren Körpern hindurch in Collins Hals und von dort in seinem Stammhirn gelandet. Er war sofort tot gewesen.

Harlow war unterernährt – was keine Überraschung war. Sie hatte überall am Körper Blutergüsse und gebrochene Rippen, die fast alle Collin verursacht hatte, vor dem heutigen Tag. Der Arzt war gerade bei ihr gewesen, um die Röntgenbilder und Scans zu besprechen, die man von ihrem Kopf gemacht hatte. Doch er hatte sich geweigert, die Ergebnisse mit mir im Raum zu besprechen, weil ich nicht zur Familie gehörte. Also war ich hinausgegangen, um ihre Eltern auf dem Laufenden zu halten.

„Was hat er gesagt?“, fragte ich vorsichtig.

„Ich habe mir oft den Kopf angeschlagen.“ Harlow zuckte mit den Schultern. „Eigentlich hat er mir nichts gesagt, was ich nicht schon weiß. Nur dass ich ab jetzt vermeiden muss, mir den Kopf zu verletzen, dass ich Glück habe und keine dauerhaften Schäden geblieben sind und dass ich wahrscheinlich, sollte der Kopf doch noch einmal fest genug erschüttert werden, jedes Mal eine Weile ohnmächtig werden würde. Doch das hatte ich mir auch schon selbst gedacht. In letzter Zeit ist das jedes Mal passiert.“

Ich biss die Zähne zusammen, versuchte aber, mich zu entspannen, indem ich mir wieder und wieder sagte, dass Collin sie nicht mehr anrühren konnte. „Es wird nicht noch einmal passieren“, rief ich ihr in Erinnerung, und sie nickte nur.

Harlow hatte sich verändert, seit sie aufgewacht und sich dessen bewusst geworden war, dass keine Gefahr mehr bestand. Fast konnte man es reserviert nennen. Ich hatte im Krankenwagen etwas dazu gesagt, aber sie hatte nur den Kopf geschüttelt. Ich hatte noch einmal davon angefangen, als wir im Krankenhaus angekommen waren und die Aufregung sich gelegt hatte, und sie hatte nur den Blick abgewendet. Und sie hatte mich seitdem nicht wieder angesehen.

„Deine Familie versucht schon, Flüge zu bekommen. Hayley und ihre Familie kommen auch. Sie rufen mich an, sobald sie etwas haben.“

Dieses Mal hatte es ausgesehen, als hätte sie mich überhaupt nicht gehört. Statt sie zu drängen, lehnte ich mich einfach zurück und wartete.

Als weitere dreißig Minuten verstrichen waren, ohne dass sie etwas gesagt oder auch nur in meine Richtung gesehen hatte, erhob ich mich langsam von meinem Stuhl. Mir tat das Herz weh, aber ich wusste nicht, was ich tun sollte.

Ich starrte die gegenüberliegende Wand an und schluckte ein paarmal, bevor ich mir zutraute zu sprechen. „Dann werde ich dich, äh, ausruhen lassen, denke ich.“

Harlow antwortete nicht, aber als ich mich umdrehte und gehen wollte, sah ich, wie ihr Tränen über die Wangen liefen.

„Was ist los?“, fragte ich leise und versuchte, meine Enttäuschung im Zaum zu halten, als sie immer noch nicht antwortete. Ich setzte mich auf ihre Bettkante, nahm ihr Kinn behutsam zwischen meine Finger und drehte ihren Kopf so, dass sie mich anschauen musste. „Komm zu mir zurück“, flehte ich, und der Schmerz in meiner Brust wurde noch stärker, als ihr Kinn zu zittern begann und sich ein Schluchzer aus ihrer Kehle löste.

„Ich habe ihn umgebracht", sagte sie und weinte verhalten. „Ich habe ihn getötet, Knox."

Ich nahm ihre Hand in meine und atmete erleichtert auf, als sie meinen Druck erwiderte. „Er war kurz davor, dich umzubringen", rief ich ihr in Erinnerung. „Er hat *versucht*, dich umzubringen."

„Aber ich will das nicht verschuldet haben", rief sie und hob die Hände, als würde Collins Blut noch daran kleben. „Ich will nicht wissen, dass ich jemandem das Leben genommen habe – aus welchem Grund auch immer! Und ich …" Sie verstummte und schüttelte schluchzend den Kopf.

„Du was?"

Lange Augenblicke verstrichen, in denen sie weiter weinte, den Kopf schüttelte und murmelte: „Ich war bereit, zu sterben." Endlich sah Harlow zu mir auf und zuckte mit den Schultern, als wüsste sie nicht, wie sie es erklären sollte. „Ich wusste, was geschah, und ich wusste, wie es geschehen sollte. Und ich war einverstanden damit. Ich wusste, dass es dir gut gehen würde, und ich war einverstanden damit. Ich hasse es, dass ich damit einverstanden war! Was bedeutet das für mich?"

„Nichts", versicherte ich ihr und zog sie eng an mich.

„Du verstehst das nicht", flüsterte sie, als würde sie sich schämen. „Ich habe gelächelt. Ich habe gelächelt, weil ich wusste, dass alles genau so war, wie es sein sollte. Was stimmt nicht mit mir?"

„Nichts", wiederholte ich und hielt sie fest, während sie sich ausweinte. Irgendwann fing sie an, sich zu entspannen und an mich zu klammern, jetzt, wo sie ihre Sorgen endlich losgelassen hatte.

Es erschien mir wie Stunden später, als sie sagte: „Ich weiß nicht, was ich von all dem halten soll. Ich fühle mich falsch an … zerbrochen."

Ich lächelte und berichtigte sie. „Angeknackst.“ Ich lehnte mich so weit zurück, dass ich ihr den Kopf zurücklegen konnte, sah ihr suchend in die Augen und versprach: „Aber ich bringe das wieder in Ordnung. Ich liebe dich, Harlow.“

Sie lächelte unsicher und legte mir eine Hand an die Wange, um meinen Mund einzurahmen, ehe sie sich zu mir beugte und mich küsste. Doch kurz ehe ihre Lippen meine berührten, schwor sie: „Bis zu den Sternen.“

23. Kapitel

HARLOW

Gegenwart – Richland

„Wer sagt, dass wir gehen?“

„Nur Familie? Sehen wir nicht wie Familie aus? Wir sind ihre Brüder, wir sind praktisch Drillinge“, sagte Deacon und ahmte Grahams einschüchternde Haltung nach.

„Es geht nicht mehr nur um Familie. Die Besuchszeit ist gleich vorbei“, sagte die ältere Krankenschwester streng.

Die Reaktion darauf waren zwei identische, gleichgültige Blicke. „Und?“, sagte Graham schließlich.

Die Schwester sah zwischen den beiden hin und her, dann zu Knox, dann zu mir.

Ich musste mir ein Lächeln verkneifen. „Es tut mir leid, aber die andere Schwester hat gesagt, sie bereitet meine Entlassungspapiere vor?“

„Genau, wir gehen nämlich und nehmen unsere *Schwester* mit“, sagte Deacon arrogant.

„Deac“, murmelte Knox und schüttelte einmal den Kopf, als Deacon ihn ansah.

Die Pflegerin ging übertrieben schnaubend davon, und Deacon drehte sich um. „Wo ist die Schwester von vorhin?“, fragte er. „Die Hübsche“, schob er hinterher. „Sie soll wiederkommen. Sie hat uns nie befragt, warum wir hier sind.“ Er schnaubte und murmelte dann in sich hinein: „Als würden wir einfach ohne dich gehen.“

Ich schüttelte den Kopf, als Graham die Monitore betrachtete, obwohl ich nicht mehr an sie angeschlossen war, und Deacon anfing, uns seine Definition von „Familie“ zu unterbreiten. Ich sah Knox an, und wir bildeten beide mit den Lippen „Glucken“.

Ein paar Minuten später klopfte es schnell an der Tür, und Knox fluchte. „Wenn wir deinetwegen den Sicherheitsdienst am Hals haben, werde ich dir das nie verzeihen“, sagte er, als Deacon an die Tür ging.

„Wir gehen nicht“, sagte Deacon beim Öffnen der Tür. „Einen schönen Abend noch!“

Die Tür hatte sich vor den verwirrten Gesichtern meiner Eltern schon wieder halb geschlossen, ehe ich „Halt!“ rufen konnte.

„Harlow!“, rief meine Mutter und schob sich durch die Tür. Mein Dad und Hadley folgten ihr, und mir entfuhr ein Schrei, als ich entdeckte, dass meine Schwester schon so viel besser aussah als noch am Tag zuvor.

Knox murmelte etwas, und er und meine Glucken traten gleichzeitig näher an mein Bett heran – als wollten sie mich vor meiner Familie beschützen – doch ich sah nur gespannt zur Tür. „Wo ist Hayley?“

„Sie und ihre Familie besorgen uns ein Hotelzimmer, damit wir uns nachher, wenn du entlassen wirst, nicht mehr darum kümmern müssen“, erklärte Mom, während sie an meine Seite eilte. Sie nahm meine Hand, setzte sich auf meine Bettkante und musterte mich von oben bis unten. „Oh, Süße, wie konntest du uns das alles nicht erzählen?“

Graham schnaubte, und Knox verzog das Gesicht. „Wie konnte es Ihnen nicht *auffallen*?“

„Knox“, flüsterte ich in der Hoffnung, es würde reichen.

„Ich habe innerhalb von *Sekunden* …“

„Knox“, sagte ich fester und hielt seinem Blick einen

Moment lang stand. „Ich hatte in ihrer Anwesenheit eine Rolle zu spielen. Ich konnte sie nicht sehen lassen, was er mir angetan hat.“

Meine Mom hielt meine Hand hoch und fuhr mit ihrer anderen zärtlich über meinen Arm und meine Handknöchel. Sie schluchzte ungehemmt, während sie mich betrachtete. „Du bist so dünn, Harlow. So dünn“, flüsterte sie. „Du siehst so krank aus“, fuhr sie fort, aber mehr zu sich selbst. Ihr Blick richtete sich auf mein Gesicht, und ihre nächsten Worte waren so leise, dass man sie kaum hören konnte. „Deine Wangen ... dein Schlüsselbein. Deine Augen sind so ... Oh, mein Schätzchen!“

Auf einmal war mir nicht mehr danach, meine Familie in Schutz zu nehmen. Ich wusste, bis auf den Verband um meine Stirn und die Tatsache, dass ich in einem Krankenhausbett lag, konnte ich mich seit gestern nicht viel verändert haben, auch nicht in den letzten paar Monaten. Aber sie sprach nicht von den Verbänden. Meine Mutter zählte Dinge auf, die seit Jahren sichtbar waren. Körperliche Dinge, über die ich mir jedes Mal endlos Gedanken gemacht hatte, wenn ich mich mit einem meiner Familienmitglieder getroffen hatte, denn ich wusste, dass sie verräterisch waren. Körperliche Dinge, bei denen ich vor Sorge darüber, dass sie etwas sahen, was sie nicht sehen sollten, fast krank geworden war.

Und jetzt ... jetzt war ein Teil von mir tatsächlich wütend. Wütend, weil sie es die ganze Zeit sehen konnten, sich aber einfach verweigert hatten. Doch ich wusste, so durfte ich nicht denken. Denn es war genau so, wie ich es Knox gerade erklärt hatte: Ich hatte eine Rolle gespielt. Und ich hatte jedes Mal gewusst: Wenn sie es bemerkt hätten, wäre es so schlecht für sie ausgegangen.

„Du musst zurück nach Seattle kommen, wo wir uns um dich kümmern können, wo wir dir helfen können, gesund zu werden. Wir sorgen dafür, dass du dich von der ganzen Sache erholen kannst, wie du es brauchst."

„Nein."

Meine Mom richtete sich auf und sah sich auf seine Antwort hin zum ersten Mal nach Knox um. Spannung war im Raum spürbar, während sich alle gegenseitig beäugten und meine Eltern sich zweifellos fragten, wer Graham und Deacon überhaupt waren, dass sie meine Familie so unverwandt anstarrten. Ich hatte meinen Eltern vor all den Jahren nichts von ihnen erzählt, weil die Stimmung zwischen Knox' Freunden und mir immer so schwierig gewesen war – das hatte ich mir für lange Tiraden meinen Schwestern gegenüber aufgespart. Und als die Jungs meine Familie ansahen, als wären sie kampfbereit, damit ich bei ihnen und Knox blieb, konnte ich wieder nur darüber staunen, wie drastisch sich die Dinge zwischen uns verändert hatten.

„Knox, Schätzchen, es ist so schön, dich zu sehen", fing meine Mom wieder an. „Aber Harlow *braucht* mich und ihren Vater, um diese schwere Zeit zu überstehen."

Knox öffnete den Mund, wahrscheinlich, um erneut zu widersprechen, klappte ihn dann aber zu. Nachdem er tief durchgeatmet hatte, schaute er zu mir herüber. Seine Stimme klang rau, als er sagte: „Ich denke, es wird Zeit, dass Harlow selbst entscheidet, was mit ihrem Leben passiert ... was auch immer das bedeutet." Trotz des Schmerzes in seinen letzten Worten wusste ich, dass er sie ernst meinte.

Eine unangenehme Minute verstrich, in der niemand etwas sagte und unsere Blicke von einem zum anderen wanderten.

Endlich bat ich: „Knox, Jungs, kann ich alleine mit meinen Eltern reden?"

Knox setzte sich sofort in Bewegung, aber meine zwei Glucken regten sich erst, als Knox leise befahl: „Raus." Nach einem letzten Blick in meine Richtung zog Knox die Tür hinter sich zu. Ich stieß den Atem aus, den ich angehalten hatte, und sah meine Familie an.

„Hadley, wie geht es dir?“, fragte ich, kaum in der Lage, die Frage herauszubringen.

Sie zuckte mit den Schultern und lächelte schwach. „Ganz gut. Ein bisschen wund. Mir geht es vor allem deshalb schlecht, weil ich dir von allen am nächsten stehe und das Gefühl habe, wenn jemand gemerkt haben müsste, was bei dir vor sich geht, dann ich.“

„Nein“, sagte ich, noch ehe sie zu Ende gesprochen hatte. „Nein, hättest du nicht. Du hast mich von allen am häufigsten gesehen, daher waren die Veränderungen für dich nie so drastisch. Außerdem, Hadley, hast du keine Ahnung, wie froh ich bin, dass du nie etwas bemerkt hast.“ Meine Stimme fing an zu beben, als mir jede Drohung gegen meine Familie wieder einfiel – und besonders die gegen Hadley. „Er hat Hadley am meisten bedroht, weil sie am nächsten war. Örtlich, meine ich. Hadley, wenn dir etwas aufgefallen wäre – wenn *irgendeinem* von euch etwas aufgefallen wäre –, hätte er alles in seiner Macht Stehende getan, um euch zum Schweigen zu bringen. Ich weiß nicht, ob Dad es euch schon erzählt hat, aber was dir gestern zugestoßen ist, lag daran, dass Collin gedacht hat, ich will ihn vergiften, obwohl ich nur das Salz im Salzstreuer nachgefüllt habe.“

Meine Mom keuchte auf, aber ich erkannte an ihren Gesichtern, dass sie es nicht zum ersten Mal hörten.

Ich sah meiner Mutter in die Augen und versuchte, meinen bebenden Kiefer zu beruhigen, aber es gelang mir nicht. „Sosehr ich es hasse, dass ihr eine Veränderung sehen *könnt*, es aber die ganzen Jahre über nicht getan habt – ihr wisst nur einen Bruchteil von dem, wie er wirklich gewesen ist. Deswegen werdet ihr auch nie nachvollziehen können, wie froh ich bin, dass ihr *nicht* gemerkt habt, was los war.“

Moms Tränen fielen schneller, und sie verbarg ihr Gesicht, als sie von Schluchzern erschüttert wurde. Mein Dad ging zu ihr, um sie zu trösten, sah aber aus, als bräuchte er den Trost genauso sehr.

„Hättest du ihn nicht schon vor gestern verlassen können?“, fragte Hadley.

Ich starrte sie ausdruckslos an, unsicher, welchen Teil von Collins psychotischen Tendenzen sie nicht begriff. „Nein, Hadley. Weißt du nicht mehr, was dir gerade gestern erst passiert ist?“

„Natürlich weiß ich das, aber warum hast du ihn nicht einfach vorher verlassen? Gestern Abend hast du es getan. Warum hast du so lange gewartet?“

„Ich habe am Anfang unserer Ehe versucht, ihn zu verlassen. Erinnerst du dich, als das Ferienhaus, in dem ihr alle Urlaub gemacht habt, Feuer gefangen hat? Ich habe es bis Oregon geschafft, ehe man mich angehalten und wegen Trunkenheit am Steuer verhaftet hat, ohne mich auch nur zu testen. Collin hat mich kurz darauf abgeholt und mich zu Hause stundenlang vor meinem Telefon warten lassen, bis euer Anruf kam.“

Hadley riss ungläubig die Augen auf, und meine Mom schluchzte noch lauter.

„Ihn zu verlassen hieß, euch zu verlieren. Dieses Risiko konnte ich nicht eingehen. Bei ihm zu bleiben, unabhängig davon, was das für mich bedeutete …“, sagte ich unter Tränen und musste aufhören, als mir das Sprechen zu schwerfiel. „Zu bleiben bedeutete, euch zu beschützen.“

„Aber zu welchem Preis?“, fragte Dad. Sein Tonfall war hart, doch seine Miene von Trauer erfüllt. „Das meiste, was passiert ist, hast du uns noch gar nicht erzählt, und ich kann es mir nicht einmal annähernd vorstellen, weil ich es nicht *will*. Was dich ins Krankenhaus gebracht hat, verrät mir mehr, als ich wissen muss. Ich kann jetzt verstehen, dass du diese

Jahre mit ihm nicht hättest durchmachen sollen – egal, was das für uns bedeutet hätte. Uns wäre schon etwas eingefallen, Harlow!"

Ich schüttelte den Kopf, weil keiner von ihnen in der Lage war zu verstehen, dass es nicht so einfach gewesen wäre, hielt dann aber inne und streckte die Hand aus, als mein Dad aufhörte, dagegen anzukämpfen, und schließlich in Tränen ausbrach. „Dad", flüsterte ich, „es tut mir leid. Ich weiß, du kannst es nicht verstehen, aber ich konnte es euch nicht sagen. Collin war meine Bürde, und ich hätte es mir nie verziehen, wenn ich zugelassen hätte, dass sein Unheil noch weiter in euer Leben eindringt, als es ohnehin schon der Fall war."

„Oh, Schätzchen", flüsterte Mom, doch dann wurde es im Zimmer still. Bis auf das Schluchzen meiner Familie war nichts zu hören. „Wir machen es irgendwie wieder gut bei dir. Wir kümmern uns um dich, versprochen. Wir finden in Seattle einen Arzt, mit dem du reden kannst, und ..."

„Mom", unterbrach ich sie leise. „Ich habe dich lieb, aber was du da machst ... Das bringt nichts. Du musst nichts bei mir wiedergutmachen."

„Darum geht es nicht", versicherte sie mir.

„Darum geht es in weiten Teilen", wendete ich sanft ein. „Ich weiß, dass ihr mich in eurer Nähe haben wollt nach allem, was passiert ist, das auch. Aber der größte Teil sind Schuldgefühle, für die es wirklich keinen Grund gibt. Und Seattle? Mom, da will ich nicht wieder hin." Mir zog sich die Kehle zusammen, und mir stiegen wieder Tränen in die Augen, aber ich lächelte trotzdem. „Nachdem ich jahrelang ohne ihn war, habe ich Knox gerade erst wiedergefunden. Ich habe nie aufgehört, ihn zu lieben, und ich habe nie aufgehört, den Fehler zu bereuen, mich für Collin und nicht für ihn entschieden zu haben. Jetzt, wo er wieder bei mir ist, kann ich nicht in ein Leben ohne ihn zurückkehren."

Meine Eltern sahen sich an, und Hadley schaute zur Tür, als erwartete sie, dass Knox wieder hereinkommen würde. Dann drehte sie sich wieder um, nickte und lächelte mich aufmunternd an – aber ich hatte nie daran gezweifelt, dass sie auf meiner Seite sein würde. Hadley würde sich immer auf die Seite der Liebe stellen.

„Harlow, wir schätzen Knox seit langer Zeit, und wir sind dankbar, dass er für dich da gewesen ist“, sagte mein Dad endlich. „Aber nach den Geschehnissen der letzten Tage ist jetzt vielleicht nicht die beste Zeit, um solche Entscheidungen zu treffen. Mit Knox sofort eine Beziehung einzugehen wäre wahrscheinlich auch nicht das Klügste. Du brauchst Zeit.“

„Ich habe vor, einen Tag nach dem anderen anzugehen, Dad. Ich werde mich nicht mit ihm in etwas hineinstürzen, nur weil er wieder in mein Leben getreten ist. Aber *hier* bei ihm zu bleiben … Das ist das Richtige für mich, das weiß ich. *Er* ist immer richtig für mich gewesen. Ich habe das nur eine Weile aus den Augen verloren.“

Ehe jemand antworten konnte, klopfte es an der Tür, und eine der Krankenschwestern kam mit Papieren in der Hand herein.

„Sind Sie bereit, nach Hause zu gehen?“, fragte sie fröhlich.

„Ich bin bereit, zu gehen“, antwortete ich und stutzte über den Begriff *nach Hause.* In dem Augenblick fühlte es sich an, als hätte ich keines. Das Haus, in dem ich mit Collin gelebt hatte, war nie ein Zuhause gewesen.

Mein Blick richtete sich auf die Person, die jetzt im Türrahmen stand, und mein angespannter Körper lockerte sich, als Knox mich anlächelte.

Ich mochte gerade kein Zuhause haben, aber an seinem Lächeln erkannte ich, dass ich eines Tages mit diesem Mann eines haben würde.

KNOX

Gegenwart – Richland

„Wir beauftragen eine Firma mit der Abholung. Das wird alles gespendet“, sagte Harlow eine Woche später uninteressiert.

„Spenden … Aber was ist mit … Moment, willst du dir denn nichts noch mal ansehen?“, fragte Mrs. Evans stammelnd, während sie sich die Stapel von Dingen in Harlows altem Wohnzimmer ansah.

Harlow sah erst ihre Mom und dann die Stapel verwirrt an. „Wir haben fast die ganze Woche damit verbracht, alles durchzugehen. Alles andere ist schon auf dem Weg zur Müllhalde, das hier wird gespendet.“

Ihre Mom winkte ab. „Nein, ich meine, willst du nicht alles noch einmal durchgehen, um zu sehen, was du behalten willst?“

Selbst Harlows Schwester sah schockiert aus.

Hadley sah durch den Stapel, der ihr am nächsten war. „Allein der Schmuck hier dürfte eine gute Million wert sein“, sagte sie ehrfürchtig. „Du kannst mir nicht erzählen, dass du den nicht mehr willst.“

„Was ist mit den Möbeln?“, fragte Harlows Dad. „Die wären doch hilfreich in der Wohnung, die du dir nehmen willst.“

„Du kannst das alles nicht einfach verschenken!“

„Mom hat recht“, sagte Harlows ältere Schwester Hayley. „Verkauf es wenigstens, wenn du es schon nicht behalten willst.“

Die einzigen Leute im Haus, die nicht versuchten, Harlow zu überreden, etwas mit den Sachen zu machen, die sie und Collin gemeinsam gekauft hatten oder die Collin sie zu kaufen gezwungen hatte, waren Graham, Deacon und ich.

Ich wusste, dass sie aus ihrem beschissenen Eheleben nichts

behalten wollte – wer hätte das gewollt? Und ob Graham und Deacon es verstanden oder nicht, sie wollten einfach, was Harlow wollte.

„Nein“, sagte Harlow kopfschüttelnd. „Spenden.“

„Har…“, fing ihre Mutter an, wurde aber unterbrochen.

„Alles in diesem Haus ist eine Erinnerung in Form eines Albtraums. Ich will es nicht, und ich will auch kein Geld dafür“, flüsterte Harlow entschieden, jedes Wort voll von einem Schmerz, den sich keiner von uns ausmalen konnte. Doch so, wie ihre Familie jetzt aussah, würde sie deswegen auch nicht mehr bedrängt werden.

„Ich suche eine Firma heraus und arrangiere mit denen die Abholung“, sagte Hayleys Mann und fing sofort an, auf sein Telefon einzutippen.

„Danke“, sagte Harlow und entspannte sich, während sie sich mir näherte. „Ich will einfach nur raus hier und nichts mehr mit dem Haus zu tun haben.“

Als sie bei mir stand, nahm ich sie in den Arm und drückte ihr die Lippen auf den Kopf. „Bald“, versprach ich ihr.

Mit Ausnahme von Graham und Deacon waren wir drei Tage im Hotel geblieben, ehe Harlows ganze Familie in unser Haus eingefallen war. Niemand hatte in Harlows altem Haus übernachten wollen. Ich konnte ihnen das nicht verdenken, und meine Mitbewohner beschwerten sich nicht, solange sie einen endlosen Berg an Essen vor Harlow auftürmen durften.

Wenn wir nicht gerade das Haus ausgeräumt hatten, waren wir auf der Suche nach einer Wohnung für Harlow gewesen. Gesucht und auch gefunden hatte sie eine Wohnung in Richland, damit sie in meiner Nähe sein konnte, aber doch weit genug entfernt, dass sie das Gefühl haben konnte, ein eigenes Zuhause zu haben, in dem sie sich weitere Schritte überlegen konnte. Ihre Familie verstand nicht, warum sie zur Miete wohnte, und erinnerte sie immer wieder daran, dass es günstiger wäre, sich etwas zu kaufen, besonders, weil sie bar bezahlen könnte. Deacon und Graham hatten über eine Stunde lang geschmollt, als sie die Adresse herausgefunden hatten. Ich war mit ihr gegangen, um die Papiere zu unterzeichnen, und hatte die ganze Zeit gelächelt, weil ich wusste, dass es genau das war, was sie brauchte.

Ich wollte sie zu jeder Sekunde des Tages in meiner Nähe haben, aber diese Wohnung war jetzt für sie am besten – und auch für unsere Zukunft.

Harlow hatte am Morgen die Schlüssel abgeholt, wollte aber warten, bis ihre Familie am nächsten Tag abgereist war – Hadley würde mit ihren Eltern fahren – ehe sie Möbel kaufte und alles, was sie sonst noch zum Einzug brauchte.

Sie regte sich in meinen Armen, als ihr Telefon klingelte, und zog es sich aus der Tasche. Harlow atmete langsam aus und zeigte mir den Bildschirm, auf dem eine Nachricht von Collins Mom zu sehen war. Sie bat Harlow, sie zu besuchen, damit sie sich unterhalten konnten.

„Willst du hin?"

Harlow nickte erst, dann schüttelte sie den Kopf. „Ich habe kaum mit ihnen gesprochen, seit das alles passiert ist. Sie sind gute Menschen, Knox", flüsterte sie. Worte, die sie schon einmal benutzt hatte. „Sie sind gut, aber als ich mit ihnen gesprochen habe, klangen sie so wütend."

„Sie sind nicht wütend auf dich. Sie machen nur auch eine schwere Zeit durch", rief ich ihr in Erinnerung. „Anders als das, was du durchmachst. Sie wussten wahrscheinlich nicht, was vor sich geht."

„Das konnten sie nicht ahnen."

„Dann stehen sie wahrscheinlich unter Schock und wussten nicht, wie sie auf die Situation reagieren oder mit dir reden sollten. Aber es sieht aus, als wären sie jetzt bereit … wenn du es auch bist."

Auch wenn Harlow ein paarmal versucht hatte, sich mit ihnen in Verbindung zu setzen, waren Collins Eltern die ganze Woche lang distanziert gewesen. Sie waren gestern zum Haus gekommen, als alle anderen schon gegangen waren, um sicherzugehen, dass sie nichts mehr mitnehmen wollten, nachdem wir schon alles aufgeteilt hatten in Haufen zum Spenden und Säcke für die Müllhalde. Soweit wir es sagen konnten, hatten sie allerdings nur ein paar Erinnerungen an Collins Zeit auf der Highschool und dem College mitgenommen, und sie hatten auf die meisten Versuche Harlows, mit ihnen zu reden, nicht reagiert. Ihr hatte das die ganze Woche auf der Seele gelegen.

„Ich will zu ihnen. Ich weiß, das muss ich. Kommst du mit?"

Ich verzog das Gesicht und sah noch einmal auf die Nachricht, als würde ich dort die Antwort finden, ob ich mitgehen sollte oder nicht. „Glaubst du, dass es gut ist, mich mitzubringen, wenn du sie zum ersten Mal wiedersiehst?"

„Wahrscheinlich nicht", sagte sie lachend, aber ohne dass echter Humor in ihrem Tonfall war. „Aber ich hätte gedacht, dass sie sich zuerst mit mir in Verbindung setzen. Ich hätte gedacht, dass sie zu mir kommen. Dass es genau andersherum gewesen war, macht mir Angst. Mir vorzustellen, wie es sein wird, ihnen gegenüberzustehen."

Meine erste Reaktion war, ihr zu sagen, ich würde alles tun, worum sie mich bat. Ich befürchtete jedoch, meine Anwesenheit würde alles noch verschlimmern, wenn sie jetzt schon Angst vor der Begegnung hatte, auch wenn die Dohertys überhaupt nicht wussten, wer ich war.

Ein Blick in Harlows Augen genügte, und ich wusste, wie meine Antwort lautete und immer lauten würde. „Natürlich komme ich mit."

„Es tut mir leid … Was hast du gerade gesagt?", fragte Harlow ein paar Stunden später, als wir im Haus der Dohertys waren.

Wir hatten uns gerade einander vorgestellt, als sie auch schon eine Bombe hatten platzen lassen.

Mrs. Doherty redete einfach weiter: „Und wir wollen dir deswegen Hilfe suchen, meine Liebe. Es gibt da einen Ort, in den wir dich noch heute einweisen lassen können. Wir kennen dort den Direktor. Es ist eine großartige Einrichtung, die Pflege dort soll zum Besten gehören, das es gibt."

„Ich brauche keine *Hilfe*. Ich bin nicht depressiv, und ich nehme keine Drogen!"

„Wir würden für deine Behandlungen und deinen Aufenthalt dort bezahlen", fügte Mr. Doherty hinzu. „Nach allem, was unser Sohn deinetwegen durchmachen musste, und jetzt, wo er nicht mehr unter uns ist, ist das *sehr* großzügig von uns."

Ich schnaufte, verkniff mir aber die Kommentare, die mir durch den Kopf gingen.

Der Staatsanwalt bedachte mich mit einem stechenden Blick. „Ich bin mir immer noch nicht sicher, warum Sie hier sind." Er wendete sich wieder an Harlow und sagte: „Was die Drogen angeht, reicht ein Anruf im Krankenhaus, um zu wissen, was sie letzte Woche bei dir gefunden haben. Die Depression wird nicht schwer zu beweisen sein. Außerdem ist das nichts, wofür man sich schämen muss."

Die Dohertys seufzten und sahen einander traurig an. „Collin hat uns alles erzählt", sagte Mrs. Doherty. „Er hat uns seit fast einem Jahr von deinen Depressionen erzählt, weil du es nicht schaffst, schwanger zu werden, und seit Monaten von deinem Medikamentenmissbrauch wegen der Depression. Wir haben nichts gesagt deswegen, weil er sich Sorgen gemacht hat, dass es nur schlimmer wird, wenn du weißt, dass wir wissen, was los ist. Aber jetzt, wo er nicht mehr bei uns ist, meinen wir, uns bleibt keine andere Wahl."

„Wa... Nein!", rief Harlow deutlich schockiert. „Nein, nichts davon ist wahr! Ich bin nicht schwanger geworden, weil ich mich geweigert habe, von eurem Sohn ein Kind zu bekommen!“

„Harlow“, sagte Mrs. Doherty missbilligend.

„Ich habe mir ein Implantat einsetzen lassen, damit ich nicht schwanger werde und damit Collin nichts davon erfährt! Euer Sohn hat mich misshandelt. Ich hätte auf keinen Fall zugelassen, dass ein Kind in dieses Haus kom…“

„Halt den Mund, junge Dame! Unser Sohn hat dir die Welt zu Füßen gelegt“, fauchte Mrs. Doherty wütend. „Alles, worum du ihn gebeten hast, hat er dir gegeben, und noch mehr. So von ihm zu sprechen …“

„Gebeten?“, unterbrach Harlow ihre Schwiegermutter und lachte trocken. „Gebeten? Ich habe nichts von alledem gewollt, deswegen werde ich auch *alles* spenden und nichts davon behalten. Er hat mich *gezwungen*, mir Dinge zu kaufen, und wenn ich es nicht tat, musste ich dafür auf eine Weise bezahlen, die ihr euch nicht einmal vorstellen könnt! Er hat meine Familie bedroht, damit ich bei ihm bleibe, und am Morgen eures Hochzeitstages hat er versucht, meine Schwester umzubringen. Am gleichen Abend hat er versucht, mich in der Badewanne zu ertränken!“

„Dich ertränken?“, fragte Mr. Doherty laut. „Collin hat uns kurz vor der Feier angerufen, panisch, weil du eine Überdosis genommen hattest und ins Krankenhaus gekommen bist. Er hat sich solche Sorgen gemacht, dass er dich in jener Nacht verliert!“

Ich hob die Augenbrauen und konnte nicht verhindern, dass ein entsetztes Lachen aus mir herausbrach, so albern klang alles, was sie sagten.

„Er hat gesagt, er würde euch erzählen, dass ich wegen Hadley so aufgebracht war, dass ich mich umgebracht habe …“, flüsterte Harlow. Dann, als hätte etwas bei ihr Klick gemacht, sagte sie: „Ihr hättet gewusst, dass das nicht stimmt, wenn ihr versucht hättet, mich zu besuchen, während ich angeblich im Krankenhaus lag."

„Collin wollte nicht, dass wir unsere Party verpassen."

Dieses Mal lachte Harlow. „Eure Party verpassen?" Sie stand von einem der Stühlen um den Swimmingpool auf, an dem wir saßen, und ging ein paar Schritte, ehe sie zurückgestampft kam. „Eure Party verpassen?", fragte sie lauter. „Ich wusste ja, dass es bei euch nur um das Image geht, aber ich habe *immer* gesagt, ihr beide seid gute Menschen. Ich hätte gedacht, wenn ihr glaubt, eure Schwiegertochter läge im Krankenhaus, noch dazu angeblich im Sterben, würdet ihr lieber zu ihr kommen, als euren Hochzeitstag zu feiern!"

Die Dohertys hatten immerhin den Anstand, beschämt auszusehen, sagten aber nichts.

„Und wie kann das für euch auch nur irgendeinen Sinn ergeben? Collin macht sich ja *solche* Sorgen um mich, hält euch aber gleichzeitig von mir fern? Oder dass die Verfolgungsjagd zwischen Collin und uns heute Morgen in *Thatch* begonnen und in Richland aufgehört hat, wo wir mit dem neuen Polizeipräsidenten reden wollten – aber ich lag angeblich in der Nacht vorher noch im Krankenhaus, *mit* Collin, wegen einer Überdosis? Und ich weiß, dass ihr jedes Detail von der Verfolgungsjagd kennt, die gingen durch alle Nachrichten."

„Uns? War das Ihr Wagen?", fragte der Staatsanwalt mich, und ich nickte knapp. „Sind Sie verletzt?"

Ich sah Harlow an, unsicher, was ich tun sollte, aber sie sah noch immer enttäuscht und verletzt ihre Schwiegereltern an. „Ich wurde angeschossen", antwortete ich schließlich, gab aber keine weiteren Details.

So wie Mr. Doherty die Miene entglitt, musste ich das auch nicht. Er reimte es sich selbst zusammen. „Collin hat so lange erzählt, dass du depressiv bist, und du hast ja auch so ausgesehen. So viel, wie du abgenommen hast, war es nicht schwer zu glauben, dass alles andere auch stimmte – das ist es immer noch nicht. Wir wollen dir Hilfe zukommen lassen."

Als Harlow wieder etwas sagte, war ihre Wut verraucht. „Ich nehme keine Drogen, aber ehrlich gesagt, muss ich euch das nicht beweisen. Es tut mir leid, dass ihr euren Sohn verloren habt – das tut mir *so* leid. Aber es tut mir nicht leid, dass ich diesem Albtraum endlich entkommen bin. *Depressiv* trifft es nicht einmal annähernd, wie ich mich gefühlt habe. Es fühlte sich an, als wäre ich tot, und ich weiß noch, wie ich darum gebetet habe, von ihm fortgeholt zu werden. Es tut mir leid, wenn das schwer zu ertragen ist", sagte sie, als Mrs. Doherty zu weinen anfing. „Aber auch wenn ich verstehe, dass ihr euren Sohn geliebt habt und glauben wollt, dass er zu so etwas nicht in der Lage wäre, müsst ihr verstehen, dass ich es gelebt habe. Und es tut weh, dass ihr mir nicht glauben könnt, obwohl die Beweise direkt vor euch liegen.

Ich weiß, dass ihr gestern in unserem Haus gewesen seid und alles mitgenommen habt, was ihr behalten wollt. Aber ich möchte noch wissen, ob ihr auch das Geld wollt, das noch auf Collins Konto ist, oder unsere Wagen. Ich will sie nicht … Ich will überhaupt nichts. Ich will auch das Haus nicht, das könnt ihr zurückhaben."

Ich war schockiert. Ich hatte gewusst, dass sie alles loswerden wollte, was mit Collin zu tun hatte, aber davon hatte ich nichts gewusst. Bis auf ihre Kaution und die erste Monatsmiete, die sie schon bezahlt hatte, würde sie sich ihre Wohnung nicht leisten können … und auch sonst nichts. Und so, wie sie sich bereits mit ihrer Familie gestritten hatte, weil sie alles selbst schaffen wollte, bezweifelte ich, dass sie von mir Hilfe annehmen würde.

Ich sah hinüber zu den Dohertys und erkannte meinen Schock in ihren Gesichtern gespiegelt.

Langsam wandelte sich der Schock zu Verwirrung, und nun fragte Mrs. Doherty: „Entschuldige, was hast du gesagt?"

„Ich will nichts davon haben", sagte Harlow, und in jedem Wort klang die Erschöpfung durch. „Ich will nur wissen, ob ihr etwas davon haben wollt, ehe ich eine andere Verwendung für das alles finde, genau wie mit den Dingen im Haus."

„Aber dieses Haus, dieses Haus ist abbezahlt", sagte Mr. Doherty. „Die Autos sind erst ein Jahr alt ... Das ganze Geld ... Collin hat gesagt ..."

„Einiges von dem, was er gesagt hat, ließ uns annehmen, dass du das Geld nehmen und damit weglaufen würdest", beendete Mrs. Doherty den Satz. Nach einem schnellen Blick zu ihrem Mann sagte sie: „Wir wollen diese Dinge auch nicht. Sie gehören dir. Wenn ... Wenn er wirklich so ein ... Nein. Äh, diese Dinge gehören dir, Harlow. Nur ..." Sie verstummte leise schluchzend.

Ein Augenblick verging, in dem es so aussah, als würde Harlow darüber nachdenken, ob sie die beiden trösten sollte oder nicht. Schließlich sagte sie: „Es tut mir leid, dass ihr euren Sohn verloren habt."

Sie warf mir einen Blick zu und nickte in Richtung Ausgang. Leise verließen wir die Dohertys, während sie sich schuldbewusst klarmachten, wie viel sie verpasst hatten, und die Verwirrung über das, was sie über ihren Sohn geglaubt hatten, sich mit der Trauer um ihn vermischte.

24. Kapitel

HARLOW

Gegenwart – Richland

Seit fast vierzig Minuten saß ich in meinem Wagen vor dem Haus. Ich wusste nicht, was an dem, was ich vorhatte, so schwer sein sollte, denn meine Entscheidung hatte ich ohne zu zögern getroffen. Aber jetzt … Jetzt zitterte ich, rang die Hände ineinander und überlegte, lieber doch einfach wieder zu fahren.

Es liegt nicht an ihm, und nicht an dem, was du vorhast … Es ist nur das, was du erlebt hast, rief ich mir in Erinnerung.

Drei Wochen war es her, seit man mich aus dem Krankenhaus entlassen hatte, und es fühlte sich an, als hätte ich die ganze Zeit nicht aufgehört zu rennen – und wahrscheinlich war das gut so. Es hatte mich zu lange abgelenkt.

Ich war in meine Wohnung gezogen, nachdem ich die beiden BMWs verkauft hatte. Stattdessen hatte ich mir einen neuen Camry gekauft und das übrige Geld genutzt, um meine Wohnung einzurichten. Da Collins Eltern das Geld nicht gewollt hatten, hatte ich versucht, den Jungs damit auszuhelfen, aber sie hatten mich wieder und wieder zurückgewiesen. Graham hatte sich geweigert, die Reparaturen an seinem Pick-up von mir bezahlen zu lassen, und Knox hatte gelacht, ehe er Nein gesagt hatte, als ich versucht hatte, ihm einen neuen Wagen zu kaufen. Dabei wusste ich, dass seine Versicherung nicht für den vollen Preis aufkam. Nachdem ich mich also mit Knox darüber gestritten hatte, was ich mit dem Geld anfangen sollte, da ich es ja nicht wollte, hatten wir uns überlegt, wie ich es loswerden konnte, so wie ich es wollte. Wir setzten den zweiteiligen Plan heute um, weil das Haus endlich auf dem Markt war – von dort war ich gerade gekommen.

Ich war noch ein letztes Mal durch alle Räume gegangen, um sicherzugehen, dass wir nichts vergessen hatten. Ich war zum ersten Mal seit dem Abend, an dem Collin versucht hatte, mich zu ertränken, allein im Haus gewesen. Alle Schläge, alle psychologischen Spielchen und alle Ängste gingen mir durch den Kopf, als ich langsam durch die Flure ging. Und eine seltsame Mischung aus Erleichterung, Erschöpfung und Trauer um die Person, die ich bei ihm gewesen war, erfüllte mich, nachdem ich die Tür ein letztes Mal hinter mir abgeschlossen hatte.

Und das brachte mich zurück in die Gegenwart. Ich wartete am ersten von zwei Zwischenstopps.

Ich sah auf die Uhr und seufzte. Mittlerweile saß ich seit fünfzig Minuten dort.

Eine Bewegung vor dem Haus ließ mich aufblicken, und als ich den Mann mit seinem Hund auf das Auto zugehen sah, das in der Auffahrt parkte, wusste ich, wenn ich es jetzt nicht tat, dann würde ich es nie tun.

Ich atmete tief durch, stieg aus dem Wagen und rief beim Überqueren der Straße: „Mr. Farro?"

Er riss den Kopf hoch und hielt den Hund an, aber Spartacus hatte mich bereits bemerkt und versuchte, zu mir zu kommen. Er rief dem Hund einen Befehl zu und betrachtete mich vorsichtig. „Kann ich Ihnen helfen?"

Ich ging weiter, blieb aber am Rand der Auffahrt stehen, als ich merkte, wie achtsam seine Haltung war. Ich hielt die Hände hoch, um zu zeigen, dass ich nicht gekommen war, um ihn zu belästigen. Komisch, wie er mitten in der Nacht bei meinem Anblick trotz meines viel zu großen Hoodys nicht mit der Wimper gezuckt hatte, mitten am Tag und in normaler Kleidung aber misstrauisch auf mich reagierte. „Es tut mir leid, ich wollte Sie nicht erschrecken. Ich bin gekommen, um mit Ihnen zu reden. Ich bin Harlow … Low. Ich bin Low. Sie haben mir vor ein paar Wochen geholfen, nach Thatch zu kommen."

Er riss die Augen auf und musterte mich von oben bis unten, eindeutig überrascht, weil ich älter war, als er angenommen hatte. „Äh … Sie. Ich …"

„Ich muss Ihnen danken", brachte ich heraus.

„Sie gehen gar nicht mehr zur Schule", sagte er verlegen.

Trotz der Enge in meiner Kehle musste ich lachen. „Nein, nicht einmal annähernd." Ich räusperte mich und fing an, mit dem Briefumschlag in meiner Hand zu spielen, zwang mich dann aber, die Hände ruhig zu halten und ihm direkt in die Augen zu sehen. „Danke, Max."

Er schüttelte den Kopf, als verstünde er nicht, warum er für eine einfache Fahrt meine Dankbarkeit verdient hatte.

„Mir an dem Abend zu helfen und mich nach Thatch zu bringen hat mir das Leben gerettet."

Max hob die Mundwinkel, als wollte er lachen, aber etwas an meinem Gesichtsausdruck hielt ihn davon ab. „Was soll das …"

Ich winkte seine Frage ab, weil ich wusste, dass ich sie nicht beantworten würde, und trat einen Schritt vor. Ich streckte ihm den Umschlag entgegen und wartete darauf, dass er ihn annahm.

Er zog die Augenbrauen zusammen, als er sich die Vorderseite ansah, die ich an ihn, die zukünftige Mrs. Farro und Spartacus adressiert hatte. Darin lag ein Scheck über einen Teil des Betrages, der noch auf unserem Konto gewesen war, mit einer Notiz, in der ich Max noch einmal dankte und sie bat, die Summe entweder für ihre Hochzeit oder ihre Flitterwochen zu verwenden.

„Machen Sie den bitte erst auf, wenn Sie das nächste Mal mit Ihrer Verlobten zusammen sind", bat ich, während ich schnell zur Straße zurückging. „Danke, Max", flüsterte ich, drehte mich um und ging eilig zu meinem Wagen zurück.

„Moment, was ist passiert? Geht es Ihnen gut?", rief er mir nach. „Soll ich Ihnen Hilfe besorgen?", fragte er, dieses Mal leiser, und ich wusste, er und Spartacus waren mir zu meinem Wagen gefolgt.

Ich drehte mich noch einmal um, bevor ich einstieg, und lächelte. „Nein. Was Sie in jener Nacht getan haben, war mehr Hilfe, als ich je verlangt haben könnte."

Max nickte nach einer Weile und wich dann langsam zurück, damit ich in meinen Wagen steigen konnte. Er und Spartacus standen am Ende ihrer Auffahrt und sahen mir nach, bis ich die Gegend verlassen hatte, in die ich nie wieder einen Fuß setzen wollte.

Ich fuhr zu der Adresse, die Knox mir am Morgen gegeben hatte, und entdeckte seinen brandneuen Wagen ein paar Häuser weiter weg, außer Sichtweite des Hauses, das mein zweiter Halt war. Er öffnete die hintere Tür meines Wagens, sobald ich angehalten hatte, und ein schiefes Lächeln huschte über sein attraktives Gesicht, als er die Schachteln nahm, die auf meinem Rücksitz verstaut waren.

Dann verblasste sein Lächeln, und er sah mich ernst an. „Bist du sicher, dass du das machen willst?"

Ich versuchte, nicht die Augen zu verdrehen; seit zwei Wochen stellte er mir diese Frage jetzt schon. „Knox. Du weißt schon lange, wie ich mich entschieden habe: Ich behalte das Geld, das von den Autos übrig ist, sonst nichts."

„Du könntest immer noch das behalten, was du für das Haus bekommst", bot er an.

Ich biss mir auf die Unterlippe. *Das* war das Einzige, wobei ich mich nicht entscheiden konnte. „Ich weiß, ich denke darüber nach." Sosehr es mir dabei helfen würde, ein neues Leben in einem neuen Haus zu beginnen, fühlte es sich immer noch wie schmutziges Geld an. Genau wie das Geld, das ich im Augenblick benutzte, doch ich zwang mich dazu, es nicht so zu sehen. „Wie dem auch sei, ja, ich bin mir sicher, dass ich das will. Bist du sicher, dass sie zu Hause sind?"

„Absolut." Knox' Lippen verzogen sich zu einem weiteren schiefen Lächeln, und er neigte den Kopf, um mich eingehend zu küssen. Als er sich löste, lag Stolz in seinen Augen, was nicht zu dem verschmitzten Grinsen in seinem Gesicht passte. „Bin gleich wieder da", flüsterte er und rannte mit den Schachteln in der Hand über die Straße, um sie auf der Veranda vor dem Haus abzulegen.

In der großen Schachtel lagen ein rosafarbenes Superman-Cape und eine große Decke, die mit Abertausenden von Sternen übersäht war, für die kleine Natalie – das Mädchen, das ich für die Tochter von Knox gehalten hatte. Nachdem er mir von der Nacht des Feuers und ihrer Rettung erzählt hatte und von ihrem Wiedersehen im Supermarkt, wusste ich, dass wir etwas für ihre Familie tun mussten. Und die ruinierte Seite ihres Hauses zu sehen, das nach dem Feuer gerade wieder aufgebaut wurde, machte mich froh über das, was sich in der kleineren Schachtel befand.

Es hatte ein wenig gedauert, die Bank dazu zu bringen, das ganze Bargeld herauszurücken, aber es war die andere Hälfte von dem, was sich noch auf unserem Konto befunden hatte. Auf dem Zettel, den ich auf Scheine gelegt hatte, stand: *Hoffentlich hilft es – Feuerwehr Richland.*

Ich lächelte, als Knox zu mir zurückgerannt kam, und wappnete mich, denn er drosselte kaum noch rechtzeitig seine Geschwindigkeit, bevor er mich in die Arme schloss und seinen Mund auf meinen drückte. Er beugte mich nach hinten, bis ich gegen das Auto stieß, und ich gab mich ganz diesem Kuss hin.

„Du bist unglaublich", flüsterte er an meinen Lippen. Und nach einem weiteren langen Kuss richtete er uns gerade rechtzeitig auf, dass wir sehen konnten, wie Natalies Mom aus dem Haus kam, die Schachteln entdeckte und sich in der Straße umschaute. Einen Augenblick später nahm sie die Schachteln und trug sie ins Haus. Lächelnd öffnete Knox meine Fahrertür und flüsterte: „Lass uns gehen."

KNOX

Gegenwart – Thatch

Nachdem wir kurz bei Harlows Wohnung vorbeigefahren waren, um ihren Wagen abzustellen, fuhren wir nach Thatch, um mit allen bei Grey und Jagger zu Abend zu essen. Dort waren wir so lange, dass wir uns entschieden, in meinem Haus zu übernachten, statt noch in der gleichen Nacht zurück nach Richland zu fahren.

Jeder hatte Harlow so herzlich in unsere kleine Familie aufgenommen, wie sie es vorher nie gewesen waren. Selbst nach drei Wochen erwischte ich Harlow noch dabei, wie sie einen von ihnen mit weit aufgerissenen Augen anstarrte – als wüsste sie nicht, wie sie damit umgehen sollte, dass jemand so nett zu ihr war.

Graham und Deacon verhielten sich mittlerweile normal in ihrer Nähe, wenn man davon absah, wie oft sie ihr immer noch etwas zu essen hinschoben. Grey und Harlow hatten sich schnell angefreundet, und obwohl es sich anfühlte, als würde sie mir Harlow wegnehmen, hatte ich nichts dazu gesagt, sondern mich nur gefreut, dabei zuzusehen, wie Harlow sich Stück für Stück wieder selbst zusammensetzte.

Harlows Lächeln war bald ein normaler Anblick geworden,

und zu beobachten, wie es sich gewandelt hatte, von anfangs höflich und reserviert zu ehrlich und offen, war schön gewesen. Ihre blauen Augen waren etwas Besonderes. Sie waren umschattet, und es fiel schwer, in sie hineinzublicken und sich zu fragen, was sie in dem Augenblick wohl dachte, sah oder fühlte. Aber gleichzeitig zeigte ein Teil von ihnen auch immer noch die Harlow, in die ich mich vor all den Jahren verliebt hatte. Es war, als bekämpften sich diese beiden Seiten von ihr, ohne dass es bisher einen klaren Sieger gab.

Die offensichtlichste Veränderung für alle anderen war ihr Gewicht – dafür strichen Deacon und Graham das Lob ein. Ihr Gesicht hatte sich so weit ausgefüllt, dass sie fast gesund aussah, und auch wenn sie sagte, dass sie immer noch zwei Kleidergrößen weniger trug als vor ihrer Ehe mit Collin, war es ein riesiger Unterschied. Sie sah mit jedem Tag schöner aus.

Für mich war es alles andere. Wie sie immer einen Grund fand, mich zu berühren. Wie sie sich nicht länger zusammenzuhalten schien – als müsste sie zerbrechen, wenn sie es nicht tat – und wie ich sie nicht mehr so oft darum bitten musste, zu mir zurückzukommen, wenn sie nachts schreiend aufgewacht war. Vergangene Woche hatte sie meist selbst die Hand nach mir ausgestreckt, um sich wieder zurückzuholen.

Ich legte ihr den Kopf in den Nacken und drückte ihr einen kurzen Kuss auf die Lippen, als sie sich gerade ein T-Shirt aus einer meiner Schubladen nehmen und anziehen wollte. Dann ging ich ins Badezimmer, um schnell zu duschen, damit sie ein paar Minuten für sich haben konnte. Ich hörte, wie sie hereinkam, um sich die Zähne zu putzen, aber sie sagte nichts, also sagte ich auch nichts.

Ich wusste, immer wenn sie sich mit jemandem getroffen hatte, ob mit jemandem aus ihrer Familie oder mit meinen Freunden, brauchte sie Zeit, um durchzuatmen und sich zu entspannen, weil sie sich immer noch daran gewöhnen musste, dass die Menschen so offen darüber sprachen, wie Collin gewesen war. Aber ich hatte auch gelernt, ihr nicht anzubieten, sie die ganze Nacht allein zu lassen. Sie sagte, dass sie mich in ihrer Nähe brauchte, und ich wollte nirgendwo anders sein.

Mein Herz schlug schneller, als ich aus dem Badezimmer kam und sie auf meinem Bett sitzen sah. Ich wusste nicht, ob ich mich je daran gewöhnen würde, sie dort zu sehen, wie sie auf mich wartete, aber ich wusste, dass ich es nicht wollte. Ich wollte immer von ihrer Schönheit überwältigt werden und mich ständig fragen, warum sie mich nach all dem Mist, den wir durchgemacht hatten, immer noch wollte.

Harlow ließ den Kopf hängen und starrte auf ihre Hände, die sie ineinander rang. „Du sagst nicht mehr, dass ich zu dir gehöre."

Meine Lippen zuckten amüsiert, weil ich gerade etwas Ähnliches gedacht hatte, aber meiner Stimme war keine Belustigung anzumerken, als ich sagte: „Aber du gehörst zu mir."

Sie hob den Kopf und sah mich nachdenklich an. „Das hast du oft gesagt, als ich noch verheiratet war. Ich habe eine Weile gebraucht, um es zu merken, aber du hast es nicht mehr gesagt, seit Collin gestorben ist."

„Weil es nicht das ist, was du brauchst." Ich ging zum Bett und setzte mich neben sie. Einen Arm legte ich ihr um die Taille, um ihren Körper enger an meinen zu ziehen. „Im Augenblick bist du noch dabei, die Dinge zu verarbeiten, und du versuchst zum ersten Mal, alles auf deine eigene Weise zu erledigen ... Das muss ich dich tun lassen. Und während du das tust, kannst du es nicht gebrauchen, dass ich jeden Tag Ansprüche auf dich erhebe. Das ist auch einer der Gründe, warum ich dir nie meine Meinung sage: Weil ich möchte, dass du deine Entscheidungen alleine treffen kannst. Ich will nicht, dass du sie meinetwegen oder für mich triffst. Ich weiß, dass ich zu deinem Leben gehöre, und ich werde in alles hineinpassen, was du für dich selbst entscheidest, und es wird perfekt für uns sein. Wäre ich selbstlos, würde ich dir Zeit für dich geben – ohne mich in deinem Leben …"

„Nein!", flüsterte sie entsetzt.

„… aber das kann ich nicht. Außerdem denke ich, wir haben aus dem ersten Mal gelernt, dass es nicht gut für uns ist, dir so viel Raum zu geben." Ich zwinkerte, und sie verdrehte die Augen. „Der Raum, den ich dir gebe, ist genau so viel, wie ich aufzugeben bereit bin, nachdem ich fast fünf Jahre verloren habe, und das auch *nur*, weil ich glaube, dass du ihn brauchst."

Harlow seufzte erleichtert. Sie sortierte eine Weile ihre Gedanken und wendete ein: „Zu dem Geld hattest du eine Meinung."

„Nur weil du versucht hast, Graham und mir Sachen zu bezahlen. Wir brauchten das nicht. Ich habe praktisch nur mit dir gestritten, als du versucht hast, es uns zu geben oder vielmehr zu schenken. Und dann habe ich dir nur auf den Zahn gefühlt, als du es allen anderen geben wolltest, denn ich wollte sicher sein, dass du gut darüber nachgedacht hast. Das ist alles."

Sie nickte einmal und bat mich stumm, fortzufahren.

Ich ließ die Hand, die an ihrer Taille lag, langsam an ihrer Seite hinaufgleiten, beugte mich dichter zu ihr und flüsterte: „Wenn ich glauben würde, dass du bereit seist, und wenn es nach mir ginge, dann würde ich dich nicht mehr aus den Augen lassen. Ich würde dich den ganzen Tag im Bett behalten, und ich würde dich ständig daran erinnern, dass du zu mir gehörst." Ich küsste sie sanft unter ihr Ohr und musste lächeln, als Harlow leise stöhnte. „Ich würde dich jede Nacht festhalten und jeden Morgen damit verbringen, dich anzubeten – nur um dich daran zu erinnern, dass uns noch sechzig gemeinsame Jahre bleiben."

Ich beugte mich über sie, stieß sie sanft auf das Bett zurück und keuchte auf, als ich merkte, dass sie unter dem T-Shirt nichts anhatte. Ich ließ die Hand zwischen ihre Oberschenkel gleiten und verschloss ihren Mund mit meinem, als sie seufzte, weil ich mit zwei Fingern in sie eindrang.

Ihr Rücken bog sich so weit durch, dass sie sich von der Matratze löste, und ich nahm ihr lustvolles Stöhnen in mich auf, als sie kurze Zeit später kam. Noch während ihr Körper bebte, griff sie begierig nach dem Handtuch um meine Hüften. Sobald sie es weggeworfen hatte, kramte ich mit einer Hand in meinem Nachttisch, ohne unseren Kuss zu unterbrechen, auf der Suche nach einem Kondom. Harlow half mir, es überzurollen, während ich ihr das T-Shirt abstreifte, und noch ehe ich ihren Körper wieder auf der Matratze aufkommen ließ, war ich schon in sie eingedrungen.

„Knox!“, stieß sie keuchend hervor und klammerte sich an meine Schultern, als ich stumm und körperlich eroberte, was immer schon mein gewesen war. Ich wollte es langsam angehen lassen, doch ihr Stöhnen von vorhin und die Art, wie sich ihre Nägel in meinen Rücken gruben, machten das unmöglich.

Ich faste sie an den Hüften, während sie die langen Beine um mich schlang, und ein tiefes Knurren drang mir aus der Kehle, da sie anfing, nach mehr zu flehen. Ich bewegte mich schnell, aber kraftvoll in ihr, sie streckte sich jeder meiner Bewegungen entgegen, und ich ließ den Kopf in ihre Halsbeuge sinken, als ich näher und näher an den Höhepunkt kam und spürte, wie sie um mich herum immer enger wurde. Ich krallte mich in die Bettdecke und versuchte, es für sie herauszuzögern, und der Beginn ihres zweiten Orgasmus stürzte mich in meinen eigenen.

Harlow hielt mich hinterher noch minutenlang an ihren bebenden Körper, und ich löste mich nur lange genug von ihr, um das Kondom in meinem Badezimmer zu entsorgen, ehe ich an ihre Seite zurückkehrte und sie wieder in die Arme nahm.

Bei unseren ersten beiden Malen hatten wir keine Kondome benutzt, denn keiner von uns beiden hatte daran gedacht, selbst danach nicht. Harlow hatte mich bei den wenigen Malen, die wir es seither getan hatten, auch nicht darum gebeten, aber ich wusste, dass sie es brauchte – genau wie sie Zeit brauchte, um Dinge allein zu erledigen. Sie sagte zwar, dass sie mir vertraute, doch ich hatte mich trotzdem erneut testen lassen, damit wir beide beruhigt sein konnten. Und es hatte Ärger gegeben, obwohl ich nichts gehabt hatte. Harlows Eltern waren wieder in der Stadt gewesen und hatten sie in ihrer Wohnung besucht. Ihr Dad hatte meine Ergebnisse gefunden – was dazu geführt hatte, dass er wissen wollte, warum ich mich überhaupt hatte testen lassen.

Ich hatte mich deswegen noch einmal ausführlich mit Harlows Dad unterhalten müssen. Man konnte schon sagen, dass ich versuchte, in seiner Gunst wieder zu stehen.

„Knox?“, murmelte Harlow ein paar Minuten später und neigte den Kopf zurück, um mir in die Augen zu sehen.

Fragend hob ich eine Augenbraue, sagte aber nichts, sondern hielt sie einfach fester und genoss den Gedanken, dass es mehr von ihr gab, das man in den Armen halten konnte.

„Danke … für alles. Nicht nur heute Nacht, nicht nur für die letzten eineinhalb Monate, sondern für die letzten sieben Jahre. Dafür, dass du immer für mich da warst, dass du genau das warst, was ich zu jedem Zeitpunkt meines Lebens brauchte, und dass du wusstest, was ich brauchte, sogar als ich es nicht einmal selbst wusste.“ Ihr stiegen Tränen in die Augen, und sie lächelte bebend. „Es hat Zeiten gegeben, kurz vor meinem achtzehnten Geburtstag, da hat es mich frustriert, dass du nicht einfach zugelassen hast, was wir beide wollten. Und dann mit Collin hatte ich immer solche Angst, dass er von dir erfährt und du deswegen verletzt wirst – na ja, noch mehr als jetzt …“ Sie verstummte und fuhr mit ihren Fingern behutsam über die

Stelle, an der ich angeschossen worden war. „Es hat mir schreckliche Angst gemacht, dass du nicht auf mich gehört hast, dass du immer wieder gesagt hast, du würdest mich von ihm wegholen. Ich dachte, ich wüsste, was das Beste wäre, dass wir einfach so tun müssten, als würde das nicht passieren, damit alle in Sicherheit waren. In letzter Zeit konnte ich dann spüren, wie du dich zurückhältst, obwohl du immer bei mir warst. Ich wusste nicht, warum, oder was zwischen uns stand, und das hat mir Sorgen gemacht."

„Low", flüsterte ich. Ich hatte die Stirn gerunzelt und ihr eine Hand an die Wange gelegt. Hätte ich gewusst, dass es sie so beschäftigte, hätten wir schon lange vor diesem Abend darüber geredet.

„Aber gleichzeitig hat es sich so angefühlt, als *wäre* nichts zwischen uns, und es gab keinen Augenblick, in dem ich nicht sehen konnte, wie sehr du mich liebst. Da ich jetzt weiß, was du tust und warum, weiß ich dich noch mehr zu schätzen und liebe dich umso mehr – so wie alles andere auch." Sie legte ihre Hand auf meine und sah mir lange in die Augen, ehe sie fortfuhr. „Ich verstehe nicht immer, warum du tust, was du tust. Aber ich weiß, dass du immer einen Grund hast, und dieser Grund liegt normalerweise in meinem Interesse. Also … einfach nur danke. Ich liebe dich, Knox Alexander, und ich habe *so* ein Glück, von dir geliebt zu werden."

Mein Mund war auf ihrem, ehe sie das letzte Wort ausgesprochen hatte, und ihr hohes überraschtes Quietschen wurde zu einem Kichern, als sie die Arme um mich schlang.

„Wenn du so etwas sagst, würde ich gerne vergessen, *warum* ich dir diese Zeit lasse", informierte ich sie, und sie löste sich lachend von mir.

„Das sagst du jetzt, aber ich kenne dich. Das würdest du nie wirklich tun." Sie sah mir in die Augen, und ich war gebannt von ihrem Blick, als ich darin erkannte, dass ein Teil von

Harlow endlich gewann – *meine* Harlow. „Ich will dich fragen, wann wir deiner Meinung nach bereit sind, das alles hinter uns zu lassen, aber ich habe auch keine Zweifel, dass du es mich wissen lassen wirst."

Ich lächelte wissend. „Wie gesagt, Low, du darfst dann das Bett nicht mehr verlassen. Das wird dein erster Hinweis sein."

Sie verdrehte die Augen, milderte die Reaktion aber mit einem Lächeln. Ihre Lider wurden langsam schwer, und kurz bevor sie sie ganz schloss, murmelte sie: „Knox?"

Meine Lippen zuckten. „Ja, Low."

„Tut mir leid, dass ich so viel Zeit verschwendet habe."

Ich verzog das Gesicht, und meine Brust schmerzte. Ich schluckte an dem Kloß in meinem Hals vorbei und sagte ehrlich: „Niemals."

Epilog

KNOX

Sechs Monate später – Thatch

„Wo bist du?“, fragte ich und trat nervös von einem Fuß auf den anderen.

„Ich bin gerade vorgefahren“, sagte Harlow aufgeregt und versuchte, ein Kichern zu unterdrücken, aber es gelang ihr nicht. „Ich liebe dieses Haus!“

Ich lächelte in mich hinein. Ich wusste, dass sie das tat. Harlow hatte vor ein paar Monaten entschieden, dass sie nach Thatch ziehen wollte, um näher an Grey und dem Baby zu wohnen, und da ich vor einem Monat in ihre Wohnung eingezogen war, waren auch Graham und Deacon froh, dass ich zurück in die Stadt kam. Sie hatten so getan, als hätten Harlow und ich sie hintergangen, indem wir in Richland wohnten, weil ich fast sieben Jahre mit ihnen zusammengelebt hatte, obwohl ich wegen der Arbeit ohnehin nur noch zur Hälfte dort war.

Und auch wenn ich Harlow jetzt keinen Freiraum mehr lassen musste, hatte ich sie unser Haus alleine aussuchen lassen. Sie hatte ihr letztes Haus gehasst. Ich wusste, dieses musste perfekt für sie sein – und es stellte sich als perfekt für uns heraus.

Wir waren am Wochenende mit dem Umzug fertig geworden, und ich hätte eigentlich noch bis zum nächsten Morgen bei der Arbeit sein sollen, aber ich hatte mir die ganze Schicht freigenommen. Nachdem wir gestern den Tag mit ihren Eltern in Seattle verbracht hatten, habe ich auch heute dafür gesorgt, dass Harlow außerhalb des Hauses Dinge zu erledigen hatte. In der Zwischenzeit habe ich den ganzen Eingangsbereich in ein Meer aus roten Mohnblüten verwandelt.

Ich hörte, wie Harlows Autotür sich schloss, während sie mir von ihrem Tag erzählte, und richtete den Blick auf die Haustür, während ich horchte, wie ihre Stimme näher und näher kam.

„Harlow?"

„Ja?", fragte sie, während sie den Schlüssel ins Schloss steckte.

„Warum sollte man seine Zeit damit verschwenden, jemanden nur bis zum Mond zu lieben, wenn man ihn auch bis zu den Sternen lieben kann?"

Sie hatte die letzten Worte mit mir gemeinsam gesprochen, während sie die Tür öffnete, und sagte verwirrt: „Du bist gar nicht bei der …" Harlow riss die Augen auf, und ihr Keuchen hallte im Flur wider, als sie den Arm fallen ließ, mit dem sie das Telefon ans Ohr gehalten hatte. „Knox", flüsterte sie ehrfürchtig. „Du hast daran gedacht."

Als hätte ich das vergessen können.

Nervös fühlte ich nach dem Ring in meiner Tasche und schluckte schwer, während ich darauf wartete, dass sie mich wieder ansah. „Ich habe darüber nachgedacht, einen neuen zu kaufen. Aber ich wusste vor fünf Jahren, als ich ihn gesehen habe, sofort, dass er zu dir gehört, und jedes Mal, wenn ich ihn jetzt sehe, weiß ich wieder, dass es stimmt."

Harlow legte sich die Hand vor den Mund, als sie ihn öffnete, und ihre blauen Augen leuchteten auf vor unvergossenen Tränen, als ich den Ring aus der Tasche zog und auf sie zukam. Es war ein Solitär-Ring aus einem Band aus Weißgold, das wie ein verdrehtes Seil aussah, mit einem runden Diamanten darauf.

Als ich vor ihr stand, nahm ich ihre linke Hand und kniete nieder. „Als ich dir vor siebeneinhalb Jahren begegnet bin, wusste ich, dass du eines Tages zu mir gehören würdest. Es hat ein wenig länger gedauert, als ich am Anfang geplant hatte, aber ich kann mich nicht beschweren, wenn ich dich dafür für die nächsten neunundfünfzigeinhalb Jahre bekomme."

Sie lachte hinter vorgehaltener Hand und drückte mit der anderen meine.

„Was auch immer in unserem Leben passiert, ich werde dich für den Rest meines Lebens mit allem lieben, was ich habe. Und ich werde jeden Tag dafür sorgen, dass du weißt, wie es ist, bis zu den Sternen geliebt zu werden", schwor ich. „Harlow Evans, willst du mich heiraten?"

„Ja", antwortete sie schluchzend und gab mir kaum genug Zeit, ihr den Ring an den Finger zu stecken, ehe sie sich mir in die Arme warf und ihren Mund auf meinen drückte. Sie lehnte sich ein Stück zurück, um mir in die Augen zu sehen, und flüsterte: „Danke, dass du auf mich gewartet hast."

„Immer."

– ENDE –

Danksagung

Cory. Danke, danke, *danke*! Ehrlich, ich hätte dieses Buch nicht ohne Dich geschafft. Ich weiß, das sage ich immer, aber oh wow, vorher gehörte auch noch kein kleines Mädchen zu unserem Leben! Danke, dass Du so fantastisch bist! Ich liebe Dich!

Tessa Woodward. Sie sind unglaublich. Danke, dass ich Sie endlos mit den verschiedensten Fragen belästigen durfte – auch wenn wir dabei viel zu lange auf den Webseiten von Cartier und Harry Winston verbracht haben! Danke für Ihr Verständnis, dass ich diese Geschichte so erzählen musste, wie sie ist. Mit schrecklichem Ehemann und allem Drum und Dran!

Kevan Lyon. Danke, dass Sie mich endlich diese Geschichte haben *erzählen* lassen! Ha! Sie sind mit Abstand der beste Agent aller Zeiten.

A. L. Jackson. Ich wüsste bei keinem Buch, was ich machen sollte, wenn ich nicht Dich hätte, um meine Einfälle durchzusprechen. Hab Dich lieb, BB!

Kelly Simmon. Ich liebe Dich! Danke! So viele Danke und Ausrufezeichen! Ich liebe es, dass Du den Ekel-Faktor einfach verstanden und ihn akzeptiert hast.

Deutsche Erstveröffentlichung

Molly McAdams

Letting Go – Wenn ich falle

Schon mit 13 Jahren wusste Grey, dass Ben der Eine ist. Sie war so sicher, dass sie für immer mit ihm zusammen sein würde. Aber drei Tage vor der Hochzeit stirbt er an einem unerkannten Herzfehler. Ihr gemeinsamer bester Freund Jagger ist der Einzige, der Grey durch die schreckliche Trauer und vielleicht zurück ins Leben helfen kann. Sie vertraut ihm bedingungslos und könnte vielleicht mehr für ihn empfinden. Doch würde sie damit nicht ihre Liebe zu Ben verraten?

ISBN: 978-3-95649-629-5
9,99 € (D)

Molly McAdams

Taking Chances – im Herzen bei dir

ISBN: 978-3-95649-268-6
9,99 € (D)

Harper wächst unter dem strengen Regiment ihres Marine-Dads auf. Sie zählt die Tage, bis sie aufs College gehen kann, um endlich die Dinge zu erleben, von denen sie bislang nur gehört hat: Flirten, Daten, Küssen. Gleich auf der ersten Party trifft sie Chase, der all das ist, was ihr Vater hasst: sexy, wild, verwegen. Nur mühsam widersteht Harper seinem Bad-Boy-Charme. Obwohl sie sich kurz darauf in seinen attraktiven Mitbewohner Brandon verliebt, scheint ihr Körper jedes Mal vor Verlangen zu vibrieren, sobald Chase in der Nähe ist. Sie ist überglücklich mit Brandon, aber auch ihre Gefühle für Chase werden immer stärker. Ein unvergessliches Wochenende lang gibt sie der Versuchung nach – und plötzlich ist nichts mehr, wie es war ...